ぼくに流れる氷

マイク・ライトウッド
村岡直子訳

THOUSANDS OF BOOKS

El Hielo De Mis Venas

これまでのこと

／わたしたちが空気に溶けこんでしまう前に
黒い雲がわたしたちの上にすっぽりかぶさって
ダンスが中止になる前に

『以前』
マリア・ピジャロン　フィーチャリング　スーシ・モルラ／

彼のそんな姿を見て胸が痛んだ。

「落ち着け、オスカル」肩を優しくさすりながら、ぼくは耳元でささやいた。「ここにいてやるから、心配すんな」

再び、体がびくんと震えるほどの吐き気がこみ上げたようだが、口からはなにも出なかった。きっともう、吐くものがなにもないのだろう。吐しゃ物の強いにおいが辺りに漂い、ぼくまで気持ちが悪くなってきたが、しっかりしなくちゃと自分に言い聞かせた。

しっかりしなくちゃ。

彼のために。

「ちょっとは、まし？」水洗のチェーンを引きながら、心配になってたずねた。彼はうなずいたが、ただ大丈夫に見せかけているだけなのをぼくは知ってる。涙がほほを濡らしていて、ぬぐってやりたいという衝動にかられたが、オスカルは自分の手で涙をふいた。それから、吐いたもので汚れている袖を見て眉をひそめた。「待ってろ、水を持ってきてやる」少なくともほんの一瞬、ここから出なければ、ぼくも倒れそうだった。「すぐ戻る」

急いでドアから出て台所へ行った。冷蔵庫には冷たい水の入ったボトルがあった。まず一口飲んでから、ボトルを持ってバスルームへ戻る。オスカルは床に体を投げ出して、頭は便器のふたにもたせかけていた。ぼくは走り寄って抱きしめたいという衝動をこらえるのがやっとだった。その代わりに手を貸して彼を立たせた。

「まず、口をすすげ」洗面台まで連れていきながら言った。見ていると、もたつきながらも、言った通りにしている。水が糸を引いてあごからTシャツまで伝っていったが、オスカルは気づいた様子がなくて、ぼくは思わずほほえんでしまった。口をすすぎ終えたオスカルに、ボトルを差し出した。「飲めよ、落ち着くから。でも、気をつけて飲まないとまた吐くぞ」

喉が渇いているはずだが、オスカルはちびちび飲んだ。飲み終えると、少し気分がよくなったようだ。

少なくとも、よくなったと思いたかった。

「もう、一生酒なんか飲まないぞ」ようやく、間延びした声で言った。栗色の目はまだ涙でいっぱいで、黒い髪は湿って額に落ちかかっている。「今度、ジンジャーエール以外の物をぼくが頼んだら、注意してくれ」

なにはともあれ、いつものオスカルだ。

「大丈夫、注意してやる。さあ、服脱げよ」

オスカルは固まった。

「なに？」

「シャワー浴びないと」かっとほほに血が上りそうになるのを全力でおさえながら言った。「服がめちゃくちゃ汚いよ。体も汚れてるし、ちょっとにおう。手伝ってやるから、大丈夫だよ」

真っ青だったのに、いや、だからこそというべきか、オスカルの顔がうっすら赤くなったのがわかった。

「ダリオ、ほんとに、必要ないよ……」

「あるって」ぼくはきっぱり言い切った。「わかんないのか？　おまえ、ひとりで立てないくらいだぞ」

それでもさらに抵抗を見せたが、ぼくが手伝うと言い張ったので、とうとうおとなしくなった。オスカルの服を脱がせる。ぼくの手が触れるたび、彼の全身のうぶ毛が逆立つような感じがしたが、本当にそうだったのか、それともぼくの想像なのかはわからない。オスカルとこれほどじかに触れ合ったことはなかったから、ちょっと変な感じはしたが、同時に並外れて心地よくもあった。

心地よすぎた。

ズボンを脱がせたとき、その下にあるものに目を奪われずにはいられなかった。ぼくのなかでなにかがともった。凍った炎、燃えるような氷とでもいうべきものがぼくを駆り立て、近づきたくて、愛撫したくて、その体の隅々まで手がなじむほどに触れたくてたまらなくなった。そのとき感じたものがなんだったのか正確にはわからないし、怖くてわかりたくもなかった。

怖すぎた。それを好きになれないんじゃないか。好きになってしまうんじゃないか。どっちになったとしても、怖かった。

　体を支えて浴槽に入れてやるとき、彼を見ないわけにはいかなかったのだが、たぶんほんの一秒ばかり、必要以上に見てしまった。ぼくのそんな様子に彼も気づいている気がして、急いでシャワーを出した。冷たい水を浴びてオスカルは小さく叫んだ。

　緊張していたというのに、思わず笑い出しそうになった。

「ごめん！」シャワーを遠ざけながらぼくは言った。「こんな冷たいのが出るとは思ってなかった」

　お湯になるまで待ってから、オスカルの体にゆっくりシャワーを注いだ。彼が目を閉じたのを利用して、裸の濡れた体をじっくり見る。すごく近くて、同時にありえないほど遠くにある体。脂肪がほとんどなく、かといって筋肉もほとんどついていないやせた体に、ぼくは奇妙に惹きつけられた。触りたかった。どうしても触りたかった。だけどそれを感じちゃいけない。それを感じるべきではない。《それ》がなんなのかさえ、わからなかったけど。

　そのくせどうしても触りたかったから、ぼくは両手にボディシャンプーをたっぷりつけて、オスカルの体をゆっくりとこすりはじめた。まず首から胸へと上半身を洗っていき、やがて腰に手が届いた。もっと手を下げたかった。どうしても下げたかった。ぼくの心のなかのすべてがそうさせようとしていた。だけどできなかった。すべきではなかった。

　ぼくはためらった。

「えーと……」口を開いたものの、なにを言えばいいのかわからない。

「ここは自分でやるよ」

「そうだな、そのほうがいい」

ほほがひどく熱い。そのことに、オスカルも気づいてるのがわかった。だけどなにも言わず、ボディシャンプーを受けるために両手を合わせてぼくのほうに差し伸べた。それから向こうを向き、腰から下を洗いはじめた。その狭い背中を、そしてその下にあるものをじっと見ていると、奇妙で心地いいあの炎がぼくのなかでどんどん強く燃え盛りはじめた。

なにしてんだ。このままこうしているわけにはいかない。こんなの普通じゃない。自分に起きていることがわからなかった。緊張感はどんどん強くなる。ある意味、オスカルが半分酔っ払った状態なのがうれしかった。さもないと、自分でもなにをするかわからないから。なにをするだろうと考えて怖くなった。

泡だらけになると、オスカルは振り返った。ぼくに見られているのがわかったはずなのに、なにも言わなかった。ぼくもなにも言わず、蛇口を開いて泡を流すのを手伝った。ぼくは腰から上、彼は腰から下。動きは完全にシンクロしていた。すすぎ終えると、浴槽から出るのを手伝い、タオルでくるんでやった。そしてそのまま、自分が濡れるのもかまわず、ほんのちょっと彼の体を抱きしめた。清潔なにおいと同時に、彼自身のにおいがした。うっとりするような香りだった。

「気分はどう？」耳元でささやくと、彼が震えているのに気づいた。

「ずっといいよ」

「よかった」

彼の胸と触れ合って、ぼくの心臓が高鳴っている。その顔、目、薄いくちびるをじっと見て、これまでになかった衝動を感じた。血管のなかで血が沸き立つ。もっと近づき、彼にくっついてもう二度と離れたくないと体が訴えたが、衝動に身を任せそうになるぎりぎりの瞬間、どうにか自分を抑えた。それがなんであれ、よくないことだ。こんなこと続けるわけにはいかない……危険すぎる。

そこでやめなければならなかった。

El Hielo De Mis Venas

第I部

ロストボーイ

ぼくはただの迷子の少年
見つかる準備はできていない

『ロストボーイ』
トロイ・シヴァン

El Hielo De Mis Venas

第1章

ああ、すべて言わないままにした
ああ、それを生き埋めにしたんだ
そしてその言葉が今、ぼくの頭のなかで叫んでいる

『アイ・ドント・ウァナ・ラブ・サムバディ・エルス』
ア・グレイト・ビッグ・ワールド

罪悪感が強すぎて、ほんとに吐きたくなる。

オスカルが教室に入ってくる。憔悴し、目の下に濃いクマができている。ぼくの知ってたあいつとは、全然ちがう。同じ陽気で楽しそうだった幼なじみとは、あれからたった数カ月しか経っていないなんて信じられない。ぼくたちが親友だったなんて、まるで前世の話みたいだ。そして彼があんなふうになってしまったのはぼくのせいだなんて、もっと信じられない。

ほんの一瞬、目と目が合ったが、臆病なぼくはあわててそらした。オスカルが来るのを待ってなどいなかったかのように。オスカルもそんなことに気づいていないかのように。そして自分のやったことを恥じる気持ちが膿となり、ぼくの毛穴という毛穴から噴き出してなどいないかのように。オスカルはぼくのいちばんもろいところを見た人、たぶん世界でいちばん、ぼくという人間を知っている人。そんな人を、ぼくは殺してしまった。以前のあいつがもう存在しないのは、その目から生命のきらめきが消えてしまったのは、全部ぼくのせいだ。

あんなことをしなければ、その生活は今まで通り続いていたはず。幸せいっぱいとまではいかなくても、少なくとも穏やかだったはずだ。ぼくのせいで起きたこの騒ぎで、彼が我慢する必要なんてなかっただろう。ことを収めようともせずに、ただ指をくわえて見ていた自分……、親友を裏切ってしまった自分が恥ずかしい。罪悪感で胃が重い。獰猛で恐ろしい怪物に、じわじわと腹のなかを食べられているかのようだ。いっそのこと死にたいそうなりたいと、つい考えてしまう。そうなればきっと、もうなにも感じなくなるだろう。

問題は、その怪物が自分だということ。そしてどうがんばっても、獣の皮を脱ぎ捨てるすべはないということ。

教室の奥の席に歩いていくオスカルを見る。座る前に椅子を調べている。ガムがついていないか確かめているんだろう。それからリュックを開く。そこにはいつも教科書がぎっしり詰まっている。カルロスに、数学の教科書の表紙に落書きされてからというもの、決して学校に物を置きっぱなしにしなくなったんだ。カルロスがあんなことをするのを黙って見ていたこと、オスカルのリアクションを見てみんなと一緒に笑ったことを思い出し、また恥ずかしさがこみ上げてくる。笑いたくはなかったけど、そうせざるを得なかったなんて言い訳にならない。吐き気がどんどん強くなってきて、今日は朝食を取らなくて正解だったと思う。教室の反対側にいるマルタと目が合った。その濃い緑の目のなかには、非難がこめられているような気がする。目をそらし、また彼のほうを見た。

オスカルは物思いに沈んだ様子で、窓の外に目をやる。注意がほかに向いたのを利用して、だれにも気づかれないように気を遣いながらも、じっと見つめる。ガラス窓の向こうの空は濃い灰色の雲に覆われていて、彼の顔もその色に染まっているように思えた。なにかによって生命力が少しずつ流れ出し、ゆっくりと、でも容赦なく、後戻りできない地点まで押しやられているかのように見える。

　そのなにかがぼく自身だとわかってぞっとする。

　歴史の教科書を取り出してからすぐ、チャイムが鳴った。フェルがオスカルになにごとかささやくのを見て、胸がズキンとした。オスカルを失ったとき、フェルもまた失った。子どものころからぼくたちは切っても切れない仲で、これからもずっと友だちなんだと思っていた。トライアングルの三つの辺のように、ずっと一緒なんだと思っていた。三輪車の三つのタイヤのように。だけどそのひとつが壊れたらすぐ、ほかのも崩壊してしまった。~~殺した~~崩壊させたのはぼく、そして今のぼくたちはさしずめ、未完の曲のボツになった歌詞というところか。

　オスカルは緊張しているようだ。その理由がわからないのがいやだ。いつでも、なにを考えているか知っていたいのに。心配事を話してくれないのがいやだ。いつでも、どんなことでも話してくれていたのは、前世のようにも思えるけど、ほんの少し前のこと。ぼくのせいでフェルとの間に緊張感があるのかもしれない、そう考えるだけでいやになる。フェルまでも失ってほしくない。これだけ大変な思いをした彼が、完全に壊れてしまわないためには、フェルが必要なんだ。

　太ももを触っている。ポケットに入れているものを押さえつけているような動作だ。最近、よくああしているのがいやでも目に留まるが、なんのためなのかはわからない。そしてその動作に気づいたのは、認めたくはないけれど、必要以上に彼を見ているからだ。どうしてそんなに見てしまうんだろう、自分でもわからない。いや、たぶんわかってる、わかってるんだけど、ぼくは相変わらずくそったれ臆病で、認めることができないだけかもしれない。

＊＊＊

休み時間になるや否や、彼は教室から飛び出していく。どうしてそんなことができるのかは知らないが、チャイムが鳴り終わるか終わらないかのうちに、教師の許可さえ待たず外に出ている。最初のころは叱られることもあったが、気づいたときには外に出ているので、そんなことができる教師はわずかだった。

それに、彼に起きていることについて、教師はなにか知っているはずだ。そうじゃなければ、先生たちはばかだ。でもそれなら、なぜなにもしないんだろう？　できないのか……、というよりむしろ、したくないのか？　もしかしたら、なにが起きているか知っているけど、どうでもいいと思っているのか？　そんなこと、考えたくもない。

「ダリオ、来るか？」カルロスが、気がなさそうに訊いてくる。訊きもしないうちから、答えがわかっているのだ。

「行かない」

「つまんねえやつ」

ぼくはつばを飲みこむ。カルロスはそれ以上なにも言わず、自分のものを持って、あっという間にいなくなった。そのほうがいい。あんなことがあったあとでは、彼とかかわる機会は少なければ少ないほどいい。ときどきぼくは、カルロスを見るのもいやになることがある。そして最悪なのは、ある意味、ぼくはやつに自分の投影を見ていると内心でわかっていること。とどのつまり、やつの嫌いなところはすべて、ぼく自身の嫌いなところということだ。

ぼくが廊下に出たときには、教室はもうほとんど空《から》だった。あてもなく歩き、その階を一通り見てしまうと、今度は別の階に足を延ばすことにした。別になにも探していないふりをして、そこらじゅう見て回るつもりだ。オスカルを探しながら。

どうしてそんなことをしているのかわからない。学校の外に出ているのではないかと考えたこともあるけど、そんなこと不可能なのはわかってる。授業時間帯は外に出ることはできないし、彼だけが特別に許されるわけもない。いつも休み時間は跡形もなく消え失せ、次の授業にはまた現れる。まるで幽霊みたいだ。いや、実際にそうじゃないのか？過去の、もっとよかった人生の幽霊。幸せだった人生の。

ぼくがまだすべてを~~殺していなかった~~破壊していなかった人生の。

三階分、くまなく見て回ったが、オスカルがいる形跡はどこにもなかった。毎日道順を変えて歩いているが、ぼくが行くところに彼がいたためしはない。だけど空中に消えてしまったわけはない。どこかにいるにはちがいないのだが、ぼくはまだ見つけることができていない。

チャイムが鳴ると、ぼくはできる限りゆっくり歩いて教室に戻る。あちらこちら見渡して、どこかにいないか、どこかから出てこないかと探すのだが、うまくいったためしはない。しぶしぶ教室に戻り、自分の席に着くかつかないかのうちに、彼がドアから入ってくる。眉をひそめ、怒った顔をしている。どこに隠れてるんだろう？　そしてぼくはなんだってまた、彼がなにをしているか気にしているんだろう？

それはきっと、罪悪感のせいだ。きっと、ぼくが彼を好きなせいだ。それとも彼を憎んでいるせいなのかな。ちがう。ぼくが憎んでいるのはぼく自身だ。ぼくが彼に与えた傷のすべてを憎んでいる。この期間、ぼくのせいで彼に起きたこと、すべてを憎んでいる。機会はあったのに、それを利用しなかったことを憎んでいる。

この一秒一秒を憎んでいる。

毎時間を。

毎日を。

ほしいものがすべて手の届くところにあったのに、それを自分の手で破壊してしまったことを憎んでいる。ひとつの詩が頭のなかで舞っていて、どんなに聞くまいとしても聞こえてくる。

《なくしたもの、決して手に入らなかったもののなかで、最高なのがきみ》

これほど確信を持って言えることって、ないと思う。

第2章 El Hielo De Mis Venas

あまり近づかないで
なかは暗い
そこはぼくの悪魔が潜んでいる場所

『ディーモンズ』
イマジン・ドラゴンズ

家に入る前に笑顔をつくる。

　このごろは慣れてきて、そんなに苦労しなくてもつくり笑いができるようになってきた。もう長いこと仮面をつけてきたので、つけていないと、かえって変な感じがするほどだ。それはいいんだけど、問題なのは、仮面にひびが入りはじめていること。遅かれ早かれ、粉々に砕けてしまうときが来るとわかっている。

「ただいま！」玄関で叫ぶが、だれも答えない。居間に行くと、テレビが『ライオン・キング』のムファサを殺したヌーの大群のような轟音を立てるなか、祖母がソファで眠っていた。足元でロッキーが丸くなっている。

「おばあちゃん！」

　返事はないが、ロッキーが目を開け、すっくと立ち上がった。戸口まで走ってきて、ぼくの前でごろりと仰向けになる。いつものようになでてもらうのを待っているのだ。今度は本物の笑みを浮かべてかがみこみ、黒い毛に手をうずめる。ほかのことはすべて最悪だけど、うれしいことに、これだけは変わらない。これまで生きてきたなかで大切だった人を、ぼくはほとんどみんな失ってしまったかもしれないけど、少なくともロッキーは、これからもそばにいてくれるだろう。

祖母が小さないびきをかいたので、立ち上がってそばに行く。

「おばあちゃん……」呼びかけるが、テレビの音が大きすぎて聞こえないようだ。かがみこんで少し肩を揺する。「おばあちゃん！」

祖母はびくっとして、ぱっと目を開けた。

「びっくりするじゃないの！」

ぼくはリモコンをつかみ、テレビを消す。

「これじゃ、いつ耳が聞こえなくなってもおかしくないよ」そう言いながらも、つい笑顔になってしまう。

「もう、どうしようもなく耳が遠いんだよ。さあ、こっちに来てキスしておくれ」

キスすると、祖母のふくよかな腕で抱きしめられた。慣れ親しんだ香りがして、あっという間に子ども時代へと引き戻される。出来立てのコロッケやプールの塩素のにおい、すごろく遊びをした夏の午後。父さんと母さんがまだここにいて、オスカルとフェルとぼくは永遠に友だちだと思っていた、今よりずっとよかった時代。

「そんなにテレビの音を大きくしちゃだめだよ」頭に浮かんだ思いを振り払うために、きつく言う。祖母はそんなぼくのほほをそっと、優しさをこめて叩く。しわに囲まれているところはちがうけど、ぼくのとよく似た栗色の目は、愛情に満ちた光をたたえていた。

「はい、はい……」

「まじめに言ってるんだよ！　考えてごらんよ、いつか、なにか起きても、聞こえないかもしれないんだ……」

考えもせず、つい出てしまった言葉だが、後悔はしない。父さんと母さんにあんなことが起きてからというもの、ひとりぼっちになるという恐怖は日々つきまとっている。それにオスカルのことがあった今ではなおさら、祖母とロッキーだけが残された唯一の砦だ。だけど祖母はもう年をとっている。いつかなにかが起きるかもしれない、祖母までも失ってしまうかもしれないと考えると……。

いやだ、そんなこと、考えるのもいやだ。この夏の記憶が脳裏をかすめる。はっきり思い出してしまう前に、なんとかその記憶を遠ざけようとする。

「心配しないで」祖母はまじめな顔になって言う。「テレビの音はもっと小さくするよ、約束する」

そして立ち上がった祖母に、もう一度抱きしめられた。さっきと同じくらいぎゅっと強く、そしてもっと長く。このあとなにをして遊ぼうかとか、次のポケモンゲームが発売されたらどれを最初のパートナーにしようかといったこと以外、悩みのなかった子ども時代に再び戻る。このまま、永遠にこの腕のなかにいられればいいのに。でもそれは不可能だ。

「今日のごはんはなに？」ハグが終わってたずねた。祖母が楽しそうに目を輝かせ、ほほえみながらこちらを見る。

「当ててごらん」

そのほほえみが意味するものはわかってる。ぼくの好きな料理をつくってくれたんだ。ぼくも笑顔になり、なんの料理か当てようとにおいをかいだ。これは……トマトのにおい。そう、絶対トマトだ。

「マカロニ？」

祖母は笑った。

「はずれ、はずれ……」

ぼくは大きな声で笑った。これは小さなころから祖母とやってきた遊びで、こんなふうに楽しく過ごせるのがうれしい。さらににおいをかぐ。もうひとつ、おいしそうなにおいがかすかに台所から漂ってきた。チーズだ、まちがいない。

「ピザをつくったの？」不思議に思ってたずねる。ピザはあまり感心しないと、祖母がいつも言ってるからだ。

「そんなはずないでしょ！　でも、近づいてきたわ」にこっとして言う。「次で当てたら、おかわりしていいよ」

「難しいな……」

もっとよくにおいをとらえようと、ゆっくり台所に近づきながら、もう少しかいでみる。

「なかに入って見たらだめよ！　それはずるだからね」

ぼくはまた大声で笑った。

「そんなことしないよ、大丈夫……」

そう、確かにトマトとチーズだ。まちがいようのないにおい。だけど、パスタでもピザでもないとすると……、なんだろう？　さらに空気をくんくんすると、別のにおいがした。正確にはなにかわからないけど、スパイスのようなにおい。ぼくは鼻が利くほうかもしれないけど、ロッキーじゃないからね。

そのとき、気づいた。

「ラザニア？」

「自分で確かめてみたら？」もったいぶっているが、そのほほえみが正解だと告げている。

ぼくは台所に入り、わくわくしながらオーブンをのぞいた。小窓から内側を見て、当たりだとわかる。ラザニアの大皿が入っていて、上に載せた粉チーズがすこしずつきつね色に焼けていく。閉め切ったオーブンのドアから香りがあふれ出してくるのに、どうしてもっと早くわからなかったんだろう。たぶん祖母がもう長いこと、この得意料理をつくらなかったから、なかなかかぎ当てられなかったんだと思う。以前はほとんど毎週、日曜日のミサのあとにラザニアを食べていた。だけど両親のことがあってからは……。たったふたり分のために台所で何時間も過ごすのはあまり意味がない。だから最近は、ぼくの誕生日とかなにか特別な日だけラザニアをつくるようになっていた。でも今日は、張り切ってつくる気になるような、なにか特別なことがあったのだろうか。

「どうしてラザニアをつくる気になったの？」

「今夜パキータとパロマが来るのよ。それならつくりがいがあるし、夕食の用意もできる。あんたが大好きなメニューだし……、それで、つくろうかなって」

ぼくはすごくうれしくなって、祖母をぎゅっと抱きしめた。

「世界一のおばあちゃんだ」

「ほら、ほら……お世辞はいいから、手を洗ってテーブルをセットしてちょうだい。いい？五分でお願いね」

早く食べたかったから、急いで仰せに従うことにした。まずは荷物を置きに自分の部屋へ。廊下を走ると、遊んでもらえると思ったのかロッキーがあとをついてきたけど、戸棚にあった箱から骨の形をしたクッキーを投げてやると、そっちのほうへ飛んでいった。もうおじいさん犬なのに、信じられないほどエネルギッシュだ。ひとりで部屋に入り、ギターが立てかけてある隅の壁にちらりと目をやる。ケースが埃だらけだ。さっきの詩を思い出して、胸がちくっとした。《なくしたもの、決して手に入らなかったもののなかで、最高なのがきみ》

なにか弾きたくて、あの詩に音をつけたくて、ひりひりするほど指がうずくが無視した。曲をつくれなくなってから何カ月も過ぎ、どこから始めていいのかさえわからないんだ。以前のぼくにとって、音楽は息をするのと同じくらい自然な存在で、ギターは腕の延長のようなものだった。だから今はまるで、腕ごともがれたような感じがする。

リュックをベッドに放り投げ、手を洗ってテーブルをセットするまで三分もかからなかった。おなかをグーグー鳴らしながら席に着くと同時に、祖母がオーブンからラザニアを取り出した。においを吸いこむと、口につばが湧いてくる。オーブンのドアを開けたので、香りがさらに強くなったんだ。

「ちょっと待ちなさい、今サラダを出すから」たしなめながらも、わくわくしてるぼくを見てうれしそうだ。

ラザニアをよそってもらうのを今か今かと見つめ、そのあと祖母が自分の席に着くまでじっと我慢してから、ぼくは皿に飛びかかった。目いっぱい大きく切り取って口に入れ、ほとんどかみもせずに飲みこんだものだから、舌から口全体、喉までやけどするほどの熱さが一気に広がった。たちまち目に涙があふれてほほを伝う。急いでコップ半分ほどの水を一気飲みし、痛みを鎮めているぼくを、祖母はやれやれという表情でじっと見ていた。

「言わんこっちゃない」自分のラザニアをゆっくり切り取りながら祖母が言う。「食いしん坊だねえ、まったく」

「ごめん」恥ずかしくなって謝り、さっきよりずっと小さい分量を切り取った。フォークに載せてよく吹いてから口に入れ、今度はゆっくり味わう。思わず満足のため息が出た。「めちゃくちゃおいしい」

「気に入ってくれてうれしいよ。テレビをつけてくれる？　もうドラマが始まるから……」

「いいよ」

ぼくは立ち上がり、調理台の横にある小さくて古びたテレビをつけると、チャンネルを確かめさえせず席に戻る。このテレビは、ただ祖母が連続ドラマを見るためだけにあるからだ。座り直して、胃袋がふたつあったら二倍食べられるのにと残念に思いながら、ラザニアに集中する。

「こういう映画、好きなんじゃない？」祖母がフォークでテレビを指しながら訊いてくる。映画の予告ＣＭが流れていたので、ぼくはうなずく。「見に行く？　もう上映開始してるらしいわよ」

ぼくは肩をすくめた。

「わかんない」

「オスカルやフェルナンドと行ってくればいいじゃない」

ぼくはまた肩をすくめる。胸がズキンとして、一瞬で食欲が失せた。

「そうだね」

祖母は疑うような視線を向けた。

「あの子たち、もう長いことここにも来ないし、一緒に出かけもしないわね」そこで言葉を切り、ぼくをじろじろ眺める。「けんかでもした？」

連続肩すくめ競争というのがあるとしたら、ぼくは今きっと、新記録を打ち出していると思う。

「まあ、そんなところ」

「ああ、若いころのけんかときたら……」祖母はため息をつく。「でも、すぐに仲直りするわ、そうでしょ？」

「わかんないよ」そう答えたが、ほんとは絶対無理だとわかっている。

「もう、どうしたのよ。まさか、そんなに深刻なの？」

連続肩すくめの新記録樹立だ、まちがいない。

「まあね」

「なにがあったの？　女の子のことでけんかしたとか？」内緒話でもするように声をひそめる。

「もしそうなら、話してちょうだい」

「おばあちゃん、勘弁して……」

「ほら、ほら、ちゃんと聞いて、あたしだって若いときはあったのよ。女の子のことなんだ、そうでしょ？　きっと、クラスメートね？」

つばを飲みこみ、答えようとすると顔に血が上ってきた。どうかおばあちゃんがぼくの顔を見ませんように。どうか、どうか、どうか、ぼくの顔を見ませんように。

「ちがうよ。女の子のことなんかじゃない」

「そう、どんなことでも……、きっと解決するわ」気軽に言うが、もし今の状況を知ってたら、それほど楽天的にはなれないはずだ。「あんたたち、赤ん坊のころから友だちなんだから、そんなにけんかが長引くはずはないよ」

「そうだね」

祖母は肯定してほしいんだろうなと思ってそう言ったが、ほんとはそんなこと思っていない。女の子のことだったらよかったのに。そんな簡単なことならよかったのに。ぼくが壊したやったすべてのことが、簡単に解決できればよかったのに。だけどそうじゃない。実際には、解決法があるとは思えなかった。

第3章

El Hielo De Mis Venas

だってあたしは言えないようなこともしてきた
そしてあなたを忘れ去りたいのにあなたは離れていってくれない

『ホーンティング』
ホールジー

胃がむかむかしているのが罪悪感のせいか、今食べたラザニアのせいかわからない。

「宿題する前にロケを散歩に連れていってよ」流しに立った祖母が言う。祖母はロッキーと発音できず、いつもロケと呼ぶのだが、もう直す気にもなれないし、どうしようもない。「今度居間でおしっこしたら、あんたが掃除するのよ」

「大丈夫、今行ってくるよ」

ぼくはのろのろと玄関まで行き、できるだけ大きな音を立てて革ひもをコート掛けから外す。それを聞くと、ロッキーはすぐ走ってくるんだ。最後の二、三メートルは走るというより滑る感じで、鼻先がドアに当たってやっと止まる。

「もう、ばかだなあ」

ぶつかってクーンと鳴いてはいるけど、全然痛そうに見えない。うれしそうにぼくの周りを飛び回りはじめたかと思うと、後足で立ち上がり、早くひもをつけてくれとぼくの胸に前足で寄りかかる。そうしてようやく外に出てから、おしっこし終えるまで一分もかからなかった。かわいそうに、今にも爆発しそうだったのだろう。我慢してくれてありがとうと、心のなかで言った。

だけど、目的が終わってもぼくは家に帰る気にならない。辺りを散歩して気分転換し、罪の意識を追い払いたかった。内心ではそんなこと、無理だとわかっているけれども。いずれにしてもおなかがはち切れそうだから、歩いて胃に詰まった食べ物を下げることにしよう。

ふたりに会いたかった。ものすごく会いたかった。物心ついてからというもの、いつもそばにふたりがいた。だけど今は……、今はもういない。二度と一緒に過ごすことはないだろう。もう一緒にロッキーの散歩をすることもないし、みんなで宿題をすることもない。フェルの家で午後を過ごすこともない。ピザやお菓子を延々食べつづけ、おなかが痛くなることもない。一晩中、スマホでグループトークをすることもない。

全部ぼくのせいだ。

どうしてそんなことを思いついたのかわからないが、気づいたときにはオスカルの家まで来ていた。オスカルの部屋の窓を見上げる。約束している日はいつもぼくを待って窓からのぞいていたオスカル、彼がトイレに行ったりキッチンに食べるものを探しに行ったりしている間、暇つぶしに窓の外をのぞいていたぼく自身のことを思い出し、思わず笑みがこぼれてしまう。だけどきっと、あの窓越しにオスカルを見ることはもう二度とないだろう。ぼくがあそこから外を見ることも、もう二度とない。

するとそのとき、まるでオスカルがぼくの心を読んだかのように、部屋の灯りがともった。

カーテンは閉じていたから、ぼくは期待して窓を見た。きっとオスカルが窓辺に来てカーテンを開くだろう。きっと外を見て、ぼくを見るだろう。それとも、外を見るようにメッセージを送ってもいいかもしれない。もっといいのは、下りてくるように言うことだ。そうすればきっと、これまでのことについて全部話せるだろう。~~ぼくが存在していること~~彼にこれまでやったことについて許しを乞えるだろう。そしてすべて解決できるだろう。

だけどぼくは臆病だから、なにもできない。

その代わりに窓ガラスをじっと見るだけ。そんなことをしても意味がないのはわかっているのに。オスカルは外を見たりしないだろう。もう冬はすぐそこ、寒すぎて、ぼく自身が凍りつきそうなのだから。それにカーテンも開けないだろう。十一月も終わりの日光は、読書するには弱すぎて、だからきっと電気をつけたんだ。昼食のあとオスカルは、いつもベッドに寝そべって本を読む。ところがそのとき、驚いたことに灯りが消えた。

もう一度灯りがともらないかと、二分ほど待ってみたが暗いまま。すごく意外で眉をひそめた。オスカルは、まず毎日の習慣を変えない。ぼくが覚えている限り、昼食後はいつも本を読んでいた。ぼくやフェルが一緒にいるときでさえ、いつも少なくとも一章は読んでいた。オスカルにとってそれは、決して変えることのない神聖な儀式のようなものだった。

なにしてるんだろう。ひょっとしてテレビを見に行ったんだろうか。でも少なくとも、父親が家にいるときはそんなことはありそうにない。お母さんと話してるのかもしれないが、なぜかそれもぴんとこなかった。もしかしたら、父親に学校での出来事を知られて、今ごろ殴られてるのかもしれない。実際、あの父親ならそんなことがあっても不思議じゃない。まさに今、なにかが起きているのかもしれないと考えるだけで胃がむかむかしてきた。

　これまでのことを考えれば、浴槽でリストカットしてることだってありうる。だけどオスカルは絶対そんなことしない、そうだよな？　吐き気がひどくなり、もう一秒だってそこにいられないと思って、窓に背を向け立ち去った。途中ですれちがった人たちが、ぼくの表情を見て不思議そうな顔をしたが、なにも言わなかった。家に帰ってきて、入る前にどうにか仮面の表情に戻す。ほとんど四六時中、ぼくの顔に張りついている仮面に。

　運よく祖母はまだ台所で、テレビの音量を最大にして昼ドラにかじりついていた。今ならほんの一瞬仮面を取れる、だけどほんとに一瞬だ。仮面の下に隠しているものを見せるわけにはいかない。祖母にとってぼくはたったひとりの家族で、特に父さんが亡くなってからは孫というより息子に近い存在になった。本当の姿を知ったとき、祖母がどんなにがっかりした目でぼくを見るかと想像するだけで耐えられない。ぼくをも失ったと気づいたら心が壊れてしまうだろう、そんな祖母を見ることなんてできない。そして最悪なのは、壊れた心を抱いたまま、ぼくは祖母を失わないため嘘にまみれて生きつづけなければならないということ。どうか死ねます自分を変えられますように。どうか、ぼくを愛しつづけてくれるたったひとりの人をがっかりさせないために、ちがう人間になれますように。でも変われないし、もっとひどいことに、あまりにも途方に暮れてて、もう変わる意欲が湧いてこないんだ。

　自分の部屋に戻ると、すぐにドアを閉めて掛け金をかけた。もう一度ギターを見たが、すぐにそらして机の三段目の引き出しを開け、ぎっしり詰まった紙をかき分けた。なくしてしまったかもしれないと思ってどきっとしたそのとき、探していたイラストを見つけた。しまいこんでいたからちょっとしわが寄っていたが、それ以外はきれいなままだ。

　オスカルの絵のタッチはちょっと不安定なところがあるが、繊細だ。最初にオスカルの自画像を見て、ぼくは思わずほほえんだ。オスカルは自分を実物通りに描いたことがない。いつも自分をちっぽけだと感じているのが、絵を見ればはっきりわかる。実際よりもっとやせてて、実物ほどイケメンじゃなくて、まるで描かなくてすむならそのほうがいい存在みたいに描くんだ。自画像には最小限の時間しかかけたくないように見える。一方フェルのほうは実物そっくりだ。健康そうでイケメンで、バランスの取れた顔立ち。鉛筆画なのに、その瞳の優しい輝きまでうまくとらえてある。

　ぼくはといえば、いつも実物よりよく描いてある。自分を過小評価して、ぼくのことは過大評価……。それとも単に、こうであってほしいという姿を描いているのかな。モデルがぼくなのは確かだけど……でも同時に、ぼくじゃない。絵のなかのぼくはもっとイケメンで、もっと筋肉質だ。笑顔は実際よりずっとかわいくて、目は……鏡で見たときの自分の目とは別のものを伝えてくる。イラストのなかのぼくの目は純粋な光を放っているような気がする。それに愛情とか。それなのに、鏡のなかのぼくの目は全然ちがうものを見せる。ぼくに憎しみを伝えてくる。罪を。嫌悪感を。自分自身に対する、自分がやったことに対する、変えることのできないものすべてに対する嫌悪感を。

それ以上見ていることができなくて、絵を元のところにしまう。一度ならず、この絵をビリビリ引き裂いてごみ箱に捨ててしまおうかと思ったことがある。燃やしてしまおうかとさえ思ったことも。だけどそんなことできっこないとわかってる。この絵はあまりにものどかで、現実を映し出してはいないかもしれないけど……、でも、ふたりに関するものでぼくに残されたのはもうこれだけなんだ。もう存在しない過去に、自分のせいでなくした友情にしがみつくために持っている、唯一のもの。頭のなかにまたあのフレーズが聞こえる。《きみはなくした夢のなごり。なくしたもの、決して手に入らなかったもののなかで、最高なのがきみ》

ほほがびしょ濡れなので、袖でふく。濡れた袖を見て、ぼくは自分が震えていることに気づいた。なぜ震えてるんだろう。そうか、泣いているからだ。

しばらくしてようやく涙が止まると、ため息をついて立ち上がり、廊下で祖母と会わないように用心しながら浴室へ顔を洗いに行った。冷たい水がはれ上がった目に染みてひりひりするが、ちょっと気分がほぐれた。水がぼくの涙を連れて排水溝に吸いこまれていくのを見つめる。すべてがこんなふうに、たやすく消えてくれればいいのに。

タオルで顔をふいていると、なにかがきらっと光ったのが見えた。髭剃りだ。水がかかって、天井の灯りが反射したんだ。そっと手にとったとき、ふと浮かんだ考えにそそられた。

そうだ。すべてをたやすく終わらせられるかもしれないよ。

髭剃りを目の前に持ってきて、刃を見つめた。よくとがっている。これまでほとんど使っていないから、切れ味は鈍っていない。場所をまちがえなければ、スパッと切れるだろう。今すぐ全部終わりにできる、自分のやったことを償える。ぼくのせいでオスカルが毎日耐え忍んでいる地獄、ぼくが臆病だったせいで起きたすべてのことを、償えるんだ。

どこを切ればいいのかよくわからないまま、髭剃りを手首に近づけてみる。どうして映画やテレビでは、こういうシーンをもっとはっきり映さないのだろう？　これじゃ目的を遂げる前に血の海になっちゃいそうだ。それでも、やってみる価値はあるはずだ。髭剃りの刃を手首に、脈打っているのがはっきりとわかる場所に当てる。ちょっと押しつけ、つばを飲みこむ。さあ、勇気を出してやるんだ。そうすればやっと、すべて終わりにできる。

だけど、できない。ぼくにはできない。確実に言えるのは、結局ぼくは臆病ということだ。

いや、そうじゃないのかもしれない。きっと心の底では、こんなことをしても解決にはならないとわかっているだけなんだ。

（闇）

闇。見渡す限り、どこもかしこも真っ暗闇。

ぼくはひとり。そう。完全にひとりぼっち。ぼくがいるのは果てしなく深い井戸の底、どんなものも来られない場所。どんなものもぼくを救えない場所。

自分の呼吸音がごうごうと鳴る。心臓の鼓動ときたら、耳をつんざくほどだ。そうしているとき、なにか別の音を聞いた。ずっと遠くから聞こえてくる、だれかほかの人の呼吸音だ。そしてぼくのではない心臓の鼓動。でもその人のは、ぼくのよりずっと不規則だ。緩慢で。ゆっくりと。

まるで消えていきつつあるかのように。

遠くに光がひとつ、見える。いや。ひとつではない。光はふたつともっていて、少しずつこっちへ近づいてくる。その方向から呼吸と鼓動が聞こえることに気づいて、あれは目の輝きなんだとわかった。

パニックに襲われたぼくは凍ったかぎづめで胃がぎゅっとつかまれたようになり、心拍数がどんどん上がっていく。どうすればいいのかわからない。この真っ暗闇のなか、どこに逃げればいいかもわからない。容赦ない怒りのこもった目はどんどん近づいてくる。ぼくに向かってくるのがわかる。

だれの目かは見えないけど、いずれにせよぼくは知っている。けだものの目だ。そしてそこには、ぼくを打ち砕こうという決意が宿っているのがわかる。ずたずたにしようと。これまでしたことのつけを払わせようと。

この静けさのなか、どんどん激しくなる鼓動が相手の耳にも聞こえているはずだ。こんなに暗くては、どこに身を隠せばいいのかもわからない。

とうとう、相手が目の前に寄ってきた。けだものではない。罪を償わせるため地獄から出てきた怪物などではまったくない。ちがう。

それはオスカルだ。

闇に包まれているというのに、どういうわけかオスカルの姿がはっきり見える。その目は怒りに燃えていたが、見えるものはそれだけじゃない。痛みが見える。失望も。狩人を八つ裂きにしてやろうと、身構えている死にかけの動物の目だ。

「おまえはぼくを殺した、ダリオ」かすれた声で言う。オスカルの声とは思えないけど、明らかにオスカルの声だ。

「なに……？　なにを言いたい？」どうにか言葉を絞り出すが、耳に響く鼓動のせいで、自分の声はかろうじて聞こえる程度だ。

「おまえがこれをやった」

ぼくのほうに腕を伸ばしたそのとき、全体の皮膚がぱっくりと割れ、無数の傷となって蜘蛛の巣のように広がった。やがて皮膚から血がゴボゴボと湧いてくる。そんなに血を失ったら立っていられないんじゃないかと思う量だ。ぼくは驚き、数歩離れた。

「オスカル……」

「これはきみのせいだ」ぼくの言葉を遮って言う。「これは全部、きみのせいだ」

「オスカル、ぼくは……」

「きみのせいだ！」

ドクドクとあふれる濃い血が腕を伝って流れ、地面に落ちて黒い水たまりをつくる。オスカルのＴシャツもズボンも濡れていて、血が流れているのは腕だけじゃないとわかる。胸からも血が流れている。足からも。首からも。口角からこめかみまで長い傷が走り、容貌をすっかり変えていた。

「ごめん……」ぞっとしながらもオスカルを見つめ、すすり泣きながらつぶやいた。「ごめん、オスカル……、ほんとにごめん」

「きみのせいだ！」オスカルは激怒して叫び、ぼくに近づいてくる。決然として。猛々しく。流れる血の量がどんどん多くなってくる。

「オスカル、ごめん……」

だけどそのときあることに気づき、喉が詰まって声が出なくなる。

オスカルの体から出ているのは血ではない。

ちがう。

「きみのせいだ……」

これは幻視なのかもしれないが、そうじゃないと確信している。真っ暗なのに、自分の体と同じようにオスカルの体がはっきり見える。どういうわけか知らないが、ぼくたちを取り囲む闇は物の本来の色まで変えてしまうわけではないらしい。

それなのに、オスカルの血は黒い。タールのように黒い。夜のように黒い。ぼくの心のように、ぼくの魂の本質のように黒い。

死のように黒い。

ぼくは叫び出す。

第4章

El Hielo De Mis Venas

あんなふうにきみに触れられてから
ぼくは寝ていない
だけど起きてもいない
あんなふうにきみに愛されてからは

『スリープウォーカー』
アダム・ランバート

びくっとして起きると、胸が激しく鼓動していた。ただ夢を見ていただけだと気づいてほっとため息をつく。目が覚めても暗かったが、薄闇にすぐ目が慣れた。目覚まし時計が光っている。ブラインドのすき間から弱い光も入ってくる。そう、あの恐ろしい漆黒の闇はただの悪夢に過ぎなかったんだ。

全身汗びっしょりで、冷たいと同時に熱いし、パジャマが体に貼りついてるのも不快だ。喉がざらざらしてるから、寝ながら本当に叫んでいたんだな。もし祖母に聞こえていたら、死ぬほどびっくりさせていたかもしれない。耳が遠くてよかった。

ベッドから下りようとして、シーツも濡れているのに気づき、不快さに顔がゆがむ。ずぶ濡れだ。パジャマの上着を脱いで丸め、湿ったボールみたいになったのを投げ捨てる。それからズボンを脱いで……、そのとき、それに気づいた。パンツも濡れている。びしょびしょだ。汗のせいだけじゃない。

いやだ。

ありえない。

でもなにが起きたかもうわかってて、ぞっとしている。

シーツを濡らすなんて、一体何年ぶりだろう。父さんと母さんが亡くなったとき……。そう、そのころはほぼ毎晩で、とうとう寝るときはおむつをしなければならなくなって、かなり長い間外せなかった。だけどその時期が過ぎたあとは、もうしなくなっていたのに。数カ月前に一度だけあったけど、それ以外はこれまでなかった。

濡れた服の山を持って、寒さに震えながら浴室に行き、ラジエーターをつけた。それから、台所の続きにある小さな洗濯室に向かう。まずパジャマを洗濯機に入れ、それからパンツを脱いでそれも入れた。廊下伝いに祖母のいびきが聞こえるから、見つかる心配はない。震えながら自分の部屋に戻り、ベッドからシーツをはがした。よかった、カバーのおかげでマットレスは濡れていない。カバーも外し、全部洗濯機に持っていく。どうやって作動させるのか、どこに洗剤を入れるのか確かめるのに二、三分かかったが、どうにか動かせた。脱水のときはすごい音がするが、祖母には聞こえないだろう。耳が遠いことにもう一度感謝。

凍え切った体で浴室に入ると、うれしいことにもう暖まりはじめていた。シャワーの下に入って自分の体を抱きしめ、震えながら温かいお湯が出てくるのを待つ。自分が汚れたような気がするのは、おねしょのせいだけじゃない。恥ずかしさと罪悪感で汚れた気がする。わけがわからないのにすごくはっきりした、あんな悪夢を見たから汚れたような気がするんだ。

お湯で体が温まっても、心は温まらない。たとえ皮膚がやけどするほど熱いお湯でも、血管を流れる氷を溶かすことはできない。体の外についた汚れは流れていくが、内側にある、ぼくの存在すべてに染みついた汚れは取れない。

シャワーを終え、バスローブを着て廊下に出ると、気温差に震え上がった。自分の部屋に入り、たんすから清潔なパジャマを出して着る。それからシーツを探し出し、ベッドを整えて潜りこんだ。ナイトテーブルの目覚まし時計は、十二月一日の四時三十四分を指している。新しい月の、最悪の始まりだ。祖母が起きる前に洗濯物を干せるように、アラームの時間をいつもより三十分早く設定した。洗濯室の暖房をつければ、乾くまでそんなに時間はかからないはずだ。祖母は確か二日前に洗濯機を使っていたから、運がよければぼくが学校から帰ってくるまでそこに入らないだろう。

ぼくはシーツにすっぽりくるまり、枕を抱いて、なるべく早く眠りが訪れるのを待った。できれば、もう悪夢のない眠りを。

＊＊＊

その日は奇妙な雲に包まれたように過ぎていった。時間のほうが混乱してるんじゃないかと思ったほどだ。気がつくと授業が終わり、いつもの仮面を張りつけて家に入るとロッキーが近寄ってきて、腹をかいてくれと仰向けになる。物音で祖母が台所にいるのがわかるから、物干し部屋には入れない。それでもぼくは台所に行き、ただいまと言った。

「おや、お帰り」祖母は挨拶しながら、台所に入るぼくをじっと見る。笑顔を向けてはいるが、ちょっと無理をしている感じだ。それとも、ぼくがまた妄想しているだけなのかな。「元気？」

ぼくは肩をすくめた。

「うん、たぶん」

祖母はまだ、ぼくをじっと見ている。

「ほら、部屋にリュックを置いて、手を洗ってきなさい。昼ごはんは十五分ほどでできるわ」

部屋に行くと、洗いたてのシーツが折りたたまれてベッドの上にあった。パジャマにアイロンまでかけてあるのを見て、涙があふれてきた。なにが起きたのか祖母にはわかってる。当たり前だ。パジャマやシーツが干してあるのを見たらわからないはずがない。それなのに、なにも訊かなかった。ぼくから言い出すのを待ってるんだろうけど、そんなことできない。恥ずかしすぎる。こうして恥ずかしい隠しごとのリスト……どんどん長くなるリストに、またひとつ項目が加わった。

昼ごはんまでまだ数分あるので、部屋に置いてある埃だらけのケースからギターを取り出した。フロアクッションに座り、いくつかコードを鳴らしてみるけど、長い間触っていなかったのでちょっと調子はずれな音が出た。学校にいるときのオスカルの顔を思い出し、悪夢を思い出して、そのイメージを言葉にしようとしてみる。

「きみはなくした夢のなごり、眠るとき見るのが怖い……」歌い出してみる。メロディをつけようとするが、なかなかうまく出てこない。「なくしたもの、決して手に入らなかったもののなかで、最高なのがきみ……」

弦をはじいてもいい音が出ないし、ぼくの声ときたら、長い間こういう使い方をしていなかったものだから、まるでガチョウの鳴き声だ……。思うようにいかなくていらいらしてきたので、ギターをしまって部屋から出た。

＊＊＊

昼食後、気分転換のためにロッキーを連れてかなり長いこと散歩した。帰ってくるとパソコンをつけて、デスクトップが立ちあがるまで辛抱強く待つ。ようやく画面が出てくると、フェイスブックに入ってオスカルのフルネームを入力するが、アカウントは無効になったままだ。ぼくに人生をめちゃくちゃにされて、さんざん中傷されたあとでは、それも無理はない。ため息をつき、記憶を頼ってオスカルのツイッターのユーザーネーム、LostBoy_99を入力してみる。ぼくがこのアカウントを知っているとわかったら、これも消してしまうだろうと思ったが、運よく消されていなかった。これがほとんど唯一の、彼とつながる手段なのだから、ぼくが知ってるってオスカルに気づかれてなくてよかった。まあ、つながるって言えるかどうかはわからないけど。とにかく、オスカルが今なにを考えているのか、知ることのできる方法はこれだけなんだ。早速、最新のツイートを見てみることにした。

Lost Boy @LostBoy_99　9分前
人生はクソだ。

その通りだよ、オスカル。その通り。

ブログへのリンクがあったのでクリックした。『ぼくを燃やす炎』というタイトルだ。こんな状況じゃなければちょっと大げさだなと思っていただろうが、こんな状況では、これほど説得力のあるタイトルはない。でも、もうひと月以上も新しいエントリーはなかった。「ゲイでいるなんてクソだ」これまた、オスカルの言う通り。それでも、それがぼくのことでもあるのかどうかわからない。ぼくは……ぼくはゲイか？　その言葉を考えるだけで、吐きそうになる。

どちらにしても、そのことがクソなのはまちがいない。

厄介なのは、たとえふたりともすごくよく似た意見を持っていたとしても、ぼくたちの間には根本的なちがいがあって、オスカルが今生きている世界が地獄だとしたら、それはぼくのせいにほかならないということ。

El Hielo De Mis Venas

第5章

ただわたしの手を握ってて、そして決して放さないで
愛する人
彼らはハンター、わたしたちはキツネ
さあ走るのよ

『アイ・ノウ・プレイシス』
テイラー・スウィフト

「ダリオ」うしろから、女の子がぼくを呼ぶ声がした。

振り返ると、マルタがいぶかしげにちょっと眉をひそめていた。この夏のあの日を除けば、ぼくらが教室の外で話したことはない。

「うん？」

「オスカルを探してるんでしょ？」前置きなしに切り出す。

ぼくはつばを飲みこんだ。どうしてわかるんだろう。

「うん」

「あそこにいると思う」

マルタが指さしたのはこの階の向こうの端、トイレがある通路のほうだ。ちょうどそのとき、二、三人が連れ立ってそちらへ行くのが見えた。ここからだと遠いが、着ている服からして、ひとりはカルロスでほぼまちがいない。

「マジで？」

「この目で見たんだもの」

くそ……。

「ありがとう」

それだけ言うと回れ右して、トイレのほうへ向かった。通路まで来ると、男子トイレのなかから叫んでいるような声がする。ドアの前まで行ったが、どうすればいいのかわからなくて固まってしまう。先生を呼びに行くべきだろうか？　そうすればこんなこと全部、たぶん今すぐ終わらせることができる……。

「おい、気をつけろよ！」

アイトールの声だ。ほぼまちがいない。さらになにか付け加えているが、よく聞き取れない。続いて殴るような音が聞こえ、それからもがいているとしか形容できない気配がした。そして突然ドアが開いて、アイトールとホルヘがカルロスを引きずりながら出てきた。

「放せよ、ちくしょう」かんかんに怒ったカルロスがぶつくさ言っている。顔が赤い。「あのおかま、殺してやる……」

《あのおかま》

「なにをしたんだ？」その言葉が指すのはオスカルしかいないと知ってはいても、もしかしたらちがうかもしれないので、たずねた。

カルロスはぼくがそこにいたことに驚いた様子で、こちらをじっと見る。

「なんだよ、こんなとこで」

ぼくは歯を食いしばる。

「ここでなにしてるって訊いてるんだ」ぼくは言い張った。

「おれがなにしてようが、おまえには関係ないだろ」

でもやつの顔は真っ赤で汗だく、服もしわだらけだ。それとさっきの怒鳴り声で、なにをしていたかは聞かなくてもわかった。

「殴ってたんだな」ぼくは断言した。質問ではない。カルロスがきょろきょろしているのはきっと近くに先生がいないかどうか確かめてるんだろうけど、ぼくにとっては運悪く、だれもいなかった。カルロスは怯えているように見える。

「もしチクったら……」

カルロスは途中で言葉を切ったが、脅してるのは声を聞けばわかる。それ以上はなにも言わず、アイトールとホルへの手をふりほどいて、かっかしながら大股で廊下を歩いていく。アイトールたちは少し遅れてそのあとを歩き出したが、ホルへは奇妙な目つきでぼくを見た。あいつらがどんな人間か知らなければ、謝ってる目つきだと思うところだった。

カルロスたちがしたことを考えるだけで、血管を流れる血が煮えたぎるのを感じる。やつらを走って追いかけようかとも考えたが、そこにとどまる。心のどこかで、オスカルの様子を見たい、あいつらにどんなことをされたか確かめたいという声がしたからだ。そしてできれば、オスカルを助けたいと。もう一方で、それは単にぼくが臆病なだけだという声もした。

男子トイレのドアを開け、なかに入る。

一見するとだれもいないようだったが、個室のひとつが使用中だ。そこからすすり泣きの声が途切れ途切れに聞こえてきて、オスカルがそこにいるのだとわかった。勇気を奮い起こし、つばを飲みこんで、コツ、コツとドアを叩く。ちょっと待ってからもう一度ノックするが、返事はない。でも、泣いている声がはっきり聞こえた。これはすべてを解決し、オスカルを助けるチャンスかもしれない。たとえ、いちばん助けを必要としているときに、オスカルを殺した助けてあげなかったのはぼくだとしても。

「オスカル？　大丈夫か？　オスカル？」

答えはない。

ちらっと入り口を見てだれも入ってこないのを確認してから、ぼくはそろそろと腰をかがめてドアの下のすき間からなかをのぞく。オスカルは床に座っているみたいだ。全身がぶるぶる震えている。アイポッドも床に落ちていて、どうやら音楽を聴いているのだとわかった。耳を澄ますと、すすり泣きの合間に音が漏れ聞こえるのに気づく。ボリュームをフルにしているにちがいない。

ただわたしの手を握ってて、そして決して放さないで
愛する人
彼らはハンター、わたしたちはキツネ
さあ走るのよ

もっと強くドアを叩いて、オスカルと話をしようかとちょっと思ったけど、すぐその考えは切り捨てた。さっきの決意もすっかり消えた。そんなことしたってなんにもならない。ぼくに

なにが言えるというんだ？　でも、立ち去ることもできない。オスカルが大丈夫なのかどうしても確かめたくて、隣の個室に入りドアを閉めた。しばらくしてオスカルが立ち上がり、個室のドアを開けて出ていく気配がした。だがそこで立ち止まっている。音をたてないようにして鍵穴から外をのぞくと、オスカルは鏡を見ていた。まぶたが紫色に腫れ、涙で顔を濡らしている。そんなオスカルを見て、助けてあげたくてもなにもできない自分にぞっとした。
　オスカルがああなったのはまさにぼくのせいだと考えて、それよりもっと、ぞっとした。

＊　＊　＊

ポケットのなかの携帯が震えた。取り出して、おや、と眉をひそめる。フェルからメッセージが来ていた。

フェル：よお。
ダリオ：やあ。
フェル：おまえはばかだ。

ビッグニュースだ。

ダリオ：おれがなにをしたのか教えてくれるかな？

フェル：オスカルが殴られた。

ダリオ：知ってるよ。

フェル：知ってるだと？？？

フェル：でも、おまえにはどうでもいいことだよな？？

ダリオ：どうでもいいとは言ってない。

ダリオ：知ってるって言っただけだ。

フェル：まあいいや。

フェル：おまえはばかだ。

ダリオ：いいよ、それで。

こらえようとしても、涙があふれてきてしまう。いろんなことがあったけど、ぼくはまだフェルのことを親友だと思っている。相手は絶対、そうは思っていないだろうけど。ぼくがオスカルにしたことを思えば、もうなにがあってもフェルを頼れはしないけど、それでもまだフェルのことを好きだ。ふたりのことが好きだ。

《なくしたもの、決して手に入らなかったもののなかで、最高なのがきみ》

「ダリオ！　晩ごはんよ！」

祖母の声で、物思いから引きはがされた。ため息をつき、携帯をベッドの上に放り投げて涙をぬぐう。キッチンに行く前に、バスルームの鏡で自分の顔を見た。よかった、泣いた跡は残ってない。このほうがいい、祖母をこれ以上心配させなくてすむ。シーツのことはなにも訊かれなかったし、ぼくから話題を切り出すこともないけど、祖母が心配してくれてるのはわかってた。

「晩ごはんはなに？」キッチンに入りながらたずねる。祖母はほほえんでぼくを見る。

「ラザニアが少し残ってるの。食べる？」

オスカルのことがあったあとでは、正直、食べると考えただけで胃がむかむかする。だけど祖母はぼくが喜ぶと思いこんで、「うん」と言うのを期待してるみたいなので、笑ってこう返事しないわけにはいかなかった。

「もちろん！」無理に明るい声を出す。「おなかすいて死にそうだよ」

でもそのあと一分もしないうちに後悔した。祖母はラザニアを皿からあふれそうなほど盛りつけて、レンジに入れたんだ。

「それ、全部ぼくの分じゃないよね？」

「あんたの分に決まってるじゃない」

「おばあちゃん……、全部なんて食べられないよ！」

祖母は眉をひそめてぼくを見た。

「ばかなこと言わないの」優しい声でたしなめる。「あんたは十六歳なのよ、ダリオ。成長期じゃないの。それに、昨日はおかわりでもこれよりもっと食べたでしょ」

ぼくはあきらめのため息をついて座った。祖母が自分の皿を温めている間にラザニアを細かく切り分ける。そして祖母が席に着くと同時に食べはじめた。食欲はないが、早く食べ終えたい一心だ。温め直してもラザニアはおいしいが、一口食べるごとに胃をぶん殴られ、腸に蹴りを入れられるような気がした。もちろん、ぼくはそうされて当たり前なんだけど。

食べ終えると吐きそうになった。よく考えると、最近こういう感覚がしょっちゅう起きる。よし、ロッキーを散歩に連れていこう。そうすれば、喉まで詰まった食べ物が少しは下りていくだろう。いつもはもっと遅く出かけるけど、もう一分だって長く家にいたくない。泣き出してしまいそうだし、祖母にそんなところを見られたくない。シーツのことがあったあとでは、なおさら。ロッキーにリードをつけ、家を出て一緒に走り出した。

そのまま走りつづける。

立ち止まることなく走る。胃の痛みがあまりにも強くなるまで。ナイフで刺されたような痛みが背中を貫くまで。立ち止まるしかなくなるまで。口のなかに苦い胆汁があふれ、吐き気を催すまで。そしてがくっと膝を折り、口を開けてすべてを出し切るまで。

恥ずかしさ。憎しみ。嫌悪。罪。ほほを流れる涙。目覚めたとき、ベッドにぐっしょり染みこんでいる尿。床を流れる、死のように黒いオスカルの血。

ぼくはすべてを吐き出す。

（闇）

闇。見渡す限り、どこもかしこも真っ暗闇。

ぼくはひとり。そう。完全にひとりぼっち。ぼくがいるのは果てしなく深い井戸の底、どんなものも来られない場所。どんなものもぼくを救えない場所。

いやだ。

やっぱりいやだ、お願いだ。

やっぱりいやだ。

ごうごうと鳴る音は、ぼく自身の呼吸だ。心臓の鼓動は耳を突き破るほどだ。それになにか別の音も聞こえる。ずっと遠いけど、だれかの呼吸の音。ぼくのではない心臓の鼓動、そこになにかちがうものも混ざっている。その音は弱くない。不規則でもない。

ぼくのと同じリズムで鼓動する。

遠くに光が見える。ちがう。光じゃない。ふたつあって、少しずつ近づいてくる。それがなにかはもうわかっている、あれは目の輝きだ。

パニックに襲われたぼくは凍ったかぎづめで胃がぎゅっとつかまれたようになり、心臓の鼓動はどんどん激しくなっていく。どうすればいいんだ。この真っ暗闇のなか、どこに逃げればいいかもわからない。容赦ない怒りのこもった目はどんどん近づいてくる。ぼくを捕まえに来るのがわかる。

だれの目かは見えないけど、いずれにせよぼくは知っている。あれはオスカルの目、そこにはぼくを打ち砕こうという決意が宿っているのがわかる。ずたずたにしようと。これまでしたことのつけを払わせようと。そして最悪なのは、ぼくはそうされて当然のやつだってこと。

この静けさのなか、どんどん激しくなる鼓動が相手の耳にも聞こえているはずだ。こんなに暗くては、どこに身を隠せばいいのかもわからない。

ついに瞳の持ち主が、ぼくの前までやってきた。そしてそれは、オスカルではなかった。けだものでもない。ぼくに罪を償わせるために地獄から出てきた怪物などではなかった。

ちがう。

むしろもっと悪い、怪物などよりもっと最悪のものだ。

それはぼくだった。

闇に包まれているというのに、なぜかぼくには自分の姿がはっきり見えた。彼の／ぼくの目は怒りに満ちているが、そこに見えるのはそれだけじゃない。痛みも見える。恥も。罪の意識も。まちがって自分の猟犬を撃ってしまったことに気づいたハンターの目だ。手を罪なき者の血で染めた人の目だ。

それがぼく自身の目。

「おまえは彼を殺したんだ、ダリオ」しわがれた声で言う。自分の声とわかっているのに、自分のものとは思えない声。

「なんだって……？ なにを言いたいんだ？」ぼくはどうにかたずねる。なんのことを言っているのか、ちゃんとわかっているというのに。

「おまえがこうしたんだ」

もうひとりのぼくがぼくのほうに両腕を伸ばす。全体の皮膚がぱっくりと割れ、無数の傷となって蜘蛛の巣のように広がっていく。

ちがう。

それはもうひとりのぼくの皮膚ではない。

ぼく自身の皮膚だ。

ぼくはうつむき、それを見た。ぼくの体はぼろぼろだった。無傷な皮膚のほうが少ないほどで、そこからゴボゴボと血が噴き出しはじめている。こんなに血を失ったら、立っていられなくなるほどの血。だけどぼくは立っている。

「これはおまえのせいだ」もうひとりのぼくが言う。「これは全部おまえのせいだ」

「それは……」

「おまえのせいだ！」

ねっとりした血がドクドクとぼくの腕を流れ、地面に落ちて黒い水たまりをつくる。Tシャツもズボンもぐっしょり濡れ、血を流しているのは腕だけではないとわかる。胸からも血が流れている。脚からも。首からも。顔も湿っていて、触ると口角からこめかみまで長い傷が走り、そこからもドクドクと血が流れているのに気づく。

「ごめん……」すすり泣き、恐怖にかられてもうひとりの自分を見ながらつぶやく。血を流し、死にかけた自分を見つめる。「本当に……本当にごめん」

「おまえのせいだ！」もうひとりの自分は激怒して叫び、ぼくに近づいてくる。決然として。猛々しく。この上なお、血を流させようとして。

「本当に……ごめん……」

だけどそのときあるものが視界に入り、喉が詰まって声が出なくなる。

体から出ているのは、流れる血ではなかった。

ちがう。

「おまえのせいだ……」

幻覚かもしれない、でもそうじゃないと断言できる。闇に包まれているというのに、もうひとりの自分と同じように、自分自身の体がはっきりと見える。どういうわけか、ぼくたちを包む闇は、物が持つ色を変えることはない。

だけどぼくの体から流れる血は、タールのように黒い。夜のように黒い。ぼくの心と、魂の本質と同じ、真っ黒。

死のような黒。

ぼくは叫び出す。

El Hielo De Mis Venas

第6章

わたしが記憶をしまっている場所でぐっすり眠って
彼がわたしを夢のなかで呼んでいる
彼がわたしを訪ねてくる、どうなる？
わたしはすぐに、また彼に会える？

『イン・スリープ』
リジー

日々は過ぎていくが、悪夢はぼくに張りついて放してくれない。

毎日悪夢を見るわけではないが、もう日課のひとつと言えるくらいには見てる。おむつを買いに行こうかと真剣に考えはじめるくらいに。悲惨だ。

悪夢から目覚めると、内容はほとんど忘れていて、ただベースになるものを覚えているだけ。闇。血。死。血を流しているのはぼくのときもあれば、オスカルのときもある。ときには死んだはずの両親が蘇って血を流し、ぼくを苦しめることもある。ぼくのやったことすべてを責めるんだ。だれが出てきても悪夢の中身にあまりちがいはない。結果はほとんどいつも同じ。汗と尿にまみれて目覚め、寒さに震えて、叫びすぎた喉はざらざらしている。

来る夜も来る夜も、パジャマとシーツを洗い、起きたら干す。来る日も来る日も、学校から帰ってくるとベッドの上に、アイロンをかけてたたんだパジャマとシーツが置いてあるのを見る。家に帰るとすぐに祖母は、元気かとぼくに訊くが、シーツのことはなにも言わない。なんにもだ。

だがやがて、その日が来た。

「ダリオ、もうこんなこと続けるわけにはいかないよ」ある日の昼食を終えると、祖母は真剣な声で言った。ぼくの目をじっと見つめてきたが、ぼくは視線を外した。

なんのことかと訊く必要もない。今日も学校から帰ると、たたんだシーツとパジャマがベッドの上にあったのだから。それでも最初に浮かんだ考えは、ごまかすことだった。いつもごまかしている。たぶんぼくは、あまりに長いこと仮面をつけてきたから、もう取れなくなってしまったんだ。

「なんのこと？」

しらばくれて、うそをついてみせて、なんになるというのだろう。仮面が糊で皮膚にくっついて、もうどんなに取ろうとしても、はがせなくなっちゃったみたいだ。

「とぼけるんじゃないの」ぼくの目をじっと見ながら、祖母はぴしゃりと言う。「なんの話をしてるか、ちゃんとわかってるくせに……」

「おばあちゃん……」

「おばあちゃんもおじいちゃんもないよ。こんなこと、普通じゃないよ、ダリオ。わかってるんでしょ？」恥ずかしくなって、ぼくはゆっくりとうなずく。顔がトマトみたいに真っ赤になってるはずだ。「あんたの両親のことがあったとき、そうなったのは理解できるよ……。でもそれはずっと前のことだよ、ダリオ。もう何年も前。あんたは乗り越えたはずだ」

「わかってる」

「それなら、どうしてまた、ベッドを濡らすの？」

これが祖母のやり方だ。ぼくに余裕がなければ、追い詰めないでいてくれる。必要なら黙っていることもできる……。やがて話し出すが、そういうときの言葉はいつも単刀直入で、的を外さない。まるで矢のようだ。その矢はまっすぐ飛んできて、ぼくの胸に刺さる。

本当のことをすべて話せるかもしれない。起きたことすべてを。ぼくがしたことすべてを。だけどぼくには、そんなことできない。ありのままの自分を知られる恥ずかしさに向き合うことができない。それに、たとえそこまで話さなかったとしても、自分がしたことを知られる恥ずかしさと向き合うこともできないだろう。

そしてなにより、オスカルのことを祖母には話せない。オスカルに地獄を味わわせてしまった今となっては。それを知ったときに祖母が浮かべる表情を見るのは耐えられない。なにより心が痛むのは、祖母が落胆する姿なんだ。

「わかんないよ」結局、そう答えた。祖母はため息をついて目を閉じる。それから眼鏡を外し、疲れた様子で鼻筋をつまんだ。

「ダリオ……。また、精神科の先生のところに行かなきゃならないと思う」

血管のなかで血が凍りついたような気がした。これ以上凍れるならの話だけれど。両親が亡くなり、悪夢を見るようになって、ぼくは週に二度カウンセリングに通うことになった。そのうち、カウンセリングは週に一度に減り、やがて月に二度になった。通院をやめたのは、最初の診察からほぼ一年が過ぎたころだ。今でもミリアム先生のことは大好きだし、すごく助けてもらったとも思うが、もう診察は受けたくなかった。ましてこれまでの出来事を話すなんて、とんでもない。

「必要ないよ」

「ダリオ……」

「必要ないんだってば！」そう繰り返したが、叫んですぐ、祖母の顔を見て後悔した。「ごめん。だけどほんとに、必要ないんだ。そのうち……そのうち終わるよ」

「ダリオ、こんなこと普通じゃないよ。わかってるんでしょ？」

ぼくはゆっくりうなずく。

「うん」

「また精神科に行かなきゃ」祖母は繰り返す。「あんたの両親のことがあったとき、助けてもらったわ、そうでしょ？」

ぼくはもう一度うなずき、目がうるんできたことに気づく。

「うん、でも……」

祖母はぼくの顔に手を伸ばし、指で涙をぬぐってくれた。

「でもは、もうやめて。こんな状態のままじゃだめ。あんたが悪いんじゃないから」そう言ってから、優しい口調になって付け加えた。「でも、このままじゃだめ」

涙がほほを伝いはじめた。また精神科に通うなんていやだけど、でも、祖母が言った通りだ。

このままじゃだめだ。

「わかってる」とうとう、言った。

「それじゃ、この話はおしまい」

「でも、すごく高いよ」セーターの袖で涙をふきながら反論してみる。「そんな大金、使っちゃだめだよ」

反論としてはかなり弱いが、言うだけ言っておかなければ。とはいえ、それがなんの役にも立たないとわかるほどには、ぼくは祖母を知っている。

「そんなこと言ってる場合じゃないだろ」思った通りの答えだ。「あんたにとって必要なら、お金はどうにかしてひねり出すさ」

「わかったよ」完敗だ。

「話したくないのなら、なにがあったかは訊かないよ。だけどあんたには助けが必要だ。わかるね？」

「うん」

「また同じことが起きてるのなら、ミリアム先生の予約を取るよ。いいかい？」

いやだ。千回だって言う、いやだ。

「うん」

「愛してるわ、ダリオ」椅子から立ち上がり、ぼくのほうに近づいてくる。「そのことは絶対に忘れないで、いい？」

どうして涙が流れるのかよくわからないけど、祖母のふくよかな腕で抱きしめられ、においをかぐとたちまち、ぼくは子どものころに帰った気がした。残念ながら、それはほんの一瞬の間だったけど。

「うん」抱きしめられ、愛されていると実感しながら、声を押し殺して答えた。そんなふうにされる機会はほとんどないから、この時間を大事にしたかった。

体を離すと、ぼくは涙をふいて立ち上がり、ロッキーを散歩に連れ出すことにした。リードを取り出す音を聞きつけるや否や、ロッキーが走り寄ってきた。しゃがんで耳のうしろをかいてやる。それからどこへともなく歩き出したのだが、気がつくと、またここに来ていた。

オスカルの家の前に。

今日は部屋に灯りがついている。この時間ならきっと読書だ。それとも絵を描いてるのかな、わからないけど。わからないのがいやだ。ずっとオスカルの考えを追っていたいのに、わからないのがいやだ。オスカルを~~殺した~~失ったのがいやだ。

家に帰ろうと思ったができない。まだ、だめだ。今のぼくに必要なのはオスカルの近くにいること、オスカルを近くで感じること。そのためにできるのは、これしかないんだ。ほんの数分だけこうしていよう。建物の前のベンチに座り、音楽を聴きながらじっとオスカルの部屋の窓を見つめる。オスカルが窓から顔をのぞかせるのはきっと今日、ついに話ができるのは今日。でも心の底ではそんなこと起きっこないとわかっている。でも、もし顔をのぞかせたら？　ぼくがここにいるのを見てどう思うだろう？　まるでなにもなかったように話せるのだろうか？

ぼくがすべてをぶち壊したりしなかったかのように？

きっとぼくは~~死ぬ~~立ち去るべきだと思いながらも、ベンチでじっとしている。

数分経ち、コートを着ていても寒くなってきた。太ももを叩くと、ロッキーがすぐベンチに飛び上がり、ぼくの膝に乗った。ぼくはうつむいてロッキーを抱きしめ、ロッキーはされるがままになっている。重いけど気にならない。それどころか、その重みに感謝している。その温かさに感謝している。ぼくはひとりじゃないって感じさせてくれるんだ。

突然、ズボンのポケットがぶるっと震え、脚に当たる。ぼくの帰りが遅いから祖母がメッセージを送ってきたのだろう。急いで携帯を取り出す。

でも祖母からではなかった。フェルからだ。今度はなんの用だ？　あんなやりとりのあとだけにいちばん話したくない相手だった。でもなにを言うのか知りたい気持ちもある。メッセージを開ける。向こうはまだ接続中だ。

フェル：よお。

ダリオ：また、ぼくにばかって言うつもりか？

あっという間に返事が来た。

フェル：そんなんじゃねーよ、ダリオ。
フェル：話せるか？
ダリオ：言えよ。

［書きこみ中……］
［接続しました］
［書きこみ中……］

フェル：直接話したい
フェル：明日うちに来れるか？

なんと、こう来るとは。

ダリオ：ああ……。
ダリオ：うん、まあ。
ダリオ：何時？

フェル：六時はどう？
フェル：問題ないか？
ダリオ：ああ、もちろん。
ダリオ：六時に会おう。
ダリオ：：）

［書きこみ中……］
［接続しました］
［書きこみ中……］

―フェル：：）

フェルの招待にはすごくびっくりしたってのが本音だけど、うれしくならないわけがない。もしかしたらぼくを許してくれるつもりかも。もしかしたらおせっかいは焼かないって決めたのかも。もしかしたら、いろいろあったけど、やっぱりぼくと親友でいたいと思ってくれてるのかもしれない。それか、少なくとも普通の友だちで。

窓を見る。オスカルがいなければこんなことは起きなかったと思った。確かに、全部台無しにしたのはぼくかもしれない……。でも台無しになったのは、オスカルがあんなこと言ったからだ。あんなこと言うべきじゃなかった。あの言葉は不意打ちだった。ぼくにそんな覚悟がないのは、オスカルだって知っていた。そりゃ、責任の大部分はぼくにあるのかもしれないが、ぼくだけのせいじゃない。やっとわかった。厄介なことにしてしまったのはぼくかもしれないけど、オスカルにだって罪はある。

ロッキーを地面に下ろし、ぼくも立ち上がって家に帰った。

第7章

El Hielo De Mis Venas

あなたとわたし
お互いを自由にしなきゃ
ふたりでしがみついてるけどお互いにわかってる
いい考えだと思えたものが
戦場に変わったのよ

『バトルフィールド』
リア・ミシェル

フェルの家に向かうときは雨が降っていたけど、ほとんど気づかなかった。なんといってもぼくは、ほぼ毎朝びしょ濡れで目を覚ますんだから、ちょっとくらい雨が降っていたところでどうってことはない。でも、なにを言われるだろうかと思うと怖い。友だちでいつづけたいと言われるのが怖い。友だちでいたくないと言われるのが怖い。ぼくを嫌いだと言われるのが怖い。ぼくを好きだと言われるのが怖い。

それにもう、完全にフェルを失ってしまったのだとしたら、どんなにがんばっても、もう修復のすべはないとしたら。それを確認しに行くだけになるのも怖い。

そんなことを思っていると、目の前でドアが開いて、フェルがぼくにハグをした。いつもと同じ、強く温かいハグだ。空白の時間などなかったような、なにも起きなかったかのようなハグ。ぼくらはずっと親友同士で、これからもそれが続いていくと思わせるような。ぼくはほほえむ。

「会えなくて寂しかったよ」思わず、そうつぶやいた。

フェルの体はちょっとこわばったが、すぐにゆるんだ。

「ぼくもだ」そう答えるフェルの声には、どこか緊張感があった。「さあ、部屋に来いよ」

体を離し、廊下を歩き出す。慣れ親しんだ場所だ。自分の家の廊下と同じくらい何度も歩いた場所にいると、失ったものを取り戻すように感じた。実際には残念ながら、なくしたものすべてをそんなに簡単に取り戻せるわけじゃないけど。《きみはなくした夢のなごり……》

「メッセージ、ほんと言うとすごくびっくりしたんだ」ぼくは小さな声で言う。ほほえみを浮かべてはいるが、実はかなり気おくれしていた。「きみがおれと話したがってるなんて、考えてもいなかった」

フェルは返事をせず、自分の部屋に入ってぼくを手招きした。ぼくも入り、そしてそこで、見た。

イケメンで。

憎らしくて。

完ぺきで。

弱っちくて。

強い。

オスカル。

それまで浮かべていた笑みは凍りついた。まるで幽霊を見た気分だ。というかある意味、彼は幽霊のようなものだ。ぼく自身が葬った幽霊、まさかもう一度対峙することになるとは思わ

なかった。この幽霊と対峙する勇気がぼくにはない。《なくしたもの、決して手に入らなかったもののなかで、最高なのがきみ》

　フェルが呼び出した理由はこれだったんだ。フェルは別に仲直りしたいわけじゃなかった。ぼくとの友情などどうでもよかった。ぼくの言うことになど、全然興味がなかった。まったく。ただオスカルと会わせるために仕組んだことだとわかって、怒りがこみ上げてきた。いつもならぼくの心は凍りついているが、だまされたと気づいて、血管のなかの血が沸き立った。ぼくのことなんてどうでもいいんだ、だってフェルにはオスカルだけが大事なんだから。ぼくのことなんて好きじゃないんだ、本当にフェルを失ったんだと、今気づいた。

「おまえ、ここでなにしてるんだ？」オスカルに向けて怒りをぶつけ、それから、部屋のドアを閉めたフェルを見る。「このおかまが、ここでなにしてんだよ」

　フェルの反応は素早く、意外なものだった。こぶしを上げ、ぼくの顔をすごい力で殴りつけたんだ。ぼくは二、三歩あとずさり、壁に背中をぶつけた。だれがいちばん驚いたかわからないくらい、みんなびっくりした。フェルも、オスカルも、ぼくも。

　たったひとつわかるのは、自分が激怒していること。

「一体全体、なんなんだよ、おい」わめきながらほほに手を当てる。めちゃくちゃ痛い。

「聞けよ」フェルの声は冷静だ。「ここはぼくのうちだ。もめごとを起こしたり、暴言を吐いたりしてほしくない。もしオスカルにまたあんなこと言ったら、顔をぼこぼこにしてやるからな。いいか？」ぼくは素直にうなずく。「ぼくはちょっと居間でプレイステーションしてくるから、ふたりでしゃべってろよ。でも言っとくぞ。もめごとは、なしだ」

「わかった」しぶしぶ言った。

「それでいい」とフェル。

それからすぐにドアが閉まり、ぼくたちはふたりになる。この張り詰めた空気にはなじみがある。眉をひそめてオスカルを見ると、向こうもこちらを見返した。あまりにも居心地が悪くて、沈黙を破ることにした。

「どうしたいんだ？」フェルに殴られたほほに手を当てたまま、かすれた声で訊く。

「ただ、話したいだけ」そのか細い声を聞くと、なお一層怒りが湧いた。

「おまえと話すことなんてない」

立ち去ろうとしたそのとき、オスカルが立ち上がり、体を震わせながらそばに来た。

「ダリオ、ぼくたち、友だちだったよね。いい友だちだったじゃないか。三人は切っても切れない仲だったよな！　きみがぼくとおんなじ気持ちでいてくれなくてもかまわない、それでもいいよ。でもだからって、友だち関係までおかしくなっちゃう理由にはならないよね。男と女でもそうじゃないか！　これまでと同じようにふるまうし、友情が壊れることなんてない。マジで、ぼくのことはもうどうでもいいの？」

どうでもいいって？　本当にそんなこと考えてるのか？　ぼくは昼も夜も、オスカルのことしか考えられないというのに？　どう答えたらいいのかわからなくて、ぼくは目をそらした。オスカルの目を見ることができない。

「どうした？　なにも言うことがないのか？」オスカルは食い下がる。

なにを言えるというんだ？　すべておまえのせいだって？　ぼくにとってあのことがどれほど難しいかわかっていて、プレッシャーをかけたって？　それなりにうまくいっていたのに、おまえがすべてを台無しにしたって？　ぼくは激怒している、だけど彼はそれを聞きたいわけじゃないってわかってる。肩をすくめ、答えようとして、ちょっと口ごもってしまった。

「言うことなんてないよ」

「あるだろ」

その言葉に、さらに一層怒りがかき立てられた。ぼくの考えにまで口出しするなんて、なんのつもりだ？　受け入れがたいことを受け入れるよう強いて、こうやってオスカルはすべてをぶち壊したんだ。ぼくは何度も何度もそう言った、すべてはっきり言ったのに、聞こうとしなかったのはオスカルだ。全部オスカルのせいだ。

だからぼくは、オスカルを憎むんだ。

「ないんだよ。おまえのことなんてもう、知りたくもなんともないんだ。いい加減わかれよ。そう難しいことじゃないだろ」

「ああ、そう」オスカルが言い返す。「毎日毎日、仲間とつるんでぼくを笑いものにしてるきみが、ぼくのことをもうなんにも知りたくないなんて思えないけどな」

かっとして、ほほが赤くなるのがわかる。一体なんのつもりでそんなこと言うんだ？　笑いものにした？　仲間ってだれだよ、おまえとフェルを失ってからは、ぼくには友だちなんていないんだよ。それにおまえがトイレで殴られたとき、カルロスに立ち向かったのはぼくなんだぞ、フェルじゃなくて。腹が立ちすぎて、まともにオスカルの目を見られない。ぼくはまた視線を外した。

「なにも言わないのか？　おまえは卑怯者だ」

もういい、うんざりだ。これ以上我慢するつもりはない。オスカルはぼくをじっと見ている。今にも殴ろうとしているのがわかる。それなら殴ればいい、ぼくだって殴りたい。こんなこと、これ以上言わせておくつもりはない。

ところがそのときオスカルがぼくにしたのは、キスだった。

しばらく呼吸が止まり、体は電子銃で撃たれたみたいに完全に麻痺した。そしてほとんど気づかないままに、くちびるが自発的に動きはじめた。ほんのちょっとした動きだったけど、一瞬、キスに応えてしまった。オスカルの息のぬくもり、くちびるの柔らかさに気づく。その体はぼくの体を求めていた。そのくちびるは蜜と塩、涙と欲望、恐れと切望の味がする。心臓が張り裂けそうだった。ほんの束の間すべてが消えて、ただぼくとオスカルと、心を激しく打ちつける病的なまでの欲望だけが存在していた。すると内側に抱えた怒りは、濃くて熱い液体となり、毛穴という毛穴から流れ出した。そんな状態だったのに、コンマ数秒ほどの間、ぼくはオスカルのキスに応えてしまった。

ぼくはそんな自分が嫌いだ。オスカルが嫌いだ。どうしてぼくにキスをしようと？　あんなことがあったあとで、どうしてぼくにキスなどできるんだ？　キスはできないと知っていたはず、それがぼくたちの取り決めだったのだから。だからそんなことが起こるとは、思いもよらなかった。でもいずれにせよ、オスカルはやってしまったんだ。ぼくにキスした。口のなかに胆汁の、苦くてなじみのある味がする。不快感がこみ上げ、さっとオスカルの体を遠ざける。

ほんの少しの間、なにか荒々しいものに体を乗っ取られたようになって、気がついたらオスカルの顔につばを吐きかけていた。

そのあとはなにも考えず、ドアを開けて部屋の外に出る。うしろを振り返ることができず大股で廊下を歩いた。心臓が早鐘のように打つが抑えられない。フェルがなにか叫んだが、言葉は聞き取れなかった。玄関ドアを開けて外に出ると、叩きつけるようにして閉める。なかからフェルがまたなにか叫んだが無視する。ただただ、その場から逃げたかった。

最悪の気分だ。

あまりにも気分が悪くて、ほとんど身体的な痛みを感じる。なにか大きなものにみぞおちをぎゅっとつかまれ、ひねられているようだ。吐きそうだけど、それより最悪なのは、こういう感覚に最近では慣れすぎていて、もうちっとも驚かないということ。

そう、どれほど自分に言い聞かせようとしても、これはオスカルのせいじゃないんだ。すべてぼくのせい。オスカルを地獄に突き落とし、今日、ようやく修復できるかもしれないチャンスが来たのに、さらに沈めてしまった。

早く夜になってほしい、悪夢を見たい。

少なくともそのなかでぼくは死ねる。

少なくともそのなかでぼくは罪の代償を支払うことができる。

（闇）

闇。見渡す限り、どこもかしこも真っ暗闇。

ぼくはひとり。いや。実際には、まったくのひとりぼっちというわけじゃない。ぼくがいるのは果てしなく深い井戸の底、どんなものもぼくを救えない場所。だけどひとりじゃない。ずっと遠くだけど、ぼくのじゃない呼吸音がする。ぼくのじゃない心臓の鼓動が、ぼくのと同じリズムで聞こえる。それがだれだか、ぼくは知っている。

遠くに光がひとつ、見える。いや。ひとつではない。光はふたつともっていて、少しずつこっちへ近づいてくる。あれがなにかはわかっている。目の輝きだ。

パニックに襲われたぼくは凍ったかぎづめで胃がぎゅっとつかまれたようになり、鼓動がどんどん激しくなってきた。どうすればいいのかわからない。この真っ暗闇のなか、どこに逃げればいいかもわからない。容赦ない怒りのこもった目はどんどん近づいてくる。ぼくを目がけてくるのがわかる。

だれの目かは見えないけど、いずれにせよぼくは知っている。あれはぼくの目だ。そしてそこには、ぼくを打ち砕こうという決意が宿っているのがわかる。ぼくをずたずたにしようと。これまでしたことのつけを払わせようと。そして最悪なのは、ぼくはそうされて当然のやつだってこと。

この静けさのなか、どんどん激しくなる鼓動が相手の耳にも聞こえているはずだ。こんなに暗くては、どこに身を隠せばいいのかもわからない。

とうとう、相手が目の前に来た。闇に包まれているというのに、その姿がはっきり見える。その目は怒りに燃えていたが、そこにあるのはそれだけじゃない。痛みが見える。恥ずかしさも。罪の意識も。そしてもうひとつ、嫌悪も。まちがって自分の猟犬に向けて発射してしまったと気づいた狩人の目だ。罪なき者の血で手を汚した者の目だ。

それはぼくの目。

「ダリオ、おまえはぼくを殺した」しわがれた声で言う。予期せぬ言葉だった。いつもの言葉に似ているが、同時にちがってもいる。

「なに……？　なにを言いたい？」どうにか言葉を絞り出す。本当になんのことだかわからないからだ。

「おまえがこうしたんだ」

両腕をこちらに伸ばす。すると皮膚がぱっくりと割れ、無数の傷となって蜘蛛の巣のように広がっていく。

彼の皮膚。

ぼくのではない。

その体はぼろぼろだった。無傷な皮膚のほうが少ないほどで、傷口から血がゴボゴボと噴き出してきた。そんなに血を失ったら立っていられないんじゃないかと思う量だ。だけど立っている。

「これはおまえのせいだ」もうひとりのぼくが言う。「このすべてはおまえのせいなんだ」

「それは……」

「おまえのせいだ！」

ドクドクとあふれる濃い血が腕を伝って流れ、地面に落ちて黒い水たまりをつくる。Ｔシャツもズボンも濡れていて、血が流れているのは腕だけじゃないとわかる。胸からも血が流れていた。脚からも。首からも。口角からこめかみまで長い傷が走り、容貌をすっかり変えていた。

「ごめん……」ぞっとしてもうひとりの自分を見つめ、すすり泣きながらつぶやいた。実際にはぼくそのものの、血を流し、死にそうな体を見つめる。「ほんとに……ほんとにごめん」

「おまえのせいだ！」もうひとりの自分は激怒して叫び、ぼくに近づいてくる。決然として。猛々しく。血を流させた報いをぼくに与えるつもりだ。

その体から出ているのは血ではない。ちがう。その血は黒かった。

「ほんとうに……ごめん……」

だけどそのときあるものを見て喉が詰まり、声が出なくなった。

「おまえのせいだ……」

Ｔシャツが破れている。もうひとりの自分はそこに手を持っていき、撫でている。

ちがう。撫でているんじゃない。

かいているんだ。ひっかいている。皮膚を破り、引き裂いて穴を開けている。それから胸に手を入れる。手首まですっぽり入った。

取り出したのは心臓だ。ぼくの心臓。開いた掌の上でまだぴくぴく動いている。それもやはり、黒いのがわかった。タールのような黒。夜のような、ぼくの魂の本質のような黒。死のような黒。

「なに……、なにしてるんだ？」震える声で、どうにか訊く。

「おまえのせいだ。全部おまえのせいだ」

そしてゆっくり、心臓を口に運ぶ。一瞬早く予想した通り、もうひとりの自分は心臓にかみついた。血がほとばしり、歯とあごを染めていく。

だけどちがう。

心臓をかんでいるのはもうひとりの自分じゃない。

ぼくだ。

うつむくと、そこにあった。ぼくの手のなかで、引き裂かれ血を流している。熱い。ビクビク動いている。

ぼくは叫び出す。

第8章

El Hielo De Mis Venas

抱きしめてくれるのを待ち焦がれているの
あなたのカレがやるみたいに

『マーリチク・ゲイ』
t.A.T.u.

ありえない。

一日に走るすごい数の電車のなかで、すごい数の車両のなかで、たまたま同じのに乗るなんてありえない。

だけどそうなんだ。

だけど運~~悪く~~よく、オスカルはこっちを見ていない……少なくとも、今のところは。数メートル先にいて、音楽を聴き、ずっとにこにこしながら、ひっきりなしにスマホを見ている。ときどき窓を見るので、そのときはガラスに映った顔がよく見える。ずいぶん久しぶりに見る、うっとりした表情だ。実際、ほほえむ彼を見たのはいつのことか覚えてないくらいだ。絶えず脚を動かすのは、緊張しているからだろう。人の気持ちを推し量るのが苦手なぼくでさえ、こういったことがなにを意味するかわかった。

出会いがあったんだ。

胸がずきっとしたが、それがなんなのか、うまく言い表せない。それをどう感じているのか、ほんとのところ自分でもよくわからない。怒り？　羨望？　嫉妬？　わからない。わかるのはただ、死んでしまいたい泣きたい、叫びたいということだけ。だけどここでそんなことできない。《この鼓動はきみのせい》

どこに行くのか知りたい。

フェルの家での出来事が頭から離れない。自分のしたことが。自制を失い、オスカルをまた地獄に沈め、結局、ふたりと仲直りできたかもしれないあらゆるチャンスをぶち壊したことが。罪悪感が蛇のように胃のなかでくねくねと身をよじり、はらわたを内側から食い尽くす。あれから三日経ってもまだほとんど食べられないし、眠れなかった。

目的の駅に着き、オスカルが先に降りるのを待つ。降りるとすぐ、ホームを行く人のなかにオスカルを見つけることができた。見失わないようにペースを上げてあとをついていくが、同時に見つからないように十分な距離を置いてもいた。オスカルは軽い足取りで歩く。どこに行くのか知らないが、早く着きたくてたまらないようだ。また胸にずきっとする痛みを感じ、詩の一節が頭のなかでこだまする。《この鼓動はきみのせい　ナイフのように突き刺さる》

数分後に着いたところはスポーツセンターだった。意外だが、オスカルがまっすぐ入り口の階段に向かっていくので、目的地はここでまちがいなさそうだ。そこでは、ひとりの少年がオスカルを待ち受けていた。ぼくのいる場所からは顔がよく見えないが、どうやらほほえんでいるようだ。そしてオスカルもほほえんでいる。なにか言葉を交わしているが、ここからでは内容は聞き取れなかった。

オスカルがそばまで行くと、石段に座っていた少年はすぐに立ち上がり、彼をハグした。オスカルは体をこわばらせたが、すぐに抱きしめ返した。ハグを望んでいたかのようなしぐさだった。ふたりがどのくらいそうしていたか、計っていたわけではないが、少なくとも一分は抱き合っていただろう。それとも二十分か。それとも一生か。

胸の痛みがどんどん強くなっていく。

ばか

や

ろう。

少年がなにか言い、オスカルがうなずく。それからふたりは建物の入り口に向かって歩き出し、やがてドアの向こうに吸いこまれていった。自分もあとに続いて入ろうかとちょっと思ったが、すぐにその考えを捨てる。これじゃほとんどストーカーだ。それにオスカルがぼくを見つけたらまずいことになる。おまけに、ミリアム先生のカウンセリングの予約に遅刻しそうだった。

運よく、クリニックはここからそう遠くなかったし、スマホのナビがあったので、五分の遅れですんだ。数年前、長い時間を過ごしたなじみのある待合室に入ると、震えのような感覚を覚える。あのころとは雰囲気が少しちがっていて、椅子も植物も変わったけど、本質的には同じだった。

ぼくはまっすぐ診察室に向かい、ドアをノックした。

「どうぞ」なかからミリアム先生の声がする。ドアを開けると、先生がぼくをじっと見た。

「ちょっと遅刻よ」

「ごめんなさい」

先生と再会して、子どもに戻ったような気になる。先生も変わった。栗色の目の周りに少ししわが寄り、ダークブロンドの髪に白いものが混じっている。だけど笑顔は前の通りだ。温かくて優しい笑顔、これまで数えきれないほどの不幸を見てきて、理由はわからないが、それでも世界にささやかな貢献をしつづけたいと思っている人の笑顔。

「大きくなったわね。見ちがえるくらいよ」

ぼくは肩をすくめる。

「何年も経ったから」

「そうね。何年かしら、ダリオ。三年？　四年……？」

「最後に来てから、ほとんど四年」

ぼくに訊く必要はないはずだ。日付はカルテに書いてあるだろうし、今日ぼくが来る前に目を通しているにちがいない。でもここでミリアム先生と過ごした長い時間を思い出し、これは戦術だったと思い当たった。彼女自身がよく知っていることでも、患者のほうから言わせようとする。いつも患者に話させようとするんだ。

「四年……」考えこむように言う。「もちろん、長い期間だわ。聞かせて、この四年間どうだった？」

ぼくはまた肩をすくめた。

「よかった、と思う」

きれいに整えた眉を上げて、先生がぼくを見る。

「ここに戻ってきたのを見ると、それほどよかったわけでもなさそうね」そこで言葉を切るが、ぼくがなにも言わないのを見て、また続けた。「全部話して……。あれからどうしてた？　どんな出来事があった？」

今のぼくに、なにが言えるというんだ？

「えーと。中学校一年を終えた」前回のカウンセリングが終わったのは、学年の終わりごろだったことを思い出して言う。「その夏はおばあちゃんと一緒に海岸沿いのアパートで一カ月間過ごした。それから二年生、三年生、四年生を終えた。修了資格を取るには一科目残ってたけど、九月の再試で受かった。今は高校一年だよ」

先生はぼくをじっと見てから答えた。

「十二歳のときと同じように、相変わらず物事をまとめてしまうエキスパートみたいね」

くちびるがぼくを裏切って曲がって、半笑いの形になった。

「たぶんね」

「だけどそれでは十分じゃないこともわかってるんでしょ？」ぼくはうなずく。先生は続けた。

「まあ、少なくともわたしたち、少しは進歩したってことね。さあ話して、ダリオ。どうしてまたここに？」

たちまち、ほほが赤くなる。先生はぼくの口から言わせたがるが、予約を取るときに祖母が伝えているはずだ。悪夢のことまでは知らないかもしれないが、それも想像つくだろうし、ほぼ毎晩シーツを濡らしていることは絶対知ってる。

十二歳に戻ったぼくは、恥ずかしさに耐えられない。

「ねえ、ダリオ？」ぼくがなにも言わないでいるのを見て、先生は促す。「どうしてまた診察を受けることになったの？　わたしに会えなくて寂しかったからだとは思えないわ」

ぼくを笑わせようとして言ったのだろうが、笑えない。その代わりぼくは、たった一言だけ口にした。

「悪夢」

「どんな悪夢？」

最近見た悪夢を思い出し、体が震える。手のなかで脈打つ心臓、それを貫く歯の感触、口いっぱいに広がる血の味……。あまりにリアルで、思い出しただけで吐き気がする。

「闇」数分経ってから、やっと答える。「血。死。死んだ人々。死にかけてる人々。わかるでしょ……これぞ悪夢って感じ」

先生はすぐには答えず、ぼくをじっと見た。それから眉間にしわを寄せ、クリップボードにはさんだ紙になにか書きつける。

「そういう夢を見るようになってからどのくらい経つ？」

暗算する。オスカルの人生を台無しにしてから、どのくらい経つだろう？

「二カ月くらいかな。前はそんなに……、今ほど残酷じゃなかったけど」

最初のころの夢を思い出し、言葉を切る。最初はただの暗闇と、罪悪感、恐怖だけがあり、具体的なものはなにもなかった。あのころはそれがいやで仕方なかったけど、今は、あのくらいの夢ですむのならなんでもする。

「でも、今はちがうのね」

ぼくはうなずく。

「うん。二週間ほど前からちがってきている。もっと暗く、もっと残酷に。それにぼくはひとりじゃない。おまけに……」

ああ、だめだ。声に出して言えることじゃない。

「おまけに……？」

「知ってるだろ」ぼくは挑むように言う。否定してみろとけしかける。

だけど否定しない。

「ええ、知ってるわ。だけどあなたの口から言ってもらう必要がある」

「いやだ」

「どうして？」

だって恥ずかしいから。だってぼくは哀れなヤツだから自分が哀れに思えるから。だって来る夜も来る夜も、目覚めたときを思い出すだけで不快になるから。

「どうしてでも」

「答えになっていないわ、そう思わない？」

「もう答えを知ってることを質問するのは意味がないよ……そう思わない？」ぼくが言い返すと先生はほほえみ、クリップボードにまたなにか書きつけた。

「その通りよ、ダリオ。だけどここでのルールを決めるのはわたしよ。忘れたとでも？」

もちろん、忘れてなんかいない。

「いいや」

「それなら、わたしが質問してあなたが答えるのが第一のルールだってことも覚えてるわね」

「わかった」

「じゃ、続けましょ、ダリオ。おまけに……？」

「おまけに……」つばを飲みこむが、どうしてもその言葉を口に出すことができない。「おまけに……」

燃えてるんじゃないかと思うくらい真っ赤になってしまった。涙があふれてきて、今にもこぼれ落ちそうだ。こんな状態でいなきゃいけないのがいやで仕方ない。

いずれにせよ、先生はこれよりずっとひどい状態のぼくを見ているというのに。

「時間をかけていいわ」

「おまけに……」

視線をそらす。言えない。でも言わなきゃならない。どれだけ大変でも、力を奮い起こしてあのことを言わなきゃ。そうしなければここまで来た意味がなくなる。それは、一言もしゃべるもんかと決めて先生の前に座る、怯えた十二歳の子どもに戻るのと同じことだった。

涙がほほを伝うのにかまわず、先生の目を見据える。

「おまけに、おねしょするんだ」ついに言ってしまった。言いながら先生を見て、その目が輝いたのに気づきつばを飲みこむ。それは忘れてしまったと思っていた輝きだった。先生の目は、誇らしげに輝いたのだ。

「いろいろあったのに、あなたは自力で前進したのね」

第9章

El Hielo De Mis Venas

きみをぼくの腕に抱きしめて
ただきみをこの腕に
抱きしめたかっただけなんだ

『スターライト』
ミューズ

ぼくはオスカルの部屋のすぐ下にあるベンチに座り、灯りがともっているのをじっと見つめている。今、なにをしてるんだろう。あの男の子となにがあったんだろう？ なにをしたんだろう？ ふたりの間で起きたかもしれないことを考えると、胸にまたあの刺すような痛みが走る。それに、たとえなにもなかったとしても……、あのハグだけで、ぼくがこれまでオスカルとしてきて、もう二度とできないことを軽く飛び越えちゃってる。ふたりの仲がどうなっているにせよ、ぼくはもう手遅れだ。

自分は一体なにを望んでるんだろう、それすらちゃんとわからないのだけど。

「これからもっとよくなるのかな、ロッキー？」言葉の一つひとつをすべて理解しているかのように、ロッキーはこちらをじっと見ている。「すべて解決できるのかな？ ぼくが元気になるのはいつ？」

ロッキーが短く二回吠えたのを、ぼくは「心配ないよ」という意味に受け取ることにした。今のぼくに必要なのは楽観主義だ。

「ぼくは悪い人間だと思う？」

今度は一回だけ吠えた。これは「ちがうよ」だと受け取ることにする。それからロッキーはベンチに飛び上がり、ぼくの太ももに乗ってきた。重みでちょっと押しつぶされながらも、うつむいてロッキーの毛に顔をうずめ、ムスクのような濃い香りをかぐ。ぼくはなにもかも失ったかもしれないが、少なくともロッキーだけはいてくれる。ロッキーと祖母だけは。少なくとも、まったくのひとりぼっちというわけじゃない。

家に帰り、パソコンの電源を入れると深呼吸して、オスカルのツイッターに入る。あの少年についてなにか言っていないか、気になってたまらない。もう何日もオスカルをストーキングしていないから、見逃した書きこみがある。そこでカーソルを下げ、最後に閲覧した日まで戻って、そこから読みはじめることにした。

Lost Boy @LostBoy_99 – 2日前
今日もまた眠れない夜になりそうだ。

Lost Boy @LostBoy_99 – 2日前
早く柔道に行きたい。

Lost Boy @LostBoy_99 – 2日前
姉さんがいなくて寂しい。

Lost Boy @LostBoy_99 – 2日前
もしかしたらこんな日が普通になっていくのかもしれない。

もちろん、初めのツイートと最後のツイートのちがいは明らかだ。なにが普通になっていくのかは書いていないけど、あのばか少年に関係したことだと気づくには大して推理力も必要ない。画面を見てると、ほんの一時間前にブログに投稿があったのがわかり、ドキドキしながら、リンクを開いてみることにした。だけどその投稿は、それほど多くを語るものではなかった。

ときどき笑ってみるのって、びっくりするほど簡単だ。

12月11日 22：50 投稿 ｜ コメント：0

シェア Linked In facebook Twitter Google Tumblr

だけど、どれほど文が短くても、その投稿には意味があった。これではっきりわかった。あの……一緒にいるところを見たあの男の子が、単なる友だちじゃないってことが。少なくとも、オスカルの心のなかではそれだけじゃない。また刺すような痛み、嫉妬のうずきが胸を貫く。だけど、それだけでもない。ふっと軽くなったような奇妙な感覚を覚えたのだが、最初はそれがどういう感情なのかはっきりわからなかった。

しばらくしてそれが安堵だと気づき、驚く。

きっとオスカルはもう、ぼくに対して以前のような感情を抱いていないと知った安堵感。この重荷を背負いつづけなくてよくなったという安堵感。あれほど苦しめてしまったのに、オスカルはもうぼくを過去に追いやったのだという安堵感。

そして同時に、それゆえにオスカルを憎む。

感情が混ざり合い、胃がむかむかしてきた。笑いたい、飛び跳ねたい、だけど死にたい泣きたい、叫びたい、物を壊したい、すべて破壊したい、ぼく自身をも破壊したい。憎しみと攻撃的な言葉であふれた、今感じている怒りすべてを詰めこんだコメントを書きはじめた。その幸せを終わらせたい。オスカルを追いこみ、破壊し、そのはじけるような喜びを跡形もなくなるまで消し去ってやりたい。ブログが匿名のコメントを受けつけているのを確かめ、カーソルを送信ボタンまで持っていきクリックしようとした。

でもその寸前で気が変わった。まさにぎりぎりで送信をやめ、削除して別の内容を書くことにした。まったく別の内容を。素早く入力して、今度は送信ボタンを押した。

きみが幸せそうなのでうれしい。

投稿者：匿名　12月11日23時57分

シェア　Linked In　facebook　Twitter　Google　Tumblr

どうしてこんなこと書いたんだろう。本当にオスカルのために喜んでいるのか？　それともただ、これまでしたことに対する一種の償いとして、そう言っただけか？　さっぱりわからないが、もうやってしまった。投稿してしまったコメントは消せない。きっと、そのほうがいいんだ。

＊　＊　＊

目が覚めてほっとした。昨夜は一度も起きず、悪夢のかけらも見ずに眠れたからだ。珍しくすっきりした目覚め。シーツもパジャマもさらさらに乾いていることに気づいて二重に感謝する。これまでは当たり前だと思っていたことがそうじゃなくなるって、こんなにつらいものだったんだな。

スマホで時間を見ると、昼の一時を過ぎている。祖母が部屋に入ってきて、いつまで寝てるんだいと怒鳴らなかったのは驚きだけど、すぐにその理由に思い当たった。昨夜はシーツを濡らさなかったとわかって、好きなだけ眠らせておこうとしてくれたんだ。

トイレに行って、それから祖母に生きてるよって合図しに行こう。このままだといつ気が変わり、耳をつかんでベッドから引きずり出されるかわからない。けたたましい音がするので、祖母が居間にいることがわかった。そこで年代物のミシンをかけているのだ。

「何時に起きたか教えてもらえますか？」居間に入るなり嫌味を言われた。でも真剣に怒ってはないのが声でわかる。少なくとも、かんかんではない。

「おばあちゃん、おはよう」

「おはよう？」ぶつくさ言いながら、縫い物から視線を上げる。「ほとんど『おやすみ』だよ」

ぼくは声を上げて笑った。

「大げさなんだから」

「まさか朝ごはんを食べようなんて思ってるんじゃないだろうね」ぼくのおなかが鳴ったのを聞いて、祖母が釘をさす。「一時間もしないうちにお昼にするよ」

ぼくは愚痴をこぼした。

「でも、おなかがすいて死にそうだよ……」

「それなら、ちゃんとした時間に起きるべきだったね」

説得してなにか食べさせてもらおうとしても負け戦になるのはわかっているので、ぶつぶつ言いながら居間から出て、ロッキーを探しにいった。

「おいで、散歩に行こう」

ロッキーは見るからに大喜びしている。本当は何時間も前に散歩に出るはずだったからだ。そういえば最近、ちょっとロッキーの世話をさぼっている。ちゃんとしなくちゃ、と頭にメモした。ロッキーを大好きって言いながら、それにふさわしい扱いをしていない。埋め合わせに今日はたっぷり歩こうと思ったのに、外に出たら空が曇っていて、凍るような風が吹いていた。間もなく雨になりそうだ。だから、ほんの五分もしないうちに家に戻った。

埋め合わせができなくて悪かったという思いが消えず、いつもなら散歩のあとはボールで遊ばせておくのだが、今日は一緒に遊ぶことにした。かなり長く遊んでから部屋に戻り、昼食まで時間をつぶそうと思ってパソコンをつける。まずオスカルのブログを見ると、ぼくのコメントへのリプがあるのを見て、思わずほほがゆるんだ。

きみがだれだか知らないけど、ほんとに、どうもありがとう。
だれかが自分のことを気にかけてくれるのは、力になるよね。

投稿者：ロストボーイ　12月12日13時17分

シェア　Linked In　facebook　Twitter　Google　Tumblr

笑顔の顔文字を見て、ぼくのコメントを読んだときほほえんだのだろうなと思うと、ぼくも笑顔になる。もしかしたら、やっとうまくできたのかもしれない。もしかしたらやっといいことを、みんなをうんざりさせないことをできたのかもしれない。

どこかで始まるんだと思う。

パラパラというリズミカルな音で我に返り、窓の外を見て、予想通り雨が降り出したのを知る。ガラスに当てた手に額を寄せて雨を眺める。外に走り出したくなる。雨のなか走り出すんだ、ずぶ濡れになってもかまわない。びしょびしょになって叫びたい。でもそうする代わりに、部屋の隅に置いてあるギターを取ってフロアクッションに座り、何日も頭から離れないあの歌を形にしようとする。

《きみはなくした夢のなごり
眠るとき見るのが怖い
なくしたもの、決して手に入らなかったもののなかで、最高なのがきみ》

今、オスカルはなにしてるんだろ。昼ごはんの時間まで、部屋で本を読んだりイラストを描いたりしてるんだろうか。それとも、あの男の子と話してるのかもしれない。ひょっとしたら、一緒にいたりして。もし泊まりがけで遊ぶ約束なんてしてたら？　その可能性に思い至り、怒りの波が押し寄せて全身が震えた。

《この鼓動はきみのせい
ナイフのように突き刺さる

ぼくがほしかったのはきみだけ、そしてもうなくしてしまった》

オスカルには幸せになる価値がある。愛してくれる人、ぼくが与えられないものをくれる人と巡り合える価値がある。そうわかっているのに、きっともう別の人といて、ぼくのことなど忘れてしまったんだと考えると怒りがこみ上げる。失ったのはぼくのせいだとわかっているから、怒りは一層激しくなる。こうなるのは避けられた、すべては自分のせいなんだと、わかっているから。

《きみは戻ってきてくれるだろうか
また一緒にいられるなんて、どうして思えるだろう
きみはぼくの炎だった、それを消したのはぼくだというのに？》

言葉が脳裏を去らないうちに、歌用のノートに書きつける。詩をもう少し、それにメロディをもっと足そうとするがうまくいかず、音楽はまだ少し、心が受けつけないんだなと気づいた。

いらいらしてギターをケースにしまい、パソコンを立ちあげる。ツイッターに入ると、オスカルの新しいツイートが目に留まった。

Lost Boy @LostBoy_99　たった今
ときどき、前へ進もうとすることになんの意味があるんだろうって思ってしまう。

なんでこんなこと書くんだろう。わからないのが死ぬほどつらい。来る日も来る日もあの学

校で過ごさなきゃならない状況を、一般論として言っただけか？ それとも、父親となにかあったんだろうか？ それとも、もしかしたら……？ もしかしたら、あの少年となにかあったのか。そう考えてほっとしている自分が恥ずかしい。

そして自分がもっといやになった。

第10章

El Hielo De Mis Venas

わたしたちがするのは隠している感情について考えることだけ
わたしたちがするのは静寂のなかに座ってサインを待つことだけ
うんざりしていてプライドまみれ

『ドライブ』
ホールジー

授業が始まってすぐに、アナ先生がオスカルに近づいてなにか言った。オスカルは戸惑ったように眉をひそめたものの立ち上がり、先生のあとをついて教室の外に出ていった。

「くそったれ」声を低めようともせずにカルロスが言う。

「チクったんだと思う？」声に臆病さをにじませて、アイトールが言う。なんの話だろうと思って、ぼくは耳をそばだてた。

「いいや」カルロスが答える。「アナと話す時間はなかったはずだ。でも、もし今その話をしてたら……」

「おれ、いい考えじゃないって言ったよな」ホルヘが釘をさす。

「チクったりしないさ」カルロスがきっぱり言った。「あのおかまにそんな勇気はない。もしそんなことしたら、おれたちに脚の一本や二本、へし折られるってわかってるよ」

ホルヘの息が荒くなる。

「おまえ、ばかだよ。もしこれで退学になったら……」

「おれを怒らせんなよ」カルロスが聞き取れないほど小さな声でつぶやく。「三人で決めてやったことじゃないか。だろ？」

「おれ、いい考えじゃないって言ったよな」ホルヘが繰り返す。

「でもその場にいたよな。やめもしなかった。だったらおれを怒らせんなよ」

ホルヘは答えず、ほかのふたりももうなにも言わなかった。ほんの数分でアナ先生とオスカルが教室に戻ってきた。ぼくは息を詰め、先生がやつらになにか言うだろうかと考える。それとも、ぼくになにか言うだろうかと。ふたりがなにをしていたのかはわからないけど、あの日のことがあっただけに、オスカルがぼくのことを先生に訴えたのかもしれない。

だけどアナ先生はなにも言わない。授業はいつも通りに進み、終業ベルが鳴るほんの少し前にカルロスが自分のノートから紙を少しちぎりとるのが見えた。素早く殴り書きし、オスカルの机に向かって投げる。紙切れはきれいに着地した。なにが書いてあるのかは知らないが、想像するのはそんなに難しくない。オスカルが隣の席のフェルと少し言葉を交わすと、フェルはさっと立ち上がろうとした。だけどオスカルは腕をつかんで机に押しつけ、引き留める。ふたりが熱くなって言い合っているのを、ぼくは、はらはらしながら見つめた。

そしてこんな状況でもなお、ふたりと一緒にあのなかにいられないのをつらく思った。

日々は特に驚くようなこともなく、いつも通りに過ぎていく。学校。オスカルがなにかされないか確かめるため、隣り合わせの個室に隠れてトイレで過ごす休み時間。宿題と勉強の午後。オスカルがなにか投稿していないかと、ツイッターやブログをネットストーキング。ロッキーと散歩。祖母と一緒の食事。悪夢。シーツを濡らす。洗濯機、目覚まし時計。そしてまた、同じ一日の始まり。もちろんオスカルのつらさとは比べ物にならないけど、うんざりの度合いは日ごとに増していく。

もちろん、多少の変化はある。月曜の夜は、悪夢を見てもシーツを濡らさなかった。火曜日は悪夢さえ見なかったが、翌日は見て、シーツも濡れた。木曜日にアナ先生はまたオスカルを呼んだが、このときはカルロスもその友だちも反応しなかった。カルロスを見ていて気づいたんだけど、ここ数日はやけにおとなしい。普段は世界じゅうに対して怒っているように見えるのに、今回はちがう。世界というより、自分自身に対して怒っている感じだ。表情を見てそう思ったのは、鏡のなかで数えきれないほどそれを見てきたから。あれは自分自身を憎んでいる人の表情だ。

少なくとも、ぼくはそう思っている。

金曜日、胃のなかでミツバチの大群が騒いでいるような感覚を覚えながら駅まで歩く。オスカルが今日も来ているなら、姿を見られるわけにいかないから、時間ぴったりに着くようにする。それで正解だった。駅に入ったとたん、少し離れたベンチに座り、イヤホンをして本に没頭しているオスカルの姿が目に飛びこんできたからだ。電車が着き、オスカルが乗ったのを確かめてからすぐうしろの車両に乗る。この間みたいに、近すぎて見られる心配をしながら乗っていたくはない。

電車を降りてまたあとをついていくと、オスカルはこの間と同じ場所、スポーツセンターに向かう。そこにはまたあの野郎がいた。ぼくがいるところからは顔がよく見えないが、年上のようだ。で、イケメン。それにたぶん、ちょっと強そう。

血が煮えたぎるほど憎らしい。

そしてそいつが立ち上がり、オスカルに長いハグをするのを見て、さらに憎らしくなった。ぼくはオスカルに、あんなふうにハグできない。それだけじゃない。あいつ、オスカルのほほにキスしたんだ。口へのキスじゃなかったからほっとしたけど、それだってなんの意味もない。きっと、まだつきあいはじめなんだろう。きっとつきあってはいるけど、人前でキスしたくないんだろう。知らないけど。それに、知りたいのかどうかすらわからなくなって、ぼくは駆け出す。ミリアム先生の診察室に着くころには汗だくで息も切れていたから、数秒間立ち止まり、少し落ち着くのを待ってドアをノックした。

「どうぞ」

いつもの診察室。いつものほほえみ。いつもの表情。

「こんにちは」

挨拶したが、声が少しかすれている。ミリアム先生は眉をひそめたが、それについてはなにも言わなかった。

「一週間、どうだった？」

ぼくは肩をすくめる。

「よかったよ」細かいことは答えない。きれいにそろえた眉を上げ、先生はぼくをじっと見る。

「もう少し答えてくれてもいいんじゃない」

ぼくはため息をつく。

「大したことはなかったから。毎日、同じことの繰り返しだよ」

「じゃ、悪夢はどうなった？」

「うん……。よくなってきたと思う」ほんとにそう思ってる。「火曜日は全然見なかった。それに……」

そこで言葉を切った。先生は黙ったまま、話を続けるように手で促す。

「それに……？」

「月曜日は悪夢を見たけど、でも起きたとき……普通だった」

「普通？」

ぼくはほんのり赤くなり、つばを飲みこんだ。こんなことまで言わせようとするなんて、むかつく。

「うん、わかるでしょ……。乾いてた」

「本当？ それってすごいことよ、ダリオ」

「うん」

「毎日シーツを濡らしていたの？」

ほほに、ほんとに火がついてきた。

「最初はそんなことなかった。でもそれから……、まあ、ほとんど」

「それなら明らかによくなってきてるわ」

「だと思う」ぼくは肩をすくめて言う。

「どんな悪夢だったの？　これまでのとちがうところはあった？」

思い出そうとしたが、細かいところはあいまいだ。どの夢もよく似ているが、まったく同じということはない。出てくる人がちがったり、別の行動をとったりと、いつもなにかしらちがうところがある。眉間にしわを寄せ、月曜の夢を正確に思い出そうとしたけど、できなかった。詳しい中身はほとんど思い出せない。オスカルが出てきたことは覚えているが、あとは全然だ。ほかのことはぼやけていて、悪夢でいつもぼくを包みこむ漆黒の闇に沈んでいる。

「いや……わからない」

「わかった、大丈夫」励ますように言う。「いずれにしてもわたしたち、前進しているのは明らかだから」

「だと思う」さっきと同じ答えを返す。

話を続ける前に、先生はしばしばぼくをじっと見た。

「それはどうしてなのか教えてくれる？」ぼくは強く首を横に振る。「この間のカウンセリングはすごく進んだ。それはあなた自身が、自分で前進したからよ」

「できれば話したくない」

「ダリオ……」

「いつか話すよ」先生の言葉を遮る。心臓が全速力で鼓動している。「ほんとに話すよ……いつか。でも今はだめだ。それでいい？」

「どうしてだめなの？」

「だってできないから。まだできないんだ。時間が必要だ」

先生は長いことぼくをじろじろと見てから、クリップボードに視線を落としてなにか書きつけた。

「でも、話してくれるわね？」ようやく、たずねる。

「うん」

「約束してくれる？　全部話すって、約束してくれる？」

ぼくはうなずく。

「うん、約束するよ。ただ時間が必要なだけ」

今度は先生がうなずく番だった。満足げに見えた。

「いいわ。でも忘れないで、あなたがここに来るのは、わたしの助けを受け入れるため。だから約束は守ってもらわないと」

「守るよ」

「それでいい。さてと、気づいてるかどうかわからないけど、次とその次の金曜日はクリスマスと新年に当たるの。だからもしよければ、次回の診察はクリスマス休暇のあと、一月八日でどうかしら」

「わかった」

「それとも、もしそんなに間を空けたくなければ、どこかで時間をとるけど。月曜と水曜は午後イチが空いてると思う……、それか、木曜日の最終か」

ぼくはきっぱりと首を横に振った。

「大丈夫。考える時間がほしいから」

「わたしもそう思う。でもよく考えてね、いい？ これまで話し合ったことすべて、そしてわたしに話したいことすべてを考えてみて。やってくれる？」

「うん」

考えるさ。

（闇）

闇。見渡す限り、どこもかしこも真っ暗闇。

ぼくはひとり。そう。完全にひとりぼっちだ。ぼくがいるのは果てしなく深い井戸の底、どんなものも来られない場所。どんなものもぼくを救えない場所。

ぼくをそこから救えるものはなにもない。

自分の呼吸音がごうごうと鳴る。心臓の鼓動ときたら、耳を突き破るほどだ。それから、なにか別の音も聞こえる。ずっと遠くから聞こえてくる、だれかほかの人の呼吸音だ。ぼくのではない心臓の鼓動、ぼくのではない目の光が、少しずつこちらへ近づいてくる。

パニックに襲われたぼくは凍ったかぎづめで胃がぎゅっとつかまれたようになり、鼓動がどんどん激しくなってきた。どうすればいいのかわからない。この真っ暗闇のなか、どこに逃げればいいかもわからない。容赦ない怒りのこもった目はどんどん近づいてくる。ぼくを目がけてくるのがわかる。

だれの目かは見えないけど、いずれにせよぼくは知っている。あれはオスカルの目だ。そしてそこには、ぼくを打ち砕こうという決意が宿っているのがわかる。ぼくをずたずたにしようと。これまでしたことのつけを払わせようと。そして最悪なのは、ぼくはそうされて当然のやつだってこと。

この静けさのなか、どんどん激しくなる鼓動が相手の耳にも聞こえているはずだ。こんなに暗くては、どこに身を隠せばいいのかもわからない。

とうとう、目の前にやってきた。闇に包まれているというのに、ぼくにはそれがはっきり見えた。怒りに燃える目、だけどそれだけじゃない。痛みも見える。落胆も。飼い主に殴られ、そしてそれにもかかわらず、なでてほしがっている子犬の目だ。

「ダリオ、ぼくはきみが好きだった」しわがれた声で言う。オスカルのではない声、だけど同時に、明らかにオスカルとわかる声。

「ああ……、知ってる」どうにか言葉を絞り出すが、鼓動の音が大きくて、自分の声がほとんど聞こえない。

「どうしてこんなことをした？」

ぼくのほうに両腕を伸ばすと、全体の皮膚がぱっくりと割れ、蜘蛛の巣のように無数の傷あとが広がった。やがて皮膚から血がゴボゴボと湧いてくる。そんなに血を失って、どうして立っていられるんだと思うほどの量だ。ぼくは驚き、数歩離れた。

「オスカル……」

「これはきみのせいだ」オスカルがぼくを遮っていった。「これは全部、きみのせいだ」

「オスカル、ぼくは……」

「きみのせいだ！」

タールのように濃くてドクドクとあふれる黒い血が腕を伝い、地面に落ちて黒い水たまりをつくる。オスカルのシャツもズボンも濡れていて、血が流れているのは腕だけじゃないとわかる。胸からも血が流れていた。脚からも。首からも。口角からこめかみまで長い傷が走り、容貌をすっかり変えている。

「ごめん……」ぞっとしながらもオスカルを見つめ、すすり泣きながらつぶやいた。「ごめん、オスカル……、ほんとにごめん」

「きみのせいだ！」オスカルは激怒して叫び、ぼくに近づいてきた。決然として。猛々しく。流れる血の量がどんどん多くなってくる。

「オスカル、ごめん……」

だけどそのとき、ぼくの言葉などなんの役にも立たないのだと気づく。血を止めることはできない。ぼくがつけた傷は、言葉などでは治せないのだと。

「きみのせ……」

ぼくはオスカルにキスをする。一瞬で言葉が消える。

奇妙なキスだ。何度も何度もオスカルが乞い、何度も何度もぼくが拒んだキス。血と痛み、涙の味がするキス、そしてそれにもかかわらず、それだけをぼくは望んでいたのかもしれない。

ところがそのとき、キスをしている自分が見えた。自分はここに確かに存在しているのに、体の外にも自分がいるかのようだ。オスカルはもう血を流していない。血は消えてしまい、彼に触れても乾いている。ぼくがくちびるでぎこちなくオスカルのくちびるを愛撫するのも見える。柔らかくて温かな感触。すると突然、感覚がなくなった。

まだキスをしている自分の姿が見えるのに、どうして感じなくなったんだろう。そう思ったとき、感じなくなった理由がわかった。オスカルにキスしているのはぼくじゃない。そのくちびるを愛撫しているのはぼくのくちびるじゃない。

以前見たあいつだ。

胸でぴしっというような音が聞こえ、見るとぼくは自分の心臓を手に持っていた。黒くてビクビク動いている。湿っていて温かい。

ぼくは叫び出す。

第11章

El Hielo De Mis Venas

戦う肉体が混ざり合う
あいまいなくちびるが求め合う
なにが起きてもここに残ってる

『あんたとあたし』
チェノア

自分でもストーカーすれすれだと思うけど、最悪なことに、それが気にもならない。ぼくはまた、オスカルのツイッターを確認する。

今日は映画を観に行く日だ、まちがいない。問題は何時の回かわからないことで、わかるのは、すごく早いのだと五時台の回だろうなってことくらい。昼ごはんのあとで行くとしたら、それより早く始まる回には間に合わない。もうひとつはっきりしてるのは見る映画のタイトルで、何カ月も前に、一緒に見ようって言ってた映画が封切になったばかりなんだ。いつも行く映画館の案内を見ると、次の回は五時半。これならもう少し時間の余裕がある。念のため、その時間に間に合うように家を出ることにした。

電車のなかではオスカルを見かけなかったけど、そのことは心配していない。もっとあとの回を見るか、それともあの男と少し前に待ち合わせしてるか、どちらかの可能性が高いからだ。よくないのは、オスカルの姿がないと考える時間がありすぎて、つい最近見た悪夢を思い出してしまったこと。ちょっと胃がむかむかしたので、気持ちを切り替え、頭のなかで自分の感情を詩の形にしてみる。

《ぼくの血管のなかの氷はもう広がって
こんな暗い夜のなか、生き延びることはできない
きみの炎を消したのはぼくだというのに
どうすればきみを救えるというのか？
わからない……》

そう、わからない。それにどう続ければいいのかもわからないので、忘れないよう、スマホのメモ帳に今のフレーズを書き留める。メロディをつけなければならないけど、あいにくギターはあまりに遠いところにあるから、家に帰るまで待たなきゃ。ふと、昨日のオスカルの投稿を思い出した。携帯でブログを開いて読み直し、時間をつぶすことにする。

おなかのなかにチョウチョ？

恋をするとおなかのなかにチョウチョがいるようにざわざわするって言うけど、ぼくのはむしろスズメバチだ。

今はきみの気持ちがすごくよくわかるよ、イーサン・ウェイト。つまんないたとえなんてくそくらえだ。

12月18日 20：31 投稿 ｜ コメント：0

シェア Linked In facebook Twitter Google Tumblr

そう、もちろんいちばん可能性が高いのは、あいつと一緒に行くってこと。

運よく映画館の隣にカフェがあったから、席に座って窓に張りつき、コーヒーを頼んだ。

もう一杯。

さらにもう一杯。ウェイトレスは変に思いはじめたみたいだ。

そして四杯目を頼もうとしていたそのとき、ようやくふたりの姿が見えた。想像通りあいつと一緒だ。ふたりを見た瞬間、胃がひっくり返った気がした。幸い、注文するごとにコーヒー代を払っていたから、見失う前にカフェから走り出ることができた。映画館に入り、列に並んで、ふたりと同じ窓口へと向かう。

「すいません！ あのふたりがどの映画を買ったか、わかる？」コーヒーを飲みすぎたせいか上ずった声で、ふたりを指さしながら訊く。ストーカーじゃないわよねという表情で、受付の女性はぼくをじっと見る。「同じ回のチケットがほしいんだけど……、ぼく、彼らの友だちなんだ」

「ああ……そう」女性が答える。どうやらふたりを殺しそうな顔つきはしていないと思ってくれたらしい。「でも彼らの隣の席は残っていないわ。両側はすでに埋まっていたから」

「かまわないよ。ホールのいちばんうしろの席は残ってる？」

女性はまた疑い出したようだ。

「ああ……ええ、もちろん。一枚？」

「はい」

「全部で十四列あるの。たとえば、八列目はどう？」

「十四列目がいいな。ありますか？」

「ええ……、まだあるわ。友だちの席からはずいぶん遠いけど？」

「大丈夫。十四列目をください」

冗談ではないかというように女性は眉をひそめてぼくを見たが、結局、どうでもいいと思いなおしたみたいだ。ほんとに冗談かと思ったのは、入場券の値段だった。九ユーロ二十セント。でも冗談ではないからおとなしく支払い、隅っこの、入場を待つ人でぎゅうぎゅう詰めになった場所に大急ぎで向かった。途中で立ち止まってポップコーンを買ったりはしない。入場券の一撃を受けたあとだし、そうじゃなくても胃がふさがってなにも受け付けない。

オスカルとあいつを探すと、すぐにバルのコーナーに並んでいるのが見えた。ふたり用のポップコーンの大きなカップひとつと、ドリンクをそれぞれひとつずつ買っている。支払いはあの男がしているのを見て、嫉妬に胸がうずいてどうしようもなかった。ふたりはそれから、入場の列のほうに向かう。それでぼくも、見られないように注意しながらふたりのあとをついてホールへ向かった。

ふたりはぼくの数列前に座っている。オスカルがきょろきょろしているので、念のため、座席で身を縮めた。こんなところを見つかったら、とがめられるに決まってる。オスカルはしばらく、二列前の席でキスしている男の子たちを見つめてから、外した視線を連れのほうに戻した。

映画が始まっても、ぼくはストーリーよりふたりの様子を注視していた。とはいえ見えるのはふたりの頭だけだ。数分後、やつの頭がオスカルのほうに傾く。キスするのかと思ってどきっとするが、耳のすぐ近くでなにかささやいただけだった。オスカルの体が震えたような感じがするけど、ほんとにそうなのか、想像なのかはわからない。きっとほんとに震えたとは思うけど、このごろ妄想がひどすぎて、なにを信じればいいのかすらわからない。

なにか言われたオスカルはうなずき、二秒後、ふたりは見つめ合った。今度こそキスするんじゃないかと思ったけど、ただ笑い出しただけだった。周りの人に注意されるまで笑っているふたりを見て、また嫉妬に胸がうずく。以前、悪さをしてオスカルと笑い合っていたのはぼくだった、だけどそんな共犯者意識すらもう分かち合うことはできない。

そしてもう、決して取り戻せないだろう。

少ししてから、またふたりは見つめ合う。

次の進展があるまで三十分以上もかかった。オスカルが、まるで全然下心などないかのように少しずつ頭を傾け、やつの肩に乗せたんだ。ちょっと間をおいて、あいつがオスカルの肩に腕を回し、包みこんだ。ほほがかっと燃え上がり、その熱が体じゅうを巡る。立ち上がって今すぐあの野郎~~を殺したい~~の顔を殴りたい。でも残念ながら人が多すぎる。気がつくと、ひじ掛けを強く握りしめていたが、周りの人に頭がおかしくなったと思われそうで、あわてて力を緩めた。

映画が終わり、エンドクレジットが流れはじめると、オスカルは頭を離して首筋をもんだ。

あいつは笑いながらそれを見ているが、ふたりとも立ち上がろうとしない。すると急に、あいつがオスカルに顔を近づけた。そのときがやってきたんだ。見たくはないのに、ぼくは見つめつづけている。キスするんだ。ぼくが決してできなかったことを、あいつはオスカルにしようとしている。

まるで自分がオスカルにキスするかのように、心臓が激しく鼓動する。あるいは、オスカルがぼくにキスをしようとするかのように。

だけどくちびるが触れるぎりぎりになって、オスカルはあいつから離れた。

うれしくて、思わず叫び声が口を突いて出そうになったが、どうにかこらえる。あの男は、オスカルの顔からほんの数センチのところで固まっていたが、それから頭を下げ、オスカルの頭にもたせ掛けた。数秒後、やつは首を横に振り、オスカルになにか言った。そのあと、体を離してオスカルを見てさらになにか言う。ぼくのいるところからも、驚いているのがはっきりわかる。まさかキスを拒絶されるなんて思っていなかったのは明らかだ。そう思うと、笑いがこらえられなかった。だがすぐに後悔した。ぼくはどんなレベルの人間になり下がったんだ？

オスカルがほほに手を当て、男のほうを向いたとき、ホールの暗さにもかかわらず泣いてるのがわかった。ふたりは言葉を交わしたが、そのとき男がオスカルの口に手を当てた。それからもう一方の手で、涙をふいてやっている。

ふたりがさらに話している間にも、ホールは少しずつ人が少なくなっていき、見つかるのが怖くて、ぼくはさらに座席で身を縮める。少し黙りこんだあと、男がなにか言って、オスカルは首を横に振った。さらに一、二分話してから、ふたりはとうとう立ち上がり、ホールを出ていった。彼らが座っていた列の横を通り過ぎたとき、座席の前の床がポップコーンだらけになっているのを見て、内側からなにかがこみ上げ、喉がふさがれた感じがした。

どうしてポップコーンが落ちたのか、想像するのはそれほど難しいことじゃない。

ふたりのあとをついていき、どこへ行ってなにをするのか見てみようかとちらっと思ったが、すぐにやめた。今からどうするつもりなのか知りたいけど、確かめるのは怖い。かといって家に帰りたくもない。帰れば現実と向き合い、ほんとうの自分を祖母に気づかれないように仮面をつけなければならない。どこへともなく歩きはじめた。

やってしまった、と気づくのに時間はかからなかった。自分がどこにいるのかわからない、通りの名前を見てもピンとこない。聞き覚えのある通りもあるが、それでどうなるわけでもないし、まして今いるところからどう行けば駅に戻れるのか、見当もつかなかった。遠くに地下鉄の入り口が見えて、入ろうかと思ったがすぐにやめた。地下鉄に乗ったことはないし、初めて乗るのにひとりだなんてとんでもない。絶対迷ってしまう。携帯を使ってガイドしてもらおうかと思ったが、そもそもどこに行かなければいけないかもわからないのだから、あまり役には立たなかった。

歩きつづけていると、いつの間にか群衆のなかに飲みこまれていた。みんな同じ方向に向かう人たちのようだ。きっと駅のある中心部に行くんだと考えて、ついていくことにした。だがしばらくして、ぼくはあることに気づいた。歩いているのはほとんど男性で、なかには手をつないでいる人たちもいるけど、全然恥ずかしそうじゃない。なんでもないことのようにキスをしていたり、卑猥な言葉を叫んでいる人もいたりして、聞いていると顔が熱くなり、ズボンがきつくなってきた。そのなかのひとり、浅黒い肌の男の子がぼくをちらちら見て、そのうちウィンクまでしはじめたのでぼくはうろたえ、あわてて視線を外した。

気がつくと、バルかクラブのような店のドアの近くに来ていた。店の雰囲気や周りの人たちから見て、ゲイ・クラブなのはまちがいない。心臓がドキドキしはじめた。離れなきゃと思って歩き出そうとしたとき、うしろにいただれかに押されて、こっちを見ていた男の子にぶつかってしまった。

「ごめん……」ぼくは髪の根元まで熱くなって、もごもごと謝る。我ながらなんてとろいんだろう。

「大丈夫だよ」

「よかった……。じゃあ」小さな声でつぶやいて引き返そうとしたが、その男の子に腕をつかまれた。

「ねえ、待ってよ。一緒に行こうよ」誘われて、ぼくはさらに真っ赤になった。

なんだって？　この男の子と一緒に？　ゲイ・クラブかそういうところに？　いい考えだとは思えないと同時に、のぞいてみたいという気持ちも抑えられなくなった。ここはちょっと時間を稼ぐことにしよう。

「えーと……、どうしよう」

男の子はほほえむ。

「行こう、遠慮しないで。ひとりなの？」

ほほがどんどん熱くなるのに、ぼくはうっかりうなずいていた。

「うん」

「じゃ、おいで」彼はさらに言い、すかさずウィンクした。「きっと楽しいよ」

どうすればいいかわからず、彼をじろじろ見る。不本意だけど、認めざるを得ない……、かなりいい線いってるって認めざるを得ない。どうして今、こんなこと考えているのかわからないけど。黒い髪がふんわり額に、栗色の目の上にかかっている。特に目立つところはないのだけど、顎ががっしりして先がとがっていて、ぼくを見るときのくちびるはほほえみの形にカーブを描いている。そしてもちろん、ぼくに興味を持ってるみたいだ。彼と一緒なら入れるだろう。なんでもしたいことをできるだろう。

ああ、でもだめだ。そんなことできない。だってぼくはゲイじゃないんだから、そうだろ？　まあでも、ほんとのところはわからない。もしゲイじゃないんなら、なんでオスカルとあんなことをしたんだろう？　自分でいつも言ってたように、友だち同士の単なる楽しみ。それともほかになにかあったのか？　もしゲイじゃないんなら、どうしてオスカルとあの男が一緒にいるのを見て、こんなに嫉妬してしまうんだろう？　どうしてストーカーみたいに、映画館まであとをつけてしまったんだろう？

答えの出ない問いかけを心のなかで続けている間も、彼はぼくのことを待っている。このままなにも言わずに突っ立っていたら、ばかだと思われるだろうなと気づいた。

「いいよ」

止める間もなく、これからプールに飛びこむんだって心構えをする間もなく、言葉が口をついて出る。もう取り消せない。彼はにっこりしてぼくの背中に手を回し、自分のほうへ近づけた。そのままドアへと向かう。そこではドアマンが不審げにぼくたちを見ていた。ぼくは冗談にも、十八歳には見えないだろう。だからきっと身分証明書を要求されて、通してもらえないんだ。

「ぼくの連れだよ」引き返そうとしたそのとき、男の子がドアマンに言った。知り合いみたいだ。二十ユーロ札を差し出し、ドアマンはなにも言わずに受け取った。

考えていたよりずっと簡単だった。

「ありがとう」消えそうな声でつぶやいてなかに入る。

「なんでもないよ。名前は？」

それまで名前も訊かれてなかったことに気づいてちょっと居心地悪くなったが、気にしないでおこうと思う。こういうことはよくあるさ、そうだろ？ きっと忘れていたんだ。それになにより、ぼくだって訊かなかったじゃないか。

「ダリオ。きみは？」

「ホセ。よろしく」

「こちらこそ」

ホセはぼくのほうに体を傾け、ほほにキスをしたが、なんだか近すぎる。必要以上に触られてるような気がした。体を離すと、ホセはぼくをバーカウンターに連れていった。

「なに飲みたい？」

いい質問だ。

「えーと……、キューバリブレ」

ホセはカウンターで注文し、入り口で二十ユーロと引き換えにドアマンからもらったチケットを渡す。ドリンクを受け取ると、ぼくはカウンターやダンスフロアよりもっと静かで人の少ないエリアに連れていかれた。緊張して、キューバリブレを一気に飲んでいるぼくのすぐ近くで、ホセがなにか話している。酒は思っていたよりずっと濃くて、すぐに頭がくらくらしてきた。飲みすぎちゃだめだ。ぼくはあまり飲み慣れてなくて、すごく酔いやすいんだから。

「ここにはよく来るの？」ちょっと黙ってから、ホセがたずねた。

「まさか」ぼくは正直に答える。「初めて来たよ」

「そうなんだ。どう思う？」

ぼくは肩をすくめる。

「わかんない」

「わかんない？」

もしおばかさん大賞っていうのがあったなら、ぼくはぶっちぎりで優勝だ。

「うん……、なんか変だね」

ホセは爆笑した。

「変？」

「うん、えーと……。たぶん、普段いるところとちがうから。でも、いいと思うよ」ホセが気を悪くしたんじゃないかと思って、あわてて付け加える。

そのあとは途切れ途切れに質問するくらいで、ふたりともほとんど黙ったまま飲んでいると、やがてコップが空になった。

「踊ろうか」ホセが誘う。

ほかのときなら断っていただろう。踊りはうまくないし、ほんとのこと言うと、好きでもない。それに男の子と一緒に踊ったこともない。でも酒には慣れていないし、キューバリブレはぼくには濃すぎた。体じゅうがくすぐったいような、頭が体の上に浮かんでいるような感じがする。ぼくの一部は断ろうと思っているんだけど、別の部分がどっちでもいいよって言ってる。

それでぼくはうなずいた。

「いいよ」

気がつくとホセの両手が腰に回されていた。ぼくらは体をくっつけて、リズムに合わせ体を動かす。一曲終わり、次にもっと激しい曲がかかると、ホセは両手でぼくの腰を引き寄せ、自分の腰に密着させた。心地いいと同時に落ち着かない緊張を感じ、たちまちジーンズの前が突っ張ってきた。ホセもそのことに気づいてにっこりする。さらに体をくっつけてくるので、我慢できないほど突っ張ってきた。

そしてそのとき、彼はぼくにキスをしたんだ。

奇妙で、あったかくて、湿ったキスだった。とても変わった感じがして、最初はうれしいのかいやなのかわからなかった。舌をちょっと持て余す感じだったけど、どうすればいいのかわからないので、そのままじっとしていた。ところがそのとき、くちびるの間からホセの舌が入ってくるのを感じた。それでぼくもおずおずと舌を動かし、ホセのと触れ合ったとき、くすぐったいような感覚が体じゅうを駆け巡った。ほとんど無意識でゆっくりと腕を上げ、ホセの背中に当てる。ホセのキスが激しくなり、ぼくは少しずつ手を下げて彼のお尻に触れる。その感触でオスカルのを思い出した。でも、オスカルののほうが好きだ。もっと、ずっと。

でも今はオスカルのことは考えちゃいけない。だから手に力をこめ、彼をもっと自分のほうへ引き寄せた。ズボンの前がますます張ってくる。ホセのもそうなってることに気づく。ホセはこれ、好きなんだな。ぼくも~~大好き~~好きだ。するとホセはくちびるを離し、今度は首にキスをしはじめた。あちらこちらを小さく噛む、その荒々しい愛撫に、低いうめき声が出てしまうのを抑えられない。

抑えたくない。

「やめて……」

でもホセはやめない。少なくとも、すぐには。曲が終わると、少しぼくから体を離した。場所を移したいのか、それともたぶんキスをやめるのかなと思ったとき、彼は急に体の向きを変え、ぼくの手を取り引っ張ったので、その背中にくっつく形になった。ぼくは両手で彼の腰をつかんで自分のほうへ引き寄せ、さらに密着して、曲のリズムに合わせて一緒に体を揺らす。動きがどんどんシンクロしてくる。彼のお尻がゆっくり、誘うように動いて当たってくるので、ぼくは今にも理性を失うんじゃないかと怖くなる。前の突っ張りもどんどんきつくなり、ほとんど痛いと感じるほどだ。

いや、〝ほとんど〟じゃないかも。

そのときまた曲が終わって、ぼくらは少し体を離した。

「トイレ行くよ」ホセは息を切らしている。「来る？」

質問の意図が見え見えだなと思ったが、今はそんなこと気にならない。一緒に行きたい。いや、行きたいだけじゃない。行く必要があるんだ。だからそれ以上考えることなくうなずいて、フロアの端まで行った。歩いている最中も頭がグルグルしているが、お酒のせいなのか、音楽かダンスか、それともホセとふたりきりになりたいという欲求のせいなのかわからない。たぶんその全部が混ざってるんだと思う。

トイレのなかは電球が切れていて暗かった。それにちょっと汚い。でもそのときのぼくには気にならなかった。ほかにも人がいたけど、ホセがぼくを空いている個室に連れていっても、だれもそんなに驚いているようには見えなかった。ぼくらみたいなのはそう珍しくないからだろう。それに実を言うと、そこにだれがいようが大して気にならなかった。そんなふうに思うのは酒の影響が大きいんだろうなと、頭のどこかでわかってたけど、それもやはり、気にならなかった。

個室に入るや否や、ホセは狂おしいほどのキスを始め、ぼくのお尻をぐっとつかんで密着させた。なすがままになっていると、ホセは片手を前にもってきてまさぐりはじめる。ぼくは声を出すだけでこらえているけど、そのうめき声もどんどん低くなってくる。店のなかは騒々しいが、ぼくの声は個室の外に聞こえているにちがいない。でもこの際、そんなことを気にかけている余裕はない。

何分かそうしていてから、ホセは体を離して便器の蓋を閉じ、汚れていないかどうか確かめもせずその上に座った。それからぼくを引き寄せて、もどかしげにぼくのベルトを外す。このまま続けていいのかわからないが、ズボンを下ろされ、パンツの上に彼の手が当てられた。解放された感覚が、あまりにも心地よくて抵抗できない。

「これ、好き？」ホセのほほえみに欲望がこもっている。ぼくはうなずいた。

「うん……」そう言いかけると、ホセの手に力が入った。「ああ、もう、そうだよ」

「そうなんだ、じゃあ」

ホセがまた力をこめたので、ぼくはうめいてしまう。それからリズミカルに手を動かしはじめ、不意にスピードを上げたかと思うと、再びスローテンポに戻す。ぼくは目を閉じ、感覚に身をゆだねて、もうすぐ我慢の限界だと思ったときに、ホセは動きを止めた。

ちょっとムッとして目を開けた。でも彼はほほえんでいる。それから少しずつ、挑発するかのように頭を低くしはじめた。

「え……？ マジで？」ぼくは消え入りそうな声でたずねる。

ホセはまた動きを止めた。

「もちろん。どうしてそんなこと訊くの？」

肩をすくめただけで返事はしなかった。それで彼はさらに頭を下げ、舐めはじめた。気持ちをこめて。

ぼくにとって唯一の比較対象といえばオスカルだけど、はっきり言って全然ちがう。オスカルもうまかったけど、ぼくが初めての相手なのはよくわかった。いつもためらい、遠慮がちで、不安そうだった。気持ちがこもっていたとは思うけど、自信がなさそうだった。だけどホセにとってぼくが初めてじゃないのははっきりしている。動きに迷いがなく、手慣れているんだ。力強くて、熱がこもってて、エネルギッシュ。死にそうなほど飢えていて、ぼくを丸ごと飲みこみたいと思っているかのようだった。ぼくもそうしてほしかった。

それでも、オスカルのときとちがう理由はそれだけじゃないと、どこかで気づいてた。オスカルがこうしてくれるときは別のなにかが、ホセにないなにかがあった。ホセは自分自身のため、そしてぼくの体のためにこうしているが、ぼくのためではない。ただ、これが好きだからこうしているんだ。たぶん相手を楽しませようという気持ちはあるんだろうけど、それがいちばんの目的ではない。オスカルとは真逆。オスカルはぼくのためにしていた。オスカルが望むのはただ、ぼくを幸せにすることだけだった。こっちが彼を喜ばせることはなくても、オスカルはぼくを喜ばせたいと思っていた。そして最悪なのはぼく自身、これはいいことじゃない、オスカルに対して不公平だとわかっていたことだ。それなのに、なにも変えようとしなかった。

でも今は、すごく頭がクラクラしていて、もうそれ以上考えられない。だからただ、目を閉じて享受するだけにする。享受させられるだけにする。

どのくらい時間が経ったのかわからないが、何回か、あまりの心地よさに爆発しそうになり、結局、この喜びに身をゆだねようと決めた。両手でホセの頭をつかんで勢いよく腰を振る。ホセは不平も言わず、されるがままになっている。彼のあげる、くぐもったようなうめき声に一層、狂おしさが募る。

しばらくそうしていてから、ホセはほほを真っ赤に染めて立ち上がった。瞳孔が開いている。いつ脱いだのか知らないが、ズボンがくるぶしまで下がっている。ぼくに激しいキスをしてから、ホセはポケットに手をやる。次の瞬間、手のひらになにかが置かれたので目をやると、四角いパッケージがあった。

「入れてよ」

「なに？」

「ぼくに入れてよ」

心もとなくなって、辺りを見回す。

「ここで？」

「そうだよ」

「えーっと……」

「ほら、そうしたいんでしょ」強い口調で言うと、ホセはぼくのを触る。うめき声が出た。

「でも……」

ホセはコンドームを取り上げ、かみちぎってパッケージを開けると、流れるような動作であっという間にぼくに装着した。これもオスカルとは全然ちがう、自信にあふれてきっぱりした動作だ。それからホセは背を向けて、身をかがめ壁に手をついた。

「来てよ」

言われた通り、結局ぼくが彼のなかに入った。すると言い表せない感覚が押し寄せてきた。ホセがこういうことにすごく慣れているのがわかるから、ぼくはなにも気にする必要がない。だからうめき声が聞こえはじめるとぼくは腰をさらに強く振り、リズミカルかつ規則的に動かしながら、どんどんスピードを上げていった。背後から彼を抱きしめ、耳元であえぐ。ホセはだれに聞かれようがおかまいなしといわんばかりに、大きな声でうめきつづけている。ぼくも、だれに聞かれてもかまわない。というかむしろだれかに聞いてほしい、ぼくたちがしていることを知ってほしいと、心の底で思っている自分がいる。

「もっと強く……」ホセがささやくので、そうしようとしたのだが、この姿勢ではなかなか難しい。立ってやるのには慣れていないんだ……。オスカルとはほとんどいつも、ベッドの上だった。

するとそのとき、つい声に出てしまった。

「オスカル……」歯を食いしばってつぶやいたとたん、自分がなにを言ったか気づき、動きを止める。「ごめん、その……」

「どうだっていいよ、もう」ホセがうなり声を上げる。「続けてよ」

でも、どうでもよくない。彼はオスカルじゃない。ホセの汗だくの背中、お尻に当てた自分の両手を見つめ、実際のところ彼がどういう人間なのか、なぜ今一緒にいるのか、さっぱりわからないと今さら気づく。一体全体、なにをやってるんだろうと思うが、意志が弱くてやめることもできない。

だからやめなかった。

その代わりにがんばって集中し、要求に応えて、どんどんスピードを上げて体を動かしながらも、頭のなかでこれは彼じゃない、知らない男なんかじゃないと想像しようとしている。これはオスカルなんだと想像しようとしている。オスカルはこのホセのように、もっとほしいと要求したことなどなかったけれど。がんばって要求に応えようとしているうちに、とうとうぼくは、あえぎとうめき声を聞きながら頂点に達した。

そして終わって一秒後、自分自身に嫌気がさした。

El Hielo De Mis Venas

第12章

一歩ずつ、わたしはひとりで歩いていく
心に吹く冬の嵐がわたしを眠らせない
決して去らない嵐のなかをわたしはひとり歩く

『アイ・ウォーク・アローン』
ターヤ・トゥルネン

クリスマス休暇が始まったばかりだけど、もう終わってほしい。祖母とロッキーがいるからまったくのひとりというわけではないけど、ほかの人に会わず、ほとんど家から出ずに長い時間を過ごすと思うと、ちょっと気分がふさぐ。オスカルのブログの投稿を見ても、大して気分は上がらない。

すてきなこと

朝の４時まで電話で話すこと以上にすてきなクリスマス休暇の始めかたって、あるのかな？

ぼくはないと思う。

:‿

12月23日 04：11 投稿 ｜ コメント：0

シェア Linked In facebook Twitter Google Tumblr

短い投稿かもしれないが、いろんなことを教えてくれる。ぱっと見た文面以上の、もっとずっといろんなことを。オスカルは今幸せでわくわくしている。これまでの投稿と全然ちがうから、生活に大きな変化があったのは明らかだ。これを読んで、嫉妬せずにはいられないぼくは最低だ。でもフェルと一緒にグループで話したときを除けば、あのことが始まる前もあとも、ふたりで朝四時まで電話したことなんて一度もない。そう気づいてしまったら、嫉妬せずにはいられないんだ。

オスカルのために喜ばなければいけないのはわかってる。オスカルは今幸せで、それはあの彼のおかげなんだ、ぼくには到底無理だったけど、彼ならオスカルを幸せにできるとわかって、うれしく思わなきゃいけない。そうさ、ぼくがいい人間で、こんなに陰険じゃなかったら喜ぶだろう。いい人ならそうするはずだよね。好きな人が幸せなら喜ぶもんだろ？ つまりぼくは心の底から、全然、まったく、いい人じゃないってことだと思う。

それなら、どうしていい人になろうとしつづけるのか？

ホセのことを思い出し、改めて、電話番号を訊かなかった自分を恨んだ。といっても、実はホセに会うためというより、クラブのトイレでしたことのためというのが本音だけど。あのあと、ぼくは大急ぎで出ていった。ものすごく恥ずかしかったし、自己嫌悪を感じてもいたから、ホセの顔を見る勇気が出なかったんだ。何事もなかったように話しつづけるなんてできなかった。でももう決めた。幸せになれないのは自分がそう仕向けたせいなのだから、これからは楽しそうなことに目をつぶらないようにしよう。

クリスマスの夜、またクラブに行こうと決めた。店名は覚えていたから、グーグル検索で見つけるのはそれほど難しいことじゃなかった。ネットの口コミによると未成年の入店にはかなり甘い店らしく、ひとりで行っても入り口で止められることはなさそうだ。わざわざ行って無駄足になるのは、あまりうれしくない。

「今晩、フェルの家に泊まるよ」祖母とふたりのクリスマス・ランチを食べ終わるころ、ぼくは口ごもらないように気をつけながら言った。それから、ぶっきらぼうに聞こえたかもしれないと思ってすぐに付け加える。「いいかな？」

祖母は皿から顔を上げた。明らかに驚いてる。

「ほんとに？」

ぼくはうなずく。

「うん」

「あんたたち、けんかが続いてるんじゃないかと思ってたわ。もう仲直りしたってこと？」

「うん、全部解決したよ」

祖母はにっこり笑ってぼくを見た。心から喜んでいるのがはっきりわかる。

「すごくうれしいよ、ダリオ。もちろんいいわよ、三人で泊まるなんてすごく久しぶりじゃないの」ぼくはポーカーフェイスを保つのに必死だ。祖母は水を一口飲んでから続けた。「だって、オスカルも行くんでしょ？」

つばを飲みこみ、答える。表情が言葉を裏切っていないといいのだけど。

「もちろん」

こうなったら、うそがまたひとつ増えたところでどうってことない。

「楽しんでおいで」立ち上がり、お皿をまとめてから続けた。「それから今のうちに、ロケの散歩に行ってきなさい」

「ロッキーだってば……」小さな声でもごもご言ったが、いつも通り、祖母は聞いていない。

ぼくは言いつけ通りにしようと焦った。行儀が悪くて祖母の機嫌を損ねると、許可取り消しなんてこともありうるからだ。玄関を出て、忠実なるロッキーを従えリズミカルに歩きはじめる。でも今日はいつもの公園にも、オスカルの家にも行かない。村はずれまで行って境界を越えると、車道のわきの野原を歩いた。

間もなくなじみのある空き地に出る。ほんとのこと言うと、この空き地だったのかどうか定かじゃないけど、ぼくのなかのなにかがここでまちがいないよと告げている。夏の日のぼくらの姿が、一瞬の閃光のように脳裏をよぎる。オスカルとぼく。地面に置いたタオル。裸のぼくら。背中をじりじりと焼き、肌を熱くして、血管のなかの血を煮えたぎらせていた太陽。

《きみはぼくの炎だった。ぼくがそれを消してしまった》

ぼくが台無しにしなかったらどうなっていただろう。ぼくたちは以前のまま続けていただろうか？　ときどき、友だち同士のちょっとした楽しみを？　ほんとのところわからない。オスカルはあの状態を、もっと長く我慢できただろうか？　ぼくは我慢できたのだろうか？　いずれにせよ、たぶん爆発して終わっていただろう。それとも爆発する前に、どう感じているかをちゃんと気づけていたかもしれない。そして隠す代わりに本当のことを認めていたら、ぼくらは今も一緒にいられただろう。だけどそうはならなかったのだから、もうそんなことはどうでもいい。

《きみの炎を消したのはぼくだというのに
どうすればきみを救えるというのか？》

もう存在しない時間を生きつづけたところで意味はないと気づき、歯を食いしばる。『ライオン・キング』のティモンが言うように、過去とは忘れ去るものなり、だ。過ぎたことは過ぎたこと、罪は全部ぼくにある。台無しにしたのはぼく。全部だめになったのは、元はと言えばぼくがそう決めたからだ。だから今、起きるはずもないことをあれこれ考えてみたところで、なんの意味もない。

＊＊＊

地下鉄に乗っている間は緊張しっぱなしだったが、駅に着いてしまえば、携帯の地図のおかげでクラブに行くのにはさほど苦労しなかった。インターネットの使える携帯ができる前は、一体どうやってある場所から別の場所へたどり着いていたのか見当もつかない。携帯を持っていてさえときどき迷うぼくが、ほんの数年前に今と同じことをしようとしたらどうなっていたか、想像したくもない。

それにしても、ぼくはなぜ、こんなことを考えてるんだ……。きっと、入るのが怖いんだ。本当に怖い。いや、実際は怖いだけじゃない。恐怖。氷のように冷たい純然たるパニックが血管を通じて広がっていくのを感じる。

どうにか勇気を奮い起こして入り口に向かうと、ドアマンにじっと見られたものの、運よくなにも言われなかった。この間来たのを覚えているからか、それともネットの口コミ通り、入店規制が甘いからかはわからないが、気がついたときにはもう、ぼくは店内にいた。どうすればいいのかよくわからなくて、カウンターに行きこの間と同じキューバリブレを頼む。今はそれほど酒を飲みたいわけじゃないけど、きっと必要になるはずだ。

なんだか落ち着かなくて、辺りを見回しながらドリンクを飲み、アルコールが回ってくるのを待つ。そんなに時間はかからないはずだ。こちらを見る男が何人かいるのに気づいた。そのうちひとりがセクシーなウィンクをするので、真っ赤になって視線をそらした。ぼくも何人か注視してみたが、近づく勇気はない。いつだってぼくは臆病すぎるんだ。自尊心は低いし自信もあまりなくて、知らない人、特にイケメンとはちゃんと会話できない。すごく気持ちが不安定だ。すごくつまんないやつなんだ。

一杯目を飲み干したが、ほとんど酔いが回ってこないのが不満で、二杯目のキューバリブレを頼むことにした。二杯目を手にソファのあるエリアへ行き、空いた席を見つけた。体をまさぐりあっているカップルたちからはかなり離れているので、いやな思いをしなくてすむ場所だ。そこに座ってドリンクを少しずつ飲みながら、踊ったりキスしたり、トイレに消えていったりする人たちを見る。そのうち退屈してきたのでオスカルのブログを開き、もうほとんど暗記している投稿を読むことにした。

全部読んでから、最初のほうの投稿や、しょっちゅうアクセスする投稿を読み直す。

どうする？

ついに夢がかないつつあると思ったら、どうする？
それがただの幻想だと気づいたら、どうする？
自分がただ、うそのなかで生きてたってわかったら、どうする？
夢はただの夢に過ぎないとはっきりしたら、どうする？
それにもかかわらず、目覚められないときはどうする？
目覚めたくないときは、どうする？

6月27日 19：44 投稿 ｜ コメント：1

シェア Linked In facebook Twitter Google Tumblr

その日を覚えているというとうそになる。実際、覚えてないんだ。確かなのは、このブログの日のころにはすべてが始まっていたということ。ぼくたちはもう始めていた……、あのことを。ぼくはオスカルをクソみたいに扱いはじめていた。それもこれも、ありのままの自分を受け入れられなかったからなんだ。オスカルへの思いを。それなのにオスカルと離れていることもできなくて、何度も何度も傷つけた。

あれからもう六カ月も経ったなんて現実味がない。幸せになるより恐れのなかで生きるほうがいいと決めてから、幸せになる機会を逃してから六カ月。手が届くところにいながら、幸せをつかむのに必要な一歩を踏み出せなかったあのころから六カ月。

その幸せを逃してしまって、もう二度と戻ってこないのはわかっている。

ぼくはマゾヒストにちがいない。その一カ月後に書かれた次の投稿も読むことにしたんだから。

秋

これが人生最悪の夏になっていくのか、最高の夏になるのかわからない。
わかっていることはひとつだけ。秋が来るのを待てないってこと。

7月28日 21：23 投稿 | コメント：0

シェア Linked In facebook Twitter Google Tumblr

面白いことに、ぼくもまったく同じことを考えてた。今年は人生最悪の夏で、同時に最高の夏だった。

自分自身と、きちんと向き合わなければならないという意味では最悪の夏だった。これまでにも、特に去年の大みそかのあとの数カ月とか、似た感じのときはあったけど、そこまで極端じゃなかった。昼も夜もそのことばかり考えてなきゃならないなんてことはなかった。この夏のように、オスカルとかかわったことはなかった。でもオスカルと一緒だったからこそ、最高の夏だったともいえる。

でも、もう彼はいない。

そして二度とぼくのところへは戻ってこない。

第13章

El Hielo De Mis Venas

好きにして

わたしの体を好きにして

好きにして

やめないで、楽しくやりましょ

『ドゥ・ホワット・ユー・ウォント』
レディー・ガガ＆クリスティーナ・アギレラ

数えきれないほど読んできたブログをまた一通り読み終えるころにはキューバリブレもあらかた飲んでしまっていた。飲み干したら店を出ようかなと考えていたとき、ぼくの座っているソファの反対側のはじっこにひとりの少年が座った。ちらっと見てまず目を引かれたのが、赤みがかった巻き毛だ。そのあと彼が泣いていることに気づいた。同じソファにぼくがいるのは目に入らないようだ。なんだかいたたまれない。彼を置いてこの場を離れ、ひとりで静かに泣かせてあげたいと思う一方、心配でほっておけない気にもなる。全然知らない人だけど。ちょっと考え、我ながらばかだなあと思いながら声をかけた。

「大丈夫？」彼はうなずく。「ほんとに？」

少しためらってから、その子は巻き毛を揺らしながら、首を横に振った。

「ティ……ティッシュ持ってる？」しゃくりあげながらぼくに訊く。

「ああ……、持ってると思う」ぼくはジャケットのポケットに手を突っこみ、ポケットティッシュを取り出した。「ほら」

パッケージを差し出すと、彼は一枚取り出し、言った。

「ありがとう」

それから彼は音を立てて二回鼻をかんだ。それを見て口元がほころび、ぼくは笑顔を見られないようにと少し顔を背ける。袖で涙をぬぐった彼は、そばかすだらけの顔に恥ずかしそうな笑みを浮かべてぼくを見た。

「大丈夫？」ぼくは繰り返す。もう一度確かめたかったというよりは、習慣的な問いかけだ。

「いいや。でも、訊いてくれてありがとう」

ぼくは肩をすくめる。

「なんでもないよ」

「それから、ごめんね……、変なところ見せちゃって、ごめん」

ぼくは笑顔をつくった。

「心配しないで」

「名前、なんていうの」

少なくとも彼は初めに名前をたずねてきた。つまりここにも普通の人たちがいるってことだ。残念ながらぼくは、普通ではない人間らしい。

「ダリオ。きみは？」

「パブロ。よろしく」

パブロは少しぼくに近づいてほほにキスをし、そのままそこにとどまった。太ももが軽く触れるほどの近さだ。この近さは絶対わざとだと思ってすぐ、その考えを捨てた。考えすぎにちがいない。血管にアルコールが混じったせいで、考えが変な方向にいってしまった。

そう思いながらも、体じゅうをくすぐったい感覚が走る。

「何歳？」ちょっと経ってからパブロが訊いた。

少しためらってから答える。

「十八歳」

するとパブロは爆笑し、顔がぱっと輝いた。

「ねえ、自分でもそんなこと信じてないでしょ。マジな話、いくつなの？」

「十六歳」結局、ほんとのことを言った。ちょっと顔が赤くなってきた。

「へえ。でも実際、ちょっと上に見えるよね」

「よく言われる。きみはいくつ？」

「十七歳」

「どうして泣いてたの？」我慢できずに訊いてしまってから、一瞬、詮索好きに思われたかなと考える。取り繕おうとして付け加えた。「言いたくなければ、いいけど」

パブロは笑った。照明を受けて目がきらっと光ったのは、まぶたに残った涙のせいだ。すごくきれいな、濃い緑の目をしている。今はそんなことに注目してる場合じゃないと思うけど、注目してなぜ悪いという気持ちもある。ぼくがここに来たのは、好きなことを好きな人とするためじゃなかったのか？　そうしたいと思ったら彼の目に注目したっていいじゃないか、だろ？

「かまわないよ」パブロが答える。「だってきみはぼくを助けてくれたんだから、質問する権利はあるよ」そこで言葉を切ってうつむき、答えた。「実はね、彼氏に振られたんだ」

どう答えていいのかわからなかった。ほんとはこういうことだと気づいてなきゃいけなかったんだろうな。だってどこに弾が飛んでくるのか、かなりはっきりしていたもの。

「か……かわいそうに。長くつきあってたの？」

パブロはつばを飲みこむ。

「来週で六カ月になるところだった。土曜日で」

「ひどいな……。かわいそうに」

「でしょ。そのうえ、来週は彼の誕生日もあるんだ。その日を特別なものにしたいから、先月からずっとプレゼントをどうしようかなって考えてたんだ……。でも結局、もうどうでもよくなったんだけどね」

あきらめたというようにパブロは肩をすくめた。そのしぐさを見て、胸がズキンとした。どういうことだ？　どうして知り合いともいえないパブロのことでぼくが胸を痛めるんだ？

「かわいそうに……」ほかにどう言ったらいいかわからないので同じ言葉を繰り返す。パブロはまた、肩をすくめた。

「もう、どうだっていいよ。いちばん傷ついたこと、なにかわかる？」

首を横に振ったものの、パブロはずっとうつむいているのでぼくの動作が見えないと気づき、声に出して否定した。

「いや」

パブロは少し間を置いてから、奇妙に間延びした声で答えた。

「彼とならうまくいくと、ほんとに思ってたんだ。前の彼氏とはあまりうまくいかなかった。でも、彼となら……。まあ、わかるよね」

ぼくにはわからない。でも物分かりがいいと思われるためにとりあえず肯定した。

「ああ」

「でも結局、つきあっているうちに前と同じことを考えるようになった……。きっといつも、そういうふうに考えてしまうものなんだよね。きみはそういう経験ない？」

よりによってぼくにそんなことを訊くとは。なんだかおかしかったけど、詳しいことを言う気にはなれないから、どうとでも取れる返しをすることにした。

「みんなそうだよね」

パブロは肩をすくめる。

「そうだね……そうだと思う」そこで言葉を切って考えこみ、歯を食いしばった。「でもほんとに最悪なのは振られたことじゃないんだ、わかる？　最悪なのは、どんなふうに振られたかってこと。面と向かって言おうとさえしなかったんだよ」パブロが顔を上げたので、緑の目が怒りに燃えていることがわかった。「たった一本、メッセージを送りつけてきただけ。信じられる？」

ぼくは首を横に振った。どう言えばいいのかわからない。それで結局、落ちこんで助けがほしくなるたびにいつもオスカルがしてくれたことをしてみようと決めた。

つばを飲みこみ、言ってみる。

「ハ……、ハグしてほしい？」

パブロは驚きを隠さず、ぱっとこちらに視線を向けた。だけどすぐにまた床に目を落とし、見えるか見えないかくらいかすかに首を縦に振る。それから恥ずかしそうに答えた。

「お願い」

ぼくはパブロにもっと近寄り抱きしめた。オスカルのとちがってパブロの体は柔らかいけど、これもいいと思った。奇妙な感覚だ。だって全然知らない子なんだから。でもホセだって初対面だったのに、トイレでやった。あのときのことを思い出したからか、ハグしてるからか、それともパブロの指がうなじに触れているからか、心地よいくすぐったさが体じゅうに広がるのを感じた。それにほてってきはじめた。どうやらやっと、アルコールが効いてきたみたいだ。

それがいいのか悪いのか。

体を離したとき、パブロの緑の目はたたえた涙で曇っていたけど、それでもほほえんでいた。悲しげな笑みだ。それから話の続きを始めたが、パブロはずっとぼくの太ももの上に手を置いている。これはわざとなんだろうか、それとも単に気づいていないだけだろうか。

「そのうえ、彼はもうほかの男とやってるって聞いた」

「マジで？」

パブロは怒った声で言う。

「そうだよ。ここのドアマンはぼくの友だちなんだ」閉まった扉のほうを指して言う。「で、教えてくれた。ほんとのこと言うと……今日はそのために来たんだ。わかる？」

「だれかと一緒にいるところを押さえるため？」

パブロは首を横に振る。

「いいや、彼は自由に好きなことをすればいい。ぼくが別のだれかとするためだよ。あいつがそういうことをしてるんなら、ぼくだってする」

ほのめかしともとれるパブロの言葉に、ぼくのズボンの前がきつくなってきた。パブロの手はやばいくらい危険ゾーンの近くにある。やがてその手を、円を描くようにゆっくり動かしはじめたので、爪がこすれるたびにくすぐったさを覚える。ぼくの太ももに手を置いたのは偶然なんかじゃないとわかった。

「えーと……、それはいい考えなのかどうか、わかんないな」会話に集中しようとしながらも、口ごもってしまう。「ただ腹いせに、知らない人とやるのは……」

でもそれって、ぼくがホセとしたこととまるっきりおんなじじゃないか？　このことで説教しようなんて、ぼくは一体何様だ？　ちらっと彼を見る。鼓動がどんどん速くなる。

「きみは、すごくいいって言われたことある？」パブロに訊かれた。

ぼくは我ながらヒステリックな笑い声を上げた。鼓動がますます激しくなってきて、触れている脚を通してパブロもそのことに気づいてるんじゃないかと思うくらいだ。

「うん……以前ね」この場の緊張を解きほぐそうとして、冗談を言ってみる。

パブロも笑ったかと思うと、なんとさらに近づいてきて、ぼくにキスした。

突然で不意打ちのキスだったが、まるで待ち構えてでもいたかのように、ぼくはすぐに夢中になった。彼のくちびるは柔らかくて温かく、しょっぱさとアルコールの混じった奇妙な味がした。オスカルとの一瞬のキスを別にすれば、比較できるのはホセとのキスだけだが、パブロのはずいぶんちがう気がする。ホセには奇妙な絶望のようなものと、ほとんど動物的なまでの飢餓を感じた。パブロのくちびるにも絶望のようなものは感じ取れるが、どこかちがう。パブロはキスをしながらぼくを抱きしめ、自分のほうへ引き寄せる。それでぼくは、彼の絶望が肉体的なものだけでなく、感情的なものでもあることに気づいた。

かなり長いこと抱き合ってから体を離すと、ふたりとも息を切らしていた。パブロの目は瞳孔が開いて、緑の虹彩部分がほとんど真っ黒に見える。ぼくと同じように脈も速い。

「トイレに行こうか？」パブロはあえぎながら訊き、ぼくのズボンのファスナー部分にゆっくり手を伸ばしてくる。ほほえんでから少し押さえつけてきたので、意に反してぼくはうめいてしまった。

「いい考えかどうかわからない」今、これ以外に望むことなどなにもないというのに、無理して言ってみた。これが目的で来たものの、パブロとするのはよくないような気がしたんだ。まるで彼を利用するみたいで、ぼくがやりたいのはそんなことじゃない。

「いい考えかどうかなんて、今はほんとにどうでもいい」

「マジで?」

パブロはうなずき、さらにぎゅっと手を押し付けて、ぼくを少しずつ狂わせていく。

「すっごくマジ」

もちろん、自分がなにをしているのかはっきりわかっているだろうし、酔っているようにも見えない。そしてぼくもそう望んでいるのなら、調子を合わせればいいじゃないか。ふたりとも、なにも悪いことをしてないんだから。

「じゃあ、行こう」ぼくはとうとう誘いに乗った。

トイレに入るとすぐ、先週と同じ個室に閉じこもった。隣の個室にだれかいるのがわかったが、まったく気にならない。ほとんど気づかないうちにパブロがぼくのベルトを外し、口を動かしはじめて、ぼくは心地よさに身をゆだねた。やがてパブロが体を起こして、また顔を向き合わせたときにぼくは訊いた。

「コンドーム持ってる?」買っておくのを忘れた自分を呪う。どうなるかちゃんと予測できてたのに、忘れるってどういうことだ?

「うん」パブロは答え、ちょっとためらってから続ける。「入れてほしい?」

「えーと……、いや」

パブロは片方の眉を上げて訊く。

「きみがぼくに入れたい?」

「もしよければ……」ぼくは答えた。

パブロはくちびるを噛む。それを見て、ぼくも彼を噛みたくなった。噛んでみると、彼は長いうめき声を上げた。その間にパブロのベルトを外し、下着のなかに手を入れたが、抵抗はない。

「わかんないよ……、変な感じがするだろうな」

「ねえ、いやならかまわないよ、もし気に入らなければ……」

パブロは首を横に振る。

「いや、そうじゃなくて……、ほんとのこと言うと、ぼくはなんでも大丈夫。でも……」パブロはそこで話をやめたので、そのすきにぼくは彼のズボンのファスナーを下げる。「でもいつもは、アレハンドロがするのに任せてたんだ。わかる？」

「アレハンドロってだれ？」

パブロはため息をつく。

「それは、その……元カレだよ」

ぼくはまごついてぱちぱちと瞬きしたが、そこでほんの少し前まで交わしていた会話を思い出した。どうやら、思っていたよりアルコールが回っているらしい。

「ああ、そうか」ぼくは一応返事したものの、なんて言っていいのかわからなくてしばし黙りこむ。「それじゃ、えーと……、好きなようにしてよ。いやなら、しなくてもいいんだし」

パブロは目を見開き、ぼくをじっと見る。また瞳孔が開いている。赤みを帯びた巻き毛が、しっとりとして額に垂れかかっていた。

「ふん……、今、そんなことどうだっていいよ。どっちみち、彼はぼくにさせてくれなかったんだし」そこで言葉を切り、ぼくにキスして、しばらく舌をもてあそんでから彼は言った。「きみの好きなようにして」

だから、そうした。

（闇）

闇。見渡す限り、どこもかしこも真っ暗闇。

ぼくはひとり。そう。完全にひとりぼっちだ。ぼくがいるのは果てしなく深い井戸の底、どんなものも来られない場所。もはやどんなものもぼくを救えない場所。彼を除いては。ぼくを救えるとしたら、たぶん彼だ。

ちがう。ぼくを救わなければいけないのはぼく自身。

自分の呼吸音よりずいぶん遠いが、別の呼吸音が聞こえる。ぼくのものではない心臓の鼓動、ぼくのものではない目の輝きが、少しずつこちらに近づいてくる。だれの目かは見えないけど、いずれにせよぼくは知っている。あれはオスカルの目、でもそこに憎しみは見えない。逆上も激怒も、彼にしたことのつけを払わせようという意思もない。

ぼくの心臓の鼓動はどんどん激しくなってくるが、この暗闇のなか、身を隠す場所もないのはわかってる。とうとう相手が目の前に来た。闇に包まれていても、その姿がはっきり見える。その目がぼくを見るが、そこには痛みも落胆もない。

「ダリオ、ぼくはきみが好きだった」しわがれた声が言う。オスカルの声ではないと同時に、明らかにオスカルとわかる声。

「し……知ってる」かろうじて言葉を絞り出すが、鼓動の音で、自分自身の声はどうにか聞こえる程度だ。

「まだきみが好きだ」

どきんと心臓が飛び跳ねる。

「ほ……ほんとに？」

「ほんとだ」

それでぼくは、彼にキスをした。何度も何度も彼が乞い、何度も何度もぼくが断ったキスを。血と痛み、涙の味がするキス、それでもこれがきっと、望んできたことのすべて。

「ぼくもきみが好きだ」一瞬キスをやめ、くちびるをほんの数センチ遠ざけてささやく。

「ほんとに？」

「ほんとだ」

「ああ、もう、ダリオ。きみが好きだよ」

オスカルのほうから、再びキス。ぼくもキスを返す。こうしたいと望んでいた年月の分の力強さと、それをぼくに許してもらえなかった数カ月分のフラストレーションをすべてこめ、オスカルはぼくにキスをする。喉が渇いて死にそうとでもいうように、それを鎮めることができるのはぼくのくちびるだけとでもいうように、オスカルはぼくにキスをする。

するとそのとき、キスが変わる。もっと激しく、もっと情熱的に。もっと燃えるように。両手でぼくの体じゅうをなでまわしたかと思うと、彼の背に置いていたぼくの手をつかみ、下ろしていく。彼はぼくに体を押し付け、ぼくは彼を自分のほうに引き寄せる。くちびるがぼくの首や耳を這い、もてあそぶ。しばらくぼくのTシャツと格闘していたが、気がつくと脱がされかけていた。

「いいの?」体をひねって脱がせやすくしながら、ぼくはどうにか声を出す。

「ああ、もう、もちろんだ」

そのあとはなにか言う間も与えられなかった。またキスをしてきたからだ。オスカルのTシャツを脱がせる間だけキスを中断し、それからすぐにほかの衣類も脱いでしまった。でも以前とはちがう。今は、彼の体は物体ではなく尊ぶべきものだった。いつくしむべきものだった。

そしてその通り、隅から隅までいつくしんだ。

とうとう彼のなかに入ったとき、ちがうものを感じた。ホセとのときのようなスピードはない。パブロのときはただつながっている以上のものがあったが、それともちがう。そしてあの夏の日々とも。今度は全然ちがっている。

でもそのとき、彼の背が濡れているのに気づく。濡れて温かい。近くで見ようと動きを止め、黒くて濃い液体が肩の下に開いた傷から出ていることがわかる。ぼくは怯え、立ち上がって流れる血を見つめる。

「きみにもこんな傷ができていたかもしれない」オスカルも立ち上がりながら、押し殺した声で言う。「ぼくを殺さなければ、きみにもこんな傷ができていたかもしれない」

ぼくのほうに腕を伸ばすと、全体の皮膚がぱっくりと開き、数えきれないほどの傷が蜘蛛の巣のように走る。皮膚から血がゴボゴボと湧いてきた。そんなに血を失ったら立っていられないんじゃないかと思う量だ。ぼくは驚き、数歩離れた。

「全部きみのせいだ……」

「オスカル……、ごめん、オスカル……」

タールのように濃くて黒い血がドクドクとあふれて腕を伝い流れ落ち、地面に暗い色の水たまりをつくる。オスカルのシャツもズボンも濡れていて、血が流れているのは腕だけじゃないとわかる。胸からも血が流れていた。脚からも。首からも。口角からこめかみまで長い傷が走り、容貌をすっかり変えている。

「ごめん……」ぞっとしながらもオスカルを見つめ、すすり泣きながらつぶやいた。「ほんとに、オスカル……、ほんとにごめん」

「きみのせいだ！」怒り狂って彼は叫び、ぼくのほうに近づく。顔についていた傷はすべて、すっかり消えていた。今や決然とした表情を浮かべている。猛々しく。情け容赦ない表情を。

「オスカル、ごめん……」

でもそのとき気づいた。ぼくの言葉はなんの役にも立たない。流れる血を止めることはできない。ぼくが彼に与えた苦痛を、言葉で癒やすことなどできない。

「きみはなにもかも手にしていたのに、ぼくを殺した」

ぼくは叫び出す。

第14章

El Hielo De Mis Venas

一度も持たなかった心のために
永遠に失われた子のために
思いこがれるから音楽は流れる
かつて持っていた心のために

『フォー・ザ・ハート・アイ・ワンス・ハッド』
ナイトウィッシュ

目覚めると、汗と尿でびしょ濡れになっているだけではなかった。叫びすぎたせいで喉がかれているだけではなかった。

ぼくは泣いていた。

これまでぼくは泣かなかった。両親のことがあって、涙が枯れたときから。でも今は泣きはじめたら止まらなくなった。気持ち悪いし湿っているし、いやなにおいもしているしで、こうしていればいるほどひどくなるのはわかっていたが、起きてシャワーを浴びる代わりに枕を抱きしめ、抑えていたものを自分のなかからすべて出し、解放しながら泣きつづけた。

どのくらいそうしていたのかわからないが、ようやく泣きやんだとき、ナイトテーブルの目覚まし時計は朝の六時四十三分を指していた。

ベッドから出る。少し落ち着いた目でその惨状を見てうんざりする。尿がしたたってそこらじゅうを汚すといけないから、マットレスカバーが外側に来るように気をつけながら濡れたシーツを丸める。それから、音を立てないようにつま先立ちで部屋を出て、灯りもつけずにキッチンまで行く。ところがそこで、死ぬほど驚いた。

「まただね？」

祖母がテーブルの前に座り、ホットミルクのカップを手にしていた。ガウンを着たその姿はなぜか、これまでにないほど老けて見えた。ぼくは泣いたせいで赤い顔をしているはずだが、祖母を見てますます赤くなる。

この状況を見られたのだから、もううそをついたところで意味はない。

「うん」

「全部話してくれるかい？」ぼくが全力で首を横に振ると、祖母はため息をついた。「わかったよ、好きにしなさい。さあ、それをよこしなさい、洗ってあげるよ。おまえはシャワーを浴びて……。落ち着くんだよ、いい？」

「でもパジャマ……」

祖母の前で裸にならなければいけないと思って、さらに赤くなる。

「心配いらないよ、浴室の外に出しておけばいいから。全部洗っとくから、大丈夫」

「わかった」ぼくは向きを変え、キッチンから出ていこうとして祖母に呼び止められた。

「ダリオ？」

「うん？」

祖母は少し間を置いてから言った。

「愛してるわ。そのことを忘れないでおくれよ、いいかい？」

涙でまた目が曇ってきたから、見られないように背を向けた。

「ぼくもだよ」

浴室に入ると急いで服を脱ぎ、ドアを少し開けてパジャマを床の上に置いた。それからシャワーの下に入ると、もうあふれる涙を流れるがままにした。泣くのは久しぶりだが、これ以上ないほど解放された気持ちになる。これまで隠してきた、たまりにたまった感情が堰を切って出てきたようだった。

問題は、堰を切ったとたんに氾濫を始めた感情の波に窒息しそうになっていること。

ぼくはまちがっていた。救うべきはオスカルではなかった。少なくとも、今のところは。オスカルは自分で自分を救うことができるし、もし助けが必要なら、ぼくよりもっといい人たちが手を差し伸べてくれる。そう、ぼくが救うべきはぼく自身なのだ。でも問題がある……どうすればいいんだ？《力を奪っていくこの闇から逃げたい。自分の心から逃げたい、でも出口がない》

ようやく落ち着き、少なくとも外側はさっぱりしたのでシャワーを止めた。タオルでしっかり体をふき、バスローブにくるまって、寒さに震えながら自分の部屋に行く。すぐに清潔なパジャマを着たが、ベッドには入らなかった。その代わり廊下に出て、二メートルほど先にある半ば開いたドアへと向かう。

「おばあちゃん？」

「なんだい」

ぼくは少し黙りこむ。自分の気持ちをどう表していいかわからなかったからだが、結局、いちばんシンプルに伝えることにした。

「一緒に寝ていい？」

自分の声の響きがいやになる。ばかみたいで、幼稚で、小さな子どもに戻ったような気になった。祖母が答えるまで間が開いたので、その数秒間、断られるんじゃないか、それとも笑われるかもしれないとやきもきした。

でも心配は不要だった。

「もちろんいいよ、おいで」

おずおずと部屋に入り、ベッドまで行く。シーツの間にはさまると、小さなころは数えきれないほど何度もしたように、祖母にぴったりくっついた。祖母が片方の腕を回してぼくの体を抱き寄せたので、ぼくはその上に腕を回してさらに抱きつく。

奇妙な感覚だ。一方では子どもに返り、抱きついて眠ったすべての夜のように、くっついてシエスタしたすべての午後のように、祖母の呼吸を感じながらかたときも離れられずにいる。でももちろん、ぼくはもう赤ん坊じゃない。ぼくはあのころより大きくなったし、祖母は小さくなったけど、いちばん大きなちがいは心のなかで、今はあまりに多くのことが意識にのしかかっている。そしてそれにもかかわらずぼくは今、守られてると感じてる。ここにいて祖母に抱きついていると、すべてうまくいくっていう奇妙な感覚に包まれるんだ。

だけど精神は常にさいなまれつづけているので、昨夜したこと、この間したことを考えてしまう。そして、オスカルにしたすべてのことを。自分の孫がどんな種類の人間か、ほんとうはどんなやつなのか、祖母はまったく知らないのだ。自分という人間が、自分のやってきたことが恥ずかしい。祖母になにも言えないことが恥ずかしい。

「愛してるよ」消えそうな声でささやくと、祖母はぼくの腕を優しく握る。

「あたしもだよ」祖母は眠そうな声で言い、あくびをした。「とっても愛してるよ」

＊　＊　＊

祖母のベッドで目が覚めたときは恥ずかしかったが、一日中、祖母はなにも言わなかった。

携帯を見ると、一時間前にパブロから二件のメッセージが入っていたので、あわてて返信する。

パブロ：やあ！

パブロ：おはよう ^^

ダリオ：おはよう

［書きこみ中……］

［接続しました］
［書きこみ中……］

パブロ：元気？
ダリオ：うん、もちろん。
ダリオ：きみは？
パブロ：うん
パブロ：きみ、なんか変だったから
ダリオ：元気だよ

［書きこみ中……］
［接続しました］
［書きこみ中……］

―パブロ：よかった

パブロ：昨日、すごく急いで帰ったから

ダリオ：電車逃すところだったんだ

パブロ：そうなんだ

パブロ：怒ってるかなにか？

ダリオ：いや、なんで？

パブロ：わかんないけど

パブロ：昨日、なにかあったように見えた

パブロ：わかるよね

パブロ：終わったとき

ダリオ：え、わかんないよ

パブロ：そうなんだ

ダリオ：あとで話そう、いい？
ダリオ：用事があるんだ
パブロ：そうなんだ
ダリオ：じゃね！

［書きこみ中……］
［接続しました］
［書きこみ中……］
［接続しました］
［書きこみ中……］
［切断しました］

今の会話、どういう意味だったんだろ。パブロはぼくに期待などしていなかったはずだ。そうさせるようなことはしなかったと思う。ぼくたちの間に特別なことなどなにもなかった。あったのはただセックスだけ。そう、ホセとのときとはちがうかもしれないが、いずれにせよ、セックスしただけにはちがいない。それだけだ。

電話番号を教えるべきじゃないとわかっていたが、後悔してももう遅い。悲しんでるといけないから、もう一度メッセージを送ることにした。彼氏と別れて落ちこんでるって昨日聞かされたばかりなんだから、クズみたいな振る舞いをしたくないんだ。

ダリオ：ところで
ダリオ：よくなってるといいんだけど
パブロ：？？？
パブロ：よくなってるって、なにが？
ダリオ：わかるだろ
ダリオ：元カレのことで
パブロ：ああ
パブロ：まあ、そうだね
パブロ：なってきてる
パブロ：ちょっとよくなった^^

ダリオ：よかった:)

パブロ：^^

これで、ぼくのせいでパブロが悲しむことはないと思う。ほんとに、ぼくにはどんな種類の期待もしていないと思いたい……。パブロはすごくいい子だと思うけど、今のぼくはそういうことに向き合えない。あまりにも混乱していて、ほかの人のことなんて考えられない。破裂する寸前の爆弾みたいなもので、もしだれかと感情的なかかわりをもったりしたら、もう絶対爆発してしまう。だれかを爆発に巻きこんで傷つけるわけにはいかない。

それに、パブロもほかの人に気持ちを向けたりなんてしてないはずだ。なにせ彼氏と別れたばかりなんだから、ほかのだれかとつきあう前に立ち直る時間が、自分自身ともう一度向き合う時間が必要なはず。新しい恋を探すのはよくない、ましてぼくみたいなやつとは。絶対に、ぼくみたいなやつに気持ちを向けるべきじゃない。

パブロはぼくなんかじゃだめなんだ。

第15章

今は過去を忘れるとき
起こったばかりのことも洗い流すとき
うつろな顔をうしろに隠して

『ア・ビューティフル・ライフ』
サーティ・セカンズ・トゥ・マース

クリスマス休暇の残りは一種のルーティンに陥り、何度も同じことを繰り返した。目覚めるとシーツはびしょ濡れ、シャワーを浴びて祖母のベッドにもぐりこむ。その日によって、祖母は眠っていることもあればキッチンでホットミルクかハーブティを飲んでいることもある。どっちにしてもぼくをベッドに入れてくれるし、そのときも次の日も、それについてはなにも言わない。そのほうがいい。ほぼ毎日見る悪夢のことを訊かれても、ぼくはほんとのことなど言えっこない。

あれから何度か、またクラブにも行った。店に行く時間によって、最終電車で帰るときもあれば翌朝の始発で帰るときもある。トイレでするのがいやだという相手のときは、ほとんど知らない間柄なのに、家に行ったことが二度ばかりある。でも、もうだれにも電話番号は教えない。困ったことにパブロは頻繁に連絡してくる。ぼくに期待してるんだということがいよいよはっきりしてきた。だからぼくは、傷つけないように気をつけながら、できるだけ冷たくすることにしている。メッセージの返信はなるべく遅らせ、何時間もあとになることもあるし、書いても最小限の言葉数にとどめる。そんな態度をとるのはいやだけど、でもこれがいちばんいいんだ。

ことが厄介になりはじめたのは、出会って一週間後、パブロがもう一度会おうと誘ってきたときだった。

ダリオ：いい考えかどうかわかんないな

[書きこみ中……]

[接続しました]

[書きこみ中……]

パブロ：なんで？

ダリオ：パブロ、きみは別れたばっかりじゃないか

パブロ：わかってる

—ダリオ：だから、それでだよ

「書きこみ中……」
「接続しました」
「書きこみ中……」

パブロ：ぼくはなにも言っちゃいけないの？

ぼくはため息をつく。この数日間、パブロに調子を合わせないようにするだけでなく、傷つけそうなことを言わないようにして接していたが、なんの役にも立たなかった。冷たく接しているにもかかわらず、彼は明らかにすごく期待してるけど、そのままでいるわけにはいかない。ぼくのためだけじゃなくてパブロのためにも。心は痛むが、思い切って決着をつけなきゃ。彼が悲しむ結果になっても、そのほうがお互いのためにいいんだ。

—ダリオ：パブロ、別に好きな人がいるんだ
—ダリオ：だからもう会うことはできない

「書きこみ中……」

［接続しました］
［書きこみ中……］

パブロ：ああ
パブロ：もっと早く言ってほしかったな……

ぼくに期待してるんじゃないかという疑念が事実とわかって、これでもう自分が正式なワルになったように感じた。ぼくはここのところかなり冷たくしていたのだから、なんでそんな期待を抱いたのかほんとのところよくわからないが、少なくともこれ以上進む前にすべてはっきりさせることはできた。

ダリオ：ごめん
パブロ：別にいいよ
ダリオ：ぼくの片思いだから
パブロ：そうなんだ……

パブロ：かわいそうに :(

ダリオ：ぼくが悪いんだ

ダリオ：彼をひどい目にあわせた、だから……

パブロ：それで？

ダリオ：このことは話したくないな

ダリオ：つまりぼくには可能性はないってこと、それにだれかとそういう関係になるのはフェアじゃないと思う

ダリオ：こんなふうに感じながらね。

パブロ：そうか……

パブロ：残念だ

ダリオ：きみは元気？

パブロ：たぶん

パブロ：きみは？
ダリオ：ぼくは元気だよ、心配しないで。
ダリオ：元気
ダリオ：ちゃんと受け止めてるから
ダリオ：もしこれからも話したいなら……
ダリオ：ぼくら友だちになれないかな？

パブロ：いいよ：)

よし。全体的には、少なくともうまくいったように見える。実際、考えていたよりはるかにうまくいった。クラブでのことがどんなによかったとしても、パブロをただの息抜きの相手のひとりにしたくない。オスカルへの気持ちを受け止めはじめた今、それと似たような関係を、だれかと始める必要なんてまったくない。

実際、その前にやらなくちゃいけないことがたくさんある。

でも友だちは必要。特にフェルまでも失ったぼくにとっては重大な問題で、パブロなら代わりに友だちになってくれるかもしれない。セックスの相手なら、クラブに行けばいくらでもいるからほしくない。ぼくにとってパブロは特別な存在に思えるんだ。今必要なのは話相手になってくれて、悩みを打ち明けることができて、気分が落ちてるときは話を聞いてくれる人。知り合った夜のように、自分のことを話してくれて、必要としているときには抱きしめることができる人。ひとりぼっちじゃないんだと感じさせてくれる人。

たまたまセックスすることになれば、もちろん拒絶はしないけど。

結局ぼくは、相変わらずサイテーだ。

＊＊＊

大晦日。夕飯の数時間前にオスカルのブログを開いて、最近の投稿を読み直すことにした。どれもほとんど暗記しているがかまわない。読み返して、それが現実だってこと、ほんとに元気になってきているってことを知る必要があるんだ。

前言撤回

イーサンはまちがってたと思う。

つまりあれは、ハチじゃない。

チョウチョだよ。大きくて、すごい激しさで飛び回るときもあるけど、まちがいなくあれはチョウチョだ。

とても美しいチョウチョ。

12月26日 22：41 投稿 │ コメント：0

シェア Linked In facebook Twitter Google Tumblr

すごい1カ月

こんなこと、めったに起こらない。

今月、きみとぼくはマジで最悪の始まりかたをして（ここで言う〈きみ〉は音信不通になってしまった謎の匿名さん、だってほかにだれもぼくの書いたものなんて読まないから）、ひと月それに耐えられるかどうかわからなかった。

生きて最後までたどり着けるかどうかもわからなかった。

でも、たどり着いた。いろいろあったけど、終わりかけの今になって考えてみれば、人生最高の月だった。

浮き沈みの激しかったこの一年、とりわけ苦しんだイメージが強いけど、終わってみればおさまるところにおさまったような気がする。

来年なにが起こるかはわからないけど、少なくともここ数日のレベルを維持できればいいな。

12月29日 21：53 投稿 ｜ コメント：2

シェア Linked In facebook Twitter Google Tumblr

ぼくの匿名のメッセージに触れてあるので、ついニヤニヤしてしまう。コメント二件とある。コメント欄を開いて、リプライしてくれたのか確かめることにする。あった。

謎の匿名さんはきみが満足そうなのでうれしいよ。

音信不通になるかもしれないけど、きみのエントリーは全部ひそかに読んでます。

12月30日 11：57、投稿者：匿名

知らないだれかがぼくを気にかけてくれているなんて、やっぱり信じられない。でもいずれにしても、ありがとう :)

12月30日 14：32、投稿者：ロストボーイ

シェア Linked In facebook Twitter Google Tumblr

リプライを見てまたニヤッとした。ぼくがコメント主だなんて、百万年かかっても想像できないだろう。でもあんなことをしたぼくが、どういたしましてなんてコメントするのは意味ないよな。

画面の向こうに隠れて、ぼくはずっとそこにいると知らせるために、短い返信を打つことにした。

ぼくらはそのためにいる ◡̈

---

12 月 31 日 16：28、投稿者：匿名

シェア Linked In facebook Twitter Google Tumblr

続いてオスカルのツイッターを開き、新しい投稿がないかどうか見る。でも最近はほとんどつぶやいてないみたいだ。基本的にはそのほうがいいんだろう。でも新しいツイートのひとつを見て、ぼくは笑ってしまった。

Lost Boy @Lostboy_99　22時間前
ぼくのブログにコメントがつくなんて、すごく変な感じ。

El Hielo De Mis Venas

第16章

だれかはだれかをもう愛さない？
好きなものを取りなさい
取ってドアから出ていって

『ファーザー・アウェイ（ロマンス・ポリス）』
リジー

休暇が終わる前の土曜日、またクラブに行った。もうそんなに頻繁には来れなくなるから、これでしばしのお別れということになるだろう。それに金曜日はミリアム先生に全部話すことにしているから、そのあとまた来る元気が出るかどうかわからない。

今日は普段よりさらに混んでいて、人がぎゅうぎゅう詰めだった。明後日学校が始まるし、大学生は間もなく試験が始まるからそれも不思議じゃない。ここにいる人の多くにとって、パーティシーズンのお出かけはこれが最後ということなのだろう。だからぼくを知ってる人に出会うのもまた、不思議じゃなかった。

「ダリオ？」

振り返ると、背が高い男の子がいた。髪も目も栗色で、ニキビがぽつぽつと出ている。知ってる子だ。一緒にいたのは確か……火曜日？　そう、確かにあれは火曜日だった。ところが名前を覚えていない。どんなにがんばっても思い出せない。

「やあ」なんて言えばいいかわからなくて、おずおずと挨拶する。

「元気？」そうたずねる彼の表情はどこか不機嫌そうだ。でもだからって彼を責められない。

「見ての通り、元気だよ。きみは？」

彼は肩をすくめる。

「元気だよ。この間はきみ、すごく急いで帰ったね」ごく普通をよそおっているが、声にとがめるような響きがある。

ぼくはつばを飲みこみ、答える。

「ご……ごめん。電車に乗り遅れそうだったんだ、それで……」

ぼくはそこで言葉を切ったが、彼はほほえんだ。

「大丈夫だよ」そう言ってから付け加える。「ただ、電話番号でも聞いておけばよかったなと思って」

「ごめん」

「気にしないで。なにか飲む？」

今度はぼくが肩をすくめた。もちろん飲む。

「うん、行こう」

入場券についてきたドリンク・チケットはまだ使っていなかったので、これでキューバリブレを頼んだ。それからソファのあるエリアに行き、この間パブロと座ったのと同じ椅子に腰かけた。すごく居心地が悪いが、選択肢はあまりない。ふたりで座れる場所を見つけられたのはかなりラッキーだったくらいだ。

「それで……」数秒間の気まずい沈黙のあと、彼が切り出した。「調子どう？」

ぼくはまた肩をすくめ、考えながらドリンクを一口飲む。一体なんて名前だっけ……？

「いい、と思う」

彼はゆっくりうなずく。まるでぼくがものすごく面白い返事をしたみたいに。

「ここにはよく来るの？」

ぼくはまた肩をすくめる。もう何回目かわからないくらいだ。

「ときどき。きみは？」

「ほとんど毎週」ほかになにを言えばいいのかわからないかのようにちょっと黙りこんでから続ける。「ここでまた会えるなんて、ほんとにうれしいよ……。あの夜は、とてもよかった」

　初めて出会ったときどうだったか思い出そうとするけど、アルコールのせいで記憶がちょっとあいまいだ。ただ、フラッシュをたいたようにいくつかの場面が浮かび上がるだけ。ぼくの体をなぞる彼の指。口のなかに入った彼の舌。耳を噛む歯。体じゅうを這う口。壁についた彼の両手。そのときの感覚を、まるで今味わってるんじゃないかと思うほど鮮やかに思い出して震える。

　それなのにまだ、名前を思い出せない。

「ぼくも、よかった」ほんとにそうなのか、確信は持ち切れないまま言う。あいまいな記憶がまちがっていなければ、きっとそうなのだろう。

でもすぐに、そんなこと言うべきじゃなかったと気づく。だって彼が近づいてきて、太ももの上に手を置いたんだ。なじみのある状況だけど、パブロとのときの心地よさには遠く及ばない。

「もう一回したい？」

したい。もちろんだ。したいに決まってる。でもそれでも、すべきじゃないとわかっていた。この子とは遊ぶべきじゃないだろうと。とはいえ結局、彼はパブロじゃない。なんの借りもないし、欲望を除けば、ぼくたちふたりの間にどんな感情も芽生えていない。彼がぼくに対してどんな種類の期待も抱いていないのはわかるから、感情を傷つけることもないだろう。彼にとってもぼくにとっても、ただ体だけのことなのだ。それ以上の何物でもない。明日になれば彼はもう、一日じゅう一度もぼくを思い出さないに決まってる。彼だって、今の今までぼくの存在を思い出しもしなかったはずだし、実を言えばそれは、ぼくが気にすることなのかどうかもわからない。

ぼくはゆっくりうなずいた。

「うん、でも今度はもっと落ち着いて、ね？」

彼はほほえんだが、いまだに名前はさっぱり思い出せない。もしかしたら、聞いていなかったんじゃないか？ 最悪なのは、聞いたかどうかすら覚えていないことだ。

「きみの好きなように」

そのあとしばらくあれこれ話しているうちに、ぼくらはキスを始めていた。それも激しく。

彼が耳元でささやいたが、ぼくはトイレに行きたくない。今はまだ。この瞬間を楽しみたい、こんな機会、まずないのだから。たとえ一瞬でも、自分を暇つぶしにクラブに来た普通の人みたいに感じていたい。途方に暮れた少年、これから出会うものに対してまだ心構えができていない少年でいるのをやめたい。

そんなとき、また聞き覚えのある声がした。

「ひどいやつだな」

ぎょっとして振り返ると、彼がいた。パブロが。ぼくたちの前に立ち、赤みがかった巻き毛に似つかわしくない、怒りに燃えた顔と目をしていた。

「パブロ……」

「あれはうそだったんだな、やっとわかったよ」

「こいつ、だれ？」ぼくの横で体をこわばらせて、もうひとりの男の子が言った。ぼくは口を開いたが、結局、その子に返事をするのはやめて、パブロに向かって言った。

「パブロ、これはきみが考えてるようなことじゃないんだ。ほんとに、これは……」

「言い訳しないで」きつい声で遮る。「片思いだって言ったじゃないか、全然可能性がないって、言ったよな？　ぼくはただ、遊ばれてただけだったんだ」

「なんの話をしてるんだ？」名前のわからない男の子が言う。「こいつ、だれだよ」不快そうに繰り返す。

ぼくはまた無視した。

「パブロ、ぼくは……」

「聞きたくない。言い訳なんていらない。ぼくとつきあいたくないのなら、そう言えばよかっただけじゃないか、そうだろ？　うそをつく必要なんてなかったんだ」

「今見たのはちがう、そんなんじゃないんだ、パブロ……」

パブロは苦々しげな笑い声を上げた。

「へーえ、そうなんだ。舌を喉まで入れ合ってたくせに、じゃあなんなんだよ。くそったれ」

「もう、一体全体どうなってんの？」名も知らぬ彼は見るからに不愉快そうだが、ぼくもパブロも取り合わなかった。今度も。

「パブロ、ほんとに、これはきみが考えてるようなことじゃないんだ」なんとかして聞いてほしくて、わかってほしくて、ぼくはすがる目をして繰り返す。「彼と会うのはまだ二度目だ。それにさ、名前も覚えてないんだよ」

しまった。そんなこと、言うべきじゃなかった。

それになんだか、パブロはもう怒っていないように見える。今、その目にあるのは悲しみだ。

「ふうん。じゃ、だれともいたくないってのはうそだったって認めるんだね」パブロは冷たい声で言う。「単純にぼくと一緒にいたくなかっただけなんだ、そうだろ？」

ああ、考えていたよりもっと、ひどいことになってしまった。

「そうじゃないんだ、パブロ……」

そう言ったものの、どう続ければいいのかわからない。ぼくにとってパブロは、最初は大勢のなかのひとりだったけど、そのあとほかの人とはちがう存在になったってことをどう説明すればいい？　なにを言えば、もうこれ以上彼の気持ちを傷つけずにすむのだろう？　ぼくがやってることはただ、すべてを台無しにして他人の気持ちを傷つけることだけ。《自分の心から逃げたい、でも出口がない》

「そう言ってくれるべきだったんだよ、ダリオ」パブロの声から、傷ついているのが伝わってきた。そんなふうにしてしまった自分が憎い。パブロはこんな扱いを受けるべきじゃないんだ。

「元カレとの間になにがあったか、話したよね……、きみは、ぼくにちゃんと言うべきだった」

　ぼくになにか言う時間を与えず、パブロはくるっと向きを変えて行ってしまった。ぼくはこれまでにないほどひどい気分で、そこに取り残された。

「ぼくはハビっていうんだ」しばらくしてから、もうひとりの男の子が言った。その声はまるで、ぼくの血管を流れ、心臓を覆う氷のように冷たかった。「覚えてもいないということは、ぼくの名前なんてきみにとってはどうでもいいみたいだね」

　そう言うと立ち上がり、彼も行ってしまった。ぼくはひとりで取り残され、知らず知らずのうちにふたりをひどい目にあわせたこと、そんな扱いを受けるべきではないふたりの人の心を傷つけたことを考えていた。どんなに傷つけまいと思っても、結局はいつも他人を傷つけてしまうということを。このままずっと、すべて台無しにしつづけるのだろうか？

　いやだ。こんなこと、変えなきゃいけない。金曜日になったらミリアム先生に全部話そう。たとえどうなったとしても。これまでのことすべてを打ち明けるんだ。自分がやったことすべてを。そうすれば先生は、ぼくを助ける方法を見つけてくれるだろう。そしてそこから、ついに変化が始まるんだ。少なくとも、そうなってほしい。

だけど全部話そうと思ったら、なによりもまず過去にさかのぼらなきゃならない。最悪で、そして完ぺきだった去年の夏に戻らなきゃ。あらゆることが変化して、あらゆる形でぼくが台無しにした夏だった。戻ったらもう二度とそこから出たくない、だけど同時に、ぞっとする夏。思い出すのはつらい、だけど前に進みたいのなら、やらなきゃいけないんだ。心は痛むだろう。でもだからこそ思い出すのが大事なんだ。

あの夏に戻って、そして向き合わなければならない。

第II部

ティーン・アイドル

／

無駄にした年月、無駄にした若さ

美しいうそ、醜い真実

死ぬ日がやってきても

元気になったとわかっただけ

『ティーン・アイドル（無意味な十代）』
マリーナ・アンド・ザ・ダイアモンズ

／

第17章

El Hielo De Mis Venas

わたしは自分に問いつづけてる
どうしてなのかと
ずっと目を閉じている
だけどあなたを遮断できない

『オール・ザ・シングズ・シー・セッド』
t.A.T.u.

フェルの家に着いてベルを鳴らしたとき、緊張して、みぞおちがむかむかした。ジェットコースターに乗りこみ、さあこれから動き出すぞっていうときみたいな感覚だ。なにが起きるかわかってて、走り出したらきっと後悔することになるとわかってるんだけど、今さら後戻りはできない。

自分でも理解できない。フェルの家にはこれまで、何十回もオスカルと一緒に泊まってきたんだから、珍しいことでもなんでもないはずだ。だってふたりはぼくの親友なんだから。それなのに、ふたりと一緒に一晩過ごすと考えただけで、ぼくはどうしようもなくわくわくして、そして緊張してしまう。たぶん、この数カ月間は前ほど一緒にいなかったから、心の底に寂しい気持ちがあったんだと思う。

数秒後、ドアを開けてくれたのはオスカルだった。別に不思議じゃない。物心ついたときから、オスカルとぼくにとってフェルの家は第二の家庭のようなものだった。季節によっては実際、自分の家よりここで過ごす時間のほうが長いというときが何年もあったくらいだ。オスカルは父親から逃げたがっていたし、ぼくは……、ぼくは、正確にはなにから逃げていたんだろう。自分自身からだ、たぶん。

「やあ！」オスカルがほほえみながら挨拶するのを見て、おなかのあたりがくすぐったくってどうしようもなくなった。ぼくはいったいどうしちゃったんだろう？

「やあ」

少しの間、ふたりともじっと黙って動かずにいた。どうすればいいか、よくわからなかったんだ。奇妙なことに、ちょっと居心地悪くさえあった。ぼくとオスカルの間で、居心地の悪いことなんて一度もなかったのに。というか少なくとも、ちょっと前まで一度もなかった。わかってるのは、数カ月前からだんだん変わってきたということ。

ドアを開けたのがフェルならハグしてくれただろうから、きっと緊張がほぐれたはずだ。でもオスカルとは事情がちがった。オスカルとはいつも、すべてがちがうんだ。ぼくたちは決してハグしない。なぜかわからないけど、ハグしたことないんだ。きっと、いつもフェルがぼくたちふたりをハグしてくれるからだろうけど、ぼくとオスカルが自分からハグしようとすることはない。それがまるで恥ずかしいことみたいに。

「フェルはピザを買いに行ったよ。今日はテイクアウトすると割引になるんだ」居間まで歩きながらオスカルが説明した。「だからぼくが残って、きみを待ってたんだよ」

ぼくが来たのをオスカルが喜んでいることに気づいた。ぼくもオスカルと会えてうれしい。それは認めないわけにいかない。でも理由はわからなかった。どうしてそんなふうになるのかわからない。それにオスカルがうれしそうなのも、ほんとにそうなのか、それともぼくにそう見えてるだけなのかもわからなかった。オスカルを見て、体がこすれるぐらい接近すると、胃がざわざわするのも理解できなかった。

　こんなのなんでもないさ、ごく普通のこと、オスカルと会えてうれしいだけと言い張る自分がいる。だって親友なんだから。まあ、正確にはふたりの親友のうちのひとりってことだけど。どっちにしても、友だちといればこうなるもんだろ？　でもそれなら、どうしてフェルのときにはこんなふうに感じないんだろ？　フェルだって親友で、ふたりはいつも、ぼくにとって切っても切り離せないワンセットのようなものだった。それなのに、どうしてなんだ？

　奇妙に喜んでいる自分に嫌悪を感じた。

「どうかした？」ソファに座ってから、オスカルが訊いた。さっきまでのほがらかな笑みは消え、眉をひそめている。すごく心配そうだ。ぼくを心配してくれてるんだと気づいて、胃袋がひっくり返ったような気がした。

　喉になにか詰まった感じがして、押し流そうとつばを飲みこんだ。

「いや、別に」どうにか声を絞り出し、肘掛椅子に座った。こうすればオスカルの横に座らないですむ。本当は並んで座りたかったが、同時に、あまり近づきすぎたくはないという思いがあった。「元気だよ」

「ほんとに？」

　答える前に、またつばを飲みこんだ。ぼくは元気なのだろうか？　ほんとのこと言うと、自分でもわからなかった。

「ほんとだよ」

そのあと数分間、なにもしゃべらず、それぞれがスマホに目を釘づけにして座っていた。緊張感が、手で触れるんじゃないかと思うほど重みをもってのしかかってくる。なにが起きているのかわからなかった。確かにこの数カ月、ぼくたちの間になにか奇妙な雰囲気が流れていたかもしれない……でも、これほどじゃなかった。居心地の悪さはマックスになりはじめた。

ときどきこっそり見ていると、一度目が合ってしまった。オスカルはほほを染め、あわてて視線を外した。ぼくもだ。すぐにまたオスカルを見たくて仕方なくなったが、がんばって自分を抑え、「フルーツ・ニンジャ」ゲームに集中しようとした。でもそれは大して役には立たず、連続して、三十点にも到達せずにゲームオーバーした。むしゃくしゃして、結局ゲーム画面を閉じ、手持ち無沙汰になり最近のオスカルとのやりとりを見はじめた。そうだ、この数カ月で明らかになにかが変わっていた。

永遠にも思えた数分間が過ぎ、玄関のドアが開いて、また閉まる音が聞こえた。

「ピザだよ！」フェルの元気な声がして、ぼくはほっとした。特徴のある足音が聞こえたかと思うと、ものの二秒後には、居間のドアのところに巨大なピザの箱をふたつも持ったフェルの姿があった。トマトとチーズ、ペパロニのにおいが宙を漂い、口のなかにつばがたまってきた。

「やあ！　もう来てたんだね」

ぼくを見てそう言うと、フェルはピザの箱をそっとテーブルの上に置き、挨拶しに近づいてきた。立ち上がったぼくをいつものように、すぐさま両腕で包みこむ。義務的なハグでも、一瞬のふわっとしたハグでもなく、心からそうしたいと思っているように、ぎゅっと抱きしめてくれるんだ。ハグを返すとなんだかあったかくなって、くすぐったいような感じが急速に体じゅうに広がっていく。オスカルのハグがほしいとはどんなだろうと、つい考えてしまい、その考えにどういうわけか、妙に嫌悪感を覚えた。こんなこと考えちゃだめだ、すぐやめなきゃ。

「なにか見たいものある？」ぼくの思いをよそに、ピザの箱を開けながらフェルが訊いた。「映画かなにか流そうか」

「今日はユーロビジョンの準決勝だよ」いつものオスカルらしくもなく、小さな声でおずおずと言った。「ちょっと、見てもいいんじゃない……、もし、ふたりがよければ」

「あの、歌のコンテスト？　ふん、おかまっぽいな」ぼくはよく考えもせずに言った。すぐに後悔したけど、もう遅かった。

　フェルは眉をひそめてぼくを見た。

「でも、ぼくは好きだよ」反発するように言うその声には、ほんの少しとげがあるみたいな気がした。「二対一で、こっちの勝ち。テレビをつけろよ、オスカル。テーブルの上にリモコンがあるだろ」

　ちらっとオスカルを見た。うつむき、悲しそうな目でリモコンを操作している。どうしてあんなことを言ってしまったんだろう。自分になにが起きたんだろう。また自分自身に嫌悪を感じた。オスカルを傷つけたという罪悪感で胸がうずき、謝ろうかとしばらく考えた。でも、どう言えばいいのかわからない。だから結局、成り行きに任せることにした。

準決勝が終わると、ぼくたちは立ち上がり、食べ残しを片づけた。

「ダリオ、一緒にごみ捨てに行ってくれる？」フェルの口調はさりげなかったが、それがかえって怪しくて、ほかに意図があるんじゃないかという気がした。「明日、父さんと母さんが帰ってきたとき、ぼくが勝手にピザを食べたと知られたら殺されちゃうから」

「わかった」

「オスカル、コップやフォークを洗っておいてもらっていい？」

「いっつもぼくが、食器を洗う当番なんだよな……」オスカルがぶつぶつ言い、ぼくは思わず、ニヤニヤしてしまった。「たまには、きみたちができないの？」

「だって、オスカルはもうパジャマを着てるもん」とフェル。「でも、その格好で外に出たいんなら……」

オスカルはくるっと目を回した。

「わかった、わかった。すぐ洗うよ」

オスカルはキッチンに行き、ぼくはピザの箱をひとつ持って、フェルのあとをついて玄関ドアに向かいながら、どうしてぼくに一緒に来てくれと言ったんだろうと考えていた。外に出ると涼しい風が顔をなで、一瞬目を閉じて心地よさに浸った。もうほとんど夏。もう少しすれば、耐えがたい暑さになるだろう。目を開けると、フェルが額にしわを寄せ、じっとこちらを見ていた。

「ダリオ、大丈夫か？」

ぼくは返事する前に肩をすくめた。どういう質問だ？

「たぶん」

「さっき言ったこと、よくなかったぞ。ましてオスカルの前では」前置きなしに、ぴしゃっと言われた。「わかってるんだろ？」

顔がかっと熱くなった。まったくその通りだ。

「わかってる」急に、いたずらして叱られている子どもに戻った気がして、小さな声で答えた。

「ごめん」

フェルはため息をついた。

「まあ、おまえが混乱してるのはわかるよ。ほんとに、わかる。でもそれはオスカルのせいじゃない。だからあいつに八つ当たりしないでほしいんだ。わかるか？」

ほほだけじゃなく、急激に全身が熱くなってきていた。恥ずかしさが波のように広がっていくのがわかった。

「混乱してなんかない」声が震えないように気をつけながらもきっぱり言った。フェルはぼくを叱りつけるようにじっと見ただけで、なにも言わなかった。「ほんとだよ。きみがどう思うか知らないけど、ぼくは……、ぼくは混乱していない」

フェルはなおもぼくを見つめてから答えた。

「まあ、それはどっちでもいいけど、でもあいつを傷つけてほしくないんだ。わかってるよな？」

「傷つけたりしないよ」

「それならいい」

そのあとはもうなにも言わず、ふたりで道の突き当たりにあるごみ収集コンテナまで歩いた。ピザの箱を捨てたが、フェルは家に戻らずにその場で立ち尽くした。なにか言うべきか、それともただ向こうから言い出すのを待つべきかわからず、問いかける目でフェルを見た。

「ダリオ、ぼくに話すことはないか？」ついにフェルが口を開いた。

「話すって、なにを？」

フェルは肩をすくめ、ぼくは自分の鼓動が速くなりはじめたのに気づいた。会話はあまり楽しくない方向に進みつつある。

「えーと、なんでもいいよ。ぼくと話したいこととか、ぼくに聞いてほしいこととか」フェルはそこで言葉を切ったが、話が終わったわけではないのはわかった。「いつだって、ぼくらはなんでも話してただろ？　もしためらってるんなら……」

「ためらってなんかないよ」ぼくはちょっと声を張り上げ、急いで否定した。一体全体なんだって、そんなにしつこく言うんだろう。

「そうか、でももし……もしなにか心配事があったり、話したいことがあれば、なんだっていいよ、いつでも言ってくれ、な？　いいとか、悪いとか言うつもりはないから」

恥ずかしさの波がもっと強くなって押し寄せてきた。フェルは知ってるんだ。どうしてかはわからないが、でも知っている。最近ぼくが考えているクソみたいなこと、全部知ってる。でも不思議じゃない。フェルはいつだって、ぼくら三人のなかでいちばん鋭いから、気づいてたって当然だ。だけど、ぼくは怖くなった。フェルの表情は真剣だ。それはさっき言ったことのせいなのか、この状況のせいか、それとも……。

いやだ。考えたくない。ぼくは怖かった。

「大丈夫だよ」声が震えないように気をつけながら、やっと答えた。「問題ないよ、心配しないで」

フェルが表情を変えた。なぜかはわからないが、がっかりしたように見えた。

「ほんとに？」

大丈夫じゃないけど、とりあえずうなずいた。

「うん」

「ダリオ、いつでも話していいんだよ、なんのためでもいいから。わかるよね？　どんなことでも、ぼくを信用してもらっていい」

つばを飲みこんだ。ほんとのことを言いたい気持ちがどこかにあった。この数カ月、考えたくないのに心に浮かべてしまっていた思いを、奇妙な感覚を、ぼく自身にさえ理解できないけど、自然なものであるはずのない感情をすべて、聞いてほしい気もしていた。だけど、できなかった。あまりにも怖すぎた。

認めることができなかった。フェルに対して、オスカルに対して……、そしてぼく自身に対してさえも。

だからうそをつきつづけよう、それがいちばんいいと決めた。

「大丈夫だよ、問題ないってば」

フェルの表情が、落胆からあきらめに変わった。明らかに、これっぽっちもぼくの言葉を信用していないけど、それ以上こだわる気はないようだ。その代わりに向きを変え、家に戻りはじめた。ぼくもあとに続いた。

「わかったよ」しばしの沈黙のあと、フェルが言った。「でも話したくなったら、いつでも言えよ。いいな?」

「うん」

家のなかはもう暗くなっていたので、まっすぐフェルの部屋に行った。補助ベッドに寝そべっているオスカルを見て、急に奇妙な欲求がこみ上げてきた。オスカルのそばに寝そべりたい。そして……そして、抱きしめたい。でも、なぜそんなことをしたいんだ? これまでぼくたちは、ハグしたこともないのに。

正確に言うと、ぼくがそのとき感じた欲求はたぶん、ただ抱きしめたいというだけじゃなかった。

でもそれは、よくないことだろうとわかってた。だからすぐ、そんなこと考える自分がいやになった。

「三人そろうの、すっごく久しぶりだな」ぼくの頭に浮かんでいる考えをよそに、フェルが二段ベッドの上段にのぼりながら、考えこむような表情で言った。

「寂しかったな」なにも履いていない両足をじっと見ながら、オスカルがつぶやいた。

その姿には、不思議な感情を起こさせるなにかがあった。ぼくの……優しさを呼び覚ますなにかが。なんだよ、なんで優しさなんて呼び覚まされてるんだ？ 以前はほとんど毎週末、みんなで泊まってたけど、今は……。今のぼくたちはまるで、以前持っていたものを全部なくしてしまったかのようで、こういうのは好きじゃない。これはぼくたちが成長しているから、大人になりつつあるからなのか？ 子どものときと同じ友情を保つことはできないということか？ もしそうなら、成長なんてしたくない。ふたりを失うくらいなら、大人になんてなりたくない。ただどれだけ望んでも、避けようのないものを変える方法なんてないんだけど。

「そうだな」フェルが悲しげに言った。ぼくと同じように感じているみたいだ。

ぼくは黙りこんだ。ぼくらの友だち関係が失われようとしているのだとしたら、それは大人になりつつあるからじゃないと、内心ではわかってた。最近、前ほど三人で過ごさなくなったのはぼくのせいでもある。ふたりもそのことはわかってて、ただ口に出さないだけだ。何度も約束を断ったのはぼくだ。三人でつくっているグループのメッセージにも、半分くらいは返信しなかった。頭をよぎる考え、自分自身でさえ理解できない衝動がばれてしまうんじゃないかと心配で、この数カ月でふたりからどんどん遠ざかっていったのはぼくだった。

そうしているうちに、フェルたちはこの間ふたりだけで映画を見に行ったときのことを話しはじめた。ぼくはふたりを眺めるだけで、会話はほとんど耳に入ってこなかった。ふたりの間に新しい友情が築かれていること、以前よりもっと絆が強くなったことを目の当たりにして、うらやましさに胸がうずいた。それは全部、ぼくのせいなんだけど。

それとも、もしかしたらこれは、うらやましさじゃないんだろうか。

たぶんこれは、嫉妬。

でもちがう。そんなはずない。どうして嫉妬しなきゃいけないんだ？

「今度映画に行くときは一緒に来なきゃだめだよ、ダリオ」さっきより活気づいてオスカルが言った。オスカルに名前を呼ばれて、熱いと同時に冷たいものが体を流れるのに気づいた。名を呼ばれるなんて、ずいぶん久しぶりだった。

本当に行くかどうかはわからなかったけど、ぼくはゆっくりうなずいた。

「いいよ」

するとそのとき、オスカルにまっすぐ目を見つめられ、体のなかでなにかがひっくり返った。また、さっきと同じ感覚だ……。

「きみがいなくてぼくたち、すごく寂しかったよ」

一瞬、オスカルとぼくはしっかりと見つめあったが、そのときフェルが話し出したので、ぼくらはそれぞれ視線を外し、その一瞬は壊れた。

「ほんとだよ、なあ。もうすぐ学年末だしさ、ちょうどよかったよ」

「うーん、もうすぐ終わりともいえるけど……まだ何週間もあるともいえる」学校にいると、毎秒がすごく長く感じるってこぼしてる、オスカルらしい意見だ。

「どっちだっておんなじだよ。大事なことは、時間をかけて計画していくもんだからな。今年の夏はもっと一緒に遊ばなきゃ、だろ？」

うなずいてはみたものの、その通りにできるかどうかはわからなかった。

「そうだな」

「これまでで最高の夏にしなきゃ」フェルは熱くなってきていた。「見たい映画が山ほどあるし、プールも行きたい。それに、もうぼくたちだけで街に行かせてもらえるし」一気に言ったせいで、ちょっと息を継いだ。「とにかく、忘れられない夏にしたい」

ぼくは無理してほほえんだ。

「すごい夏になるよ」そう言うと、胃のあたりがちょっとざわっとした。

「近いうちに、プールに行こうよ」オスカルが提案した。「そろそろ暑くなってきたけど、きっとまだそんなに混んでないよ。行くなら、今がいちばんいい」

いくつものイメージが、さっと脳裏をよぎった。

プールにいるオスカル。

水着姿のオスカル。

水に濡れたオスカル。

シャワーを浴びてる裸の体。

《ストップ》

「そ……、その考えはどうかな」なにを言うか、よく考えもせずにぼくは話し出した。わかっていたのはただ、意思とは関係なく頭に浮かぶイメージを止めなきゃということだけ。「テストも始まるし、それに……」

「いつからテストを気にするようになったんだ？」フェルが笑いながら突っこみを入れてきた。「急にガリ勉になったなんて言わないでくれよ……」

「そんなんじゃないよ、でももうすぐ学年末だし……」

「大丈夫だよ、ダリオ」とオスカル。また自分の名前を呼ばれたことで、あの奇妙な感覚が戻ってきた。「三人でいればうまくいくさ、心配することはなにもない」

フェルがうなずいた。

「その通り。高校に入ったら苦しいときもあるだろうから、今は楽しめるだけ楽しんでおこうよ」

「うん……そうだね」後悔するとわかっていても、結局賛成した。それからぼくは立ち上がってリュックをつかんだ。「すぐ戻るよ……、バスルームでパジャマに着替えてくる」

フェルは笑い、オスカルは不思議そうにぼくを見た。

「マジか、ダリオ？」とフェル。「いつから、バスルームへ着替えに行くようになったんだ？」

ぼくはどう答えればいいかわからなくて、肩をすくめた。フェルの言う通りだ。だとしたら、どうしてぼくは着替えに行きたいんだ？「なあ、ぼくらの仲じゃないか！」

「ああ、でも……」

「でももなにもないよ、遠慮すんなって。全部見せ合ってきたじゃないか……」

もちろん、その通りだ。小さなころから知っていて、一緒に育った仲だ。どんな体の変化も、どんな……発見も、全部一緒に経験してきた。それなのに、ぼくはどうしたんだ？　お互いの裸なんて何百回も見てきたのに、どうしてふたりの前で着替えたくないんだ？

　そしてどうしてズボンの前に、心地いいと同時に悪い、なじみのある突っ張りを感じはじめているんだ？

「すぐ戻るよ」ぼくはそれだけ言った。

　オスカルのほうをちらっと見てから部屋を出た。オスカルはちょっと奇妙な表情をしていた。まるで体のなかにある種の火がついたみたいに、奇妙な熱情をたたえた目だ。ぼくに出ていってほしい、と同時に、ここにいてほしいと望むような目。着替えを見たいということか？　心臓の鼓動と同じようにズボンの突っ張りも強まり、その瞬間、恥ずかしさの波に襲われて倒れそうになった。

　こんなのはよくない。だめだ。全然だめだ。

　気持ち悪い。

　浴室に閉じこもったぼくは、何キロも走ったあとみたいに息が切れていることに気づいた。オスカルの火が燃えうつったかのように顔が熱くて、洗面台で顔を洗った。それから目を閉じ、壁に額をつける。落ち着こう、なにも考えずにいようと思ったのだが、なんの役にも立たなかった。

　目を閉じてからもずっと、オスカルの視線が網膜に焼きついて離れなかった。

（闇）


闇。見渡す限り、どこもかしこも真っ暗闇。

でもそのとき、彼を見た。

プールにいるオスカル。水着姿のオスカル。水に濡れたオスカル。ぼくに近づいてくるオスカル。ぼくらの周りで穏やかに波打っている水は透明ではなく、黒かった。真っ黒。炭のような黒。

ぼくの魂のような黒。

ぼくの目からほんの数センチしか離れていないところに彼の目があった。オスカルがほほえんだ。ぼくにキスしようとした。キスしようとするのがわかった、そのことを確信していた。

ぼくのなかで、奇妙で混乱した感覚が混ざり合うのを感じた。

嫌悪。

欲望。

憎しみ。

欲求。

そしてまた、嫌悪。

オスカルのくちびるがぼくのくちびるに触れるところまできた。どんどん近く、危険なほど近く。そのときオスカルがほほえんだが、それはさっきと全然ちがう、いたずらっぽくて、ほとんどずる賢くさえ見える笑みだった。それからオスカルは片手を上げ、ぼくに水をかけた。

目に入った水はまるで酸のようにひりひりして、なにも見えなくなった。

しばらくの間、すべてが完全に真っ黒になった。目をこすり、仕返ししてやろう、ぼくも水をかけてやろうと目を開けた。

でも、そこはもう水のなかではなかった。

周りのすべては相変わらず黒かったけど、水もプールも、まったくなにも見えなかった。

ぼくらは闇のなかで途方に暮れていた。

オスカルとぼく、ふたりだけで。

なにもないところで途方に暮れていた。

もう体は濡れていなかったけど、相変わらず水着だった。

ちがう。水着姿じゃない。ぼくらを取り巻く闇のなかでもはっきりと、オスカルが全裸なのがわかった。そしてぼくも裸だった。

突然、引き波にさらわれるように、オスカルに近づきたいという奇妙な欲求を感じた。でもそれと同時に遠くへ、もう二度と戻ってこれないほど遠くへ走って逃げたいという気持ちも湧き起こった。だけどどれほど思っても、どれほどそうすべきだとわかっていても、できなかった。

　彼を見ると、彼も見つめ返し、ぼくの体にゆっくりと視線を這わせた。こういうことをする機会はこれまでなかったと、そしてこれは悪いこと、ひどく悪いことだと気づいていながら、ぼくも同じようにした。きっともう、こんな機会はないだろうということにも気づいていた。

するとそのとき、オスカルがぼくにキスをした。

そのくちびるは熱くて柔らかかった。ぼくのくちびるの上でゆっくりと、最初はためらいがちに、それから迷いをなくしたように、彼のくちびるが動いた。ぼくらはちょっと体を離し、見つめ合った。ぼくは混乱していた。

もう二度と、そのくちびるには触れたくもなかった。

もう二度と、そのくちびる以外のものは味わいたくなかった。

そしてそのとき、オスカルがまたぼくにキスをした。くちびるはさっきよりもっと熱くなっていて、オスカルのなかには奇妙な火が燃えているのではないかというあの感覚をまた覚えた。逃げたかった、でも同時に、オスカルのなかでぼくも燃えてしまいたかった。

ぼくは燃えるほうを選んだ。

突然、彼にキスしているのはぼくになっていた。彼のくちびるに。ほほに。首に。裸の胸、それからもう一度、首に。耳元で聞こえるうめき声に、全身の末端神経の隅々まで燃え上がる。

オスカルの炎が内からも外からもぼくを焼き尽くし、消し止めるにはもう遅すぎた。

El Hielo De Mis Venas

第18章

すぐにそれは起こるだろう
そのにおいがわたしのいる方向に吹きつけてきた

『フィリップ』
ミューズ

目を開ける前に気づいた。

ちがう。そんなはずない。

くそっ。

くそっ、くそっ、くそっ。

恥ずかしくて、ズボンのなかのあまりうれしくないふくらみを見られないよう、あわててうつぶせになった。なにがあろうと、ふたりに見せるわけにはいかない。時速千キロで打つ心臓の音を聞きながら、ぼくはしばらくじっとして少しでも鼓動を鎮めようとした。たぶん、ぼくはラッキーだった。ふたりはなにも見ていなかった。そうじゃなければ……。

ぼくは恐る恐る目を開き、ふたりがまだ眠っているのを確かめた。ほっとしてため息が出たが、それでもまだ心臓は全速力で鼓動していて、まだ暑くなりはじめる前のころ、ロッキーと夜に走りに出たときのことを思い出した。このふくらみをふたりに見られるところだったと思うと、目の前に鏡がなくても顔が真っ赤になっていることがわかった。

深く息を吸いこむと気分が軽くなって、少しずつ呼吸が正常に戻っていった。体のほかの部分も。

大体、だけど。

どうしてそんなふうになったのかわからなかった。小さなころから何十回も、いや、たぶん何百回も三人で泊まってきたし、ぼくに起きたことは三人とも、何度も経験してきたことだ。特にオスカルは、しょっちゅうそうなっている。だってこれは避けられないこと、自分ではコントロールできないことなんだから。だからってぼくたちは、それで大げさに騒いだりはしなかった。三人のなかでいちばん、感情的になりがちなオスカルでさえ。だれかにそれが起きるとただ、あとのふたりがちょっとからかい、《罪びと》は笑って、一分もすればもう何事もなかったかのように振る舞っていた。それなのにどうして今日に限って、こんなに恥ずかしいんだろう？

突然、カメラのフラッシュをたいたようにまぶしく、細切れになった映像がぼくの脳裏をよぎった。

オスカル。

その裸の体。

ぼくの肌に置かれたその両手。

その口。

ない。くそっ、ないよ。

ありえない。

でも、ある。ありうる。あの夢が頭によみがえり、どうして体があんなふうに反応したのか気づいた。オスカルの夢を見ていたんだ。

その気になれば否定できる、忘れようとすることもできる、でもそんなことしたって、現実は変えられない。オスカルとしてる夢を見てしまった。そんな自分が汚く思える。気持ち悪い。自分が気持ち悪い。自分に嫌悪感を覚えた。泣きたいくらいの嫌悪感を覚えた。もう一度眠りについて、二度と目覚めたくないくらいの嫌悪を感じた。

もう決して、二度と目覚めることのない眠りにつきたかった。

死にたいほど、自分がおぞましかった。

どうしたらそんなことがありうるのかわからなかった。ときどきなにか思ったり、ぼんやりとした考えが浮かぶのと、ああいうのは別のことだ。あれは……洒落にならない。ここ数カ月、予兆はあったけど、あそこまでになったことはなかった。オスカルはぼくの親友だ。いや、それ以上か。実際、ほとんど兄弟のようなものだった。それにもっと肝心なのは、あいつが男だってこと。なのに、あんな夢を見るなんて汚らわしい。

ほとんど泣きそうになったとき、フェルの携帯のアラームが鳴った。目を閉じて寝たふりをして、ふくらみが小さくなりはじめたのに気づいたときには、だれでもいいから感謝を伝えたい気持ちになった。

「くそ……」フェルが半分寝ぼけた、間延びした声で呟いた。「マジでもう七時なのか？　二時間も寝てない気がするんだけど……」

「そりゃ二時間も寝てないからだよ」オスカルが長いあくびをしながら、ぶつくさ言った。寝たのが朝の五時だよ、覚えてない？」

そんな気分じゃなかったのに、枕で顔を隠したまま、ぼくは思わず笑ってしまった。その通り、ぼくらは五時まで起きていた。ベッドに入ったあともとめどなく話しつづけ、ずいぶん久しぶりに笑い合った。これまで、こういうのができなくて寂しかったんだ。めちゃくちゃ寂しかった。この数カ月、ふたりを避けようとしていた。特にオスカルを。でもその夜のおかげで、ふたりと会えなくてものすごく寂しかったんだということに気づいた。

それはともかく、もうこんなことになるわけにはいかない。こんな気持ち悪いことには。

「ダリオ、起きなよ！」あまり力のこもらない声で、フェルが言った。それから、もう永遠に終わらないんじゃないかというほど長いあくびをした。「うんざりするけど起きなきゃいけないんだからさ、おまえも……」

突然、なにか柔らかいものに背中を叩かれた。びっくりして目を開けると、枕を投げつけられていた。いかにも今起きたように、ぼくはあくびするふりをして両腕を伸ばした。

「何時？」眠そうな声に聞こえるといいなと思いながらたずねた。

「七時」オスカルが答えた。見ると、目をこすっている。かわいい、と思ってすぐに、そんなことを考えた自分がいやになった。やっぱり、みんなで泊まるなんてろくな考えじゃなかった。そう思う理由は山ほどあったのに、でも、ふたりと会えなくてすごく寂しかったから……。

「くそっ、めちゃくちゃ眠いぞ」むにゃむにゃとつぶやきながら、ぼくも目をこすった。「さぼればいいだけじゃない？」

「そうしたいけど」あきらめた口調でフェルが言った。「でも、三時間か四時間もすれば親が帰ってくるんだ。そのときまだここにいたら……、ぼくら、殺されるよ」

「いつもはあと二時間くらい寝られて、それから学校に行ってるよ」オスカルが言い出した。

「きっと気づかれないよ」

「ばかなの？　学校からうちの親に電話があったら、ひどい目にあうって。さあ、ほら、起きるんだよ。最初にシャワー浴びたい人は？」

「ぼくが行く」夢のなごりを消したくて、ぼくはあわてて答えた。

　浴室は寒かったので、ものの数秒で服を脱ぎ、シャワーの下に入った。早くあったかくなりたくて速攻で蛇口を開けると、お湯が勢いよくほとばしった。絶え間なく肩を濡らしつづけるお湯で筋肉がほぐれ、それとともに羞恥が流れていった。

　だけどそのとき、またあの夢がよみがえった。流れるお湯を受けながら目を閉じていると、またあの悪夢のなかで奇妙な黒い水に包まれているような気がしたんだ。驚いてぱっと目を開けたが、ぼくがいたのは夢のなかではなくフェルの家の浴室だった。

　だがそれでも、夢で見た姿がばんばん頭のなかに飛びこんできた。オスカル。裸のオスカル。ぼくの口から首へと這わせたそのくちびる。体じゅうをなでまわしながらどんどん下りてくるその両手。

でもそれはもう夢の一部じゃない。

ああ。

だめだ。

だめだってば。

でも視線を下げるとまたそれが起きていた。そして体を鎮める方法はひとつしかないこともわかった。やりたくない、でもやらなきゃ仕方ない。それをしている間、オスカルのことを考えている自分を憎んだけど、ほかのことなんて考えられなかった。煮えたぎるほど熱いお湯がほとばしる下で、ぼくは欲望に、心に浮かぶオスカルの姿に、もうずっと前から、ひそかに抱えつづけていた羞恥に我が身をゆだねた。

終わると、挫折と無力感の涙を流しながら、排水溝へと流れていく水を見つめていた。ぼくの羞恥のなごりを連れて暗闇へと消えていく水を。問題は、ぼくの体をとめどなく水が流れているというのに、涙まで流し去ってはくれないことだった。結局ぼくはあまりにも弱い人間だということ。そんな自分をぼくは憎んだ。

第19章

欲望があるところに炎が上がる
炎が上がればだれかが火傷してしまう
でもただの火傷だから死ぬわけじゃない
だから立ち上がって何度でもトライしなくちゃ

『トライ』

ピンク

数カ月ぶりに、三人一緒に学校に行った。一時間目は英語。ずいぶん遅く着いたから、教室に入ったときにはアナ先生がもう黒板の前の教卓についていた。

「あなたたち、遅いわよ」アナ先生らしくない、厳しい口調だ。いつもはにこにこしてるのに。「もう遅れないで、わかった？　もうすぐ学年末だけど、いずれにしても時間は守って。今度遅くなったら、減点しなくちゃいけなくなるわ」

「すみません」三人同時に言ってから、教室の奥のほうの席へと急いだ。もう単元は全部終えていたので、その時間は復習がてらのゲームをして過ごした。オスカル、フェルとぼくがアクティビティを一緒にやるのは、ここ数カ月で初めてのことだ。オスカルの腕をぼくの腕がかすめたり、手が触れ合ったりするたびにあの奇妙な感覚、何カ月も抑えようとしてきた忌々しい欲望がよみがえった。

　そして、あの夢を思い出していた。シャワーのときに浮かんだイメージ。一瞬のうれしさのあとからすぐ嫌悪が来た。罪悪感と羞恥心。オスカルの肌と触れ合うたび、ぞっとするほどいやなのに、同時に喜んでしまう自分をどうしようもなかった。

　自分から進んで触れるように仕向けたこともあったかもしれない。

「ダリオ、ちょっとこっちに来て」授業が終わるまであと数分というときになって、アナ先生がぼくを呼んだ。変だな、なにかやらかしたっけ。「ほかのみんなは、戻るまで静かにしてて」そう言いながら先生はドアへと向かい、ぼくもあとをついていって教室の外に出た。

「どうしたんですか？」廊下に出ると、ぼくはびくびくしながらたずねた。なにか悪さしたっけ？　もしかしたらこの間のテストが落第点で、叱られるのかな……、いや、そんなはずない。よくできてたはずだ。

　先生はぼくを見てほほえんだ。

「ダリオ、落ち着いて。あなたはなにも悪いことしてないわ、ただちょっと話したいだけ」

「どうしたんですか？」もう一度訊いた。どんどん落ち着きがなくなってくるぼくに、先生は明るい笑顔を見せた。

「フェルナンドやオスカルとまた一緒にいたわね」そう言ってから、ぼくがなにか言うのを待つように間を置いた。でもぼくは、ただ肩をすくめただけでなにも言わなかった。「この数カ月、少しふたりと離れてたみたいだけど」

　なにを言えばいいのかよくわからなくて、片方の足からもう一方へと重心を移し替えた。この会話、いったいどこへ向かうんだ？　ぼくがふたりとなにかしたりしなかったりするのが、どうして先生に関係あるんだ？　だってふたりはぼくの友だちで、先生のじゃないんだから。それとも、ぼくらが遅く来たのでむっとしたってわけ？

「たぶん」

先生はしばらくぼくをじろじろ見てから続けた。

「ここのところのあなた、あまり楽しそうじゃないなと思ったんだけど。ちがうかしら？」

「どうしてわかるの？」ちょっと変に思って、思わず訊き返した。今度は先生が肩をすくめる番だった。

「あなたの様子から。顔つきや行動、振る舞い、それに実際、友だちとかなり距離を置いていたし……。あまり元気じゃなかった、でしょ？」

つばを飲みこんだ。もちろん、ぼくは元気じゃなかった。大晦日の夜から……。そりゃ、少しはましな日もあったけど、たいていは元気じゃなかった。隠そうとはしてみたが、罪悪感と羞恥心が日を追うごとに増してきて、特に昨夜からさらに強くなった。

「たぶん、そうだね」

「思春期ってクソだよね」そのフランクな言い方に驚き、まじまじと先生を見てしまった。先生がそんなにはっきりものを言うのは初めて聞いたし、ましてそんなスラングを使うなんて。なんだかアナ先生って、びっくり箱みたいだ。「ほんとにクソよ、十五歳って厄介だわ。きっといろんな変化に気づいて、これまで感じなかったことを感じるようになって、そのせいですごく怖くなるのよ、わかるわ。わたしも同じ時期を経験したもの」

先生の言葉に、みぞおちのあたりがざわざわした。あのことを知ってるのか？　はっきりしてることがあるとすれば、アナ先生はすごく鋭いということだ。この数カ月、ぼくの頭に浮かんでいたこと全部、気づかれてるのか？」

「なに……？　なにが言いたいの？」

先生はほほえんだ。

「わたしが言いたいのはね、思春期ってのは自分が何者かわかる時期だってこと、そして自分自身でいるのを恐れるべきではないってこと」そう言って間を置き、ぼくを頭のてっぺんから足先まで見まわした。「あなたはそのままでいいのよ……。自分を見つけて、ありのままの自分を受け入れることを恐れるべきじゃない。幸せになるための第一歩は自分自身を愛することよ」

　先生の言葉があまり納得できず、それに、それぞれのことがどうつながっているのかもよくわからなくて、ぼくは眉をひそめた。この数カ月、ぼくの頭を駆け巡っていた考えをすべて知ってるにちがいない。そんな思いがどんどん強くなってくるが、だからと言って先生は、そんなこと気にしていないように見える。そんなことがありうるんだろうか。どうして、まるでなんでもないことのように、まるで天気の話でもしているかのように振る舞えるんだろう？　あのことを知ったら気持ち悪いと思うはず、ぼくと話すのに嫌悪感を持つはずなのに。ぼくを嫌いになるはずなのに。それとも先生はなにも知らなくて、すべては奇妙な偶然に過ぎないということだろうか？　先生の意図を勝手に想像してただけ、ありもしないものを見ていただけなんてことがありうるだろうか？

　ぼくは首を横に振った。

「それで、もしぼくがそうじゃなかったら？　ありのままの自分でいることがよくないことだったら？」

「は？」

　先生はいぶかしげにぼくを見た。

「おばあさんが道を渡ってたら、突き飛ばしたりする？」

　あまりに突飛な質問に驚いて、思わず笑い声を上げた。

「まじめに訊いてるのよ。突き飛ばす？」

「まさか！」

　先生はぼくをじっと見つめつづけた。

「その辺にいる野良猫に石を投げる？」

「いいや……」

「物を盗んだり、ドラッグを売ったり、怪しい宗派に入っていたりする……？」

　マジで言ってるのかちがうのかわからないが、だんだん腹が立ってきた。

「そんなことしないよ！」

「それじゃダリオ、あなたはなんの問題もないと思う。さっき言ったように、十五歳でいることが厄介だってことは知ってる。でも自分自身でいることは、なにも悪くないのよ。誓って言うわ」

ぼくがどういう人間か、あるいはどういう人間であることをやめたかなんて、先生にわかるはずないじゃないか。ぼくはもう、怒りを表に出していた。

「そんなの、先生にはわかんないよ」我ながら声が冷たい。ときどき自分のなかに感じる氷が喉元まで上がってきていて、その強烈で苦い冷たさがぼくの言葉に染みこんでいるんだ。

「いいえ、もちろんわかるわ。そして内心では、あなたもそのことを知ってると思う」先生はひどく意味ありげな視線をぼくに注いだ。「でも、決めるのはあなたよ。自分を否定して、自分の一部を隠しながらこれからの人生を過ごすか、自分を認めて幸せになるか選べるの」先生はぼくの目をじっと見つめた。反論してみなさいと……、あるいはたぶん、言う通りにしなさいとけしかけるかのように。「でも、わたしが代わりに選ぶことはできない。あなたひとりで選ばなきゃ」

実際、その通りなのだろうか？　この数カ月、ぼくが考えていたことを先生は全部正確に知っていて、そしてそんなの全然大したことじゃないと、ほんとに考えているというのか？　つまりは、~~おかま~~ありのままのぼくでいいと？　たぶん、あれこれ考えても意味はない。たぶん先生の言うことは正しくて、ありのままの自分でいいのだ。

でもそれなら、あまりにも簡単すぎる。

ほんとに？

「わかった」結局、そう答えた。ほんとと言うと、それほど納得してたわけじゃない。でもぼくの考えをよそにアナ先生は明らかに満足げで、よかったというように満面の笑みを見せた。

「難しいのはわかってる。ねえダリオ、あなたが今すごく複雑な状態を経験してるにちがいないってこと、だれよりもよくわかってる。でも、全部よくなっていくから。いい？」目の光がどんどん強くなってくる。「信じて。遅かれ早かれ、すべてよくなるのよ。今はなにもかも真っ黒に見えても、ありのままの自分でいることが心から幸せと感じられるときが来る。でもまず第一歩は、自分を受け入れられるようになることよ、いい？」

　つばを飲みこみ、答えた。

「そんなのすごく難しいよ」反論してみたものの、消えそうな声になり、しかも語尾がかすれてしまった。ほんの一瞬、抱きしめてほしいと思ったが、抱きしめてはくれなかった。だからと言ってアナ先生を責めるわけにはいかない。だって先生なんだし、そんなことしたらすごく変だ。それでも、先生の視線は和らいだ。

「わかってる、ダリオ。ほんとにわかるのよ。でもやってみなくちゃ、ね？　あなたのためよ。約束してくれる？」

　ちょっと居心地悪くなってうつむいた。

「わかんない……」

「ダリオ、聞いて。あなたが混乱してるのはわかってる。でもいつか話して楽になりたいとか、そんなことがあったら、いつでも来てちょうだい。わかった？　あなたはひとりじゃない。大事なのは心を強く持ってありのままの自分を愛せるようになることよ」

ありのままの自分を愛せるようになる。簡単に思えるけど……、でも、そんなことできるのかわからなかった。実際、あまりにも難しかった。

「わかった」あまり納得してはいなかったが、結局そう言った。アナ先生はぱっと顔を輝かせてにっこり笑い、ぼくは内心、自分がうそをついたのがわかっているから、胃がひっくり返ったように感じてしまうのをどうしようもなかった。

どっちにしてもきっと、逃げても解決にはならない。きっとそうであっても生きられるようになるかもしれない。きっと……、きっと、ありのままでいるのはそんなに悪いことじゃない。廊下を遠ざかりながら、アナ先生の言葉が頭のなかに反響していた。《あなたはひとりじゃない》たぶん、そうなのだろう。

それでも心のどこかで、うまくいかないとわかっていた。ぼくがやりたいと思うことは、できっこないとわかってた。でも少なくとも、やってみなくちゃいけなかった。

第20章

El Hielo De Mis Venas

あなたとふたりきりのとき
あなたはわたしに感じさせる、感じさせるの
あなたとふたりきりのとき
あなたはたったひとりの人、かけがえのない人

『ホウェン・アイム・アローン』
リジー

状況を考えてみると、プールへ行くのはあまりいい考えではないかもしれないとは思ったが、それはそれとして、ぼくはわくわくしていた。

数カ月の空白を経て、ゆっくりとだが、いろんなことが元に戻りつつあるように見えた。オスカル、フェルとの仲はすっかり元通りとはいかないが、いい方向に向かっているような気がする。毎日話すし、放課後は一緒に試験勉強する。ほとんどいつもフェルの家だが、ときどきぼくの家ですることもあって、祖母はまた以前のように、大量のビスケットやスポンジケーキ、パイをつくれると喜んでいた。オスカルの家は相変わらず、父親の件があるから行かないほうがよかった。もうほとんど、というかだいぶ、疎遠だったあの数カ月がなかったことのようになっていた。

いちばんよかったのは、少なくともフェルの家で三人一緒に泊まった日のあとからは、あの夢を見なくなったことだ。まだ、オスカルと話すときにはのぼせたような感じになるし、体が触れるとぞくっとするが、それにはちゃんと理由があると思い当たった。話をしなかった期間、オスカルが恋しくてたまらなかったからなんだ。やっぱりオスカルはぼくの親友だし、数カ月間、ほとんど話していなかったんだから。

でも眠れない夜に、もしそうならどうしてフェルが相手だと同じことが起きないんだという小さな声が、意識の底から聞こえることがある。最初はほんとにその理由がわからなかったが、すぐに気づいた。単に、フェルよりオスカルとのほうが、仲がいいというだけだ。それって、普通のことだよね。親友がふたりいるって人はそんなにいなくて、たいていひとりだ。ぼくはずっとふたりと同じくらい仲がいいと思ってきたけど、きっとそうじゃないってことなんだろう。きっとオスカルがぼくの親友で、フェルはただ、すごく仲のいい友だちってことなんだろう。そんなに珍しいことじゃない。

そうだろう？

予想通り、ぼくらが着いたとき、プールにはそんなに人がいなかった。暑くなりはじめたばかりのころだったが、ぼくたちの同世代は大半が試験勉強中で、かなり自由に遊べそうだった。そのほうがいい。のびのびと泳ぐことさえできないほど混んだプールは大嫌いだ。ちょっと水が跳ねたり、髪に一滴落ちてきたりするだけで激怒するおばさんたちがいたら最悪なのは言うまでもない。

「ここに残るよ」フェルとオスカルが更衣室に向かうのを見て、ぼくは宣言した。

ふたりはぴたっと足を止めた。

「なにそれ？」フェルが不思議そうに聞いた。「泳がないってこと？」

「ジーンズの下に海水パンツをはいてるんだよ」とぼく。

ふたりは眉をひそめてぼくを見た。それまでそんなことをしたことはなかったから、明らかに驚いてる。ほほが赤くなりはじめたのは、六月にもなっていないのにじりじりと熱い、この陽ざしのせいだと思ってくれますように。

「そう、わかった」心なしか失望したような声で、オスカルが言った。「デッキチェアを探しておいてくれる？　日陰にあるやつ、お願い。皮をぽろぽろめくりながら試験を受けるのいやだから」

「いいよ」

オスカルはすぐに向きを変え、更衣室のほうへ行ったが、フェルはそこに立ち止まったままだった。なにも言わず、探るような目でぼくを見ている。

「どうした？」ぼくは訊いたが、けんか腰のような声になってしまった。するとフェルは肩をすくめ、皮肉っぽい笑みを浮かべてぼくを見た。

ぼくはつばを飲みこんだ。

「いや、なにも」相変わらず笑みを浮かべたまま、フェルはようやくそれだけ言って、向きを変えるとオスカルのあとを追った。

心臓がすごいスピードで打っている。

ため息をつき、日陰のデッキチェアを探して辺りを見回した。ぼくだって、ちょうど試験が始まる時期に日焼けなんてしたくない。ようやくプールからいちばん離れたところに、空いているデッキチェアを三つ見つけた。確保するとまずリュックからタオルを取り出してデッキチェアの上に広げ、ジーンズとＴシャツを脱いだ。それから横になり、暑さと肌をなでるそよ風の感触、プールではめったに味わえない静けさを楽しんだ。今日はいい日になりそうだ。

「ここか」数分後、フェルの声がした。

目を開けると、フェルがリュックからタオルとビーチボールを取り出すのが見えた。それからフェルはデッキチェアに座ったので、そのうしろにいるオスカルの、むき出しの胸と青い海水パンツがよく見えた。ぼくはつばを飲みこんだ。数日前、三人で泊まったときに見た夢をいやでも思い出す。少なくともリアルで、ほとんど裸のオスカルを見たのはずいぶん久しぶりだったけど、こんなに衝撃を受けるとは思わなかった。感情の波が強く激しく心を揺さぶり、夢のなかのイメージが大砲を打ちこむみたいに次々とよみがえって、ぼくをずたずたにする。ほほが熱くなってきたのに気づいて、もう一度願う。どうか、陽ざしの熱さのせいだと思ってくれますように。

どうにか、望ましくない反応を起こす前に自制心を取り戻せた。

時間を惜しんで水に入った。こんなに空いてることはめったにないから、フェルが持ってきたボールをふくらませるとさっそく遊びはじめた。人が大勢来ると、迷惑がかかってボール遊びはできなくなる。そうなるまで、そんなに時間がないことはわかっていた。すぐにお気に入りのゲームを始めた。ふたりが向き合ってボールを投げ合い、ひとりがその間に入る。真ん中のひとりがボールをキャッチすると、最後に投げた者が今度は真ん中に入るというルールだ。

このゲームをやろうと言い出したのはフェルだったから、最初に真ん中に入った。このゲームのルールができたのはもう何年も前、校庭で遊んでいたときだった。フェルはこれがすごくうまくて、いつもやろうと言い出す。だから、すぐにポジション・チェンジになるだろう。

オスカルとぼくは、フェルの手が届かないようにとできるだけ高く、できるだけ遠くにボールを投げ合いはじめた。オスカルにボールを投げるという、ただそれだけのことなのに、また体の内側を不思議と熱くさせるなにかを感じた。その奇妙な連帯感、仲間意識がぼくは好きだった。ボールが手に強く当たるときの衝撃が好きだった。高く高くボールを投げ、それを取ろうとしたオスカルの上半身が水から出るのが好きだった。ボールをキャッチするたびぼくに向ける満面の笑みが好きだった。

でもフェルはうますぎて、ボールを取るのに二分もかからなかった。そのボールを投げたオスカルが真ん中に行くことになる。すぐに白と青のボールが全速力で飛んできたが、いいタイミングで腕を伸ばしてキャッチすることができた。オスカルはすでにぼくのほうへ泳いできていたから、急いでフェルに向かって投げる。そうやってしばらくゲームを続けたが、フェルの投げる力が強すぎて、何度か取り落としそうになった。するとぼくのミスでボールを奪えそうだと期待したのか、オスカルがだんだん近づいてきた。

あまりに近くに来すぎて、太陽に輝く濡れた体が水から出るたびにじっと見つめてしまう。その濡れた胸を見つめすぎてしまったのだろう、数分後、投げようとして手が震え、ボールが高く上がらなかった。くそっ。

「おい！」フェルが笑いながら叫び、一、二メートル離れたところに落ちたボールをオスカルが回収する。「へったくそ！」

恥ずかしくてほほを赤くしながら、ぼくは文句も言わず真ん中に行った。すれちがうときにオスカルの体が触れ、ぼくはぞくっとした。プールの冷たさと頭上で輝く太陽熱のギャップのせいじゃ、全然なかった。ぼくはつばを飲みこんだ。

フェルとオスカルがボールを回しはじめた。ふたりともすごく上手で、ぼくは経験上、立ち向かえないのはわかっていた。少なくとも、真ん中にいちゃだめだ。そこでぼくがされたように、オスカルの近くに行くことにした。フェルには歯が立たないから、ボールを奪うにはこれがいちばんいい戦略なんだ。しばらくすると、フェルの投げたボールがオスカルとぼくのちょうど中間に落ちた。フェルが投げそこなうなんて珍しいけど、そのときはそんなことを考える余裕もなく、ボールに飛びかかろうとした。オスカルとぼくの手がボールに触れたのは、まさに同時だった。ふたりともボールをしっかり握ったが、相手から奪うことはできなかった。

「放せよ！」オスカルが叫んだ。

「放すのはおまえだ！」笑いながら言い返した。

叫び、笑いながら、ボールを巡る争いが始まった。どちらもボールを手に入れようと躍起になって、叩いたり相手の頭を水に沈めようとしたりした。

「おい、ぼくはちょっと上がるよ！」数メートル先でフェルが叫んだ。「ボール破るなよ、いいな？」

フェルの言うことには耳も貸さず、取り合いっこを続けた。ぼくがうっかり叩いたので、ボールが少し離れたところに落ちたが、ふたりとも取りに行かなかった。代わりにやったのは、ボールを取れないように相手を押さえつけることだ。それまでよりもっと激しくもみ合い、逃がさないために腕をつかんだり、ほとんど抱きつくような形になったりして、どんどん体が密着していった。

そのとき気づいた。もみ合ううちにオスカルの腰の前側が押しつけられてたんだ。どの部分が押しつけられてるかもはっきりわかる。ぺたっとくっついたなかに、海水パンツの下の硬いふくらみがあるのも感じとれた。どうすればいいのかわからなくて固まってしまい、あっという間にボールから手が離れた。どうしてそんなことになったのかわからない。オスカルは気づいていなかったのか？　それとも気づいていたけど、単に気にならなかったというだけか？　わかりようもない。でも、そのときオスカルもじっとして、それを感じているのにぼくは気づいた。そしてもちろん、ぼくにも同じことが起きているのを感じたにちがいない。くそっ。くそっ、くそっ、くそっ。

しばらくぼくたちは、凍りついたように立ち尽くしていた。どのくらい時間が経ったのかわからない。数秒だったのかもしれないし数時間だったのかもしれないが、ぼくたちはじっとして体を押しつけあい、お互いの体が、お互いのふくらみが意に反して本心を暴いていることに気づいていた。オスカルの息がぼくの顔にかかり、心臓の鼓動がぼくの鼓動と響き合う。この感覚が好きだと思ったが、どうしてなのかはわからなかった。なぜこんなのが好きなんだ？ こんなに気持ち悪い、こんなに……反吐が出そうな感覚が。

やめなきゃいけない、早く。

でもオスカルの目を見れば、やはりこれが好きなんだ、少なくともいやがってはいないということがわかった。もしいやだったら体を離すはず、そうだろう？ それなのに離すどころか、しばらくするとさらにぎゅっと押しつけてきて目を閉じ、ぼくの前の突っ張りがオスカルの体に当たり、向こうのもぼくの体に当たっていることに気づいて満足のため息のようなものを漏らした。こんなのはだめだ。でも困ったことに、ぼくはこれが好きなんだ。好きすぎる。それでまた、忘れてしまったと思っていたあの嫌悪感に襲われた。

このときを楽しみたかった。終わってほしくなかった。二度とオスカルと離れなくてすむように、このときが永遠に続くといいなと思った。でも心のどこかでぼんやりと、プールに人が増えてきたから、これ以上くっついていると変に思われるだろうということはわかっていて、だからぼくのほうから体を離した。

何事もなかったかのようにオスカルはうれしそうな声を上げ、ボールに飛びかかっていった。

「勝った！」満面の笑みを浮かべて叫んだ。「いったんやめようか。それともリベンジしたい？」

どう答えればいいのかよくわからなくて肩をすくめた。

「いやあ、負けたよ」結局、こう言った。

「勝つと思ってたんだ」オスカルはまだほほえみながら言い切った。

どうしてこんなふうに、まるでなにもなかったように話すんだ？　さっきのことは全部、ぼくの想像だったのか？　それともオスカルは気づいてさえいなかったと？　いや、それはありえない。気づいていたはずだ。もちろん、気づいていた。でもそれなら、どうしてこんなふうに振る舞う？　別に大したことだと思っていないとか？　それとも……？　それともオスカルも、ああしていたかったのか？　はっきりとはわからないが、それが正解だと、すべてが指し示しているように思えた。

パンツの前が突っ張って窮屈だったが、暑い午後だというのにプールの水はとても冷たくて、おかげで助かった。しばらくぼくたちは水中で手足をパシャパシャと動かしていた。なにを言ったらいいかわからず、気まずい沈黙が広がっていった。

「もう出ようか？」ふたりとも、もうなにも言うことがないのがはっきりして、ようやくオスカルが口を開いた。

「そうだね」

幸い前の突っ張りは消え失せていたけど、すぐ元に戻るのはわかっていた。オスカルがそこにいて、むき出しの濡れた胸が見えている限り。

「どっちが勝った？」デッキチェアのところに戻ると、フェルが訊いてきた。

「ぼく」オスカルがうれしそうに自慢し、ぼくはタオルで体をふきながらくるっと目を回した。それからぼくは向きを変え、そこから離れようとした。

「どこへ行くんだ？」

「トイレ。漏れそうなんだ」

「プールでおしっこするんだと思ってたよ……。びっくりだな」フェルが言い、オスカルは大笑いした。

「きったねえな、フェル」

ぼくは無視して反対側の隅っこにあるトイレに行った。みんなプールでおしっこするから、トイレを使わないのをこれほど感謝したことはなかった。公衆トイレにしてはかなりきれいだったからだ。三つのうちいちばん奥の個室に入るとすぐに座って、急いでパンツを下ろした。歩いてくる途中はなんとかコントロールできていたけど、パンツを下ろし、オスカルともみ合ったことを思い出すと、あっという間に目くるめく興奮がよみがえってきた。オスカルとのもみ合いはとてもわくわくして、とても……心地よかった。

手を動かすことで解放されたけど、ぼくの体にオスカルの体が触れたときに感じた喜びにはほど遠かった。

もしここが公営プールじゃなくて、オスカルとふたりっきりだったらどうなっていたか想像した。もっとなにか起きていただろうか？　たぶん、起きてた。夢を思い出した。あの奇妙な、真っ暗闇でオスカルが何度も出てくる夢を。ああいうことが起きてただろうか？　例によって確かにはわからなかったが、起きたと思う。心に忍び寄る妄想に身をゆだねた。

うめきとあえぎの混ざり合った声を立てながら終わりを迎えようとしていたとき、ある考えがひらめいた。もしオスカルも、そうしたかったとしたら……。やればいいよね？　ふたりともやりたいのなら、やればいいよね？　距離ができてしまう前は、三人でフェルの家に泊まったときにしょっちゅう体を触り合ってた。実際、それとなにがちがう？　オスカルもぼくも、ふたりとも……。ふたりとも……。ふたりともゲイなんかじゃないんだから。そうだろ？　ただの友だち同士の楽しみで、それ以上の何物でもない。悪いことなんてなにもしていなかった。キスさえしなければ、すべてうまくいく。一緒に楽しく過ごす、ただそれだけ。たぶん……。たぶん、オスカルと一緒にいるときに感じる気持ちは、いずれにしたってそれほど悪いものじゃない。

　そうだ。ぼくはもう決めていた。オスカルもぼくとおんなじことを思ってるかどうか確かめてみよう。で、そのためにはふたりっきりにならなきゃいけないが、それがいつのことになるかはわからない。特に、試験前の今は。試験が終わるまで待つしかないなと思った。

第21章

El Hielo De Mis Venas

彼は父親そっくりという人もいる
だけど彼はだれかの娘を愛せなかった

『ニュー・アメリカーナ』
ホールジー

「ぼくはもう大きいんだよ」教会を出ながら言った。「なのにどうして毎週、日曜のミサに通わなきゃならないの？」

「大事なことだからだよ」反論は許さないとばかりに祖母が言い切った。「それにあんたはあたしと住んでるんだから、あたしが言うことをしなきゃならないんだ」

「だって何度も何度も同じことばっかり言ってるよ。通うのになんの意味がある？」

「まだ学べることが、たくさんある」

「たとえば？」ぼくは疑り深く訊いた。

「たとえば、神はすべての者を愛する。神にとって、我ら神の子はみな平等」

そりゃそうだ。言葉ではそう言うだろうけど、そのあと起きることはまた別だ。ゲイは地獄に行くとテレビで話す司教もいれば、ホモセクシュアルは性的に欠陥がある証拠だと言う枢機卿もいる。それなら今ぼくが感じていること、これまでになかったぞっとするようなこの感覚が、いいことのはずがない。もし神が愛で、神の教会に属する人々がそういうことを断罪するのなら、祖母がぼくと一緒に暮らしつづけるはずがない。そう考えるだけで胸が痛んだ。

「おばあちゃんがそう言うなら……」

「そうだよ、あたしが言うんだからね」

ぼくはちょっとぼやいたが、それ以上なにも言わなかった。最初から負けると決まっているからだ。以前は日曜日にたまたま祖母と一緒にいるときだけミサに行っていたが、両親が亡くなって祖母と一緒に住みはじめてからというもの、行かなかった週は一度もない。最初のころは、教会に行くと両親のことをお祈りしていた。そのあと、聖書の話を聞くのが楽しみで行くようになった。でも何年も経ち、何度となく同じ話が繰り返されると、かなり退屈するようになってきた。

数カ月前からはこれまでになかった気持ちを経験しはじめたが、だからといって教会が居心地よくなるわけではなかった。

「あれ、ダリオじゃない！」背後から声がして驚いた。

さっと振り向くと、クラスメートのマルタがいた。すぐそばを通り過ぎたはずなのだが、気づかなかった。ぼくの知らない女の子たちと一緒にベンチに腰かけていたが、マルタだけが金髪なので目立っている。ショート丈のジーンズからはみ出た太ももを見せつけるようにしていたが、どれだけ誇示されても、ぼくはなんにも感じない。

「やあ」ちょっと気おくれしながら挨拶した。学校で話したこともないというのに、どうして急にこんなふうに挨拶してくるのかすごく不思議だった。まるで生まれたときからの友だちみたいに。話をしたこともない、ただのクラスメートじゃないみたいに。

連れの女の子たちが急にくすくす笑い出した。かなり面倒くさい。

「元気？」

どう答えたらいいのかよくわからなくて肩をすくめたが、これでは無礼なやつと思われるにちがいないと気づいて、あわてて答えた。

「うん、まあ、元気。きみは？」

「元気よ……。あたしたち、暇なんだ。遊ばない？」

顔が赤くなったのに気づいた。ミサはうんざりだなんて思ってるくせに、こういうときだけ神に祈った。ぼくの顔が赤くなってることに、どうかマルタとその友だちが気づいていませんように。

「えーと……やめといたほうがいいかな」数メートル離れたところで立ち止まり、バルコニーから吊り下げられた植木鉢を楽しそうに鑑賞している祖母のほうをちらっと見ながら答えた。

「おばあちゃんの手伝いで、夕飯の用意しなけりゃならないんだ」

「あたしのことなら、気にしないでいいよ」植木鉢に気をとられていたと思ったが、祖母はこっちの会話もしっかり聞いている。「ひとりでなんとかするさ」

くそっ。

「すごい、それじゃ！」ほほえみながらマルタが言った。「行こうよ、ダリオ」

くそっ、の二乗。

「いや、ロッキーを散歩に連れてかなきゃ」

「ロッキー？」ちょっと眉をひそめて、マルタはオウム返しに言った。

「ぼくの犬だよ」

「わぁっ！　犬、飼ってるの？　あたしもよ！　うちのは女の子」

ああ、もう……。

「うん……、ぼくのはあんまり男の子って感じじゃないけど。もう年取ってるから」

「じゃあ今度、それぞれ連れてきて会わせようか」マルタがにっこり笑って提案した。「どう思う？　仲良しになれると思うな」

　この子は疲れるってことがないのか？

「うん……そうだね。またいつか」

連れの女の子たちがまた笑った。こっそり笑ったつもりだろうが、バレバレだ。なにが起きてるんだ？　なにかの罠なのか？

「すごい！　それじゃ今度待ち合わせして、犬を連れて公園に行こうよ、ね？　もしかしたら恋人同士になっちゃうかもね」

「ああ……いいよ。でもいつになるかわからない、試験とかあるし……」

「まあね、でもどっちみち、犬は散歩に連れていかなきゃならないでしょ」もっともだ。「きっとそのうち、ばったり会うよ」

もうはっきりした。ミサに行くのがいやだなんて言ったから、神が罰をお与えになっているんだ。

「うん……きっとそうだね」

「それか、犬の散歩ついでに、一緒に勉強するならいつでもできるよね」新たな提案だ。「どう思う？　そうすれば時間の活用になるよ」

事態は刻々と悪化していく。このままだと、マルタと結婚の約束をするまでそんなに時間はかからないと思ったので、話を切り上げることにした。

「うん……、いい考えだ。ねえ、ぼくはもう行かなきゃ。また話そう、ね？」

「わかった！　あたしの電話番号、知ってる？」

知らない。

「うん、知ってる。またね！」

急いで祖母のそばに行き、手を引いて、行こうよと促した。トマトみたいに真っ赤になってるのはわかってたから、公衆の面前でこれ以上恥ずかしい思いをしたくなかったんだ。

「感じのいい女の子みたいだね」祖母がにこっとして言った。「つきあってるの？」

「なに言ってんの？」

「だって、話を聞いてたら……」祖母は肩をすくめた。

「あんなうっとうしい子！」マルタのことをそんなふうに言うのはいい気分じゃなかったけど、つい反発してしまった。

「まあ、そんなこと言っちゃいけないよ……。かわいそうに、すごく感じがよかったのに」

「それ以上言ったら……」

「でも、あの子はあんたのこと好きだと思うよ」そんなことをつぶやくので、ぼくはあきれて目をむいた。

「もういいよ」

「絶対にそうだよ。あたしゃ、こういうことには第五感が働くんだ」

映画の『ミーン・ガールズ』にそういうセリフがあったよって言いたくて舌がむずむずしたけど、オッパイに絡めた話だったから、言ったら祖母はむっとするだろうな。

「それを言うなら《第六感》だよ」

「第五だろうが第六だろうがどうでもいいよ、あたしゃ耳は遠いんだからね」祖母は一呼吸置いてから続けた。「で、あの子のこと好きなの、嫌いなの？」

「おばあちゃん！」

「どうしたのさ？　あんたの年ごろの男の子が女の子のことを気にするのは普通のことだよ。珍しいのはその逆……」

ぼくはつばを飲みこんだ。《珍しいのはその逆……》。そう、その逆というのはつまり、男の子を好きっていうことだ。それがまさに、今ぼくに起きていることなのだろうか？　ぼくは男を好きなのか？　ぼくは……？　ぼくはオスカルを好きなのか？

たぶん、そうだ。

でも、それはまずい。《珍しいのはその逆》。もし祖母が知ったら、愉快なはずがないに決まってる。ぼくが……、ぼくが男の子を好きだなんて。まあ、好きだったらの話だけど。たぶん好きとかじゃなくて、単に混乱してるだけ、そうだろ？　こういうことはよくあるんだ、そうじゃないかと思うのは普通のこと。

いずれにしても、もうこんなこと考えるのはやめなきゃ。それでぼくはフェルとオスカルに今日の出来事を報告することにした。いくつか、省いたこともあったけど。

三犬士🐶🐶🐶
フェル😊、オスカル😊、あなた

ダリオ：やあ
　今日なにがあったと思う？　きっと信じられないだろうな
フェル：意味深じゃん……
オスカル：話して、話して！
ダリオ：マルタ、知ってるよな。クラスの。

さっき会ったんだけど

フェル：で？

ダリオ：あの手この手で誘われたよ

フェル：WTF

オスカル：マジ？

ダリオ：めっちゃマジ！
でもなんかさ、図々しいんだよね。
連れの女の子たちとか、うちのばあちゃんとか、みんなの前で

フェル：ぶっとんでる

オスカル：おいおい。

ダリオ：どう思う？

オスカル：どう思ってほしいわけ？
　　　　きみの問題でしょ。

フェル：おおお……だれかさんがむかついてるようですな

オスカル：ぼくはむかついてなんかないよ。

オスカルがむかついてるのは明らかだったし、その理由も簡単に想像がついた。嫉妬してるのか？　すべてがそっちを指し示しているように見える。オスカルを悲しませないように、はっきりさせておこう。オスカルを傷つけることだけはしたくないから。

ダリオ：知らないよ、でもあの子は好きじゃない

オスカル：ほんとに？

ダリオ：ほんと。

—オスカル：そのほうがいいよ。ぼくはあの子、なんか気に食わないんだ。

思わずにやっとしてしまった。マルタのことはほとんど知らないし、多少うっとうしかったけど、悪い子には見えなかった。いつだってみんなとうまくやっていけるオスカルが気を悪くするようなことを、マルタがしたとは思えない。絶対、オスカルは嫉妬したんだ。明日オスカルに会うというのに、そんなことを考えたせいでよけい胃のあたりがざわざわしてきた。

（闇）

闇。見渡す限り、どこもかしこも真っ暗闇。

でもそのとき、彼女を見た。

マルタだ。リードを持って立ち、ぼくを待っているが、犬は見えなかった。ぼくを見ると満面の笑みになり、急いでこちらにやってきた。

気づいたときには、ぼくの目からほんの数センチのところに目があった。マルタが再びほほえんだ。キスをしようとしてきた。キスしようとしているのがわかった、絶対だ。ぼくのなかで、奇妙で混乱した感覚がごちゃ混ぜになっていた。

嫌悪。

好奇心。

憎しみ。

そしてもう一度、嫌悪。

マルタのくちびるがぼくのに触れそうになっていた。どんどん近く、危険なほど近く。そのときマルタはほほえんだが、それまでとは大きくちがう笑みだった。ずる賢いほほえみ……、いたずらっぽいほほえみ。マルタのほかにはなにも見えないことに気づいた。

ぼくたちは闇のなかで途方に暮れていた。

マルタとぼく、ふたりぼっちで。

なにもないところで途方に暮れていた。

そして、真っ暗闇だというのに、マルタが全裸なのがはっきり見えた。そして、ぼくも。彼女の長い脚、裸の胸を見つめた。近づきたいという奇妙な欲望を感じると同時に、遠くへ、ずっと遠くへ走って逃げて、二度と戻ってきたくないとも思った。だけど、どれだけ願っても、どれだけそうすべきだとわかっていても、逃げることができなかった。

マルタを見ると、マルタもぼくを見返し、ゆっくりと視線をぼくの全身に這わせた。裸の女の子が目の前にいるのはこれが初めてだと思いながら、ぼくも同じようにした。

そのときマルタがぼくにキスをした。

くちびるは熱くて柔らかかった。ぼくのくちびるの上でゆっくりと、最初はためらいがちに、やがて迷いをなくしたように、彼女のくちびるが動いた。ぼくらはちょっと体を離し、見つめ合った。ぼくは混乱していた。

キスはよかったけど、実はなにも感じていなかった。もうくちびるを触れ合わせたくはないんだと自分で気づいた。

そのとき、マルタがまたキスをしてきた。くちびるはさっきよりもっと熱くなっていて、オスカルのなかでなにかが燃えているような、あの奇妙な感覚をまた覚え……。

オスカル？

そう。体を離したとき、もうマルタじゃなくなっていることがわかった。ぼくにキスしているのはオスカルだったんだ。

だからぼくのほうからまたキスをした。

「ダリオ！　なにやってるの？」

そう言ったのはオスカルではなく、あまりにもよく知っている人の声だった。オスカルから離れて見ると、そこにいたのは祖母だった。飛び出しそうなほど目を見開いてぼくたちを見ている。心臓がズキンと痛んだ。

「おばあちゃん……」

どうすればいいのかわからなかった。逃げたかった、でもオスカルと一緒に燃えてしまいたくもあった。

そしてぼくは、燃えるほうを選んだ。

オスカルの火が内からも外からもぼくを焼き尽くし、消し止めようとしても遅すぎた。ぼくの肌を這いまわる、熱くてあまりにも痛い炎を消すには、もう遅すぎる。

ぼくたちは一緒に燃えてしまうだろう。

第22章

光が乏しく薄暗い
そして静寂が鳴り響く
ほとんどきみの息さえ感じられるほど
ほとんど安らぎさえ感じられるほど

『タッチ』
トロイ・シヴァン

「試験なんてもう、うんざりだよ」フェルが机にボールペンを投げ出しながら言った。このセリフはもう何度目だろうか。「あーもう、ちょっと休まなきゃ」

「休む？　なにそれ？」オスカルが皮肉っぽくたずねた。

「知らない、きっとあの世で休めるよ」ぼくが付け加えた。

「それな。ほんと、時間が全然ないよ」フェルはぼやきつづけた。「マジな話、アレをいじくる暇もないってこと」

オスカルとぼくは笑った。実にフェルらしいコメントだ。

「同類がふたりだね」オスカルが言った。

「三人だ」ぼくは感じ悪いと思われたくなくて乗っかった。この数週間、しょっちゅうやってきたことがあるとすればまさにこれだ。何度も何度も。一日に数回も。そしてそれでも十分じゃない。十分だったことなどない、だってどれほどやめようと思っても、オスカルのことばかり考えてしまうのだから。

「おまえら、やりたい……？」フェルは途中で言葉を切った。

なにをやりたいのかなんて、最後まで言う必要はなかった。もう何カ月も、三人で一緒にやったことはないが、以前はごく普通にやっていた。ほかの人が聞いたら変に思うかもしれないが、ぼくたちにとっては普通のことだ。一緒にアレのやり方を覚えてからというもの、ずっとみんなでやりつづけていた。ぼくたちにとっては、だれかの家に泊まるときにプレイステーションをしたり映画を見たりするようなもので、ごく普通のこと。友だち同士の楽しみで、それ以上の何物でもない。ぼくはまたやりたくて死にそうになった。考えるだけで感情がたかぶってくる。

　でも問題があった。最後にみんなでやったとき、オスカルといるたびに覚えるあの奇妙な感覚がなかったことだ。今度はちがうだろうか？もし心地よくなかったら？それどころか、ぼくの頭のなかで起きていることにふたりが気づいて、怒ってしまったら？そんな危険を冒す気にはなれなかった。

「でもさ……、ラウラはどうなの？」オスカルがあいまいな言い方で訊いた。

「ラウラ？」ぼくにはなんのことかわからなかった。

「いい感じになってる女の子がいるって言ったろ、その子だよ」フェルが言った。「でもマジでつきあってるわけじゃないんだ、だから……」

　フェルはそこで言葉を切った。

「じゃ、ぼくは大丈夫だよ」オスカルがぼそっと言った。

「ダリオは？　やりたい？」

　ぼくはつばを飲みこみ、それから、どっちでもいいと思ってるように肩をすくめた。ふたりとも、ぼくがやりたがっていることに気づけなかったみたいだ。

「いいよ、わかった」

「ノートパソコンとってくる」そう言って、フェルが二段ベッドの上から降りてきた。下着がふくらんでいるのがいやでも目に留まり、気づかれないように視線をそらした。するとオスカルと目が合い、彼も見ていたのがわかった。でもそのときちらっと裸の上半身が見えて、おなじみの突っ張りが始まった。

「なにをかけようか？」ぼくらが視線を交わしてたとも知らず、フェルがパソコンの電源を入れながら訊いた。

　今度はオスカルがごくりと喉を鳴らして言った。

「さあ……、きみの好きなのでいいよ」

「ほんと？　なにか見たいものがあれば……」

　オスカルは肩をすくめた。

「なんでもいい」

「ダリオ、おまえは？」

「なんでもいいよ。きみの好きなのを」

「よし、わかった」

フェルは二、三分操作したあとパソコンを机の上に置き、画面をベッドのほうに向けた。それから電気を消し、両親を起こさないようにと音を出さずにビデオをつけた。準備をすませたフェルが上段に戻ると、素っ裸になったときの、肌と布がこすれる音が聞こえた。それからシュッシュッと一定のリズムでこすれる音が聞こえだしたので、画面から目を離して上を見ると、シルエットだけでフェルが早くも始めているのがわかった。

「見るなよ」フェルに小さな声で注意された。

それが規則その一だ。なにも見ない。

「ダリオ、きみが前にいるから画面が見えないんだけど。ここに来る？」オスカルがベッドの下の段から、やはり小さな声で言った。

ぼくはごくんとつばを飲みこんだ。ただでさえ速かった鼓動が、さらに高まっているのがわかる。その頼みごと自体は別に変じゃない。つまり、いつもやってることだった。それなのに、どうしてこんなに緊張しているんだ？　どうしてみぞおちをぎゅっと押されてる感じがするんだ？

「いいよ」

ぼくはオスカルの左側に座った。いつもやっていたように、それぞれベッドのはじっこに座らなければならないのに、オスカルがベッドの真ん中から動かないので、並んで座る形になった。ほんの数センチしか離れていない。これじゃ絶対、心臓の鼓動がはっきり聞こえてしまう。実際、フェルに聞こえていないのが不思議なくらいドキドキしていたけど、上段の音を聞く限り、彼はほかのことに注意を向ける余裕はなさそうだった。

画面の灯りにぼんやりと照らし出されているオスカルを、思わず見てしまった。するとオスカルもぼくを見た。規則その一を破っているわけだが、ぼくだけでなくオスカルも、そのことを気にしていないように見えた。顔はほとんど見えなかったが、奇妙にごちゃ混ぜになった感情がそこに浮かんでいるような気がした。無邪気、ずる賢さ、欲望と混乱。どのくらい見つめ合っていたかはわからないが、最後にはオスカルがぼくに笑いかけ、服を全部脱いだ。

ぼくも全裸になったが、吐き気がしそうなほど緊張していた。

ぼくらはお互いの目からかたときも目を離さずにそれを始めた。いつだって、ふたりと一緒にそれをするのが好きだったけど、その日はちがっていた。いつもよりもっと興奮して……、もっとよかった。視線を下げたかった、オスカルがしている様子をよく見たかった、でも勇気がなかった。そしてそれにもかかわらず、その恐れ、その緊張で、より快感が高まった。これ、好きだ。

ところがそのとき、オスカルの左手がぼくのももに触れた。これで二番目の規則も破ったことになる。なにも触らない。

実際、規則といってもごく簡単なものだった。全部で四つ。

なにも見ない。

なにも触らない。

音を立てない。

汚したら自分できれいにする。

守るのがたやすい規則ばかりで、いつもなんの問題もなかったけど、これで最初のふたつについてはそういうわけにいかないのがはっきりした。それに、オスカルが手を離さないのにはほんとにびっくりした。触れたままでいることに気づいていないか、大したことではないと思っているかのようだ。どっちかというと、後者のほうだなという気がした。

そんなことが可能だとしたらだけど、鼓動はさらに速くなり、オスカルにもフェルにも聞こえていないのがほんとに理解できないほどだった。どうしたらいいのだろう。太ももをちょっと遠ざけることならできる。ほんの数ミリ動かすだけで、触れ合わずにいられる。でも……、ぼくはそうしたいのか？　わからなかった。心のどこかで接触を喜んでいるが、別のどこかでは……。

心のほかの部分では、相変わらず気持ち悪いと思ってた。

どうすればいいのかわからなかった。どう考えればいいのかわからなかった。自分がどう感じているか、どう感じるべきとされているのかもわからなかった。なにもわからなかった、でもむき出しの太ももに彼の手が触れている感覚を、気に入ってることはわかっていた。結局ぼくは、離れるどころかもう少しオスカルに近づいてしまった。ほんの一センチか二センチだったけど、気づかれるには十分な距離だった。相変わらずぼくの目をじっと見ながら、オスカルが顔をほころばせるには十分な距離だった。

するとオスカルは、ぼくのももの上に直接手を載せた。

ぼくは固まった。さっきもどういう振る舞いをすればいいのかわからなかったが、今度はそれ以上だ。どうすべきなんだ？　ぼくもオスカルに触れるべきか？　ぼくたちは度を越してしまったんだろうか。いや、きっとなにも悪くないかもしれない。友だち同士の楽しみであることには変わりないんだから。もう何年もこうしつづけてきた。ちょっと度を越したところでなにも悪くない、そうだろ？　ぼくがそうしてくれと頼んだわけじゃない。ぼくはなにも強制してなどいない。オスカルがぼくの太ももを触ったのは、触りたかったからだ。そしてオスカルがそうしたいのなら、それなら、なにが悪いというんだ？

問題はフェルが上の段にいること。フェルがいたら、ぼくたちはそれ以上なにもできない。もしぼくらがやってることをフェルに見られたら、きっと殺される。まあ、それほどじゃないにしても、絶対怒鳴るだろうし、そうなったら両親に気づかれてしまう。もしかしたら家から追い出されるかもしれないし、もっとひどければ、祖母とオスカルの両親に告げ口される。祖母は心筋梗塞を起こし、オスカルは父さんに殴り殺されるだろう。だめだ、そんなことになるわけにいかない。手遅れにならないうちにやめなければ。もうやめられなくなる前に。

ところがそのとき、オスカルの手がゆっくりと太ももを伝って上へと動きはじめた。手が滑っていく感触にぞくぞくする。やがてその手は、ぼくの手を包みこんだ。

ぼくは再び固まったが、もうやめるには遅すぎることもわかっていた。そういうことが起きないようにするには遅すぎた、だってもう、起きてしまったのだから。もう後戻りはできないから、かたときもオスカルから目を離さず、彼の手に包みこまれた自分の手をゆっくりと動かしつづけた。すでに目は闇に慣れていて、ぼくの大好きな、さまざまな感情が混ざり合ったオスカルの顔がはっきり見えた。そこに浮かんでいるのはぼくと同様の緊張と恐怖、混乱、それに感情のたかぶりと興奮も見てとれた。オスカルもまた、こうしてるのが好きなんだとわかった。

そのときフェルがベッドの上で少し動くのが聞こえ、軽くパニックに襲われた。ぼくらはぴたっと動きを止め、オスカルはさっと手を離した。始めてからどのくらい時間が経っただろう？五分？十分？耳を澄ましてみたが、フェルがまだ終わっていないことを示すリズミカルな音と、はっ、はっ、はっという呼吸音がずっと聞こえていた。いずれにしても、もうそれほど時間はかからないだろう……、せいぜいあと十分くらいなのはまちがいない。

なんであろうと、いやがおうでも、それまでやっていたことをすぐに終わらせなければいけなかった。それにどっちみち、もうそれほど我慢できなさそうだ。

ちょっと静かになったが、フェルがかすかな音を立てたのをきっかけに、オスカルはまたぼくのほうへ手を伸ばした。二分ほどじっとしてから、ぼくは手を引いた。オスカルの体に触れるのに慣れてはいたが、こんなふうに触れたことはなかった。どうやらオスカルも同じ気持ちのようで、しかもそれが気に入っているように見えた。目を閉じてされるがままになると、オスカルはぼくのそれをまさぐりはじめた。手の力を強めたり緩めたりしながら、最初はゆっくり、だんだんスピードを上げていく。思わず低いうめき声を上げてしまい、抑えようとしてもうまくいかない。そうしているうちにも、どんどんのぼりつめていってるのが自分でわかった。

終わったとき、いつもならすぐにきれいにして服を着るところだが、そうしなかった。あまりにも気持ちよくて、なにもせずにただ目を閉じて、この感覚を味わっていたかった。すぐそばでオスカルがたずねる声がした。してあげたんだから、ぼくのも手伝ってくれるべきじゃないかな。だけどぼくにはできなかった。自分が終わった今、オスカルに触るのは抵抗しがたい誘惑だった気持ち悪かった。

一体ぼくらは、なにをやってしまったんだ？

そうは思うのだが、気に入ったのはまちがいない。どれほどそんなのいやだと思っても、実際は気に入ったんだし、またやりたかった。できれば別の場所で、フェルがいなくてオスカルとぼく、ふたりきりでいられるところで。ひとつはっきりしたことがある。オスカルとふたりっきりにならなきゃ、それもすぐに。

（闇）

闇。見渡す限り、どこもかしこも真っ暗闇。

でもそのとき、彼を見た。

ベッドの上のオスカル。座っているオスカル。裸のオスカル。ぼくを待っているオスカル。

ぼくはオスカルに近づいた。

彼の周りのすべてが黒かった。もしそこが部屋だとしたら、部屋も床も黒かった。

ぼくの魂のような黒。

ぼくはオスカルのそばに座った。ぼくの目からほんの数センチしか離れていないところに彼の目があった。オスカルがほほえみ、ほんの一瞬、キスされるのかなと思った。ぼくのなかで奇妙で混乱した感覚が混ざり合うのを感じた。嫌悪、欲望……、興奮。

だけどキスされることはなく、不思議なことにぼくはがっかりした。

するとオスカルはまたほほえんだが、それはさっきと全然ちがっていた。ずる賢い笑み、いたずらっぽい笑み。それから彼は手を上げ、その手をぼくの太ももに近づけた。どうすればいいかわからなくてじっとしていた。ぼくの脚に触れるオスカルの手のひらは燃えるように熱かった。オスカルの火が内からも外からもぼくを焼き尽くし、ゆっくりとぼくのなかの氷を溶かしていく。

一瞬、すべてが完全に黒くなったが、それはただ目を閉じていただけだということに気づいた。ぼくたちは闇のなかで途方に暮れていた。

オスカルとぼく、ふたりだけで。

最初からそうだったのかはわからないが、そのときぼくはオスカルと同様、全裸だということに気づいた。

彼にもっと近づきたい、だけど同時に遠くへ、ずっと遠くへ走って逃げて、二度と戻ってきたくないとも思った。だけどどれほど望んでも、どれほどそうすべきだとわかっていても、逃げることはできなかった。

目を開いてオスカルを見た。太ももの上に手を置いたまま、彼もぼくを見て、視線をゆっくりとぼくの体に這わせた。こんな機会はこれまでなかったと意識しながら、ぼくも同じことをした。これは悪いことだ、すごく悪いことだと意識していた。きっともう、こんな機会はないと意識していた。

するとそのとき、オスカルの指がゆっくりとぼくの脚を伝って上りはじめた。

でも今度はぼくの手を包みこむことはなかった。ぼくの腕は両脇に垂らしていたからだ。ぼくの上ですぼめた指は内からも外からも燃えているようで、うっとりするほど熱かった。オスカルはしばらく手を動かしてから離し、ぼくたちは見つめ合った。ぼくは混乱していた。

もう触れてさえほしくない。

彼の手でなければ、もうどんなものにも触れてほしくない。

そのときまた、オスカルが触れてきたのに気づいた。その手はさっきよりもっと熱くなっている。まるでオスカル自身が奇妙な火のなかで焼かれているみたいだ。逃げたかったけど、彼と一緒に燃えてしまいたくもあった。

燃えるほうを選んだ。

オスカルと一緒なら、いつだって燃えるほうを選ぶだろう。

彼の手の動きはどんどん速くなってきて、ぼくのすべての末端神経が隅々まで燃え上がる。

するとそのとき、なんの前触れもなく突然に、オスカルがぼくにキスをした。

少なくともその世界では、それは初めてのキスじゃなかった、でもこんなふうにぼくを喜ばせながらキスしてくれたのは初めてだった。快感がほとばしって体を揺らし、ついに我慢できなくなって、ぼくはオスカルの口に向かってうめき声を発しながら爆発した。

するとだしぬけにフェルの声がした。

「おまえら、いったいなにやってんだ」

さっきよりは少し周りが見えるようになっていて、ぼくたちはフェルの部屋、二段ベッドの下の段にいるとわかった。フェルの頭が上段からのぞいている。

くそっ。

くそっ、くそっ、くそっ。

「フェル、ちがうんだ……」

フェルはぶんぶんと首を横に振り、オスカルは黙りこんだ。

「やめろ、フェルって呼ぶな。おまえら、キスしてただろ。見たんだ」

「ちがう！　そう見えたかもしれないけど……」ぼくはきっぱり否定しようとしたが、我ながら説得力なく響いた。

「ふざけんなよ。自分が見たものくらい、ちゃんとわかってるよ」

「いつも一緒にこういうことしてるじゃないか」ぼくは反論を試みた。「なにが悪いんだ？」

「なにが悪いか、だって？　キスしてたじゃないか！　おまえたち、おかまだよ……、もっと早く気づくべきだった」

「ちがう！　ぼくたちは……。ぼくたちはおかまじゃない」言い切ったその言葉が、口のなかで焼けつくようにひりひりした。おかまじゃないのか？　ほんとは自信がなかった。

「だって、そうじゃないか」フェルは言いつのった。「いつもぼくたちがやってることと……それとは……別だよ」

　その表情と声の調子から伝わってくるのは嫌悪感そのもので、どれほどぼくたちを気持ち悪いと思っているか、はっきりと示していた。

　そして最悪なのは、ぼくも自分自身を気持ち悪いと思っていること。あんなことをしたあとで、そう思わずにいられるだろうか？

「ごめん。もう二度としないよ」

「出ていけ。今すぐ、ここから去れ」

「でも、フェル……」オスカルが言った。

「出ていけってば、この野郎！　おまえら、ビョーキのホモだよ！」

その通りだ。もちろん、その通りだった。

「フェル……」

「黙れ、オスカル！　ふたりとも、ここから出ていけ。うちにおかまはいらない」

「ぼくはおかまじゃない」ぼくははっきり言い切った。

「おかまだよ。おまえらふたりとも、病んだおかまだよ」

「それじゃぼくたち、どこへ行こう？」めそめそ泣きながらオスカルが言った。暗闇のなかでも、涙で目が光るのがはっきり見えた。

「知ったこっちゃないよ。行けよ、おまえらの家族に告げ口しないだけでもありがたいと思え」

「フェル……」オスカルはまだ許しを請おうとした。

「二度とおまえたちに会いたくない」フェルは言い切った。「もう二度と」

「でも、ぼくたち友だちじゃないか！」

「ぼくはおかまのカップルの友だちなんかじゃない」

El Hielo De Mis Venas

第23章

あなたがわたしのものだったらいいのに
わたしは目を閉じ、呼吸する
知らないところにいるわたしたちを思い描くの
火のなかでわたしはあなたの名前を叫ぶ

『ダンシン・イン・サークルズ』
レディー・ガガ

目覚めると、ほほが涙で濡れ、心臓が破裂しそうになっていた。体も濡れていた。両親が亡くなったあとのあの悲惨な数カ月間、頻繁にしていたおねしょをまたやらかしたのかと一瞬ヒヤッとして、氷のような羞恥の波が全身を走った。でもすぐに、単に汗びっしょりだったことに気づいてほっとため息をつき、どうしようもなく乱れた鼓動をコントロールしようとした。

辺りを見回しても暗くてなにも見えなかったが、オスカルとフェルの規則正しい呼吸の音は聞こえていた。オスカルの息は穏やかでほとんど聞こえない。起きているときのオスカルにちょっと似ていた。一方フェルの呼吸はずっと深くてうるさかった。ふたりがまだ起きていなかったこと、そしてそこに、ぼくと一緒にいてくれることに感謝した。なんといっても、悪夢から目覚めてひとりでいたくはなかった。

携帯電話を見ると朝の四時だった。二時間くらいしか眠っていないが、早起きしなくていいのはラッキーだ。あの忌々しい悪夢さえなければ……。

音を立てないようにしながら、濡れた体をベッドから引きはがし、暗くてなにも見えないまま進んだ。よく知っている部屋だから、手探りする必要はない。廊下に出ると後ろ手にドアを閉め、バスルームへ行く。服を脱ぎはじめてから問題があることに気づいた。シャワーを浴びても、パジャマは濡れたままだ。まあ暑いから、パンツ一枚で寝ても凍りつくことはない。考えた末、ラジエーターをつけてその上にパンツを置いて乾かすことにした。パジャマもそうしようかと思ったけど、そんなにすぐには乾かない。だからもうそれ以上悩まずに、シャワーを浴びることにした。

外は暑いのに、体の内側が奇妙に冷たい、というより悪寒がすることに気づいていた。まるで体の内側が氷で満たされはじめたかのように。ぼくの内側を凍らせながらも、どんな火よりもっと熱く燃える氷。外側は燃えているのに氷の芯の部分は冷たいから、溶かそうと熱いシャワーを浴びた。

溶けなかった。

ベッドに戻るには動揺しすぎていたので、ぼくは靴を履き、フェルの机の上の鍵をとって散歩に出た。暑かったが、さわやかなそよ風が吹いていて、そのことが自分のなかの感覚とあまりによく似ていたので驚いた。

炎と氷。暑さと寒さ。欲望と嫌悪。喜びと憎しみ。感覚と感情がごちゃごちゃともつれ合うなかにすべてが混ざっていく。そうしてほしくはないのに、切り離せない感情。もし夢のなかと同じことが起きてフェルを失ったら？　もし祖母に知られて家から放り出されたら？　あるいは、祖母が心臓発作を起こしたら？ ほんの一瞬の楽しみのために、嫌悪していると同時に気に入っている楽しみのために、これほどたくさんのことを危険にさらす意味はあるのか？ 答えは見つからなかったし、夜も答えてはくれなかった。だからしばらくして、フェルの家に引き返した。

戻ったとき、淡い月の光が窓から差しこみ、オスカルの体をぼうっと浮き上がらせていた。たぶん暑くて、寝ている間にTシャツを脱いだのだろう。そのせいで胸が穏やかに上下しているのがはっきり見える。ぼくは視線でその体をなぞった。まず穏やかそのものの顔から始めたが、普段はそんなに平和そうな顔をしていることはなく、むしろいつも、なにかに苦しんでいるような表情をしている。そして首から鎖骨へと視線を下ろしていき、上半身でいったん止まって、心ゆくまで眺める。それから視線を下げていくと、こんなに薄暗いというのに、へその下から体毛の細い線が伸びて、ズボンの下へと消えていっているのがはっきりわかった。

またもや、あの煩わしい欲望の波が押し寄せてきた。なにかで、それも今すぐ、気をそらさなければ。

辺りを見回すと、床に置いたオスカルのリュックが開いていて、スケッチブックがのぞいているのに気づいた。もう一度オスカルのほうを見てまだ眠っているのを確かめてから、少しずつリュックのほうへ近づいた。音を立てないようにしながらそっとスケッチブックを取り出し、また部屋から出た。そしてもう一度バスルームに入ってスケッチブックを強く胸に押し当て、抱きしめることのできないオスカルの代わりに抱きしめた。

最初のページからぼくの顔がこちらを見返してきたので、驚きはしなかったが鼓動が速くなった。ぼくはいつも、オスカルが絵を描くときのお気に入りのモデルだった。オスカルに言わせると面白いほほをしているからだそうで、ぼくを描いた絵が百枚以上あるはずだということはわかっていた。でも、離れていた期間もぼくを描きつづけていたと考えるとなんだか不思議な気がした。だって最近はモデルをしていないのに、ぼくの絵があるんだから。ページの下の隅っこに日付が書いてあるのを見た。一月一日。その日は、はっきり覚えている。オスカルが酔っ払った夜、そして初めての夜……。

感じるべきではないことを感じはじめた初めての夜。

ページをめくると、ぼくを描いた絵に混じって、以前よりフェルの絵が増えているのに気づいた。フェルは二十秒以上じっとしていられないものだから、スケッチされるのがあまり好きではなかったが、この数カ月は折れてモデルを引き受けるようになったみたいだ。それともオスカルが記憶で描いたのかな。オスカルの観察眼は信じられないほど鋭いから、後者ということもありえなくはない。

だんだんぼくだけの絵が少なくなって、フェルの絵と、ぼくたちふたりの絵の間にオスカルの肖像画が混じる。それに風景画が二枚と、いつも悲しそうな目をしたオスカルのお母さんのスケッチ。次に出てきたのはまたぼくだったが、ひとりではなかった。

それはオスカルとぼくを描いた絵だった。ふたりとも裸でベッドに寝ているが、あまり細かいところは見えない。うつぶせになったオスカルを、ぼくが守るようなしぐさでうしろから両腕を回して抱きしめている。オスカルは幸せそうだ。実際の生活ではあまり見せたことのない表情を、オスカルは完ぺきに描いていた。でもそれ以外の部分は雑だ。急いで描いたようなざっくりしたタッチで、まるでこの絵では、自分は重要じゃないと言わんばかりだ。できれば自分をなくしてしまいたいと思いながら描いたように見えた。

一方、ぼくの顔はなんだか違和感があった。実際よりもっとイケメンで、もっと強そうで、もっと……たぶん、もっと優しそうに描かれている。もしかして、ぼくを描いたんじゃないんだろうか？　自分の絵だと思いこんでいたのか。いや、ちがう。これは明らかにぼくだ。理想化されてしまっているけど、実際のぼくには全然当てはまらない絵だけど。ぼくだけど、ぼくそのものというわけじゃなくて、かなり盛ってある。オスカルの目にはこんなふうに見えているんだろうか、だとしたら、それはなにを意味するんだろう。確かなのは、ぼくはその答えを求めたりはしないということ。

絵の日付は五月二十二日になっていた。数週間前だ。はっきりそうだとは言えないが、数カ月ぶりにフェルの家に泊まった夜の次の日だったような気がする。物事が、また前のように動きはじめた最初の夜。

ため息をついてバスルームの電気を消し、部屋に戻った。オスカルの体勢が変わっていたのに気がついて一瞬心臓が止まるかと思ったが、ぐっすり眠りつづけているのがすぐにわかった。再び音を立てないようにしてスケッチブックをリュックに戻し、オスカルからかたときも目を離さずに、こっそりベッドに戻った。

そのとき変な衝動が湧き起こってきた。これまで感じたことのない気持ちだ。オスカルのそばで寝たい。抱きしめて、体を密着させて、一晩中そのまま動かずにいたい。距離ができる前、ほんの数えるほどハグをした経験があるが、あれとはちがう。オスカルを抱きしめたまま眠りたいんだ。さっきこっそり見た絵の光景が現実になってほしい。

なんでそんなふうに感じたのかわからなかった。だからぼくは急いで自分のベッドに入り、ほかのことを考えようとしたが、そんなこと無理だと内心ではわかっていた。

外は明るくなりはじめたのかもしれないが、ぼくにとってはひどく長い夜が続きそうだった。

第24章

あなたの背中をさすらせて
どこまでか決めてくれていいわ
ねえ、望むなら憂さ晴らしできるのよ
こっちに来ない？

『ドゥ・ユー・ワナ・カム・オーバー』
ブリトニー・スピアーズ

やっとオスカルとふたりきりになれたのは、ぼくの誕生日のことだった。

ほんと言うと、計画していたわけじゃなくて偶然の産物だった。その前に何週間も、ふたりきりになれる機会をうかがっていたが、うまくいかなかった。ひとつには、試験のあともフェルがいつもぼくたちの間にいて、難しいということがあった。それにぼく自身、一歩踏み出してオスカルを直接誘う勇気を出せずにいた。でもそんなとき、ぼくの誕生日の朝、フェルからぼくたちのSNSグループにメッセージが届いたんだ。

三犬士🐶🐶🐶
フェル😊、オスカル😊、あなた

フェル：やあ
サイアクだ
今日は行けない
ごめんよ😞😞😞

オスカル：え。

ダリオ：それって？

オスカル：どうしたの？

フェル：風邪
　ぼろぼろだ😖

オスカル：風邪？
　六月に？😆

ダリオ：ほえ……
　サイアクだな😞

フェル：でも誕生日、だめにしたくないんだ
　ぼくなしで祝ってくれ、な？

オスカル：ほんとに？
　あとでお見舞いに行けるけど……
ダリオ：そうだな！
　よかったら、行って相手してやるよ😁
フェル：いや、いいよ
　うつすに決まってんだから……
　ふたりで楽しくやれよ、な？
オスカル：うーん……。
　残念だな。😣
ダリオ：ああ、おれも😞
フェル：マジで
　誕生日をだめにしたくないんだってば、ダリオ
　もしうちに来ても、ぼくはぼろぼろになってんだから、おまえらが楽し

く過ごすどころじゃなくなる
それでよけいに気分が悪くなるよ😖

オスカル：ふう……。
そこまで言うなら……

フェル：そうだよ、ばか😆
繰り返す
ぼくのために、おまえたちで楽しくやってくれよ、な？

ダリオ：うん、まあ……

オスカル：きみはそれでいいの、ダリオ？
今日はきみの誕生日なんだから……

フェル：そりゃいいに決まってるさ
自分の誕生日を台無しにされたいやつなんていないよ

ダリオ：えーと……
　ほんとにそれでいいんなら、ふたりで会うけど……
フェル：もう、しつこいな
　気にしないいってば、マジで
　いやならちゃんとそういうよ、だろ？
オスカル：わかった……いいよ
ダリオ：それじゃ、ふたりで会うか……。
　残念だけど 
フェル：ぼくも誕生日に行けなくて残念だよ 
　ちょっと寝ようかな？
　少しよくなるかも……
オスカル：わかった……休んで。 

—ダリオ：よくなれよ！

ぼくはスマホを手に持ち、しばらく画面を見つめつづけていた。画面が暗くなったあとでさえ。またもや心臓が暴走を始めていたが、近ごろはこうなることが多すぎて、もう何度目かわからないくらいだ。とうとう、オスカルとふたりっきりになれる。しかもそれだけじゃない、一緒に眠るんだ。もちろん、これは期待していたよりずっとすごいこと、何週間も前からずっと望んでいたことだ。でもそれなら、どうしてこんなに怖いんだ？

考えに浸りこんでいると、手のなかのスマホが震え、ぼくはびくっとした。今度はグループじゃなく、オスカルからのメッセージだった。ため息をついてからメールを開いた。

オスカル：ということで、ふたりだけで会うことになりそうだね。😊

ダリオ：そうみたいだな😊

オスカル：まだ大丈夫だと思うよ、ね？

ダリオ：なんのこと？

オスカル：今夜のことだよ。
オスカル：三人そろう日に延期したいなら、それでいいよ。
オスカル：大丈夫だよ😊
ダリオ：いいよ、そんなの！
ダリオ：一緒に寝たいよ
ダリオ：すごくそうしたい
オスカル：マジで？

げっ。ちょっと言いすぎたかな？

ダリオ：もちろん

一瞬ためらってから次のメッセージを打った。

ダリオ：おまえは？

オスカル：もちろんだよ！
オスカル：ただ、長いことふたりだけで泊まったことなかったから、ってだけ。

その通りだ。最後にふたりで泊まったのはずいぶん前のことだ。少なくとも二年前か、あるいはもっとか、だから正確にはいつだったのか思い出せない。それはふたりだとなにか問題があったからってわけじゃなくて、三人でセットのようなものだったから。フェル、オスカル、そしてぼくの三犬士。三人そろわず、ふたりだけでなにかすることはめったになかった。
　でもその日がやってきていた。

ダリオ：ああ……そうだな
ダリオ：でもいいさ、楽しくなるよ ☺
オスカル：きっとそうだね。☺
オスカル：なにか計画してる？
オスカル：映画とか、なにか……？

実を言うと、映画はあまり考えてなかった。少なくとも普段、映画館で見るようなものは。でもまあ、もしオスカルがなにか見たがったら、わざわざ反対したりはしないけど。

ダリオ：いや、わかんない
ダリオ：でもきっと楽しく過ごせるよ😉

ほのめかすつもりだったけど、ちょっとあからさますぎたかな。でもまあ、少なくとも裏の意味を感じ取ってはほしかったんだ。返事に時間がかかっているのを見ると、どうやらわかったみたいだ。

［書きこみ中……］
［接続しました］
［書きこみ中……］

オスカル：きっとそうだね。😊
オスカル：でもそれなら……
オスカル：特別なことはしたくないの？
ダリオ：特別？
ダリオ：どういう意味？

オスカル：それは……、きみの誕生日だろ。
オスカル：きみが決める権利があるよ、そうだろ？
ダリオ：ああ……
ダリオ：ほんとにいいの？😁

［書きこみ中……］
［接続しました］
［書きこみ中……］

オスカル：もちろん。
オスカル：きみのしたいことをしようよ。
ダリオ：ふむ……
ダリオ：おれがしたいこと？
オスカル：うん

ダリオ：ほんとに？😜

オスカル：もちろんだってば。

オスカル：きみの誕生日だよ。

ダリオ：なら、なんか考えるよ……

オスカル：まだなんも考えてなかったの？

オスカル：考えてよ、こんな機会はもうないんだから……。

ダリオ：まだ

オスカル：ひどいな。😞

ダリオ：心配すんなって……

ダリオ：絶対、なんか面白いこと考えるから😉

［書きこみ中……］

［接続しました］
［書きこみ中……］

オスカル：そういえば……

［書きこみ中……］
［接続しました］
［書きこみ中……］
［接続しました］

ダリオ：ん？

オスカル：誕生日プレゼント、渡せないんだ。
オスカル：フェルが持ってるんだよ、だから……

よし。今がそのときだ。始めなくちゃ、もうやらなくちゃ、時間は過ぎていってしまう。世界がいとも簡単に、ぼくにチャンスを差し出してくれたような気がしていた。こうなったら、これを利用しない手はない。

ダリオ：うん……
ダリオ：じゃ、今夜埋め合わせしてもらわなきゃな
ダリオ：そうだろ？

［書きこみ中……］
［接続しました］
［書きこみ中……］

オスカル：どうやって？
ダリオ：あー……、わかんない
ダリオ：それはおまえの問題だ……
ダリオ：でもおれの気に入るようにしたほうがいいよ

オスカル：なにか特別にしたいことある？
オスカル：言っとくけど、きみは好きなものをリクエストできるからね。
オスカル：

ダリオ：いや、それより……
ダリオ：サプライズのほうがいいな😏
オスカル：よし……、思いついたよ。
オスカル：たぶん気に入るよ……。
オスカル：わかんないけど。

ダリオ：マジで？

オスカル：うん。
オスカル：でも、どうかな……。
オスカル：たぶん気に入らないと思う。
オスカル：いい考えかどうかわかんない……。

　それってぼくが考えてたことだろうか？　はっきりとはわからない、だって秘密めかしてるから……。でも、きっとそうだ。あの夜、フェルの家で起きたことをふたりで話し合ったことはないけど、気づかれていないと思ってしょっちゅうぼくのほうを見ているから、きっとあのことが頭から離れないんだと思う。

ぼくと同じように。

ダリオ：ばかなこと言うなよ。
ダリオ：きっと気に入るって。😋
オスカル：わかんないよ……。
オスカル：もしそうじゃなかったら？
オスカル：誕生日プレゼントで、がっかりされたくない……。😞

オスカルのことをよく知らなかったら、たぶんその言葉を信じていただろう。でも、彼のことはほとんど自分自身と同じくらいよく知ってるから、本当はただ遊んでるだけ、ちょっと挑発しているんだということがわかりすぎるくらいわかっていた。はっきり言わないのが面倒くさくはあったけど、ぼくだってそうなのだから、オスカルを責める権利はない。それになんだかこのゲーム、かなり気に入ってきた……、だからぼくも遊ぶことにした。

ダリオ：ばかなこと言うな
ダリオ：おれは絶対、がっかりなんかしないから
ダリオ：😉

オスカル：わかんないよ……
オスカル：それじゃ、やってみてほしい？
ダリオ：もちろん
オスカル：で、気に入らなかったら？
ダリオ：それなら、ほかの方法で埋め合わせしてもらわなきゃ……
オスカル：もっといいのは思いつかないと思う
オスカル：
ダリオ：じゃ、今考えているのをやってみるんだな
ダリオ：きっと気に入るよ
オスカル：うん……わかった。
オスカル：気に入ってくれるといいな。

ダリオ：で、なに？

オスカル：ああ、だめだよ。
オスカル：言っちゃったら、サプライズじゃなくなるだろ。
オスカル：😊

ダリオ：えー……😞
ダリオ：せめてヒントをくれよ……

オスカル：やだ。😁
オスカル：ヒントをあげたら、絶対当てられるもん。

ダリオ：えー、わかんないよ
ダリオ：だっておれ、ばかだから😅
ダリオ：なにも当てられないよ

オスカル：それなら……
オスカル：なんでヒントがほしいの？😜

信じられないくらい遊ばれてんな……。ぼくを困らせて面白がって、すごく楽しそうだ。厄介なことにぼくも悪い気分じゃない。それがいいのか悪いのかわからないけど。

ダリオ：よせよ、もう……
ダリオ：やめろよ、そんなの！
ダリオ：😥
オスカル：残念でした！
オスカル：あとでわかるから、待っててね。
ダリオ：不公平だ。
ダリオ：😞

［書きこみ中……］
［接続しました］
［書きこみ中……］
―オスカル：大丈夫。待つ価値はあったって、今にわかるよ。

ダリオ：ほんとに？
オスカル：ほんと。
ダリオ：約束できる？

［書きこみ中……］
［接続しました］
［書きこみ中……］

―オスカル：約束する。

夜が来るまで待ちきれなかった。緊張しすぎてて、どうやっても落ち着けないから、気分をほぐそうとウォッカのびんを取り出した。オスカルとフェルが最後に来たときからずっと棚の奥にしまってたやつだ。心のどこかで、そんなの飲んじゃだめだと思う半面、どうってことないさと思う自分もいた。

El Hielo De Mis Venas

第25章

ベイビー、わたしに火をつけて
そしたらきっとあなたにも火をつけてあげる
ほんの少し危険だけど
ベイビー、それをわたしは求めているの
もう少し会話を減らして
そしてもう少し《わたしに触れて》

『イントゥ・ユー』
アリアナ・グランデ

あまりにも動揺していて、ほとんど吐きそうだったけど、これはきっと、単に酒を飲んだせいだ。

緊張して心臓が乱れ打ち、部屋のなかをずっとうろうろしながら、オスカルが来たらどうなるんだと思い巡らしていた。すべてうまくいくだろうか？　ぼくが期待していることを、オスカルもしたいと思っているのだろうか？　もしも、オスカルの気持ちを誤解していたとしたら？　オスカルは別に、一歩踏み出したいなんて思っていなかったとしたら？　たぶんなにもしたいと思っていないにちがいない、たぶん……。

ちがう。

もうきっぱり、心を決めた。この決意をするのにすごく時間がかかったし、すごく悩んだ、だから最後までいこうと考えていた。きっとあとで後悔するだろう、でも少なくともやってみなきゃ、ずっと心に突き刺さっているとげのようなものを抜かなきゃ。

ドアベルが鳴ると、心臓が爆発寸前になった。落ち着こうとして、あえて深呼吸し、こんなの別に大したことじゃないと考えようとした。これまでなにもしなかったわけじゃないんだし。この間の夜、フェルの家であんなことがあったんだから、一歩先に進んだところでどうってことない。

そうだよね。

いずれにしても、こんな状態のぼくを見せるわけにはいかない。どっしり構えて、自信があるように見せかけなきゃ。緊張でガチガチになってる場合じゃない、だってそうすればオスカルも緊張するだろうから、散々な結果に終わってしまう。ぼくはウォッカに感謝した。飲んでいなければ、もっと悲惨なことになっていただろうから。

ドアを開けてすぐ、オスカルをハグした。ぼくたちふたりにハグの習慣はなかったが、そのときはそうする必要があると思ったんだ。心臓がドキドキした。オスカルもドキドキしているように見えた。でもすぐに、それはぼくの想像の産物にちがいないと思った。なんだかだんだん妄想がひどくなってきた。

「熱い歓迎だね」ほんの数秒で体を離すとオスカルがそう言ったので、ぼくは思わずほほえんだ。どうしてなのかはわからないが、オスカルはいつもぼくを笑わせてくれる。そんな人はめったにいなかった。

「会いたかったんだ」そう言ってから、自分の部屋へ行こうと廊下を進みだした。オスカルはなにも返事せず、玄関ドアを閉めてぼくのあとをついてきた。

「おばあさんはほんとに戻ってこないの？」部屋に入るとオスカルが訊いた。声が少しかすれている。それで、オスカルもやはり緊張しているんだとはっきりわかった。

「全然」自信ありげに見せようとしたけど、ちょっと脚が震えている。「少なくとも数時間は、この家にいるのはふたりだけだよ」

その間に終わるだろうと思っていた。

「フェルが来れないなんて、やだな」ベッドに腰かけながらオスカルが言ったけど、本音は逆にちがいない。プールでのこと、フェルの家での夜のことがあってから、オスカルがぼくと同じことを望んでるっていう確信は強まる一方だ。ふたりきりになれる機会はめったにないから、フェルの夏風邪はぼくたちにとって好都合だった。長いつきあいだけど、オスカルとふたりきりで泊まるなんて初めてで、こんなチャンスはこれ一回きりだとぼくたちは意識していた。少なくとも、相当長い間待たなければ二度と巡ってこない。

「そうだな」部屋のドアを閉めながら、そう言って肩をすくめた。鼓動が高まってきたが、深呼吸し、できる限りコントロールしようとした。それからオスカルのほうを振り返り、頑張って、言うべきことを口にした。「でも、いいさ。おれたちふたりだけでも、いつも楽しいもん、な？」

こんなにはっきりした言い方をするとは、実は思っていなかった。きっと、心のなかにあった明白な思いが、酒のせいでするりと出てしまったんだと思うけど、どっちみち後悔はしていない。ためらう余地を残しておきたくなかった。それにいずれにせよ、昼間のチャットのあとでは、回りくどい言い方をしても意味がなかった。オスカルがつばを飲みこむのがわかった。ぼくが言ったことで、明らかに緊張している。それがなにを意味するのかはわかっていた。本当にそうだった、ぼくが思ってた通りだった。オスカルもそれをしたがっている。

　恐れは消え去ろうとしていた。オスカルの様子を見ているとなぜかうれしくなって、ズボンのなかの突っ張りが強くなってきた。オスカルはぼくに奇妙な笑顔を向けた。どう解釈していいのかわからず、ふと心配になって胸がうずいた。後悔しているのか？　後戻りしようってことなのか？

「そうだよね」オスカルがようやく言った。「十六歳の誕生日は、今日いちにちしかないんだから」

　ほっとして、あやうくため息をつきそうになったがどうにかこらえた。黙っていると緊張してるのがばれそうだから、話を続ける。

「まだプレゼントはもらってないけどね」責めるように言ったそのとき、あることに気づいた。始めるなら今だ。このまま話しつづけても堂々巡りをするだけで、思い切ったことはできないだろう。だからぼくはゆっくり、服を脱ぎはじめた。心臓がバクバクしているが、ここまで来たらもう引き返せない。「友だちなのに、ひどいよな……」

　お互いの目の前で服を脱いだことなんて、何百回もある。そうだよ、フェルの家でのことは言うまでもなく、いろんなことを一緒にやってきたじゃないか。

　それなのに、なんでこんなに脚が震えるんだ？

「言っただろ」ぼくが服を脱ぐのを見ながら、オスカルは上ずった声で答えた。気づいていないふりをしようとしたが、突っ張りがきつくなって、ズボンが今にも爆発しそうだ。オスカルもそのことに気づいているのは明らかだ、だって隠しようがないのだから。「プレゼントを持ってるのはフェルだって」

「言っとくけど、おれはサイテーの気分だよ」笑みを浮かべて言いながら、ジーンズを床に脱ぎ捨てた。脱いだ瞬間、なんだかほっとした。次の言葉を言うのは苦労したが、急に妙な勇気が湧いて、そのおかげでどうにかこうにか口に出せた。「なにかで埋め合わせしてくれなきゃ……。そう思わないか」

そのとき言わないと、二度と言えない。ためらうことはできなかった。そうなれば、もう勇気が出なくなってしまう。だから、それ以上長引かせずに下着を脱いで、オスカルの前で全裸になった。内心では死にたいような気持ちだったが、恥ずかしそうなそぶりを一切見せないようにがんばった。なにも新しいことはない、ぼくらにとっては普通のことだと何度も何度も自分に言い聞かせたが、アルコールの力を借りていても、緊張を抑えることはできなかった。

ふと、オスカルは心のどこかでぼくがパジャマを着るのを待っているように思えた。ぼくが裸になったのは、単に着替えるためだったんだと思いたいのかもしれない。でもぼくはパジャマを着ずに、じっと彼を見た。オスカルは目をそらすどころか、むさぼるような視線でぼくの体をじろじろ見ていて、それでよけいにうれしくなった。

もちろん、どんなにぼくが喜んでいるか、オスカルが気づいていないわけがない。

「どうした？」声の震えに気づかれないようにしながら訊いた。もっとも、あまりうまくいったとは思えないけど。「大好きなものが見えるだろ？」

オスカルはあわてて首を横に振り、ほんの数秒前までむさぼるように見ていたのがうそのように、さっと視線をそらした。でもほほがすさまじい勢いで真っ赤になり、視線を下げたので、やっぱりこれが好きなんだとぼくは確信した。そこでオスカルとほんの数センチしか離れていないところまで近づいた。手を伸ばせば届く距離だ。体の痛みを覚えるほどに、オスカルの手の感触をもう一度味わいたかった。

「大丈夫か?」声を和らげて訊いた。オスカルはどう答えたらいいかわからないように肩をすくめた。あまりにも顔が赤いので、今にも耳から煙が出るんじゃないかなんて思ったくらいだ。でもオスカルを責められない。ウォッカの力を借りてなければ、ぼくだってこうなっていたはずだ。「ほら。おまえがしたいことはわかってるんだ」

オスカルが答えるまでに数秒かかり、ぼくはまた、後戻りしそうで怖くなった。

「ダリオ、ぼく……。こんなこと、していいのかどうかわからない」

なんだよ、今さら。

でも、顔には出さない。ぼくも緊張しているなんて気づかせたくないんだ。余裕ありげに見せなければと思ってほほえんだ。それからぼくは手を伸ばしてオスカルの頭をなで、それと同時に彼を自分のほうへもう少し引き寄せたが、特に抵抗はされなかった。口と手って、どうちがうんだろう。その答えが知りたくてもう我慢できないほどだったが、超人的な努力をして自分を抑えた。

「よせよ、ばかなこと言ってるんじゃない。友だち同士でちょっと楽しいことするだけだろ?」

それは、ほかのことをするときにぼくたちがよく使う言葉だ。「なにが悪いんだ？」

そしてつまり、今起きていることはそれ以上の何物でもないってことだ。友だち同士の楽しみ。だってそれは、明らかにそういうたぐいのことだったから。どこにも感情などはない、それは確信していた。欲望？ それはわからない……たぶん、ある。でもぼくたちの間に、それ以上のことはなにもなかった。ただの楽しみ。ぼくたちはただの友だち。

それだけだ。

オスカルはため息をついた。

「わかんないよ……」

「おまえはこれがほしいんだろ」それ以上なにも言えなくなる前に、ぼくはそう繰り返した。それが的外れじゃないことはわかっていた。オスカルはしばらくぼくの目を見つめて、それからゆっくり視線を下げた。彼のなかに欲望が、激しく獰猛な欲望がうず巻いていること、それと同時に迷ってもいることに気づいた。自分自身と闘っているようだった。でも少しして、とうとう決心がついたみたいだ。オスカルが口を開き、ぼくはその頭を引き寄せた。

最初に感じたのはくちびるの温かさと、湿った柔らかい舌だった。ぼくは目を閉じ、されるがままになった。オスカルが巧みに与えてくれる、ずっとほしくてたまらなかった喜びに、ぼくはついに身をゆだねた。

＊＊＊

まさか、まさか、まさか、まさか。

信じられなかった。自分たちがほんとにそれをしたというのが信じられなかった。でもしてしまったんだ。否定する方法もなければ、事実を変えるわけにもいかなかった。オスカルがバスルームから戻ってくるのを待ちながら、ぼくは内も外も汚れたような気がしていて、今やったことを考えると胃がむかむかした。どうして以前は、これがいい考えだなんて思ったんだろう。

アルコールの影響がすっかり消えた今、感じるのは嫌悪だった。はらわたに突き刺さる熱い氷のような、深くて激しい嫌悪感に心が引き裂かれているような気がした。あまりに嫌悪感が強くて、思い出しただけで吐き気がこみ上げるほどだ。

あの夢のように、もしフェルに見つかったらどう思われただろうと、いやでも想像してしまった。さらに、祖母ならどう思うだろうと。それだってありえないことじゃなかった。もし予定の時間より前に帰ってきてたら？　帰ってきたことに気づかないままそれを続けていたら？　そしてそのとき、祖母がぼくの部屋に入ってきてたら？　ノックせずに入ってくることはめったにないが、それでも何度かそういうことはあった……。いや、入ってくる必要さえないんだ。いくら耳が遠いといっても、あのときの声は外からでもはっきり聞こえただろうから。

どうしてそんな危険なまねをすることができたんだろう？　どうして祖母の家で、あんなことができたんだろう？　ぼくたちがやったのは気持ち悪いことだ。ぼくは気持ち悪い。オスカルは……、オスカルも気持ち悪い。そう、あれをしたがったのはぼくだが、罪はぼくたちふたりにある。オスカルだってしたいと思ってたんだから。そうじゃなければ、プールやフェルの家で、あんなことしなかったはずだ。

実際には、祖母が嫌悪感をむき出しにするのを見たことがなかったが、そういう表情が頭から離れなかった。それに嫌悪感だけじゃなくて、その表情には落胆も見てとれた。そう、落胆。だって孫が……おかまなのだから。

さっき言った言葉を繰り返そうとした。友だち同士のただの楽しみ、なにも悪いことはない……。でもだからといって、祖母が知ったら落胆することには変わりない。真実は変わらないんだ。どれほどそうじゃないと自分に言い聞かせたところで、ぼくたちがやったのは悪いこと。あまりの嫌悪に、ぼくは体を洗いさえせずに急いで服を着た。裸の自分、ぼくたちがやったことの証拠を見つづけていると、胃のむかつきがひどくなるだけだった。

自分自身がクソだと感じた。

だってぼくはクソなんだから。

そのとき、歯を磨きに行っていたオスカルが戻ってきた。まだ全裸で、部屋に入るとぼくを見てにっこりした。めったに見たことがないほどの、心からの笑みだったが、そのときのぼくは胃を蹴りつけられたように感じた。ほんの数分前までぼくを喜ばせてくれた裸の体、口、手を見ると、やってしまったことがまざまざとよみがえって不快感がこみ上げた。

それでぼくは、考えもせずに言い放った。

「なんだよもう、服を着ろよ」

オスカルはつらそうな、混乱したような表情をしながらも、ぼくの言う通りにした。ぼくに背中を向けてリュックを開き、パジャマを取り出した。その白くて柔らかな尻を見て、気づくとぼくは考えていた。オスカルを体の下に敷き、そのうなじにくちびるを当ててうめくときはどんな感じがするのだろうと。再びズボンのなかの突っ張りがきつくなってくるのに気づいたが、抑えようと努力した。もう二度とあんなことをするわけにはいかないのに、ぼくは心のどこかで、まさにそれを求めていた。

そして心の別の部分は、相変わらず嫌悪感を覚えつづけていた。

オスカルが着たのは子羊模様の青いパジャマで、それを見てぼくは思わず笑ってしまった。認めたくはないけれど、それを着てるとほんとにかわいい。緊張が一部解けて、少しリラックスできたように感じはじめた。

「マジで、それ着て寝るのか？」

オスカルは困惑し、なんのことかわからないというように視線を下げた。それで子羊模様に気づき、ちょっと赤くなったように見えた。

「なにかおかしい？　お気に入りのパジャマなんだよ」

「だって、それ冬物だろ？」

オスカルは肩をすくめた。

「それがなに？　ぼくがすごく寒がりなの知ってるだろ」

そしてそれ以上はなにも言わず、まるでさっきのは普通のことで、ずっとやってきたことだとでもいうように、ごくごく自然にぼくのベッドにもぐりこんだ。ぼくは不思議に思い、つばを飲みこんだ。なんでぼくのベッドに入るんだ？　どういうつもりなんだ？　するとそのとき、まるでぼくの心を読んでいたかのように、オスカルが近づいてきてぼくの胸に腕を回した。まぎれようのない幸せの表情を顔に浮かべている。それがあまりに印象的で、ぼくは固まってしまった。一方ではそうしていたい気持ちもあったが、同時にひどいパニックも起こしていた。

　祖母の落胆の表情がまた心に浮かんだ。

「ちょ、ちょっと、なにしてんの？」

　オスカルは眉をひそめてぼくを見た。

「なにって……、どうかした？」

「おれを抱きしめてる……」見ればわかることだったけど、あえて指摘した。

　オスカルはさらに困惑した表情になった。

「ぼくはてっきり……」

　ぼくはぶんぶんと首を横に振った。

「オスカル、おまえはちゃんとわかってると思ってた。おれたちの間にはなにもないんだ、いいか？」

　彼の顔から血の気がさっと引き、幸せそうなほほえみのなごりが完全に消え失せるのが見えるような気がした。オスカルがそれほどつらそうな表情をするのは初めて見た。まるで捨てられた子犬のような目だ。

「なにも？」

「なにもない」きっぱり言い切ると、それが正しいとわかりきってるはずなのに、心が痛んだ。

「ただの楽しみだよ、オスカル。友だち同士の楽しみ。わかったな？」

答える前に、オスカルがつばを飲みこんだのがはっきりわかった。それからゆっくりうなずいたが、落胆していることはその顔を見れば明らかだった。

「わかった。ぼく……、ごめんね」

それ以上なにも言わずに起き上がると、オスカルは自分のリュックのところに戻った。ほんの数分前にしまったばかりの服を取り出し、そして驚いたことに、パジャマを脱ぎはじめた。

もう一回やろうとでもいうのか？

「なにしてるんだ？」服を着はじめたのを見て不思議に思い、ぼくは訊いた。

「ぼくは帰ったほうがいいと思う」

傷つけたのだと気づいて胸がズキンと痛み、優しく声をかけた。

「帰る必要はないよ」

「いや。そのほうがいいんだ」

引き留めることもできた。大丈夫だよ、そうしたいのなら抱きしめてもいいよと言うことだってできた。ここにいてくれと頼むこともできた。ここにいてくれと頼むべきだった。けれどぼくは、そのどれもしなかった。

（闇）

闇。見渡す限り、どこもかしこも真っ暗闇。

でもそのとき、彼を見た。

ベッドの上のオスカル。座っているオスカル。裸のオスカル。ぼくを待っているオスカル。

ぼくはオスカルに近づいた。

彼の周りのすべてが黒かった。もしそこが部屋だとしたら、部屋も床も黒かった。ベッドは黒く、枕も黒かった。シーツも黒、完全に真っ黒。

ぼくの魂のような黒。

ぼくは彼の隣に座った。ぼくの目からほんの数センチしか離れていないところに彼の目があった。オスカルがほほえみ、ほんの少しの間、ぼくは彼にキスしたいと思った。嫌悪、欲望……、興奮。ぼくのなかで、奇妙で混乱した感覚が混ざり合うのを感じた。

でもキスはしなかった。オスカルの顔を見て、少しがっかりしたとわかった。

それから彼はほほえんだが、それは以前のほほえみとはひどくちがうものだった。悲しいほほえみ、希望をなくしたと感じている人のほほえみ。

「気に入った？」オスカルはぼくに近づきながらたずねた。

「もちろん」急いで答えてから、くっつきすぎだと感じたので、少し体を離した。「おまえは？」

「うん」オスカルはそこで一呼吸置いた。「でも……」

続きを待ったが、オスカルは話さなかった。その顔はまるで溶けていくように、どんどん闇に沈んでいった。

「でも……？」しびれを切らして訊いた。

オスカルはなにも言わず、ぼくに近づいてキスをした。心のどこかで、そのキスに応えたいと思っていたけど、結局、離れなければという義務感が勝った。

一瞬、完全に真っ暗闇になったが、これは闇が深くなったのではないと気づいた。実際には、オスカルが消え失せたのだった。

ぼくはひとりぼっちになった。

「オスカル？」

闇のなかでぼくの声が反響したが、どこからも答えは返ってこなかった。

オスカルを見つけようと周りを手探りしたが、無駄だった。オスカルは消え失せたか、どこかに行ってしまって、もうどうやっても見つけ出せない。

もう一度名を呼ぶ前に、そんなことをしてもなんの役にも立たないとわかったが、とにかく呼んでみた。

「オスカル？」

そして思った通り、だれも答えなかった。

濃く鋭い闇のただなかで、ぼくはひとりぼっちになっていた。彼と一緒なら、ここから逃げ出せたのかもしれないが、もう遅すぎた。

オスカルの手を思い出した。体のなかで奇妙な火が燃えてでもいるかのように熱かった。一緒に燃えたかったが、結局ぼくのしたことは、その逆だったと思い出した。彼の炎を消えさせて、氷がぼくの血管に広がっていくままにした。

ぼくは彼を失った。

El Hielo De Mis Venas

第26章

わたしたちはみんな隠そうとするけれど、心のなかに叫びがある
ぎゅっとしがみついている、拒否はできない
食い物にされる、食い物にされてしまうわ

『バード・セット・フリー』
シーア

起きてすぐに、オスカルと話さなければならないとわかった。それもできるだけ早く。今見たのはただの夢、悪夢に過ぎないんだとわかっていても、それでも話す必要があった。あの手の悪夢をしょっちゅう見るようになってきている。それほど考えるまでもなく、あれは一種の、潜在意識の警告なんだと気づいていた。オスカルを失いたくはなかった。

失うことはできなかった。

ダリオ：なあ、オスカル
ダリオ：今大丈夫か？

オスカル：うん。どうしたの？

続ける前につばを飲みこんだ。こんなに早く返事が来ると思っていなかったので、実を言うと、まだ言いたいことをきちんと形にできていなかった。

ダリオ：昨日のおれ、少しばかだったよな
オスカル：まあそうだね。少しね。
ダリオ：わかってる、ごめん
ダリオ：でもこれはつまり……えーと
ダリオ：おれにはめったにないことだったんだ、な？
オスカル：ああ……、わかるよ。
オスカル：ぼくにとってもめったにないことだ。
ダリオ：あんなふうにふるまって悪かった
ダリオ：おまえはあんなふうに扱われるべきじゃない
ダリオ：許してくれるか？

［書きこみ中……］
［接続しました］
［書きこみ中……］

オスカル：うん。

ダリオ：ほんとに？

オスカル：うん。

ダリオ：おれのこと、怒ってるか？

オスカル：少しね。
オスカル：でも心配しないで、すぐ忘れるよ。

ダリオ：ＯＫ
ダリオ：つまり、ちょっとずつ進める必要があるんだ、な？
ダリオ：なにもかもおれにとっては初めてのことだ
ダリオ：しかも、難しい
オスカル：わかった。

―ダリオ：まだ怒ってる？

[書きこみ中……]

[接続しました]

[書きこみ中……]

オスカル：いや。

ダリオ：ほんとに？

オスカル：うん。

[書きこみ中……]

[接続しました]

[書きこみ中……]

―オスカル：あれ、気に入った？

なんて答えりゃいい？　ぼくのなかの面倒くさい部分は否定したがっているが、気に入ったに決まってるのに否定したって意味がない。

ダリオ：すごく

オスカル：そっか……。

オスカル：じゃ、もう全部はっきりしたから、これからはいつでも、好きなときにできるよ。😊

ダリオ：今日の午後会えるか？

オスカル：ぼくは全然いいよ。😁

ダリオ：18：30ごろでどう？

オスカル：いいよ 😊

＊　＊　＊

ドアを開けると同時に、オスカルがぼくに抱きついてきた。そんなことをされたらいやだろうなと思ってたけど、どういうわけかそんなことはなかった。実は、ぼくはこの感覚が好きなんだと気づいた。きっと慣れることができるだろう。

「ロッキーの散歩につきあってくれる？」体を離して、ぼくは訊いた。

驚いたように、オスカルは眉をひそめた。

「ここで過ごすんだと思ってた」

ぼくは肩をすくめた。

「えーと……一緒にそこらを一回りしたいかなって。もしよければ」

「もちろん！」

「ほんとに？」

オスカルが満面の笑みをこちらに向けたので、ぼくの心臓は一瞬宙返りしたような気がした。なんでこんなにイケメンなんだ？

で、ぼくは一体なんでこんなこと考えてんだ？

「もちろんだよ、ただ……、ただびっくりしただけ」

「よし、じゃあ行こう。ロッキー！」

ロッキーが走ってくるまで、五秒もかからないくらいだった。散歩に行くときはいつもこうだが、早く出かけたくてたまらない様子だ。オスカルを見ると興奮してさっと立ち上がり、前足をオスカルの胸に置いた。

「やあ、ロッキー！」オスカルはロッキーを抱きしめて挨拶し、いつものように耳のうしろをかいてやっている。ロッキーは目を閉じて舌を出し、明らかにこのときを楽しんでいる……。前から、オスカルのことが大好きなんだ。それからロッキーは、オスカルの腕をぺろぺろ舐めた。その様子を見て、なぜかうらやましいと思っている自分に気づいた。それも、ロッキーのことをうらやましがっている。犬に対して。

ぼくはビョーキだ。

「行こうか？」ぼくは訊いた。

「行こう」ロッキーから体を離しながら、オスカルが答えた。

歩きはじめて数分は、なにを話していいかわからないみたいにふたりとも黙りこくっていた。

「公園に行こうか？」ようやくぼくのほうから言った。完ぺきな場所選びだと思う。一緒にいられるが、ほかの人たちもいるから、ふたりの間になにも起こらない。

もちろん、ほんとに公共の場で満足なのかという気はする。ほんとになにも起こらないほうがいいのか？そうだと言い切れる自信はなかった。

「きみの行きたいところでいいよ」

公園まではすぐだったが、あまりにも沈黙が重くて肩が凝るほどだった。入り口からずっと離れたところに空いているベンチがあったので、なにも言わないままそちらへ向かった。

「ねえ、ダリオ……」ベンチに座ると、オスカルが切り出した。

「うん？」

話を続ける前に、つばを飲みこんだのがわかった。

「ぼくたちって、なに？」

げっ。

ぼくは眉をひそめ、困惑したように笑おうとした。なんのことかよくわかっていたけど、それを認めたくなかった。

「なにって、なんだよ」

オスカルのほほは一瞬で真っ赤になった。

「わかるだろ……、きみとぼくだよ」

「オスカル……、おれたちは友だちだよ」声が少し震えてしまうのをどうしようもなかった。

「わかるだろ」

「友だち？」

訊き返されて、胸のどこかが痛んだような気がしたが、この点は強調しておかなければならなかった。

ぼくはまた、無理にほほえんだ。

「そうだよ、オスカル。おれたちは友だちだ」

抗議するか、ぼくの考えを変えさせようとするかと思ったが、その代わりにオスカルは、しょぼんとしてただうなずいた。

「わかった」数秒経ってからようやく言い、そこでまた言葉を切ってから付け加えた。「お願いしていい？」

だめだ。

「なんだよ」

「ぼくを……、ぼくを抱きしめてくれる？」

ぼくの一部は、拒絶したがっていた。それはよくない、これまで抱き合ったりしなかったじゃないかと言いたがっていた。でも、最近はハグしてた。それに慣れてきていたし、オスカルの体がぼくの体に触れている感覚が、実はどんどん好きになってきていた。

「もちろんさ」

そしてぼくは彼を抱きしめた。

「ありがとう」ぼくの首に顔を押し当て、くぐもった声で言うその息で、ぼくはぞくっと鳥肌が立った。体に回された彼の腕の感覚がいつもとちがう。落ちないためにしがみついてなきゃいけないというように、手を離したらどこかに流されていってしまうと恐れているかのように。

みぞおちのあたりに奇妙な感覚を覚えたが、オスカルといるときにこうなるのにはだんだん慣れてきていて、頭のなかで、前へ進め、もう一歩踏み出せと言う小さな声がした。一瞬、これからどうすればいいのかわからなくなり、怖くなった。キスはできない、ましてここでは。だれに見られるかわからない、公共の場なのだから。こうして抱き合っているだけでもかなりのことだ。

でもキスしたかった。

だから体じゅうの力をすべて、そして自分の臆病さをすべてかき集め、オスカルから少し体を離した。まるで火がついたようにくちびるが熱くなっているのは無視しようとした。すぐにすべてが凍りはじめることなど、そのときはまだ知らなかった。

第27章

わたしたちに理性が必要だった、服は邪魔だった
アルコールに負けて、すべてが燃え上がった
あるいかれた夜のあの光の下
うそのほうがおいしかった

『服は邪魔だった』
マルー

ギターの音色が部屋に残響し、空中を漂いながら夏の暑さと溶け合っていた。オスカルは脚を伸ばしてベッドに座っている。ぼくは部屋の隅の床に置いたフロアクッションの上で寝転がっていた。ここはギターを弾くときのお気に入りの場所なんだ。

「ぼくに弾いてくれた《メ・トカーバス》の、すごく久しぶりだね」オスカルが言った。その言葉がぼくのをいじってくれた《メ・トカーバス》という意味にもとれることに気づいて真っ赤になるのを見て、ぼくは思わずほほえんだ。「ギターを、って意味だよ」

「ほんとにそうだな」

その後しばらく、ふたりとも黙っていた。ぼくは弦をはじいてぽろぽろと音を立てていたが、なかなかちゃんとしたメロディにならない。

「こういうの、好きだな」数分後、オスカルが言った。

「ほんと？」

今度はオスカルがほほえむ番だった。

「うん」

「おれも」

「きみはただ、あの……あれだけを、したいんだと思ってた。わかるだろ」

もちろん、わかる。

「物心ついたときから、おれたちは友だちだよ、オスカル」ぼくは念を押すように言った。「おれにとっておまえはずっと……、あれよりずっと大きな存在だってことは、わかりきってると思ってた」

なぜいきなり、こんな本音をしゃべりだしたのかわからなかったけど、でも、言ったことは後悔していない。

「こっちに来る？」

「ああ」

ギターをケースに注意深くしまってから、ぼくは立ち上がった。オスカルがベッドをほぼ占領しているのを見て、こうしていればぼくとくっつけるからかなと思った。ぼくはマットレスの隅に座り、自分でもなぜかわからないが、オスカルと少し距離をとった。

「横になりなよ、さあ」

反射的に拒否しそうになったが、気がつくとオスカルの横で、肩と肩を触れ合わせて寝そべっていた。ほんの少しの間そのままじっとしていたが、オスカルは横向けになり、ため息をつきながらぼくの体の上に腕を伸ばしてきた。ふたりきりで会い、ふたりだけで楽しむようになってからもう数週間が経ち、こういうことをするのにも慣れてきていた。実際、これが好きだと思うことさえあった。オスカルの体は熱を放ち、扇風機はあまり熱気を追い払う役に立たないが、そんなことはどうでもよかった。

「ぼく、こうしてるのが好きだ」

どう答えたらいいかわからなかったから、なにも言わなかった。ほんとは、ぼくも好きだった……でも同時に、そんなこと認めたくはなかった。認めるわけにはいかなかった。

おなかの上に直接オスカルの手が置かれたので驚いて、ぼくはびくっとした。オスカルを見ると、ほほえみながらぼくのＴシャツの下に手を入れ、腹をなでている。ぞくっとして、その心地よさに体じゅうの産毛が逆立った。ただなでるだけの行為を、オスカルはときどき好んでする。ぼくもそうされるのが好きだったので、目を閉じて身を任せた。

数分後、首がくすぐったくなって、息を吹きかけられていることに気づいたが、目は開けなかった。首にキスされるのも好きなので、オスカルの満足げなため息を聞きながら、されるがままになった。ときどき小さく噛まれるのも心地よい。

ところがそのとき、彼のくちびるが少しずつぼくの下あごを這いまわりはじめ、だんだん口のほうへ近づいてきた。ぼくは体を固くしたが、オスカルは気づかなかったようだ。あるいは、気づいていても気にしなかったにちがいない。ゆっくり、すごくゆっくり、くちびるを上へと進めつづけていたからだ。

キスしようとしてるんだと気づいた。心のどこかで、キスを許したい、キスしたいという気持ちがどんどん強まっていった……、切望とさえいえるほどに。日々、抑えつけようとしていた心のその部分の叫び声は、どんどん大きくなってきている。だったら、キスすればいいじゃないか。キスさせればいい、彼がどう感じているのか試してみればいいんだ。それだって友だち同士の楽しみであることにはちがいない、そうだろ？　ぼくたちの間にそれ以上のなにかがあることには……ならないんだから。

　くちびるがほんの数ミリまで近づいたところでぼくは顔を背けた。体を離し、あきらめのため息をつきながらぼくの横に寝そべるオスカルの体から、欲求不満が波となって押し寄せてくるのが感じられるような気さえした。なにか言いたかったが、なにを言えばいいのかわからなくて、結局黙っていることにした。オスカルを見たが、彼はこちらを見なかった。なにかにひどく集中しているかのように、天井を見つめている。

「絶対キスしてくれないんだね」やがてぽつりとオスカルが言った。こういう会話をするのは初めてではない。

　なんだよ。

「オスカル……そのことはもう話しただろう」念を押した。

「わかってる。だけど、だからって……」

「だめだ、オスカル。そのことはもう話し合ったはずだ。もしこれを続けたいんなら、そうじゃなきゃだめなんだ。キスはしない。おれがそんなうざいこと、嫌いなのは知ってるよな」

「うざいこと？」

　次に言った言葉は、彼よりぼくのほうをもっと傷つけた。

「おれが言ってる意味もわかるはずだ。キスはしない。いいな？」

涙をこらえようとしているのがわかった。オスカルをそんなふうにさせてしまう自分を憎んだ。自分のばかさを、自分たちをこんなふうにしてしまうことを憎んだ。今日はいい感じだったのに、ぼくがすっかり台無しにしてしまった。成り行きに任せるなんて、キスさせるなんていとも簡単なはずなのに。なんなら、ぼくのほうからすることだって……。

でもそんなことをすれば、すべて変わってしまうだろう。そうするわけにはいかない。

「わかった」オスカルが言った。

「うまくやってこうよ、な？　このことで言い合いになりたくないんだ」

「ごめん」

「気にすんな」そこで言葉を切り、抑えきれなくなって付け加えた。「ほんとは、謝るのはおれのほうだ」

オスカルは眉をひそめてぼくを見た。ぼくの言葉に驚いてる。

「なんでそんなこと言うの？」

いい質問だ。どうしてそんなこと言ったんだろう？　ぼくはため息をつき、答えた。

「なんでだろ、わからない」

さらに質問してくるだろうと、話を続けたがっているのだろうと思ったが、その代わりにオスカルはほほえみ、ぼくの太ももに手を置いた。たったそれだけで、激しい快感の波が体じゅうを駆け巡った。

「おばあさんが戻ってくるまでどのくらい？」

「少なくとも二時間」

「それなら時間は十分だ」

ぼくはオスカルのジーンズのうしろに腕を回し、腰のところからズボンに手を入れた。これまでこんなふうにしたことはない。オスカルはびっくりしたみたいだったが、まんざらでもなさそうだった。ぼくも直接触れたお尻の感覚が気に入ったので、少し強くつかむと、オスカルはうめき声を漏らした。したいことをどうやって伝えればいいかわからなくて、ちょっとためらったあと、切り出した。

「したいか……？　したいか、あれ……、わかるよな」

「わかんないよ、ダリオ……」オスカルはためらいがちに言った。「ぼく、心の準備ができてないかもしれない」

うそだ。うそだということはわかっていた。オスカルはもちろん、心の準備はできている。もう何カ月も、このときが来るのを待っていたはずだ。でも、オスカルがためらうのも理解できた。怖いんだ。少なくともちょっと痛いということは知ってるだろうし、もしかしたら、これが正しいことなのかどうかと考えているのかもしれない。そのことは理解してるのに、それでもがっかりした気持ちを隠せなかった。たぶんぼくは心の底からエゴイストなんだろう。

「約束しただろ」ぼくは念を押した。

「わかってる」

「今日って言ったじゃないか……今日、やるって」

「わかってる」オスカルは繰り返した。

「それじゃ？」

彼はつばを飲みこみ、赤くなってうなずいた。

「いいよ」

ぼくらは素早く服を脱ぎ、その前のことにあまり時間もかけなかった。キスも愛撫もしたことないから、特に珍しいことでもなんでもなかった。もう飽きるほど言ってきたように、ぼくたちがするのはただの楽しみに過ぎない。友だち同士の楽しみ。

だってぼくらはただの友だちなんだから。

ぼくを楽しませようと、オスカルが努力しているのがわかった。最初は口で、それから体に沿ってゆっくり上のほうへ。顔まで達して、オスカルは首筋にキスしながら少しずつくちびるを移動させる。こうされると変な感じがすることもあるが、同時に気持ちよくもあるので、されるがままになっていた。でもそのとき、彼の顔がゆっくり下りてきて、くちびるがぼくのくちびるに近づいてきた……。気持ち悪いと思って、ぼくは顔を背けた。オスカルがしようとしていることが気持ち悪くて、そしてぼく自身も気持ち悪かった。そうしてほしいと望んだ自分が気持ち悪かった。

オスカルはまた、あきらめのため息をついた。

「言っただろ、オスカル。キスはだめだ」

El Hielo De Mis Venas

第28章

この光の下であなたの写真を撮らせて
これが最後になるかもしれないから
わたしたちがわたしたちそのものでいられるのは

『ホウェン・ウィ・ワー・ヤング』

アデル

「ねえ、ダリオ……」終わったあとはいつも、ふたりともなにを言えばいいかわからなくて、気まずい沈黙が訪れる。だが数分後、その静けさをオスカルが破った。

「うん？」

「きみの絵を描いていい？」

不意打ちの質問だった。普段のぼくは、自分の絵を描かれるのは好きじゃない。描かれている間は変な気分で居心地悪くなるからだ。でも、それがオスカルにしてあげられる最低限のことのように思えてうなずいた。

「うん……いいよ。でも、ポーズは決められないって知ってるよな」

オスカルは眉をひそめて考えこむ。

「ちょっとギターを弾いてくれない？　そうすれば聴きながら描けるし、きみもポーズに気をとられなくてすむよ」

「ああ……、うん。いいよ」

ぼくは立ち上がり、枕のそばに丸まっているTシャツを取ろうとベッドの上に手を伸ばした。するとオスカルが腕を押さえた。

「まだおばあさんが帰ってくるまで少しあるよね？」そう訊くのでぼくはうなずいた。「なら、まだ着ないで」

　この関係が始まってからもそれ以前も、何度となくお互いの裸を見てきたのに、そんなふうに見られてると思うだけでちょっと恥ずかしかった。まして、興奮が去った今はなおさらだ。反射的に拒否しそうになったが、断る理由がないと思い直した。それになんといっても、最後に折れるのはいつもオスカルのほうだ。たまにはぼくが折れてもどうってことない。

「いいよ」

　オスカルは幸せそうににっこりした。めったに見せない表情だ。

「きみは最高だ」

　それはどうかと思ったが、反論はしなかった。オスカルがリュックからノートを取り出したのでぼくはフロアクッションに座り、コードを二つ三つ、かき鳴らしはじめた。

「なにを弾こう？」

「えーと……なにかオリジナルを歌ってよ」

　ぼくはぶるぶると首を振った。

「やだ」

「ねえ、ダリオ……一曲でいいんだ、お願い」

「悪いけど、だめだ。おれの歌はおれだけのものなんだ、知ってるだろ」

「でも、何度か弾いてくれたじゃん。ねえ、ほら……。きみの歌を聴くの大好きなんだ、知ってるよね」

近ごろつくるのはオスカルを歌った曲ばかりだなんて、どうして言える？　いくらぼくたちは単なる友だち同士と言ったところで、ああいう歌を聴いたらそうは思わないだろう。ときどき、ぼくでさえ、友だちだってことをうっかり忘れそうになるんだ。

「最近喉の調子がよくなくてさ。エアコンとか、そういうので」なんとか切り抜けようとして言った。「よかったらなにか弾くよ、でも歌なしで」

オスカルはあきれてくるっと目をむいた。

「わかった、それでいいよ」

音階を探して弦を鳴らし、それから、ためらいながらもメロディを奏ではじめた。難しいものを引くには調子がよくない。こんなんじゃオスカルにばかにされるかもしれないと思うとすごく恥ずかしかった。でもオスカルはばかにしたことなどないし、今日もしなかった。なにも言わずにノートを開き、紙の上で鉛筆を踊らせはじめた。優しく、でもしっかりとした筆運びだ。

ぼくは弾きつづけ、オスカルは描きつづけた。ぼくがオスカルを見るときもあれば、オスカルがぼくをじっと見ているのが目の端に映ることもあった。ときどき目が合うけど、ほほえみ合って視線をそらす。そのうち、オスカルがこう言った。

「ぼくのこと見てるでしょ」

「おまえもな」ぼくも言い返した。

オスカルは笑った。

「そうだよ、だってスケッチしてるんだもん。じっと見なきゃいけないんだってば」

「ふん、じゃあ描いてろよ」

「きみも弾いてろよ」

それでまたそれぞれの作業に集中した。ぼくはメドレーを始め、オリジナルやオスカルが好きな曲を次々と弾いた。祖母が帰ってくる時間が近づいたので、服を着るために一度休憩したが、そのあとまた彼は絵を描き、ぼくはギターを弾いた。

そうしてどのくらい時間が経ったかわからないが、窓からの光が少しずつ弱くなっていき、気づいたときには、部屋のなかがほとんど真っ暗になっていた。弾くのをやめてギターをわきに置くと、そのとき部屋にかかっていた魔法が少し破れた。

「そろそろ行かなきゃ」とうとうオスカルが言い出してノートを閉じ、それで魔法は完全に解けた。

「見せてくれないの？」

オスカルはにやっと笑った。

「オリジナル曲を歌ってくれなきゃだめだ」

そりゃそうだ。

「そんなのないよ」

「あるよ、きみだってわかってるだろ。でも歌ってくれるなら……」

ぼくは笑った。

「歌いたくない。さあ、玄関まで一緒に行くよ」

部屋のドアを開けるとたちまち、けたたましいテレビの音が聞こえてきた。祖母はもう帰ってたんだ。なんの番組を見てるのかはっきりわからないけど、叫ぶような声が聞こえるから、きっと大好きなワイドショーのたぐいだ。

「じゃ、そういうことで」玄関まで来ると、オスカルが言った。「もう行くよ」

「ああ」

でもオスカルはまだなにか考えてでもいるかのように、じっとしていた。

「ねえ、ダリオ……」小さな声で切り出した。「よかった？」

オスカルは少し赤くなっているように見えた。それにぼくもきっと赤くなっている。

「すごく」そう言ってからたずねた。「おまえは？」

オスカルはうなずいた。

「すっごくよかった。まあ、最初は痛かったけど……」とオスカルは打ち明けた。「でも慣れるものなんだよね」

「ああ、どうかな、わかんないな」

「それで、いつか試す気になったら……。もしよかったら、役を交換してもいいよ」

つい爆笑してしまった。

「ほら、早く帰れよ」

「ハグしてくれる？」

「もちろんだよ、ばか」

ハグすると、オスカルのにおいがした。つい数時間前までこのにおいに浸っていたと思ったとき、ほんとは帰ってほしくないんだと気づいた。オスカルがいないと寂しい、悲しくなってしまう。それで、泊まっていけよと言おうかと思いついた。祖母は気にしないだろうから、問題は、オスカルに奇妙に思われないためにはどう言えばいいかということだ。

でもそのときオスカルは体を離し、にこっと笑って、行ってしまった。

彼が行ってしまうと、奇妙にぽっかり穴が空いたような気持ちがした。部屋に閉じこもって長い夜を独りぼっちで退屈しながら過ごす気にはなれなかったので居間に行き、エアコンの真下にあるソファに寝そべった。ワイドショーなどそんなに面白いとは思えないが、チャンネルを変えていいかとにおわすだけで祖母はかんかんに怒りそうだ……そういうことが前にもあったから。それで目を閉じ、キンキン響く音声に耐えて眠ろうとした。

「だって、あなたが彼と寝たって聞いたのよ。彼は結婚してるのに」テレビで女の人がしゃべっている。

観客の驚く声が聞こえて、ぼくは画面をちらっと見た。そこには、明らかに女っぽく見える男の人が、怒った顔で映っていた。

「ぼくがなんだって？　うそだ！　うーそーだ！」

「彼女はうそなんてつく人じゃないわ」最初にしゃべった女が言う。

「ふん、あのメギツネ！」

男性はくねくねと手を動かしながら話し、ぼくはそれを見てかなり不愉快になった。どうしてあんなにわざとらしい動作をするんだ？ 横目で祖母を見ると、不快そうなしかめっ面をしていた。

「じゃ、あなたもそうよね。彼が既婚者と知っていながら寝たんですものね！」女が叫んだ。

「なに言ってんの、何様のつもりだと思ってんの？ あー、かわいそうな人」

「まあまあ、落ち着いて」別の、やはりひどく女っぽいしゃべり方の男が割って入る。どうやら番組の司会者のようだ。

「ふん、ぼくは落ち着いてますよ、おかまさん」相変わらず手をひらひらさせながら、男が反駁した。「毒グモですよ、この女は……」

「さて、ＣＭに行こうか」司会者が男の言葉を遮った。「でも続きはこのあとすぐ。チャンネルはそのままでね、面白くなってきたよ！」

「気持ちの悪い人たちだねえ」画面がＣＭに切り替わるのを見ながら、ひどく不快そうに顔をしかめて、祖母がつぶやいた。「どうして、あんなふうに生きていけると思っているのかわからないよ」

「ああ……」どう言ったらいいのかよくわからずに返事した。ほほが赤くなってきたのが自分でもわかったが、幸い、祖母の目はもう和らいでいたし、どっちみち、ぼくを見てもいなかった。きっと赤くなっているのに気づいてもいないだろう。

「あんたはこんなふうにならないでよ、ダリオ」祖母は眉をひそめて続けた。

どう答えたらいいかわからず、つばを飲みこみ、小さな声で返事した。

「心配いらないよ」

「それでいいよ。もしあんたがこんな男たちみたいになったとわかったら、家から追い出すからね」祖母はきっぱり言った。「わかってる？」

祖母がこんなふうに、こんなに厳しい口調で話すのは初めてだ。それを聞いて血管のなかの血がシャーベット状になりそうだった。もっとも、血が凍る感覚自体は、最近ではどんどん普通のことになってきている。

「わかった」

以前は迷っていたかもしれないが、今は全然そんなことない。今やってるのはよくないことだ。オスカルとふたりで会うのはよくない。友だち同士の楽しみにすぎないと思っていたけど、ほんとにそうなのか？ 自分をごまかしてるんじゃないか？ オスカルの背中を見下ろし、彼のなかに入っていくとき感じる喜びを思い出した。だけど思い出すとなぜかいらいらして、近ごろではなくなったと思っていた不快感にいきなり襲われた。もう度を越えてきている。こんなこと、続けるわけにいかない。

立ち止まらなければ。今やっていることを、やめなければ。もしそれで、オスカルとの友情を失うことになったとしても……仕方ない。きっとそれは、必要な犠牲なんだ。

祖母を失うわけにいかない。
ぼくに残されたのは祖母だけなのだから。
世界でいちばん愛している人なのだから。

（闇）


闇。見渡す限り、どこもかしこも真っ暗闇。

でもそのとき、彼を見た。

ベッドの上のオスカル。座っているオスカル。裸のオスカル。ぼくを待っているオスカル、だから彼に近づいた。

周りのすべてが黒かった。部屋は、もしそこが部屋だとしたらだけど、床と同じように黒かった。ベッドは黒く、枕も黒かった。シーツも黒、なにもかも真っ黒。

ぼくの魂のような黒。

ぼくはオスカルのそばに座った。ぼくの目からほんの数センチのところに彼の目があった。ほんの数センチのところで見つめ合った。オスカルはほほえみ、一瞬、キスされるんじゃないかとぼくは思った。嫌悪、欲望……、興奮。ぼくのなかで、奇妙で混乱した感覚が混ざり合うのを感じた。

でもキスはせず、不思議なことに、ぼくはそれでがっかりした。

そのときオスカルが笑ったが、そのほほえみは前のとひどくちがっていた。ずる賢い笑み、意地悪そうな笑み。それから手を上げてぼくの太ももに載せた。

ぼくはどうすればいいかわからなくてじっとしていた。脚の上に置いた手のひらの感触は燃えるようだった。オスカルの火がぼくを内からも外からも焼き尽くし、ゆっくりとぼくのなかの氷を溶かしていく。

一瞬、すべてが完全に黒くなったが、それはただ目を閉じていただけだということに気づいた。ぼくたちは闇のなかで途方に暮れていた。

オスカルとぼく、ふたりだけで。

最初からそうだったのかはわからないが、そのときぼくはオスカルと同様、全裸だということに気づいた。

彼にもっと近づきたいと思うと同時に、走って逃げたくなった。遠くへ、もう二度と戻ってこれないように、ずっと遠くへ。だけどどれだけ望んでも、どれほどそうすべきだとわかっていても、逃げることはできなかった。

目を開いてオスカルを見た。太ももの上に手を置いたまま、彼もぼくを見て、視線をゆっくりとぼくの体に這わせた。ぼくも見返した。こんな機会はこれまでなかったと意識していた。これは悪いことだ、すごく悪いことだと意識していた。きっともう、こんな機会はないことも意識していた。

するとそのとき、オスカルの指がゆっくりとぼくの脚をつたって上りはじめた。でも今度はぼくの手を包みこむことはなかった。ぼくの腕は両脇に垂らしていたからだ。オスカルが指をすぼめたときの感触は、内からも外からも燃えているようで、うっとりするほど熱かった。オスカルはしばらく手を動かしていたが、やがて離し、ぼくたちは見つめ合った。ぼくは混乱していた。

もう触れてさえほしくない。

彼の手でなければ、もうどんなものにも触れてほしくない。

そのときまた、触れられたのに気づいた。その手はさっきよりもっと熱くて、まるでオスカル自身が奇妙な火のなかで燃えているみたいだった。逃げたかったけど、そのなかで燃えてしまいたくもあった。

だから燃えるほうを選んだ。

オスカルと一緒なら、いつだって燃えるほうを選ぶだろう。

彼の手はぼくのすべての末端神経を隅々まで燃え上がらせた。

するとそのとき、なんの前触れもなく突然に、オスカルがぼくにキスをした。

少なくともその世界では、それは初めてのキスじゃなかった、でもぼくが喜びを覚えるようなキスをしてくれたのは初めてだった。感動がほとばしって体を揺らし、とうとう我慢できなくなったぼくは、オスカルとくちびるを合わせたまま、うめき声を響かせながら爆発した。

ドアが開いたのはそのときだった。

「おおマリア様、あんたたちなにやってんの？」

戸口に祖母の姿が見えて、自分の部屋にいたのだと気づいた。祖母は目が飛び出そうなほど見開き、ぼくたちを見つめている。

くそっ。

くそっ、くそっ、くそっ。

「おばあちゃん、ちがうんだ……」

祖母はぶんぶんと首を横に振り、ぼくをぴたっと黙らせた。

「《おばあちゃん》もなにもないよ。あんたたちキスしてただろ。見たよ」

「ちがう！　そう見えたかもしれないけど……」ぼくはきっぱり否定しようとしたが、我ながら説得力なく響いた。

「ばかなこと言わないで。自分が見たものくらいちゃんとわかってるわ。あんたは……《そういう人》なんだね。もっと早く気づくべきだった」

「ちがう！　ぼくは……。ぼくはそんなんじゃない」言い切ったその言葉が、口のなかで焼けつくようにひりひりした。そんなんじゃない？　ほんとにそうなのか、自分でもわからなかった。

「だって、そうじゃないか。あんたはああいう、いやらしい人間だったんだ……」

本当にいやそうな声と表情だった。ぼくたちのことをどれほど気持ち悪がっているか知るにはそれで十分だった。

最悪なのは、ぼくも自分自身を気持ち悪いと思っていたことだ。あんなことをしたあとで、そう思わずにいられるだろうか？　助けを求めてオスカルを見たが、すでに姿が消えていることにそのとき気づいた。

「ごめん。もう二度としないよ」

「警告したはずだよ、ダリオ。あたしが警告しなかったとは言わせない。今すぐ、ここから出ていきなさい」

「でも、おばあちゃん……」

「出ていきなさいってば！　あたしの家に病気の人間はいらないんだ」

それがぼくだった。ビョーキ。もちろん、その通りだ。

「おばあちゃん……」

「二度とは言わないよ。あたしの家におかまはいらないんだ」

祖母のその言葉に、体の内側も外側も引き裂かれ、心のいちばん深いところまで傷つけられた気がした。

「ぼくはおかまじゃない」きっぱり言い切った。

「あんたはおかまだよ！」祖母は逆上して叫び、胸に手を当てた。「今すぐ出ていけ……あたしの家から」

「どこへ行けばいいの？」べそをかきながら言った。目に涙があふれてくる。

「そんなこと……あたしの知ったこっちゃないよ。出ていきなさい……今すぐ」

でもそれだけではすまなかった。祖母が苦しそうに呼吸し、ぎゅっと胸をつかんでいるのに気づいたんだ。ちょうど心臓の真上の場所を。

それからすぐ、祖母は倒れて動かなくなった。

「おばあちゃん！」ぞっとして、祖母のそばへ駆け寄った。「おばあちゃん！」

揺すってみたが、祖母は動かなかった。体は冷たくなっていた。あまりにも冷たくて、それと同じ冷たいものがぼくの血管を流れはじめた。二本の指を首に、続いて両手首に当てた。でもそんなことをしても意味はなかった。脈は全然感じられない。

「おばあちゃん……」泣きじゃくりながら言った。「おばあちゃん、死なないで……」

ありえない。おばあちゃんが死んでるなんて、それもこんなに急に。ほんとに、死体はこんなに速く冷たくなるものなのか？　そんなはずないと思う、でも……。

最後の手段として、祖母の胸に耳を当てた。心臓の音が聞きたかった。でもなにも聞こえなかった。

もう疑いの余地はない。祖母は死んでいる。

ぼくが殺したんだ。

世界でいちばん愛してる人を殺してしまった。

ぼくは絶対、自分を許すことはできないだろう。

第29章

El Hielo De Mis Venas

ぼくたちの心に閉じ込めた陽光は
また昇ることもできる
だけどぼくは途方に暮れ、押しつぶされ、冷たくて混乱している
心に導きの光が残されていないから

『ガイディング・ライト』

ミューズ

「ダリオ、ダリオ、落ち着いて！」

顔をパン、パンと叩かれたのに気づいたが、完全には目が覚めなかった。闇の大きくて力強いかぎづめにとらわれて、そこから逃れるすべはなかった。大きな叫び声が耳をつんざき、別の声が聞こえなかった。

「ダリオったら！　起きて！」

ようやく目を開け、耳をつんざく叫びは自分自身の声だったと気づいた。顔を触り、濡れたほほを手の甲でぬぐった。

「ご……ごめん」叫びすぎたせいで声がかすれ、少しまごつきながら返事をした。でもぼくが汗びっしょりでいるのは現実世界の自分の部屋で、真っ暗闇の恐ろしい世界なんかじゃない。灯りがともり、ぼくはひとりじゃなかった。この世界で祖母は生きている。だけど床に倒れたその姿、指に伝わる肌の冷たい感触を忘れることができず、ぼくの心臓はまだ、胸を破壊するんじゃないかと思うほど激しく鼓動していた。あの夢を思い出しただけでむかむかした。

「ダリオったら……悪い夢を見たのね」

「うん」また涙が二筋、ほほを伝うのを感じながら、もごもごと言った。「起こしてごめん」

耳が遠い祖母が、自分の部屋から駆けつけたくらいだから、ぼくはよほど大声で叫んでいたにちがいない。

「どんな夢を見てたの？」訊かれたが、ぼくはぶんぶんと首を横に振った。なんて答えればいいんだ？　どんな悪夢を見たのか、そのなかでぼくはなにを考えたのかなんて、言えるはずがない……恥ずかしすぎた。ほんとのことを全部話すなんて、できっこない。「ダリオ、ねえ、どんなことでも話してちょうだい。あんた、何度も何度もあたしを呼んでいたんだよ……どんな夢だったの？」

年齢のせいでしわが寄り、しなびた祖母の顔を見た。すごく心配しているのがはっきり顔に出ていて、それを見ると心が真っ二つに割れてしまいそうだった。ぼくの叫び声で死ぬほど驚いたにちがいない、こんな不安な状態のままでいさせるわけにはいかない。ほんとのことを言わなきゃ。少なくとも、半分はほんとのことを。

「夢を見たんだ……」話しはじめると、喉がガラガラになっているのに気づいた。つばを飲みこみ、言い直した。「夢を見たんだ、おばあちゃんが死ぬ夢を」

祖母の表情が和らいだ。

「まあ……」それだけ言うと、ぼくをぎゅっと胸に抱きしめた。涙を流しながら、ぼくも抱きしめ返した。そして体を離す前に、あわてて涙をふいた。

「大丈夫、心配しないで」そう請け合ったが、ちょっと頼りない口調になった。「心配させてごめんね。おやすみ、もう遅いよ。ぼくも、もう一度寝ることにしたほうがいいから……」

「それじゃ眠れないよ」祖母は反論した。「ほら、シャワーを浴びておいで。あたしはこれを洗って、シーツを換えておくから」

　最初はなにを言われているのかわからなかった。でもそれから、なにか変だと気づいた。まだ目に焼きついている悪夢の光景や破裂しそうな心臓、痛む喉と心配そうな祖母の顔に気をとられて、注意していなかったこと。そして奇妙なのは、いまだにそれがなんなのかわかっていないこと。

　汗で体が濡れているんだと思った……。でも、汗だけが理由じゃない。ちがう。さっきまで気づかなかったが、気づいてみたら明らかだった。この濡れ具合から明らか。このべたつきからも明らか。この不快さから、明らか。

　ぼくはおしっこを漏らしてた。

　赤ん坊のころのように。父さんと母さんが死んだあと、毎晩悪夢を見ていたときみたいに。不快さと羞恥の波が打ち寄せて全身を覆い、湿った産毛が逆立った。

「なんでもないよ」手の甲でぼくの涙をぬぐいながら、祖母がきっぱり言った。「こういうことはあるものさ。シャワーを浴びておいで、いいね？　それからキッチンに行こうね、眠れるようにホットミルクをつくってあげる」

　恥ずかしさのあまり熱くなった顔でうなずき、ベッドから出た。ぐっしょりしていたが、ぽたぽた垂らさずにすんでよかった。床を濡らしたら、あとでふくという屈辱を味わう羽目になるところだった。あるいは、祖母がふくことになるか。そうなったら最悪だ。浴室に入るとすぐ、濡れたパジャマを隅に置いてバスタブに入り、水を出した。

ぼくはもう十六歳だ。もちろん、いくら悪夢を見たからってお漏らしする年齢じゃない。ぼくが異常だとわかったら、祖母に愛してもらえるはずがない。どの部分が不具合を起こしてるんだろう？ 答えのない問いかけだ。どれほどシャワーを浴びつづけてたって、見つかるはずもなかった。

浴室から出ると同時に、レンジがチンと鳴るのが聞こえた。キッチンに行くと、祖母がテーブルの上にミルクのコップを置くのが見えた。

「さあ、座んなさい」ぼくは急いで座った。「話してくれる？」首を横に振った。「わかった、じゃあこれを飲んでベッドに戻りなさい。ぬるめにしてあるよ、そのほうが好きでしょ」

ぼくはコップを手にとり、一口すすりながら、話しなさいと強制されなかったことに感謝した。ミルクはなつかしい甘さだった。叫び過ぎて喉を痛めたぼくのために、きっとはちみつを少し入れてくれたんだ。また、目に涙があふれてきたが、今度はどうにかこぼさずにすんだ。

「ありがとう、おばあちゃん」

「なんでもないよ」

失敗

こんなことは長く続かないと知っていた。最初から知っていたけど、たぶん心のどこかで、受け入れられなかったんだと思う。

たぶん、ぼくはただ自分をごまかしていただけ。

たぶん、現実を見たくなかっただけ。

失敗すると決まっているけど、素晴らしい経験をしてる感覚ってわかる？　それがこの数週間、ぼくが感じてたことなんだ。

最悪なのは、終わりがどんどん近づいていること。

残念だ。

8月30日 17：03 投稿 ｜ コメント：0

シェア Linked In facebook Twitter Google Tumblr

氷のように冷たい

この変化が理解できない。彼が心を開きはじめた、とうとう状況が変わりはじめたんだと思えた。でも突然……氷。どういうわけか、彼は氷のように冷たくなった。温かかった場所に、今は冷たさしかない。

どうしてなのかわからない。

あんな態度をとられるようなこと、なにかしたっけ。ほんとにわからない。どうして何日も、ぼくと話してくれないの？　どうしてメッセージの半分は無視なの？　返事があったとしても、どうしてそんなに冷たいの？

たぶんあれをすべき……？

だめだ。そんなことしちゃいけない。したくてたまらないけど、我慢しなきゃ。

9月10日 18：03 投稿 ｜ コメント：0

シェア　Linked In　facebook　Twitter　Google　Tumblr

決めた

計画変更：もう我慢しない。

どんなに大変だとしても、言わなきゃ。たぶんそうすれば態度を変えてくれる。決まりだ。

9月19日 18：59 投稿 ｜ コメント：0

シェア Linked In facebook Twitter Google Tumblr

恐れ

変化ほど恐ろしいことはあまりない。人生を変えてしまうようなこと、とりわけ、うまくいくかどうかわからないことを決意するほどぞっとすることはあまりない。
そして、これはうまくいくはずがないとわかってる。そうなるためにはすごく運がよくなければ、運がよすぎるほどでなければならないし、あいにくこれまで、運がぼくの味方をしてくれたことはない。

でもやらなきゃ。

もしかしたら後悔するかもしれないけど。

こんなふうに生きつづけることはできないんだ。

9月24日 19：08 投稿 │ コメント：0

シェア Linked In facebook Twitter Google Tumblr

第30章

行ってしまう前に激しいキスをして
夏の日の悲しみ
ただあなたに知ってほしかっただけ
ベイビー、あなたは最高の人だってこと

『サマータイム・サッドネス』
ラナ・デル・レイ

悪夢を見た次の朝、目覚めて携帯の画面を見ると、オスカルからのメッセージがいくつか入っていた。この数週間で、メールが来ること自体はかなり普通のことになったが、その日のメッセ—ジはいつもよりきっぱりした感じだった。ぼくはびびって、のらりくらりと返事することにした。

オスカル：今日の午後会えない？ 話したいことがあるんだ。
ダリオ：うーん……
ダリオ：ほかの日じゃだめか？

あんな夜を過ごしたあとでいちばん要らないのが、今度はオスカルを相手にひと悶着起こすこと。それにどっちみち、この間テレビを見ながら祖母が言ったことを思い出せば、少なくとも一定期間、オスカルとは距離を置いたままでいたかった。

返事はすぐに来た。

オスカル：ほんというと、今日がいいんだ。
オスカル：大事なことなんだ。
ダリオ：なにかあったの？
オスカル：心配しないで、別に深刻じゃないから。でもほんとに、話さなきゃいけないんだ。

全然いい予感がしない。でもＯＫして、さっさと終わらせるのがいいとわかってる。そうすれば、オスカルにちゃんと話して、こんなことはもうやめなきゃいけないって言える。こんな状態を続けることはできない。ぼくはオスカルを傷つけてるわけだし、もうこんなのいやだ。

ダリオ：うん……いいよ。
オスカル：すごい、ありがとう。
オスカル：何時がいい？

ダリオ：いつでもいいよ
ダリオ：今日は一日空いてるから
オスカル：五時はどう？

ダリオ：完ぺき

オスカル：すごい。
オスカル：もしよければ、ぼくの家に来てもいいよ……。
オスカル：そうすれば落ち着いて話せる。

え、えっ。本音をいうと、オスカルの家にはあんまり行きたくない。やらなきゃいけないこと、言わなきゃいけないことは、はっきりしてる。だけどオスカルの部屋でふたりきりで、どんなことでも起こりうるような状況で、ちゃんとできるかわからない。でも言い争いになって、これ以上オスカルの気分を悪くしたくないから、自分を抑えたほうがよさそうだ。

ダリオ：わかった
ダリオ：五時にそっちに行くよ

――オスカル：あとでね。☺

最後の絵文字は全然気に入らなかった。このあと交わすかもしれない会話のことを考えるだけで、まさにパニック状態だが、待つよりほかにない。

恐ろしい考えが頭をよぎったのはそのときだ。もし、オスカルに言われたら……？　いや、ないな。ありえない。ぼくたちのことは最初からはっきりさせてきたし、彼だって立場をちゃんとわかってる。だからそんなことありえない。話は別のことにちがいない。

別のことでなければ困る。

＊＊＊

「きみ次第だよ」

オスカルはぼくの目を見ることもできず、緊張した様子で手をもみ合わせた。これから彼が言おうとしていることがすべてを、それもかなりの確率で悪いほうに変えてしまうだろうと心のどこかでわかっていたけど、もう後戻りはできなかった。オスカルの目つきに、そのことがはっきり表れている。やらなきゃ、たとえ後悔する確率がすごく高いとわかっていても。

話しはじめる前につばを飲みこむのが、喉の動きでわかった。

「まずわかっておいてほしいのは、ぼくたちの間がこれで変わるはずないってこと」地ならしをするようにオスカルが言った。「きみがそうしたいんだったら、今までとなにも変わらないよ。ぼくはかまわない……」

　そうだ。そうなんだよ、ああ、もう。オスカルが言いたいことなんて、はっきりしてたじゃないか。

「なあ、これがおれの考えてることなら……」

「待って、ダリオ。言う必要があるんだ。もう想像はついているだろうけど、つまり……ぼくから言わなきゃいけない」

　ぼくはあきれた表情をして、その瞬間に後悔した。いくら居心地が悪くても、いやな態度をとる言い訳にはならない。それなのにぼくはいらいらしはじめている。こんなの絶対だめだ。

「じゃあ、言えよ」

「きみのことが好きだ」オスカルは一息に告白した。その言葉を聞いて胃が、それともたぶん心臓が、ひっくり返るような変な感じがした。「きみにとっては複雑だよね。きみはなにも変わってほしくないんだろ、でも……こうするしかなかったんだ。ただの友だちでは、もう満足できない。きみが好きだ、だから……言わなきゃいられなかった」

　オスカルはそれ以上続けられずに黙りこんだ。でもすぐに、オスカルの顔に重荷をおろしたような、ほっとした表情が浮かんでいるのに気づいた。答えようと口を開いたが、なにを言えばいいのかわからなかった。

　頭が混乱し、さまざまな感情の波が押し寄せてきた。心のどこかでオスカルの言葉を喜び、告白されたことに興奮している。でもその一方で……。祖母との会話を、テレビを見ているときに言われたことを忘れられない自分もいた。

気持ち悪いと感じていた。

喜びを感じていた。

嫌悪を感じていた。

欲望を感じていた。

軽蔑を感じていた。

切望を感じていた。

憎しみを感じていた。

するとそのときそれが見えた。真っ暗闇のなかにじっと動かず横たわった祖母の遺体が。震える指でそれに触れたことを思い出し、ぞっとするほどの冷たさとこわばりがはっきりよみがえってきた。それから再び、祖母の言葉が頭のなかにこだました。でもあれは夢のなかで想像したことじゃなくて、現実に聞いた言葉だ。

《あんたはこんなふうにならないでよ、ダリオ》

そうだ。そんなふうになるはずがない。ぼくはちがうんだ。

《もしあんたがこんな男たちみたいになったとわかったら、家から追い出すからね》

あんな男たちみたいにはならない。そういう……たぐいの男になるつもりはない。そういう……おかまには。そうだ。そんなことは許されない。祖母は世界でいちばん好きな人で、ぼくに残された唯一の家族。その祖母が、はっきり言ったんだ。もしテレビに出ていたあのふたりの男たちみたいになったら、ぼくを家から追い出すって。本気で言ったのかどうかはわからないし、祖母のことはよくわかっているから、内心では信じていなかった。でもはっきりしているのは、もしそうなったら祖母はものすごく落胆するだろうということ、そしてそんな思いをさせるわけにはいかないということだった。ぼくを養うだけでもかなりのことなのだから。

《あんたはこんなふうにならないでよ、ダリオ》

ぼくはそうじゃない。絶対そんなものにはならない。いちばん愛するものを失うなんて、自分に許すことはできない。夢で見た、生気を失い地面に横たわる祖母の姿を思い出した。もしあれがほんとになったら？　怒りのあまり、心筋梗塞を起こしてしまったら？

《もしあんたがこんな男たちみたいになったとわかったら、家から追い出すからね》

オスカルをじっと見た。ぼくの目つきにオスカルが傷ついているのがはっきりわかった。でもそれでいいんだ。ぼくにそんなことさせようなんて、そんな権利はない。全部、ちゃんと同意の上でやっていたことなんだから、そんなことを言うためにぼくを呼びつける権利なんて、オスカルには全然なかったはずなんだ。

むかついた。

それに自分自身にもむかついた。

泣きたかった。

彼を抱きしめたかった。

抱きしめてと頼みたかった。

でも、ぼくがしたのは全然別のことだった。

《あんたはこんなふうにならないでよ、ダリオ》

「消え失せろ」ようやくそれだけ言って、さっときびすを返して出ていこうとした。こんなこと、きっぱり終わらせなければならなかった。

「ダリオ、お願いだ……」オスカルはぼくの腕をつかんで引き留めようとしたが、ぴしゃりとはねのけた。無性に腹が立った。

「触るな、ばか。『お願いだ』なんて言うな。こんなホモごっこ、もう終わりだ。おれとは関係ないからな」

言いながら吐き気がしてきたが、言わなきゃならなかった。オスカルみたいになっちゃいけないんだ。こんな遊びを続けることはできない。

《もしあんたがこんな男たちみたいになったとわかったら、家から追い出すからね》

「待ってよ」すがりつくように頼む声を聞いて、オスカルが今にも泣きそうになっていることに気づきながらもドアへと向かった。哀れな気がして胸がうずき、ドアを開ける前に立ち止まったが、なにを言えばいいかはよくわからなかった。

「ほかになにがほしいんだ」

「なにか言って」ささやくような声だった。「お願いだ、なにか言って」

なにを言えばいいかわからなくて、たっぷり一分ほどもオスカルを見つめた。混乱した気持ちや感情の波が押し寄せて、論理的にものを考えられない。祖母の言葉が何度も何度も頭のなかで反響していた。

《あんたはこんなふうにならないでよ、ダリオ》

《もしあんたがこんな男たちみたいになったとわかったら、家から追い出すからね》

《あんたはこんなふうにならないでよ、ダリオ》

夢で見た場面が次々と、銃弾のように飛んできて、ぼくの脳みそにくまなく穴を開ける。ぼくたちを見たときの祖母の軽蔑の顔。胸をつかんだ手。地面に倒れる姿。地面に伸びた、生気のない体。指に伝わる冷たい感触。それは全部ぼくのせい。オスカルと気持ち悪いことをするのを受け入れてしまったせい。

「おまえ、気持ち悪いんだよ」ぼくはついにそう言った。

そして家を出た。

でも歩きながら、自分自身を憎んだ。あまりに嫌悪がひどくて、これからも生きていかなければならないという事実をさえも憎むほどだった。そうする必要があったのだとわかってはいても、自分が今やったことが、そしてそのときの自分が、大嫌いだと思った。そうなりたくないのに感じてしまう気持ち、どんなにがんばってもコントロールできない、自分の不快で反吐が出そうな部分にうんざりしていた。オスカルと一緒にしたことを憎んだが、それ以上のことをしなかったことも憎んだ。

そしてとりわけ、オスカルの気持ちをわかっていたことを憎んだ。言葉でひどく傷つけてしまったこと、つらそうな目を見てしまったこと、原因はぼくにあるとわかっていることを憎んだ。

ぼくたちの間のなにかが、おそらく永遠に壊れてしまった、そしてそれはすべてぼくのせい。もうなにも、元には戻らないだろう。

痛み

愛する人に、気持ち悪いと思われてたと知ることほど、つらいことはそんなにない。

9月25日 20：02 投稿 ｜ コメント：0

シェア Linked In facebook Twitter Google Tumblr

El Hielo De Mis Venas

第31章

ときを凍らせてわたしが灰になり
どこから吹くのかだれも知らない
風が吹いて散り散りになれたら
そしてわたしたちが埃とエネルギー以上のなにかになれたとしたら
消えてしまったふたつの星の光

『今日は終わりの始まり』
アマラル

朝起きて携帯を見ると、フェルと三人でつくっていたグループからオスカルが抜けたのがわかった。でも実を言うと、以前のメッセージを読んでいたら、そんなに驚くほどのことでもなかった。半分寝ぼけたままで何週間か前の会話にさかのぼり、読みはじめた。

三犬士🐶🐶🐶
フェル😊、オスカル😊、あなた

［9月1日］
フェル：なあ
　映画を見に行くかなにかする？
オスカル：むりだ。
フェル：どして？

オスカル：父さんが行かせてくれない。

フェル：え。明日は？

ダリオ：おれがだめだ
ソーリー

フェル：😞

［9月6日］

フェル：ずいぶん長く会ってないね😞
プール行きたくない？
もうすぐプールの季節も終わりだよ……

オスカル：お仕置き中なんだ。

フェル：なに？？

オスカル：まあ。
大したことないけど。

フェル：そっか、じゃ……

［9月10日］

フェル：ふたりとも、今日の午後、プレイステーションする気はない？

ダリオ：予定入れちゃった
ごめん

［9月15日］

フェル：ねえ、今週末映画に行こうよ
早めに知らせたから、言い訳はできないぞ 😁

オスカル：お金ないよ。🙁

フェル：大丈夫。
おごってやるよ。

オスカル：やだ。

もういっぱい借りてるもん。
それなら別の日にしようよ。

フェル：なんか、ふたりに避けられてる気がしてきた 😞

［9月18日］
フェル：今週末なにかする？
お金を使う必要はないよ 😁

［9月19日］
フェル：やあ？

［9月20日］
フェル：ふたりと会えなくて寂しいよ……。

［今日］
オスカルはグループを抜けました

フェル：😱😱😱
？？？？
なにがあった？？

こんなとき、なんて言えばいいんだ？

ダリオ：大したことないよ
フェル：大したことないってなんだよ？？
なにかあったはずだぞ
ダリオ：マジで、フェル
ほっといたほうがいい
フェル：全然わかんないよ
おまえら、けんかでもしたのか？
ダリオ：うん

［書きこみ中……］
［接続しました］
［書きこみ中……］

―フェル：それは……おまえらのことで？

フェルの言葉を見てパニックに襲われ、全身が震えた。

《おまえらのこと》

知ってるんだ。フェルは知ってる。オスカルは、ぼくらがやってることをフェルに話したりしないと思いこんでた。なんてお人よしだったんだ。すべて終わったあとのことか、それより前かわからないけど、話したにちがいない。

前にせよあとにせよ、もうこの会話を続ける元気が出なかった。

――フェル：なあ？
まだそこにいる？

あなたはグループを抜けました

第32章

太陽はきみのために沈むだろう
そしてその日の影が
世界を灰色に包むだろう
そして太陽はきみのために沈むだろう

『シャドウ・オブ・ザ・デイ』
リンキン・パーク

教室に着くと、まだカルロスしか来ていなかった。新学年が始まり、フェルやオスカルと距離ができてからというもの、席はずっとカルロスの隣だから、当然彼がいるほうへ歩いていった。

「おう」カルロスは携帯から目を離さずに挨拶をよこした。

「おう」ぼくも機械的に答えた。カルロスは、ぼくと隣同士なのを気に入ってはいるようだったが、どういうわけかぼくらは全然話さない。だから、挨拶以外に彼がなにか言ってくるとは思っていなかった。

でも、その日は話しかけてきた。

「なあ、ここんとこ、気になってることがあるんだ。なんでオスカルやフェルのそばに座らなくなったんだ?」ドアのほうをちらっと見ながら訊いてきた。何人かクラスメートが入ってくるところだ。こんなときに、よりによってその話題か。「この学年になってから、あいつらと一度も話してないよな」

ぼくは肩をすくめた。

「もう友だちじゃないから」

「それって？」

ぼくはまた肩をすくめた。

「わかんない。そういうこともあるさ」

でももちろん、《そういうこともある》ってだけじゃない。オスカルのせいだ……それにぼくの。あの日の反応の仕方はまずかった。オスカルだって、あんなこと言うべきじゃなかった。あれ以来、オスカルは絶えずぼくにメッセージを送ってくるが、ぼくはまだ全然返信してなかった。返信できなかった。

ため息をついてポケットから携帯を取り出し、メッセージを開いた。もう暗記していたけど、とにかくさかのぼり、あんなことを言ったオスカル、そして答えることのできない自分を憎みながら、何度読んだかわからないメッセージを読み返した。

［8月30日］
オスカル：ダリオ……、お願いだ。
オスカル：もうぼくと話す気はないの？
オスカル：会えなくて寂しいよ。

オスカル：ぼくらはずっと友だちでいられるよ、そうだろ？

［9月3日］

オスカル：なにか言って……。
オスカル：お願いだ、なにか言って……。

［9月6日］

オスカル：無視するのはやめてよ、お願いだから……。

［9月8日］

オスカル：ダリオ、ごめん。
オスカル：ほんとにごめん。

［9月12日］

オスカル：もうぼくのことはなんにも知りたくないのなら、せめてそう言ってよ。そうすればもう、メッセージは送らないから。
オスカル：でもなにか言って、お願いだ。

［9月15日］

オスカル：ダリオ……、会えるかな？

—オスカル：どうしても話したいんだ。

[9月18日]

—オスカル：お願いだ……、ほんのちょっとでいいから話をしたい、ただそれだけなんだ。

—オスカル：ほかにはなにもいらない。

—オスカル：そのあと、ぼくとは永久に話をしたくないときみが思うんなら、それでいいよ。

—オスカル：約束する。

[9月25日]

—オスカル：ぼくがきみに恋したからって、いつまでぼくを責めつづけるの？

「げっ、マジかよ」ほんの数センチしか離れていないところからカルロスの声が聞こえてぎょっとした。「オスカルっておかまなのか？　だからおまえら、けんかしてたの？」

　くそっ、くそっ、くそっ、くそっ。

「なんでおれ宛てのメッセージ読んでるんだよ」あわてふためいて携帯の電源を切り、画面を下に向けながらたずねた。そんなことしたら、肯定しているも同然だ。

「すげえ！　ぼく、きみのこと大好きなのってわけか」

「だれの話をしてんの？」いちばんうしろの席のビクトルがたずねた。

「オスカルだよ！」声を低めようともせず、カルロスが答えた。「だから、こいつら話さなくなったんだよ……。ダリオに恋してるんだって」

「うわあ……。道理であいつ、おかまっぽいにおいがすると思ってた」

「そんなんじゃない」ぼくは急いで言ったが、自分自身でさえ、なぜそう言い切れるのかよくわかっていなかった。「あいつはただ……」

「どうした？　おまえもおかまだってか？」カルロスが笑いながら言った。「おまえもあいつに恋してるのか？」

　それを聞いて、凍ったかぎづめで心を締めつけられたような気がした。祖母の言葉が、ハンマーをガンガン打ちつけるように頭のなかで響いた。

《あんたはこんなふうにならないでよ、ダリオ》

　悪夢で見た祖母の死体を思い出した。

《もしあんたがこんな男たちみたいになったとわかったら、家から追い出すからね》

　そんなことになるわけにはいかない。どんな非難も受けないようにちゃんとしておかないと、ほんとに追い出されてしまう。

「ちがうよ。おれはおかまじゃない」

　カルロスは親しげに、ぼくの腕を小突いた。どんな~~当然の報い~~侮辱を受けたときより、ほんとにぶたれたときより、もっと痛かった。ぼくを自分と同類だと思ってる、自分たちの仲間とみなしてるからそうしたんだと、わかっていたから。

「言うまでもないよな」

「なにしてんの？」そのとき、教室に入ってきたホルへがたずねた。

「おい！　オスカルはおかまだってさ！」

くそっ。くそっ、くそっ、くそっ。

「オスカル？　このクラスの？」

「決まってるじゃん！」

「なあ、カルロス」ぼくは口をはさんだ。「メッセージに書いてあったことは冗談だから、ほんとはそんなんじゃ……」

カルロスは笑って言った。

「でも、顔見りゃわかるよ！あの歩き方とか、更衣室でおれたちに向ける目つきとか、気づいてないの？　あの超おかま、おれたちをおかずにして楽しんでたんだよ」

「カルロス、ほんとにちがう……」

「ほら、黙れよ。おまえらも一緒に来い」

カルロスは立ち上がり、まっすぐ、教室の反対側の隅っこにあるオスカルの机に向かった。

「なにするつもり？」ホルへは興味津々の様子だ。

「すぐにわかるさ」そう答えて、カルロスは机のなかから数学の教科書を取り出した。意地悪そうな笑みを浮かべているのがひどく気になった。

「おい、カルロス、なにもするなよ……」

教科書を取り上げようとしたが、カルロスとホルヘにふたりがかりでさえぎられて、あきらめるしかなかった。

「どうしたんだよ？」そう言いながらホルヘが強く押したので、ぼくは数歩後ずさった。「やっぱ、おまえもおかまなのか？」

ぼくは歯を食いしばった。オスカルがいじめられるのはいやだけど、ぼくも同類だとは思われたくない……。人生が地獄と化すような危険を冒すわけにはいかない。祖母に知られて家を追い出されるような危険を冒すわけにはいかない。もっと最悪の場合は、夢で見たようなことが起きてしまうかもしれない。夢で見たようなことが起きたらと想像しただけでむかむかしてきて、吐き気を抑えるのに苦労した。

だからぼくは卑怯にも、カルロスが教科書の表紙に黒の油性ペンで**〈ぼくはおかまです〉**と書くのをじっと見ていた。とりつくろうため、やつらと一緒になって笑っている自分を、一ミリも好きになれなかった。親友を裏切ってしまった。ぼくのためならきっと、どんなことでもしてくれる人を裏切ってしまった。数日前に彼を裏切ったばかりで、また同じことをしていた。この世に存在する者のなかで、最も不快で軽蔑すべき存在になってしまった。

「どうしたの？」何人かの友だちと一緒に教室に入ってきた女の子が、オスカルの机のそばにぼくたちがいるのを見て訊いた。

「別に、ただオスカルがおかまってだけ」ホルヘが笑いながら答えた。

「ふざけないでよ……やだもう！」別の女の子が言った。

「ねえ、ばかなことやめなさいよ」そう言ったのはマルタだ。眉をひそめている。「そんなこと、どうでもいいでしょ」

ああ……。事態はもう、到底ぼくの手が届かないところへと進んでいく。

「おい、行こうぜ」カルロスが言った。

「マジで……、あいつのことはほっといてやれよ」ぼくは頼んだが、弱々しい声になってしまった。

「またかよ」ホルヘがだしぬけに言って、くるっと目を回した。「こいつ、ほんとにおかまじゃないのか？」

だれも答えなかった。ぼくも。その代わりに顔を赤くして歯を食いしばり、沈黙を保つしかなかった。

危険なまねをするわけにはいかない。

そのときドアのほうでくすくす笑いが聞こえた。

「来たぞ！」だれかが言い、みんなあわてて自分の席に戻った。ごまかそうと、そしてだれにも怪しまれないようにと思ってカルロスやその仲間と話しはじめたとき、オスカルが教室に入ってくるのが見えた。こちらに視線を向け、ぼくが一緒にいる相手を見ると、いつも通りの意外そうな表情を浮かべた。ぼくが新しい仲間たちといることに、まだ慣れていないんだ。でもそのときカルロスたちが笑いはじめたので、ぼくも同調したけど、ばか笑いするたびに胃が蹴りつけられたように痛んだ。はっきりとは見ていなかったが、オスカルはつばを飲みこんだようだ。

声をかけたかったが、結局、なにも言わなかった。

そのとき急に数学の先生が入ってきたので、みんなぴたっと笑いを止めた。立っていた生徒は席に戻ったが、なにかを期待するように、まだちらちらとオスカルを見ている者が大勢いた。

ぼくたちの間に起きたことを考えて、つばを飲みこんだ。ぼくのせいじゃないかもしれない……でも止めなかったのは事実だ。オスカルがあのことを話そうと決めたら、責められるのはぼくたちふたり。祖母の落胆の表情が頭に浮かび、そんな祖母を見るのは耐えられないと思った。でも、もっとずっとひどいことになる可能性もあって、そうなったらピンチだ。夢で見たことが現実になっちゃいけない……それに祖母の言葉通り、追い出されるようなことにもなりたくない。

《あんたはこんなふうにならないでよ、ダリオ》

《もしあんたがこんな男たちみたいになったとわかったら、家から追い出すからね》

もう一度、つばを飲みこんだ。このままだとぼくは窒息して死んじゃうかもしれない。でも、きっとそれがいちばんいいんだろうけど。

「教科書を出してください」先生が言った。その言葉を聞いてカルロスがちょっと笑い声を上げたので、先生は付け加えた。「静かに！」

自分のことよりオスカルのほうが気になって、ぼくは機械的にリュックから勉強道具を取り出した。オスカルはぼんやりした様子で数学の教科書を取り出し、そしてそれを見た。まさに今、表紙の字を読んだ。明らかなパニックの表情が顔をよぎったのでそのことがわかった。ぼくにもその字が見えた。カルロスが書いた言葉は、ぼくの席からでもはっきり読めるほどだった。

《ぼくはおかまです》

オスカルは怯えたように辺りを見回し、クラスの半数の生徒からじっと見られていることに気づいた。みんな、リアクションを期待して笑いをこらえている。オスカルはそこで考えこむように動きを止めたが、すぐに表紙をつかんでページごと引きちぎった。ぼくの周りで、抑えきれなかった笑い声が聞こえた。これではっきりした。こうなってしまった以上、後戻りはできない。状況を変える方法などないんだ。

ぼくはどうしようもないクソ野郎だっただという気がした。それもちょっとやそっとのクソじゃない。

オスカルがこれまで知っていた生活は、永遠にその幕を閉じた。

それは全部ぼくのせいだった。

これは本当なのか

こんなことが実際に起きてるなんて、まだ信じることができない。
なぜこんなことがぼくの身に起きなきゃいけないのかわからない。こんな目にあうようなことを、なにかしたっていうのか。自分が自分であることは、ぼくのせいじゃない。こんなふうに生まれてきたのはぼくのせいじゃない。

きっと行ってしまうときが来たのだろう。いずれにしたって、ぼくがいなくて寂しがる人なんていそうにない。

きっとそのときが来たんだ

さよならを

言う

ときが。

10月16日 18：38 投稿 ｜ コメント：0

シェア Linked In facebook Twitter Google Tumblr

ゲイでいるなんてクソだ

マジで。ほんとにクソだ。

ゲイであることのすばらしさを語る映画やドラマ？ノンケで現代的で、ありのままのきみを受け入れてくれるクラスメートや、無条件にきみを愛してくれる両親に囲まれた毎日だって？

全部うそっぱちだ。

現実はそんなもんじゃない。

少なくとも、それはぼくの現実じゃない。

ぼくの現実は、毎日隠れて血を流すこと。

ぼくの現実は、だれにも気づかれないままゆっくり死んでいくこと。

10月26日20：58投稿 ｜ コメント：0

シェア Linked In facebook Twitter Google Tumblr

（闇）


闇を抜けて走っていた。

走って、走って、走りつづけていたけど、どこにもたどり着けない。闇は薄まるどころかどんどん濃くなっていくような気がした。重い毛布のようにぼくを包みこみ、体のなかにまでゆっくりと染みこんでくるようだった。

それとも、もしかしたらぼくのなかに染みこむんじゃなくて、ぼくのなかから外へ向かって出ていってるのかもしれない。たぶん闇はぼくのなかにあるんだ。たぶん、どれだけ走っても闇から逃げられないのはそのせいだ。

でもそんなことどうでもいい。とにかく、走りつづけなきゃいけないんだ。なにがあろうと、走りつづけなきゃ。もし止まったら……。ほんとのこと言うと、止まったらどうなるのか知らなかった。でも確かめるのは恐怖だった。いや、恐怖じゃない。パニックだ。パニックそのもの。

走りつづけなきゃいけなかった。

手遅れになる前に。

第III部

シナーズ・プレイヤー

わたしの罪人の祈りを聞いて
わたしはわたし
そしてほかのだれの心も打ち砕きたくはないの

『シナーズ・プレイヤー』
レディー・ガガ

El Hielo De Mis Venas

第33章

わたしはすべてを手にしていた
永遠のための機会
わたしは夜の生き物だった

『メイク・ミー・ウァナ・ダイ』
ザ・プリティ・レックレス

今日はあいつが駅で待っている。

ほんの数メートル先に突っ立ち、じれったそうに両手をもみ合わせている。あいつのことをよく知らなくても、オスカルに会いたくて仕方ないんだってことがわかる。それも不思議じゃない。ぼくもオスカルに会いたいからだ。オスカルがやってきた。まるで何週間も会わなかったかのようにキスをするが、せいぜい数日ぶりのはず。みぞおちにうずくような不快感を覚えたが、以前ほどつらくないことに気づいてしまう。それがなにを意味するのかはわからないけど。オスカルとのことを乗り越えつつあるのだろうか？　それとも単に、こういう状況に慣れただけか？　ほんとのところ、自分にとってどっちのほうがいいのかはわからない。

ふたりは手をつなぎ、楽しそうに話しながら歩き出したが、ぼくのいるところでは内容まではわからない。いきなりオスカルが笑い出したが、なにを言ってるのかわからないのでいやな気分になる。ぼくのストーキングのレベルはもはや成層圏の上限にまで達しつつあり、まだ見つかっていないことを全宇宙の神様に感謝している。見つかったら、接近禁止命令が下されるはずだ。もっとも、よく考えるとそれがいちばんいい。ぼくは彼らに見つかるべきなんだ。

　ふたりは歩きつづけ、ぼくは見つからないように注意しながら数メートルあとをつけていく。数分後、そいつがぴたっと立ち止まり、なにかジェスチャーをする。目を細めて見ると、黒いブレスレットのようなものを外している。それをオスカルの手首につけた。立ち止まったまましばらく話し、それからオスカルが彼のくちびるにキスをした。

　またみぞおちにあの感覚がよみがえったが、今度はもっときつい……はらわたに蹴りを入れられたみたいだ。結局、乗り越えたと思ったのはまちがいだったってわけ。まだ全然それどころじゃなかった。《そしてまた、ぼくは途方に暮れるのだろうか……》

　再び歩き出すと、男はオスカルの手を取った。オスカルの体が少しこわばり、辺りを見回したのがわかったが、手は放さない。いつもの方向に歩きつづけて少し経ったとき、スポーツセンターから数人の少年たちが出てきて彼らのほうへ歩いてくるのが目に留まった。ぼくたちより少し年上で、手をつなぐふたりをちらちら見ながら笑い出した。あいつらなにを言い出すんだろう、ちょっと見当がつかない。ふたりを面と向かって侮辱するんじゃないかと心配したが、すれちがうときはなにも言わなかった。でも、通り過ぎてからまた笑いはじめた。

「あの手のつなぎかた、見たか？」ぼくのそばを通るとき、ひとりが大笑いして言うのが聞こえた。

「キモいおかまめ……」別のやつが答えた。

血管のなかで血が沸騰しはじめた。あいつらを追いかけていって立ち向かい、今言ったことのつけを払わせてやろうかと真剣に考えた。でも結局、ぼくのせいでオスカルが言われたことよりましだと思い直し、はらわたにずっしりと重い罪の意識がのしかかる。やつらにできることはなにもないし、ぼくのおかげでなにもされずにすんだってわけでもないと思うとつらすぎた。

ちょっと意外な気もした。街の人は、村よりオープンだと思っていたからだ。よく知らないが、たぶん一般的にはそうなのだろう。でももちろん、どこにだって不寛容な人たちがいる。いずれにしてもオスカルとあのむかつく男は、あの少年たちと行き合わせたことを重く受け止めてはいないようだ、だってスポーツセンターに着くなり抱き合って、キスを始めたんだから。もうこれ以上見ないでおこうと思い、きびすを返して診察室へ向かった。どっちみち、ここにもぼくがすることはなにもないんだ。

診察室のドアをノックすると、コンマ数秒でミリアム先生の返事が聞こえた気がした。まるで防犯カメラでぼくが入ってくるところかなにかを観察でもしていたかのように。

「どうぞ」

「こんにちは」入室しながら挨拶し、いつも座る黒い革の肘掛椅子のほうへ歩く。「元気ですか？」

先生もいつものように、ぼくに笑顔を向けた。

「すごく元気よ、ありがとう。あなたは？　休みの間、どうだった？」

ぼくは肩をすくめる。

「よかった、たぶん」

「それだけ？」そう訊いて返事を待つ表情になったが、ぼくが答えないのを見て続けた。「三週間ぶりの診察なのに、ほかになにも言うことはないの？ なにか言いたいことはない？」

ぼくは深呼吸した。これ以上先延ばしにすることはできない。そうしようと決めたんだから、もう後戻りはできないんだ。

「うん、ほんと言うと、言わなきゃいけないことがあるんだ」

「じゃあ、話して。どういうことでも」

ここからの数分間は、今まで生きてきたなかでいちばん大変な時間になるだろうと思い、ため息をついた。

「ぼくがここに来た本当の理由を話すよ。あのことの本当の理由……」羞恥の波が体じゅうを駆け巡るのを抑えようとして、ぼくは言葉を切る。「シーツを濡らすようになった理由を」

先生はうなずく。

「聞くわ」

喉のつかえを押し流そうとして、ごくんとつばを飲みこんだ。こんなに激しく心臓が鼓動して、先生にもはっきり聞こえているに違いないのに、どうしてなにも言わないのか理解できない。心臓の音のせいで耳が聞こえなくなっているのがぼくだけだなんてありえない。

ため息をつき、話し出す。

「親友に恋してたんだ」

やった。言ってしまった。とうとう言えた。とうとう勇気をかき集め、声に出して言うことができた。そしてどんな奇跡が起こったのか、世界は爆発しないし、ぼくも爆発しなかった。実を言うと心地よい驚きで、打ち明けるのは想像してたよりずっと簡単だってことを認めないわけにいかなかった。

ずっと長い間、怖くて言えなかった言葉を口に出したのはこれが初めて、自分が感じていたことを人前で認めるのはこれが初めて。いや、今も感じていることなのかな、実のところそれはわからない。自分が何者なのか、他人に打ち明けることができたのはこれが初めて。そしてまるで血管を凍った炎が流れているような、液状の氷に内からも外からも焼かれているかのような恐怖を今、感じている。とてつもない恐怖に内側を引き裂かれているが、がんばって平静な表情を保つ。

「ということは……あなたはゲイなの？」ミリアム先生はそうたずねてから、急いでクリップボードに走り書きをする。

そこまでストレートに訊かれるとは思っていなかったが、うん、いい質問だ。問題は、どう答えていいのかわからないこと。

「いや。えーと……わからない。実際、自分がどうなのかわからないんだ」

先生はうなずく。

「大丈夫よ。あなたはバイセクシュアルかもしれないし、パンセクシュアルかもしれないし、ほかにもいろんな可能性がある。ヘテロセクシュアルは多数存在する選択肢のひとつに過ぎないのよ」先生は説明を始めた。「そしてみんな同じ、どちらが正しいとか正しくないなんてことはないの。ここで大事なことはレッテルじゃない」

「じゃあ、なにが大事なの？」

「自分が何者か知ることよ」

ぼくはつばを飲みこんだ。

「でもわからないんだ」

「だからこそ、あなたはここにいるんでしょ。でも、今は全部話してもらわなきゃ。わかる？」

「うん」

「あなたはとっても重要な一歩を踏み出したのよ」そう続けながら、先生はぼくに温かいほほえみを向けた。ほとんど誇らしげに見えるほほえみを。知り合ってから長いが、彼女はある意味でノーマルなんだと思う。「このことをだれかに言うのは初めて？」

「うん」

先生は再びクリップボードになにか書きつける。ぼくは一瞬、それを奪い取ってでもなにが書かれているか見たいという欲求に襲われたが、なんとかこらえた。そうやって衝動に身を任せるから何度もしくじってきたんだ。そう、つまり、ぼくも少しは前進してるみたいだ。

「すごい前進だわ、ダリオ、ほんとに」まるでぼくの心を読んだみたいに、先生が言い切る。

「でもそこでとどまっていちゃだめ。さあ、全部話してくれなきゃ。いい？」

「いいよ」

先生はほほえむ。

「でも全部って言ったら全部よ。うそをつくことはできないし、大事なことを黙っておくのもだめ。わかったわね？」

ぼくはうなずく。

「わかった」

「それじゃ……話したいときに始めてくれていいわ。聞いてるから」そう言ってちょっと考えこむような顔になり、付け加えた。「それから、忘れないでね、ダリオ。わたしは判断を下したりしない」

「うん、わかった」

とうとうそのときが来た。ずっと前から恐れていたと同時に、来てほしいと望んでいたときが。打ち明けて重荷を取り除くとき。物事を決定的に変え、ぼく自身の幸せに向かって第一歩を踏み出すとき。先生の目を見て、ちょっと落ち着こうとつばを飲みこみ深呼吸した。そしてそれから、すべてを語った。

まあ、ほとんどすべてを。

ほんと言うと、性的なことはあまり細かく説明しなかった。自分自身でもはっきりわからない感情についても、進んでしゃべる気にはなれなかった。自分の気持ちを人前ですっかりオープンにするには混乱しすぎているというのが本音で、どうしても必要なこと以外は、そのテーマにはあまり触れたくなかった。でも基本的なこと、去年の夏から先週のクラブでの出来事まで、実際にはすべて話すことになった。というか、ほとんどすべて。

先生は一言も聞き漏らすまいとするかのように、ぼくをじっと見つめている。ときどきクリップボードになにか書きつけ、声が小さかったり、口ごもったりでよく聞き取れないところはもう一度言ってと二度ばかり頼んできた。話し終えたときはほほが燃えるように熱く、口のなかはカラカラで、おまけに喉が痛かった。どのくらい時間が経ったのかわからないが、何時間もかかったような感じがする。長ったらしいと診察室から追い出されていないのが不思議なくらいだ。

「少し水を飲む？」

「うん、お願い」そう言うぼくの声はかすれていた。

先生は立ち上がり、下に蛇口のようなものがついた据え付けのタンクのところに行って、プラスチックのコップふたつに水を注いだ。ひとつもらって一口で飲んでしまうと、すぐに先生はもうひとつのコップを渡してくれた。ありがたい、と思いながらまた一気に全部飲む。

「気分はどう？」少し経ってから先生がたずねる。三杯目を渡してくれたが、さすがに二口ほどすすっただけでやめた。

「わかんない。いい、と思う」

「と思う？」

いや、もちろん思うだけじゃない。

　実際にはずっと気分がよくなっている。気持ちが軽くなった。解放された。世界一古い言い回しだけど、ひどく重い荷を肩から下ろしたような、これまで重い鎖を引きずりながら日々を過ごしてきて、ようやくその鎖が切れたような気分だ。飛ぼうと思えば飛びはじめられるんじゃないかと思うくらい心が軽い。ぼくの血管のなかの氷がようやく溶けはじめて、これから蒸発しようとしているみたいだ。少なくとも一部は。わからないのは、それが続くかどうかってこと。

「いや、ずっと気分がよくなった」ぼくはほほえんだ。ものすごく久しぶりの、心からの笑みだった。「すごくいい気分だよ」

　先生もほほえみ返し、クリップボードにさらになにか書きつけた。またもやそれを奪い取る衝動にかられたが、今度はずっと簡単に抑えられた。そうだ、ぼくはまちがいなく、あらゆる面で進歩している。

「さっき言ったように、あなたが話してくれたことに対して判断するつもりはまったくないわ」先生はきっぱり言う。「過去は過去、たとえまちがいを犯したとしても、大事なのはそれを後悔して学んだということ。だってあなたは、ひどいことをしたと後悔していると思うもの、そうでしょ？」

《自分を救えるなんて、どうして思えるだろう？
　ぼくが自分の破滅の原因で、自分自身の罪だというのに？》

　ぼくはうなずいた。

「うん」消えそうな声で答える。「毎日後悔してる」
「そうだと思ってた。さて、今わたしたちがすべきなのは解決しようとすること。心配しないで、助けがほしいときはここに来て。わたしを当てにしてくれていいのよ、ダリオ。約束する」

＊　＊　＊

家に帰る電車のなかで心に決めた。できるだけ早く解決に向かって動き出すのがいちばんいい、それにはまずパブロと話すことから始めよう。パブロもぼくが苦しめた人のひとりなんだから、状況を改善できるようになんとかしなきゃいけない。最善策はもう会わないことだが、それを傷つけないように伝えなければ。
今、パブロはオンラインになってるから、オフになる前にと急いで入力する。心臓がフルスピードで回転し、《送信》ボタンを押すのに数秒かかった。

―ダリオ：やあ。

[書きこみ中……]
[接続しました]
[書きこみ中……]

パブロ：やあ。

ダリオ：元気？ ：）

パブロ：元気。

パブロ：きみは？

ダリオ：元気

ダリオ：話がしたいんだけど

パブロ：なんのため？

ダリオ：これまでのこと、そのままにしておきたくないんだ

パブロ：…

パブロ：もっと詳しく

ダリオ：マジな話なんだ、パブロ

ダリオ：きみはすてきな子だと思う
ダリオ：傷つけてしまって、ほんとにごめん

［書きこみ中……］
［接続しました］
［書きこみ中……］

パブロ：元カレとのこと知ってるよね
パブロ：知ってたのに、なんだよ
ダリオ：わかってる
ダリオ：ほんとにごめん
ダリオ：でもきみに言ったことはうそじゃなかった
ダリオ：今のところ、だれともつきあいたくないんだ
パブロ：だよね
パブロ：で、あの男のことはなに？

ダリオ：あれはちがう
ダリオ：全然真剣じゃなかった
パブロ：ていうか、知り合ってヤった、それだけってこと？
パブロ：それ、きみがぼくにしたことだと思うけど
ダリオ：そうじゃないんだ、パブロ
ダリオ：ほんとに
パブロ：ぼくはエッチの相手のひとりに過ぎない、だろ？
ダリオ：そうじゃない
ダリオ：マジで
パブロ：ねえ、どうでもいいよ
パブロ：もう話していたくない
ダリオ：パブロ……

パブロ：元気でね

ダリオ：パブロ、ねえ……
ダリオ：そんなふうにしないで

ぼくは二分ばかり待ったけど、返事はない。

ダリオ：パブロ、お願いだ……
ダリオ：パブロ？
ダリオ：そこにいる？

でもぼくのメッセージは送信済みにならなかった。つまりぼくはブロックされたというわけだ。電話してみたが、応答してもらえない。三回目にかけたときは直接ボイスメールに飛んだので、電話もブロックされたか、単にスマホの電源を切ったかのどちらかだろう。いずれにせよ、パブロとの連絡手段がなくなってしまった。
ため息をつく。パブロとのことを修復しようと思ったけど、なにもかも裏目に出てしまった。
そのとき、最初に出会った日にパブロが言ったことを思い出した。明日は土曜日だ。また彼がクラブに行く可能性があるから、その機会を利用しなければ。行かない可能性も高いことはわかってるけど、思い切って行ってみるべきだ。彼とのことをこのままにはしたくない。すでにオスカルを十分傷つけてしまったのだから、これ以上たくさんの人に同じことをするわけにはいかないんだ。

元気になりたければ、変わらなきゃ。それにはまず、他者を傷つけるのをやめること。

El Hielo De Mis Venas

第34章

わたしは人生を生きたことがない
わたしは愛に生きたことがない
ただ空の上から
俯瞰するだけ

『リヴィング・デッド』
マリーナ・アンド・ザ・ダイアモンズ

びくびくしながらクラブに入った。もしパブロと会えなかったらどうしよう？　いやむしろ、会ってしまったときのほうが心配かも。たぶんぼくとは話したがらないだろう。それとも、みんなの前でぼくを怒鳴りつけるだろうか。ひょっとしたら土曜の昼下がりにやっている三流映画みたいに、ぼくを殴って出ていくかもしれない。たとえぼくの頭にジュースをかけるなんていうベタすぎる展開になったとしても、彼を責めることはできない。どっちにしても引き返すにはもう遅すぎた。

その日は何度も電話をかけてみたが、何度やってもボイスメールに切り替わる。きっとぼくの番号はブロックされているんだろう。ぼくの世代で、スマホを切ったまま二十四時間過ごせるやつなんているわけない。物理的に無理だ。二十世紀の人間みたいにショートメールを送ってもみたが、やはり返事はない。仕組みがちゃんとわかっているわけじゃないけど、番号がブロックされているんなら、メッセージも届かなくなってるんだと思う。こういうことをしなきゃいけない羽目になったのはこれが初めてだ。

クラブに入ったが、特に当てもなく、どこを探せばいいのかもよくわからず、店内をぶらつく。時間が早いからパブロはまだ来ていないんだろう。退屈して、パブロと二度会ったソファのところへ行く。今日で三度目になればいいなと思いながらオスカルのブログを開き、何度目かわからない閲覧を始めた。最近は普段より投稿が頻繁で、内容も充実している。だから近ごろ、オスカルがどんなふうに過ごしているのか、想像するのは難しくない。

新年おめでとう

そして最悪の大みそかになると思ってたけど、結局すべてが変わった。

こんなにすてきな年の始め方、考えたこともなかった。

1月1日 12：59 投稿 ｜ コメント：0

信じられない

幸せなときの時間の速さ、信じられない。

1月5日 21：37 投稿 ｜ コメント：0

ぼくの母さんは最高だ

以上。ほかの言葉を付け加える必要はない。

1月8日 22：59 投稿 ｜ コメント：0

シェア Linked In facebook Twitter Google Tumblr

　この、最後のブログにすごく好奇心を刺激された。なんのことを言ってるんだろう。オスカルのお母さんはすてきな人だけど、わざわざこういう投稿をするのには、なにかあったに違いない。なにがあったのか、気になって仕方ない。これまでのことを話したんだろうか？　男の子が好きだって言ったんだろうか？　ブログのタイトルからして、そんなに的外れな推測じゃないと思う。でも正解を知る方法はないし、そういう状態の自分を憎んだ。以前は、そうしようと思えばなんでもオスカルのことを知れたのに、今じゃほとんど見知らぬ人みたいだ。でも結局、それはぼくひとりのせいなんだよな。

スズメバチ

あいかわらずぼくの胃のなか、そのうち穴が開きそうだ。

1月9日 17：25 投稿 │ コメント：0

シェア Linked In facebook Twitter Google Tumblr

ほんの二時間前に投稿されたこのブログは、さっきのブログほどは意味がはっきりしなかったけど、それほど考えなくても、なんのことを言っているのか想像はついた。今日はオスカルにとって大事なことが起こる日だ。そしていちばん可能性が高いのは、それがあいつ、オスカルの……オスカルの彼氏と関係しているということ。ぼくとオスカルの最初のときを思い出し、そしてあの忌々しい男との初めてのときはきっと素晴らしいんだろうなと考えて心がうずいた……まだだったら、の話だけど。実際にはそれがこれから起きることなのかどうか、なんの証拠もないけど、あの投稿を読んだあとではそんな気がした。

でもオスカルのことを考えたって、彼がなにをしようとしているのか、あの男と寝るのかどうか確かめたって、ぼくにはなんの役にも立たない。ずっと前にぼくとは関係なくなったことだし、そのことはオスカルの顔につばを吐きかけたあの日、自分から決定的なものにしてしまった。どれほど認めるのがいやでも、自分の人生からオスカルを追い出したのはぼく自身だ。

それ以上やることもなかったので、ぼくはまた立ち上がり、パブロを探してクラブのなかをうろうろしはじめた。数分間そうしていたが会えないので、カウンターに行ってキューバリブレを頼む。それからまたさっきの場所に戻り、スマホでフルーツ・ニンジャを始めた。

十五分か二十分ごとに立ち上がってはクラブのなかを一周するが、パブロは現れない。一時間かそれ以上も経ち、だんだんいらいらしてきて、今日はもう来ないだろうなという確信が強まってきたころ、彼らを見た。

パブロじゃない。

彼らだ。

くそっ。

オスカルとその彼氏がカウンターで注文している。

ほんと言うと見えたのはオスカルの横顔だけだし、いずれにしてもかなり遠かったけど、オスカルの顔なら全角度知り尽くしてるから、どこにいても見分けられる。こんなとこで一体なにやってんだ？　オスカルはパーティとかあんまり好きじゃないし、一昨年の大みそかに酔いつぶれてからは、アルコールは敬遠してたはずだ。ブログのスズメバチってこのことだったのか？　自分のキャラとちがうところにいるように見えるから、それで心がざわざわするって言うのならうなずける。

さらに、これではまだ十分じゃないというように、しばらくして数人のグループがオスカルたちに近づいた……。そのひとりをよく見ると、ほかでもないパブロだ。マジで……こんなに悪運がつくなんてこと、ありうるのか？

そりゃ、パブロと話したかったのは事実だし、まさにそのためにここに来たんだけど、それにオスカルとも話したかったけど、それはふたり**一緒に**、同じ空間にいてほしいって意味じゃないし、ましてふたりと同時に話すなんてとんでもない。もちろん、ふたりが知り合いだなんて予想もしていなかった。こんなことが起こる確率ってどのくらいだろう？　これは宇宙規模の残酷な冗談か、それともたぶんこれまでぼくがやってきたことすべてに対する罰ではないかと思うくらいには、低い数字に違いない。

これっぽっちも面白くないのに笑い声が漏れた。これこそぼくに必要なものだ。内なる悪鬼が、ぼくが逃げられないようにこぞって苦しめに来る。たぶんみんな、ぼくがやったことに仕返しするという点で一致してるんだろう。だから彼らを責められない。なにが起きても、ぼくは甘んじて受けなければならない。

でも、ふたりが一緒にいたのはそんなに長い時間ではなくて、すぐにオスカルの彼氏かなにか知らないが、やつが踊りに連れ出した。この隙にパブロと話しに行こうかと考えたが、さらに人が増えてきたので、怒らせて、みんなの前で笑いものにされたらたまらないと思ってやめた。そのままそこに座り、向こうからこっちに気づいて、話しに来てくれるのを待つことにする。それとも、トイレに行くときは友だちのそばを離れるだろうから、それを利用して呼び止めるのもありかもしれない。

数分後、パブロとその友だちがそろってこっちへ歩いてくるのを見てパニックに襲われ、一瞬、みんなに滅多打ちにされるんだと確信した。でもみんなが歩いてくるのはぼくがいるソファではなく、ちょっと離れた、全員分のスペースがあるところだとわかってほっと息をつく。とりあえずは助かった。これがどのくらい続くかはわからないが。

オスカルと、正体のわからないその彼氏は、甘い声の女性が歌うスローな曲に合わせて踊りつづけている。数秒後、ふたりがキスするのを見て、うらやましさで血がぐらぐら煮え立ち、ある種の毒が体じゅうに広がっていくような気がして視線を引きはがした。

幸い、キスは長く続かなかった。曲が終わるとふたりはパブロたちのいるところへ行ってソファに腰かけた。オスカルの顔をじっと見る。ぼうっとしていて、興奮していて、それと同じくらい怯えているような表情に、思わずほほがゆるんだ。一緒にいるときにも、こんな幸せそうな表情を見たことは何度かあったが、いつだってその笑顔を壊したのはぼくだった。あれほど何度も台無しにしたのに、どうしてずっとぼくのそばにいてくれたのかわからない。ただ、ぼくのことを大好きでいてくれたからなんだろうと思う。ぼくにはそんな価値はないのに。

　オスカルたちはそこから動きそうになかったので、これ以上いて気まずい出会い方をしないようにと、ぼくが立ち去ることにした。友だちが一緒でも、パブロに話しかけに行くことはできるだろうが、オスカルと一緒なら無理だ。まして彼氏と一緒なら、なおさら。ぼくがオスカルにしたこと、あいつは全部知ってるに違いない。強そうだし、その気になったらあいつひとりでぼくの脚の一本や二本、折るのは簡単だろう。少なくともげんこつくらいは食らわされるだろうし、それであごの骨が砕けたって仕方ないくらいのことをしたとはわかってるけど、なるべくならそういう経験はしたくない。

　あきらめて立ち上がり、出口に向かって歩き出したが、彼らがいる場所でちょっと動きがあったので再びそちらに注意を向ける。オスカルの彼氏が立っていて、一瞬、ほんとに脚を折られるんじゃないかと怖くなった。でもすぐに、ぼくのいるのとは反対側のトイレのほうへ行くとわかり、ほっとしてまたオスカルを見た。

　でもそのせいで、オスカルと目が合ってしまった。

　こっちを見てびくっとしたので、ぼくを認識したのは明らかだ。もちろん、どこにいたってオスカルはぼくがわかるだろう。ぼくがそうであるように。心臓がバクバクしはじめ、頭に霧のようなものがかかってうまくものを考えられない。たったひとつ、わかっていたのはここから出ていくこと、彼から遠ざかること、このすべてから遠くへ行かなければならないということだった。ここに来たのはよくなかった、最初に考えておくべきだった。

立ち止まって考えることもせず、ぼくはびくびくしながら人ごみに紛れ、ドアへと向かう。出ていく寸前に振り返ると、パブロがオスカルと話していた。終わった。これまではぼくのことなど話題にしていなかったかもしれないが、今は絶対、話している。まちがいなく、ぼくがふたりにしたことすべてを話し合っている。これでふたりのうちどちらとも、和解の可能性はなくなった。完全に機会を逃した。どれほど説明したって、もうこうなったらなんの役にも立たない。

《自分がなくした自分を、どうすれば見つけられるというのか？》

結局、きっとそれがいちばんいいんだ。

いちばんいいのはきっと、死んだ独りのままでいることなんだ。

＊＊＊

音を立てないように家に入ったつもりだけど、まるでぼくが大声で怒鳴っていたみたいに、それともどたどた足音を立ててたみたいに、ロッキーがすぐさま走り寄ってきた。三日間も家を空けてたんじゃないかと思うほどの興奮ぶりだ。こういうときは、散歩に連れ出すまでおさまらないのをぼくは知ってる。だからベッドに寝そべりたい気持ちを抑え、ドアの横にかけてあるリードを手にとって首輪につけた。外は寒いが気にならない。運がよければこの寒さで、涙がこぼれる前に凍りついてしまうから。どっちみち氷がほんの少し増えるだけのこと。いくら一部が溶けはじめてるとはいえ、もう自分のなかにはたっぷり氷が詰まっている。

今、村にいないのはわかってるのに、どうして行こうと思ったのかさっぱりわからないが、気がついたらオスカルの家の前に来ていた。きっと習慣のなせる業だ。思った通り、部屋の灯りは消えている。なにを期待していたのか、自分でもわからない。もう戻っているとでも？　オスカルをクラブで見たことも、すべてが夢だったとでも？　それともほかの人と見まちがえていたとか？　きっとそうだ。そんなことが可能であるかのように、ぼくはそう思いこむことにした。

オスカルの部屋の窓が見える、いつものベンチに座る。ぼくがまだ、すべてを台無しにしていなかったころ、何度もここに座って彼が下りてくるのを待っていたっけ。でももう、下りてくることはない。窓から顔を出すことも、ここにいるぼくを見ることも。少なくとも朝までは、オスカルが戻ることはないと今さら気づいた。パーティに出かけたのなら、あの男の家に泊まる可能性が高い。あの……恋人の。その言葉を思い浮かべただけで喉が焼けつく気がした。それにあのブログの投稿を見れば、今夜特別な計画があるのはまちがいない。もし状況がちがっていたら、その計画はぼくと一緒に実現するはずだったと思うと胸が痛んだ。でも、後悔しても遅すぎる。オスカルに関係することはすべて、もうとっくに手遅れになってるんだから。

「おいで、ロッキー」

パチッと自分の太ももを叩くと、ロッキーはすぐさまベンチに跳び上がり、ぼくの膝の上に寝そべった。最近ではこれがすっかり習慣になってしまった。いいのか悪いのかわからないけど。そう思う一方で、ロッキーの温かさや無条件の優しさには感謝している。ロッキーはぼくのやったことなど知らないし、知ったとしてもその良し悪しなんて理解できないだろう。だから少なくとも、ぼくがこの世のすべてを失っても、ロッキーを失うことはないとわかってる。まだぼくのそばにいてくれる人たちがだれひとりとしていなくなったとしても、少なくともロッキーだけはずっと一緒だ。

これほどロッキーを必要としているという事実がなにを意味するかを考えると、あまり気分はよくない。依存に陥るのだけは避けたい。

「どうすればいい、ロッキー？」小さな声でつぶやく。ロッキーがぼくの言葉を理解してると、ほんとに信じこんでるみたいに。「どうすれば全部解決できるかな？」

月明かりの下、ぼくを見上げる目には知性のきらめきが感じられたけど、もちろん答えてはくれない。でもまあ、それも悪くない。だってもし返事されたらびっくりしてしまうから。どれだけ求めても、単に答えがない問いかけというのはあるんだと思う。それともたぶん、頭のおかしい人でもない限り、犬に話しかけること自体がばかげたことなのか。きっとそうなんだろうな。

何分か経ったけど、まだ帰れない。まだ早すぎる。寒さに凍えながらロッキーを抱きしめていると、そのうち筋肉がどんどんこわばってきて、ちょっとでも動くときしんだ音がするようになった。ぼくのなかの氷が外側まで覆い、このまま広がっていって完全に凍ったらどうなるんだろう。もしかして、これから何度もオスカルと向き合おうとするより、凍りつくほうがずっと簡単じゃないだろうか？　きっとそうすべきなんだろう。きっとみんなにとって、ぼくがすっかり凍って永遠に目覚めないほうがいいんだろう。でも、だめだ。もう溶かしはじめたのだから、以前の状況に戻るのは許されない。ぼくは戦いつづけていかなきゃ。《凍りたくないのなら燃やしつづけていかなければ……》

　少し経つと全身が痛くなり、さすがにもう行かなきゃどうしようもなくなった。骨まで凍り、変な姿勢をしていたものだから体じゅうの筋肉が痛い。一歩、一歩が拷問のようだったけど、そのことに感謝した。オスカルに、パブロに与えた苦痛を思えば、ぼくには生きる価値がないこれがふさわしい。

　家に帰ったときには寒さでぶるぶる震えていたので、熱いシャワーを浴びることにした。シャワーの音くらいでは、祖母は目が覚めないはずだ。背中やうなじに勢いよくお湯を当てると少しずつ筋肉がほぐれていき、痛みが和らいでいった。ぼくのなかの氷は、すっかり溶けたわけではもちろんないけど、少しなりをひそめている。《氷で消された炎を見つけなければ……》

　そしてそのとき、とうとう、ぼくの目から涙があふれた。痛みの、悲しみの涙。挫折の涙。

あまりにも長いこと、流さずにいた涙。もうこれ以上ためておくことはできなかった涙。あとからあとから流れつづけて、止まらないんじゃないかと思ったが、時間が経つとようやくおさまった。

部屋に戻り、灯りをつけてざっと見まわす。ロッキーはもう、部屋の隅っこに置いた寝床のなかにいた。最近、ぼくの部屋に寝床を置くことにしたんだ。ぼくのベッドは反対側の端だ。寒かったから急いでベッドに入り、掛け布団にくるまった。マットレスはそんなに広くないが、今日は大きく思える。あまりに寂しすぎて、どれだけ眠ろうとしても眠れないような気がしてきた。それにオスカルが今夜はだれかと一緒に眠ると考えても、それで気が楽になるわけではなかった。《手にしていたのに、恐れるあまりなくしてしまったすべてのもの……。どこにある？》

「ロッキー！」ささやくような声で呼ぶと、ロッキーはすぐに反応した。頭を持ち上げ、〈なんだい？〉というようにぼくを見る。「おいで、ロッキー！」

続けて、ベッドのなかから二度ほど手を叩くと、どうしてほしいのかわかったようで、ロッキーはすぐに立ち上がった。だが動かず、いぶかしそうにぼくを見ている。ベッドに入れたことはほとんどないから、どうして自分を呼んでいるんだろうと不思議に思っているにちがいない。ましてこんな夜中に、散歩をしたあとでは。ばい菌がつく、ベッドが汚れると祖母が言い張るので、もう何年も、ロッキーをぼくのベッドで眠らせたことはなかった。

「おいで、ロッキー！」ぼくは繰り返す。

ロッキーは走り寄ってきたが、ベッドには上がらなかった。相変わらず不思議そうに見ているので、ぼくはマットレスの上でまた手を叩いた。

「上がっておいで！」

すると、ロッキーが上がってきた。一緒に寝られるとわかってうれしそうに飛びかかってきて、すぐにぼくの胸のそばで丸くなった。ぼくは枕に頭を落ち着け、ロッキーを抱きしめる。ロッキーは満足げにグーンと鳴いた。その毛に顔を押しつけ、ムスクのような香りをかいで、規則正しい鼓動を聞いていると、なにか温かいものが体じゅうに広がっていくのを感じる。これこそがまさに今、ぼくが求めているものだ。オスカルではないけど……。でも少なくとも、ロッキーはしたことでぼくを判断したりせず、無条件に愛してくれる。

ひとりぼっちで眠るのはいやだ。

（闇）

闇。見渡す限り、どこもかしこも真っ暗闇。

ぼくはひとり。そう。完全にひとりぼっち。ぼくがいるのは果てしなく深い井戸の底、どんなものも来られない場所。どんなものもぼくを救えない場所。彼を除いて。たぶん彼ならぼくを救える。

ずっと遠くから、別の人の呼吸音が聞こえる。ぼくのではない心臓の鼓動、ぼくのではない目の輝き、そして少しずつぼくのほうに近づいてくる。

でも……変だ。

ぼくに近づいてくるのは一組の目じゃなくて、二組の目だ。耳を澄ますと異なるふたつの鼓動、ふたつの呼吸音が聞こえる。すごく規則的なので、ひとりの人の音に聞こえるけど。

でもちがう。ふたり分だ。

ぼくの鼓動はどんどん激しくなる。こんなに静まり返ったなかでは、きっと向こうにも聞こえてるはずだ。こんなに暗くては、どこに身を隠せばいいのかもわからない。ついにふたりがぼくの前にやってくると、闇に包まれているというのにその姿がはっきり見えた。ひとりはオスカル、そしてもうひとりはあの男。彼の恋人。オスカルの目はぼくを見たが、そこには痛みも落胆もない。ただあきらめがあるだけ。

「ぼくはきみが好きだった、ダリオ」しわがれた声で言う。オスカルの声ではない、でも同時に、明らかに彼とわかる声。

「し……知ってる」どうにか言ったが、鼓動のせいで自分の声がほとんど聞こえない。

「でももう好きじゃない」

ぼくは胸がドキッとした。

「オスカル……」

「今好きなのは彼だ」

そしてそのとき、オスカルは彼にキスをした。決してぼくにはしなかったキス、だってぼくが許さなかったから。今、ぼくがしてほしいと思っているようなキス。きっとぼくにはしてくれないようなキス。

「ぼくはきみが好きだ」ふたりがちょっと体を離したとき、ぼくはつぶやいた。でも彼らのくちびるは、まだ数センチの距離にある。

「ほんとに？」

「ほんとだ」

「ごめんね、ダリオ。もう遅いよ」

そう言って再び恋人にキスをすると、彼も熱狂的に返した。死ぬほど喉が渇いているかのように、それを鎮めるのが相手のくちびるしかないかのように、ふたりはキスを続ける。

「やめろ……。やめてくれ、お願いだ」

だがぼくの言葉には耳も貸さない。

するとそのとき、キスが変わった。もっと激しく、もっと情熱的に。もっと焼けるように。手がお互いの体を這いまわる。オスカルは背中に置かれた彼の手を取り、下ろしていく。相手に体を押しつけると、彼はさらに自分のほうへと引き寄せる。オスカルはもてあそぶように、彼の首筋と耳にくちびるを這わせる。Tシャツをつかんでいたかと思うと、気づいたらふたりとも服を脱ぐ最中だった。

「お願いだ……」弱々しく懇願する。「やめてくれ……」

だけど願いもむなしく、たちまちすべて脱ぎ捨てた。ふたりは床に横になり、男がオスカルの上になった。オスカルのなかに入る瞬間まではっきり見えてしまったが、全然興奮しない。全然エロティックじゃない。それどころか、そうしているふたりを見て泣きたくなった。

「やめろ……」

だけどやめる気配はないので、目を閉じ耳をふさいで終わるのを待つ間、体に汗が流れるように、涙がほほを伝う。永遠に終わらないんじゃないかと思う時間が過ぎて、ふたりはようやく果てた。だれかがぼくのほうに来る音がして、目を開けるとオスカルだった。裸で、赤く染まった肌が汗にまみれている。

「きみだってこうできたんだ」息を切らし、あえぎながら言う。「きみがぼくを殺さなければ、きみだってこうできたんだ」

ぼくのほうへ両腕を伸ばしたそのとき、全体の皮膚がぱっくりと割れ、無数の傷となって蜘蛛の巣のように広がっていった。そこからゴボゴボと血が噴き出しはじめる、こんなに血を失ったら立っていられなくなるほどの血が。ぼくは驚き、数歩後ずさった。彼氏はどうして助けに来ないんだろうと辺りを見回すが、どこにもいない。

「これは全部きみのせいだ……」

「オスカル……。ごめん、オスカル……」

でもそれはもうオスカルではない。ちがう。改めて彼の顔を見ると、そこにいたのはパブロだった。タールのように黒く濃い血がドクドクと腕を流れ、地面に落ちて黒い水たまりをつくる。Tシャツもズボンもぐっしょり濡れ、血を流しているのは腕だけではないとわかる。胸からも血が流れている。脚からも。首からも。口角からこめかみまで長い傷が顔を走り、容貌をすっかり変えている。

「ごめん……」ぞっとしながらもパブロを見つめ、すすり泣きながらつぶやいた。「ごめん、パブロ……、ほんとにごめん」

「きみのせいだ！」パブロは激怒して叫び、ぼくに近づいてきた。決然として。猛々しく。容赦ない表情で。

「パブロ、ごめん……」

でもそのとき、気づいた。ぼくの言葉などなんの役にも立たない。血を止めることはできない。ぼくがつけた傷は、言葉などでは治せないのだと。

「試してみることもできたはずなのに、きみはぼくを殺した」

ぼくは叫び出す。

El Hielo De Mis Venas

第35章

愛してるって言うのが遅すぎないといいのだけれど
言うのが遅すぎないといいのだけれど
あなたがいないと、ここはロンドンみたい
毎日雨が降る

『ユア・エンブレイス』
シャキーラ

ロッキーにとって運よく、というかたぶんロッキーのおかげで、今度はベッドを濡らさずにすんだ。いや、ちがうな。実際はびしょ濡れだったけど、それはただ汗をかいただけ。汗と、それから涙。目覚めて、暴れ打つ心臓がおさまるのを待っているぼくを、ロッキーが怯えた表情でじっと見ているのに気づいたとき、夢を見ながら泣き叫んでたにちがいないとわかった。

「なんでもないよ、ロッキー。ぼくは大丈夫」落ち着かせようと、耳のうしろをなでてやりながらきっぱり言った。「心配しないで」

でも、大丈夫なんかじゃない。体にパジャマが、顔にシーツが張りついてたから、シャワーを浴びに行った。もう一度。戻ってくると、ロッキーはさっきと同じところにいたから、ぼくは急いでベッドにもぐりこみ、彼がいてくれることとその温かさに感謝しながら、体を丸めて寄り添った。

「おまえがいないとどうしていいのかわからないよ、ロッキー。ほんとにわからない」

＊＊＊

二時間ほど経って目覚めたときに思い出した。寝ている間にどういうわけか、ぼくは決意を固めてた。

オスカルと話そう。難しいのはわかっているし、オスカルはぼくのことなんて知りたくもないだろう。だからといって彼を責められない。なんといっても、ぼくのせいで起きたこと、ぼくがしたことすべてに彼は耐えなければいけなかったんだし、これ以上ぼくのことなんて知りたくないと思うのが普通だ。

そしてもちろん、難しいのはそれだけが理由じゃないけど、いずれにしてもやってみなきゃ。話せたとしても気まずいだろうし、なんの役にも立たない可能性が高いけど、そんなことどうだっていい。少なくともやろうとしなきゃいけないんだ。どれほど小さくても、状況を改善できる可能性があるのなら、それに賭けてみなければ。

—ダリオ：やあ

ほんの数秒で返信が来た。まるでぼくのメッセージを待ってたみたいに。それとももしかしたら、あの男と電話したばかりで、たまたまスマホを手にしていたのかもしれない。ともかく、返事を読んでパンチを食らったような気がした。きっと気を悪くしたんだろうとは思ったけど、だからって傷が軽くなるわけじゃない。

オスカル：ぼくの邪魔をするだけのちゃんとした理由があるんだろうね。
ダリオ：話せるかな？
オスカル：断る。

まあいいさ、確かにぼくは、邪険に扱われるだけのことをしたんだから。

ダリオ：オスカル、頼むよ……。
オスカル：きみと話すことなんてない。

これは明らかに、考えてたより難しくなりそうだ。いらいらが募ってきたけど、超人的努力で抑えこむ。衝動に身をゆだねたせいで、立ち止まって考える代わりに感情に突き動かされて動いたせいで、あれほど何度も彼をひどい目にあわせてきたんだから、このままではいけないんだ。

ダリオ：オスカル、ほんとに。
ダリオ：話さなきゃいけないんだ。
オスカル：大事なことって言った？
ダリオ：うん。
オスカル：でもぼくは興味ない。
ダリオ：オスカル、お願いだ……。
オスカル：マジで言ってるんだよ。
オスカル：悪いけど、きみが言うことになんて全然興味ない。
ダリオ：お願い、頼むよ。
オスカル：ぼくもきみにいろんなことお願いしたけど、聞いてくれなかったよね。

もちろん、だれがなんと言ってもオスカルが正しい。だから全然、彼を責められない。そう、オスカルはわざとばかみたいな言い方をして、ぼくを怒らせようとしてるんだ。だけど不当だなんて言えない。それでも、頼みつづけなきゃいけない。自分を抑え、ほんとに悪意などないんだと態度で証明しつづけなきゃいけないんだ。もう二度とぼくを好きになってくれることもなければ、友だちに戻ることさえないとわかってる。ぼくはモンスターで、そのことは自覚しているけど、そんなふうに思われていたくない。モンスターではいたくないんだ。

ダリオ：ああ、それは悪かった。
オスカル：いまさら謝られても、なんの役にも立たないよ、ダリオ。
オスカル：ちょっと遅かったね。
ダリオ：わかってる、おれはばかだった。
オスカル：ほんと、そうだったね。
オスカル：ぼくが知らないことを言ってよ。

「落ち着け、ダリオ」頭のおかしい相手に言うみたいに、自分に向かってつぶやいた。「落ち

着け」

オスカルにこんな扱いをされるのは当然すぎるくらい当然なんだから、それでいちいち動揺しているわけにはいかない。でも、そう長くいらだちを抑えていられないと気づいて、できるだけ早く本題に入ることにした。

ダリオ：説明しなきゃいけないことがある。

オスカル：フェルの家に行った日のことを説明してくれるの？

オスカル：ここのところずっと、ぼくにすごく陰険なことしてた理由を説明してくれるの？

オスカル：躍起になってぼくの人生をぶち壊した理由を説明してくれるの？

どう言えばいいのか、どこに焦点を当てればいいのかよくわからなくて、二回ほどメッセージを書いては消す。結局、いちばん簡単な答えを選んだ。

ダリオ：うん。

オスカル：でもぼくは興味ない。

ダリオ：おい、オスカル、ごめんって言ってるだろ！
ダリオ：おれはばかだった、陰険だった、ひどいエゴイストだった、わかってるよ。
ダリオ：でも後悔してる。

［書きこみ中……］
［接続しました］
［書きこみ中……］

オスカル：それで。
オスカル：なにがしたいわけ？
ダリオ：会いたいんだ。
ダリオ：直接会って話さなきゃ。
オスカル：絶対やだ。
オスカル：言いたいことがあるなら、ここで話せばいいだろ。

あんなことがあったあとでぼくに会いたくないとしても、やはり責めることはできない。実際、どんなことがあっても絶対に、ぼくは彼を責められないだろう。もし立場が逆なら、彼を人生から完全に追い出してきっとブロックするだろう。パブロがぼくにしたみたいに。

ダリオ：なにを考えてるかわかるよ。
ダリオ：もしよかったら、おまえんちで話さないか。
オスカル：それはないな。
オスカル：ここでまたきみと会うのは、母さんがいやがると思う。
ダリオ：じゃあ、おれの家は？
オスカル：ぼくをからかってんの？

あきらめのため息をつく。もうまちがいなく、考えてたよりずっと難しくなってきてる。いらいらが高じて限界を超えそうになったが、また台無しにするわけにはいかないとわかってるから、できる限り自分を抑えつづける。また同じことをやったら、きっともう後戻りはできなくなってしまうから。

ダリオ：ちがうよ、オスカル……

オスカル：じゃあ、よかったらフェルの家に行こうか。フェルがよければだけど。

オスカル：中立地帯だ。

オスカル：どう思う？

ダリオ：この間のことのあとで？

ダリオ：あまり歓迎されるとは思わないけど。

オスカル：きみのせいだろ。

オスカル：いいの？　いやなの？

ほかの選択肢はないってことか？　フェルの家か、さもなくば会わないって言われてるも同然だけど、場所がどこであろうが、オスカルと会って話さなければ。

ダリオ：わかった、そうする。

ダリオ：でもフェルがだめって言ったら？

オスカル：いい気味だ。スマホで書くか、それがいやならもうぼくをほっといて、二度と連絡してくんな。
オスカル：どっちかだよ。
ダリオ：いつがいいかフェルに訊いてくれ。その日に会おう
オスカル：わかった。
オスカル：フェルに訊くから、ちょっと待ってて。
ダリオ：わかった。
ダリオ：なあ、オスカル……
オスカル：うん？
ダリオ：ありがとう

［書きこみ中……］

［接続しました］

［書きこみ中……］

［接続しました］

［書きこみ中……］

［接続しました］

［接続が切れました］

接続が切れた後も、またつながるのを期待してしばらく画面を見つめた。でもオスカルは返信してこない。こちらから呼びかけても、きっともう答えてはくれないだろう。今のチャットが素晴らしいものだったとはいいがたいけど、少なくとも目的は果たせた。オスカルと話せるんだ。今はただ、いらいらしてすべてを台無しにしたりしないように、自分を抑えるだけだ。

そんなこと、できるかどうかわからないと気がついて、つばを飲みこんだ。

第 **35** 章

El Hielo De Mis Venas

第36章

そしていつものように遅く着いたということ
わたしにとってはいつも遅い
今夜は寒いということも
そしてわたしはどこで眠ればいいのかわからない

『夏』
ラ・オレハ・デ・バン・ゴッホ

ものすごくびびっているものだから、いつわめき出すか自分でもわからない。日なたに置いたバターでできてるみたいに脚がガクガク震える。今すぐ家に引き返したい、フェルの家とは逆方向に走り出したい。もうすぐ始まる会話に向き合う勇気が出てこない。

でも逃げたりはしなかった。その代わり、脚に力を入れて歩き出し、とうとうフェルの家に着いた。震える指をベルに近づけ、何度かやりそこなってようやく押した。インターホンの受話器を上げる音がしたが、返答はない。だけどエントランスのドアがうなる音が聞こえたので、なにも言わずに開けてくれたのだと気づいた。

エレベーターから降りて、フェルの家のベルを押す。いつ心臓が爆発してもおかしくない。少し経ってフェルがドアを開けてくれた。表情が硬い。

「やあ」前回ここに来たときを思い出して気後れし、消えそうな声が出てしまった。フェルはなにも言わずにちょっと頭を傾けて、部屋に来いという仕草をした。何度となく歩いて、よく知り尽くしている廊下なのに、果てしなく長く思える。とりわけ感じるのは敵意、強い敵意だ。フェルの顔を見なくても、激しい敵意がその体から発散されているのを感じた。

こういう状況を表すのに、ナイフで切れそうなほどの緊張感というありきたりの言い回しがあるが、それはちがうと思った。これほど濃密で実体がある緊張感は、なにを使っても絶対切れない。

「さてと」ぼくを部屋に通すと、ようやくフェルが口を開いた。「あとはふたりにするから。でも、もめごとはだめだよ。わかった？」真剣な顔で言うので、ぼくは思わずつばを飲みこむ。「もしこの間みたいなことが起きたら、殴って追い出すぞ」ぼくを見ながら付け加えた。自分がやったことを悔やみながら、ぼくはうなずく。返事をしようかと思ったが、ほんとのところ、なにを言えばいいのかさっぱりわからない。きっと黙っているのがいちばんいいんだろう。

フェルは部屋から出ていき、オスカルとふたりだけになった。

どこから切り出せばいいのかわからず、ぎこちなくお互いを見た。ふたりとも、なにも話さないまま数分が過ぎる。この沈黙が永遠に続くんじゃないかという気がしてきた。ぼくはオスカルと並んでフェルのベッドに座ったが、目を合わさないように気をつけて、数センチの距離をとる。相変わらずなにを言ったらいいのかわからないが、オスカルも同じ状態なのは明らかだ。言うことが見つかったとしても、喉がきつく締まったようなぼくの今の状態では、言葉を発することができるかどうかわからない。

「なにか言えよ」とうとうオスカルが言った。ぶっきらぼうで乾いた口調だ。その声を聞いて、ぼくと一緒にここにいたいなんてこれっぽっちも思っていないんだとはっきりわかった。「ぼくと話したかったんだろ？　じゃあ、ほら。話せよ」

「どこから始めていいのかわからない」

オスカルが荒い息をつくので、腹が立ったがぐっとこらえた。

「なあ、おい、きみがわからないのなら……」

「ああもう、オスカル。これは、おれにとってすごく大変なことなんだ。わかるか？」

オスカルはまた荒い息をつく。明らかに、ぼくの態度にいらだっている。ちゃんと話しはじめてもいないうちから罵倒されたくない。どうにかして軌道修正しなきゃいけない、それもすぐに。そうじゃなければ、ぼくはなにか後悔するようなことをしてしまいそうだ。それだけはしたくない。オスカルは反論してきた。

「なにが大変なことかなんて、わかってないくせに」

「助けてくれないのか？」

「ダリオ、なにをしたいんだ？　ぼくに質問させたいのか？　どこから話しはじめるかなんてわかってるんだろ？　ぼくを呼び出したのはきみなんだから。最初に頭に浮かんだことを言えよ」

頭に浮かんだことはあったが、問題は、それが言葉でなく行動だったことだ。でも衝動を抑えるべきだ、冷静さを保つべきだとはわかっている。ただ感情に任せて行動する前に、少し時間を置いてなにをすべきか考えるべきだとは、わかっている。でもオスカルは、最初に頭に浮かんだことって言った、だからそうした。

彼にキスしたんだ。

自分から彼にキスしたのは初めてで、コンマ一秒ほどの間、オスカルもキスを返そうとしたのがわかった。少なくともそう思ったんだけど、これもやっぱり、ただのぼくの想像だったかもしれない。ほんの一瞬のようでもあるし、同時に永遠にも思える時間、触れずにそっとしておきたい時間にも思えた。ずっと前からしたかったキス、ずっと前から拒否していたキス、そしてようやく経験した今、感情がほとばしって内側からぼくを揺さぶるのを感じた。オスカルの炎がぼくの血管を燃え上がらせ、なかにあった氷をすべて溶かしていくようだった。この瞬間が永遠に続いてほしい、決して終わらず、ぼくたちは決して離れずにいたいと思ったが、そんなこと不可能だとわかっていた。

実際には、キスを始めてすぐオスカルがぼくを突き飛ばし、怒った表情でうしろに下がった。

「なにすんだよ！」

答えようとして、ぼくは少しためらう。いい質問だ。ぼくはなにしてんだ？　実を言うと、わからない。まだオスカルの火が残っているみたいで、くちびるが熱い。ぼくのキスに応えてくれたように思えた、あの短くて永遠の瞬間のことをいやでも考えてしまう。あれは本当だったのだろうか、それとも単なる幻想か？　わからないし、確かめる手段もなかった。

「だって、こうしたかったんだろ？」そうだと答えてほしくて、まだぼくに気持ちが残っていると言ってほしくて、消えそうな声で訊く。ぼくを見たオスカルの顔には、理解できないし、はっきりそうだとは言えないが、同情に似た表情が浮かんでいる。「おまえ、おれに恋してるって言ったじゃないか。じゃあこれでいいじゃん、おれはここにいる。おれは……」次の言葉を出そうとすると、喉がかっと熱くなるが、勇気をかき集めて口にする。せめてそれだけは言っておきたい……、彼のすべてを台無しにしたぼくにできる、それが最小限のことだから。「おれも、おまえが好きだ」

オスカルはあっけにとられたようにぼくを見る。ぼくの言葉を信用できないみたいだ。それとも、もしかしたら聞きまちがえたかと思ったのかもしれない。それに実を言うと、ぼくだって信じられない。自分が言ったことも、したことも。キスしたのはついさっきのことなのに、もう何年も経ったように思える。そしてそれでも、ぼくのくちびるを燃やす炎は決して消えないような気がした。

「ちがうよ、ダリオ。もう、ちがうんだよ。もう遅すぎる」

その言葉を予想していなかったとは言えないが、それでも急所を蹴られたみたいな衝撃だった。あまりに強くて容赦ない痛みのせいで、今度こそほんとに吐きそうになった。でも深呼吸して、自分を抑えなければ。また冷静さを失うわけにはいかないんだ。

「だって、おれを好きだって言ったじゃないか」オスカルが今言ったことを信じきれなくて、眉をひそめた。

あの男とつきあうかなにかしてるのは知ってるが、ほんとに、こんなに早くぼくのことを忘れてしまえるものなのか？　そんなにぼくのことが好きだったのなら、そんなに簡単に忘れられないはず、そうだろ？　ぼくにキスをせがむたび、どう思っていたのかわかってる。ぼくを喜ばせてくれたのは、そうすればそばにいられるからだったということもわかってる。ほんとにぼくを愛してくれてたとわかってる……。その気持ちが、そんなに早く消えてしまったはずがない。それとも、消えたのか？

「ぼくをゴミみたいに捨てたのはそっちだろ！」ぼくの気持ちをよそに、オスカルは熱くなって言い返す。それで今、言葉を制御できないでいるのはオスカルのほうなんだと気づいた。「ぼくに気持ち悪いって言って、顔につばを吐いたよね。悪いけど、もう遅いよ。ぼくがきみに抱いてた感情を消し去ったのは、きみ自身なんだ」

　はらわたに氷のナイフをねじこまれたみたいに、その言葉は痛かった。一瞬、ほんとに刺されて、血を流しながら横たわりたいと思ってしまったくらいだけど、残念ながらそんなことにはならない。そしてそれでも、これまで実際に経験したのと同じくらいリアルで強い痛みを感じた。たぶん実際よりもっと痛いけど、この傷を癒やす薬をぼくは持たない。

「でも……」

「だめだ」オスカルはぼくの言葉をきっぱりさえぎり、少し声を大きくして、断定的な口調になった。「〈でも〉じゃないよ。悪いけど、ぼくはもう以前の自分ではないんだ。そうだよ、きみのことは好きだったよ。きみも知ってるように、大好きだった。ぼく自身がそう言ったんだ、覚えてるよね」オスカルの目に涙が光ったように見えたけど、彼自身でさえそのことに気づいていなかったと思う。それにほんとのこと言うと、実際に泣いていたのかどうかも自信はない。自分の涙越しに見るから、見えづらかったんだ。「すごく勇気がいったけど、でも告白した。

そしてきみはぼくの価値を認めてくれず、今ぼくは、認めてくれる人と出会った。その人は、ぼくとつきあうことを恥ずかしがったりしない」

知ってはいたけど、オスカルの口からほんとにあいつと、それも真剣につきあってると聞かされて、心の内側を噛みちぎられたような気がした。噛みつかれたりナイフで刺されたりして、どうしてまだ立っていられるんだろうと思うほどだ。生けるしかばねって、今のぼくみたいなのを言うのかな。

「あいつだろ？」オスカルの言葉が重くのしかかり、考えもせずに訊いた。「クラブにいた」

「そんなのきみには関係ないだろ」

「おまえ、ばかだよ」オスカルの態度にいらいらして、とうとう抑えきれずに言ってしまった。

「そうだろ、な？」

くそっ、くそっ、くそっ、くそっ。ここにいるばかは、明らかにぼくだ。なのになんで、こんなこと言ってしまうんだろ。抑えようとがんばってたのに、これだ……。また、台無しにしてしまった。

オスカルがとげとげしい笑い声を立てた。どんなに強くぶたれるより、どんな言葉を投げかけられるより、その笑い声がつらかった。

「なにが問題なのかわかってるんだろ、ダリオ。きみ自身だよ。きみは単なるガキだ。卑怯で臆病なガキ」一つひとつの言葉を強調して発音する。そのそれぞれにぼくが痛みを感じているのを確かめるような話し方だ。もちろん、ぼくは明らかにまちがってた。そのことが、さっきの笑い声よりもっとつらかった。「なあ、きみはなんでも持ってたんだよ。どんなものでも、手の届くところにあったんだ。ぼくはなんでもあげるつもりでいたのに、きみのほうから取り逃がした。ぼくたちは親友だったし、きみに恋したとき、ぼくはきみのためになんでもできると思った。きみが頼んでくれれば、ぼくはなんの迷いもなくそうしていただろう」

そうだった。もちろん、さらに心は痛んだ。あまりに痛むものだから、また泣き出しそうになったくらいだ。だけど、それはもう痛みだけじゃないことに気づいた。なにか熱いものが、残っていた氷をすべて溶かしそうななにかが体のなかに湧き上がってきた。まるでオスカルの火花がキスのあともまだ残っていて、ぼくのなかで広がりながら、すべてを燃やしていくかのように。なんだか腹が立ってきた、それも本格的に。これはよくない、だってもし怒ったら、あとで後悔するようなことをさらに言ったりしたりしてしまうから。

「やめろ」

「やめないよ。話したいって言ったのはきみだよ、だからやめるつもりはない。なにがきみをいやな思いにさせるかわかる？　失ったものに気づくことだよ。きみはぼくがセルヒオといるところを見て嫉妬した。今日、ぼくと話そうと思った根本の理由はそれだよね。でも残念だったね。どんなにいやでも、きみがなくしたもののすべてを取り戻すにはもう遅すぎるんだ」

ぼくは荒い息をつく。どんどん怒りが増してきているのがわかった。ぼくのなかにともった火は制御がきかなくなって、すべてを燃やしていく。止めるすべを知らないぼくは、やがて噴き上がる炎とともに爆発した。

「おまえのことなんてどうでもよかったさ」言った瞬間に後悔した。

「今言ったことわからなかったの？ それこそがきみの問題なんだよ」言い返すオスカルの声は、ついさっきまでとは打って変わって驚くほど落ち着いていた。「ぼくが話してるのは、きみへの思いだけじゃないんだよ、ばかだな。ぼくの友情、フェルの友情のことを言ってるんだ。きみはぼくらふたりとも失ったんだよ」

「フェルはまだ……」

今度荒い息をつくのは彼の番だった。

「きみはばかなうえに、なにも見えないのか？ フェルはきみに我慢できないんだ。どう思おうときみの勝手だけど、実際には、ぼくを失ったのと同じ日にフェルも失ったんだ」確かめなきゃわかんないよなんて、言いたくても言えないけど、はっきりそうだと知らされたらいずれにしても心が痛む。それにどっちみち、オスカルの言うことは正しいとわかっていた。オスカルをあんなひどい目にあわせたのだから、フェルと友だちでいる資格なんてぼくにはない。オスカルはさらに言葉を続けた。「そして、きみ自身をも失った」

「おれはなにも……」話そうとしたが、オスカルにさえぎられた。

「きみはガキなんだよ」言葉の響きを味わっているかのように、ぼくが最大級に傷ついているのを確かめているかのように、その言葉を繰り返す。血が煮えたぎりはじめるのを感じ、あらゆる手段で抑えこもうとしたが、それはあまりにも難しかった。「自分がなにをほしいのかもわからない、自分自身をもて余している、途方に暮れて泣き虫のガキ。つらいよね。怖いから、自分自身を拒絶している。怖い……そう、幸せになるために、プールに飛びこむのが怖いんだ」

いちばんいやな気分になるのは、まさに図星を指されることだ。ぼくらの間には、乗り越えるのが無理なこともたくさんあったかもしれないけど、やっぱりまだぼくのことを、完ぺきに知り尽くしてるのはオスカルだ。それが妙に不愉快で、ぼくは完全に自制心を失った。

「ばか言うな」思わずそう言い、ベッドから立ち上がって出ていこうとした。するとオスカルに腕をとられて引き留められたので、ぼくは怒りをこめて彼を見る。視線が交錯して火花が飛び散り、一瞬、このあとどうなるんだろうと思った。一瞬、オスカルにキスされるのかと思った。一瞬、ほんの一瞬だけ、もしそうなったら、もしもう一度キスしたら、ぼくらのなかで燃えている炎に焼き尽くされたらどうなるだろうと考えた。

でもそのときオスカルが手を放したので、ぼくはくるっと向きを変え、振り返りもせず出ていった。心臓は早鐘のように打ち、目に熱い涙が盛り上がってきたが、ぼくはさよならも言わずドアを閉める。状況を改善しようと思って来たのに、底なし沼に沈んでしまった。最悪なのは内心、こうなるだろうと自分でもわかってたことだ。

El Hielo De Mis Venas

第37章

わたしはつまずいたり転んだりするだろう
まだ愛について学んでいる
ちょうど這い這いするように進みはじめたところ

『セイ・サムシング』
ア・グレート・ビッグ・ワールド

ぼくはばかだ。ほんとに、ばかだ。
　ただ、オスカルとのことをなんとかしたかった
だけ。これまでしたことを謝って、許しを請おうとした
だけなのに。それどころか、また台無しにしてしまった。
状況を改善するどころか、オスカルを侮辱してしまっ
た。彼がこれまで耐えてきたことを思えば、侮辱のひと
つやふたつ加わったところで大した意味はないかもしれ
ないが、だからといってぼくのやったことが変わるわけ
じゃない。彼の重荷が減るわけじゃない。
　このままじゃ家に帰れない。今は、まだ。こんなに動
揺して、胃がむかむかして、涙がとめどなく流れる顔で
は。祖母は心配するだろうし、もうこれ以上、だれにも
迷惑をかけたくない。もう十分すぎるほどかけてしまっ
たから。だからぼくは走り出した。このまま走って、遠
くに行って、冷たい風を顔に受ければ、興奮が鎮まるん
じゃないかと思う。
　でもそんなに遠くには行けなかった。ほんの数分走っ
ただけで、おなかのあたりに感じていた不快感が高まっ

て、止まらざるを得なかったんだ。少し身をかがめ、あえぎながら太ももに手を置いて、呼吸を整えようとする。走ったあと胃が痛くなるのは初めてじゃないけど、今日はいつもよりひどい。まるで……。まるで吐くときみたいに……。

吐いた。

一日じゅう、あんまり食べてなかったのに、それでも胃液をすっかり吐いた。吐くのはいやだ。そのあともずっと残る、苦くて強烈で、不快な味がいやだ。止めようと思っても吐き終わるまで止められない、自分の無能さを感じるのがいやだ。そしてとりわけ、子どものころに体を汚してふいてもらわなければならなかったときのような、吐くたび覚える屈辱感がいやだ。

いやだ。

「ダリオ？」

声がしたほうを振り向くと、マルタがいた。数メートル先の公園から出てくるところだ。見られてたことに驚いて、ぼくはぴたっと動きを止め、息を整えようとしてあえいだ。リードにつながれた黒い犬が見える。マルタは散歩の途中のようだ。

「やあ」どうにか言葉を絞り出す。こんな状態のところを見られて恥ずかしかった。

「なにして……」そこまで言ったところで吐いたものに気づき、ぴたっと立ち止まった。恥ずかしさは増す一方で、今にも顔に火がつきそうだ。マルタがあわてて言った。「えっ、大丈夫？」

口元が汚れていませんようにと願いながら、ぼくはぎこちなくうなずく。

「大丈夫だよ」

「ガム持ってるわ、ほら」そう言ってガムのパッケージを差し出してくれた。

「どうもありがとう」心から感謝して、一枚口に放りこむ。少なくともこれで、いやな味は消せるだろう。

ほんの数秒目が合ったが、気まずくて、なにを言えばいいかよくわからなかった。こういう状況でなにができるというのか？ するとマルタは、興味津々といった様子でぼくのほうへ近づいてきた。

「こんなところでなにしてたの？」

ぼくは肩をすくめた。

「走ってた」

「でもジョギングウェア着てないじゃない」ぼくのジーンズとコートを指さす。「なにかあったってこと？」

どう答えればいいかわからなかったので、気まずい思いで歩き出す。マルタはあとをついてきた。

「いや……気分転換したかっただけ」

次になにを言ったらいいのかよくわからないというように、マルタはかすかな笑みを浮かべてしばらくの間ぼくを見つめていたが、やがて口を開いた。

「一緒に来ない？」犬が少し落ち着かない様子で、マルタの足元を走り回っている。

そう訊かれてぼくはびっくりした。

「は？」

「うち、この近くなの。もしよければ、うちに来て少し休むといいわ。映画も見れるし……好きなようにしてくれていいよ」

言葉の裏に隠された意味は明らかだった。前の学年からマルタはぼくのあとをついてきていて、かなりあからさまにほのめかすようなことを言われたのも、これが初めてじゃない。祖母と一緒にミサから出てきたときのこともよく覚えている。もしマルタの家に行ったら……もし行ったら、絶対なにか起きる。もちろんぼくが望めばだけど。だって、彼女のほうは絶対その気だから。問題は、ぼくが望んでいるかどうかだけど、正直なところ今はどっちかわからない。

「ぼく、吐いたばっかだよ」屈辱的な理由だが、断る口実にした。

「お客さん用の、使い捨ての歯ブラシがあるわ」

くそっ。

「でも、両親はいないの？」時間稼ぎにたずねる。

「仕事で遅く帰ってくるの……二時間くらいは、あたしたちだけ」いたずらっぽく笑いながら、そう付け加えた。

もうこれで完全に、マルタの意図が読めた。

もし彼女と試してみたらどうなる？　それでなにかを失うだろうか？　たぶん……たぶんぼくは……ゲイじゃない。ミリアム先生は、いろんな可能性があると言った……。だったらバイセクシュアルかもしれない。それはそんなに珍しいことじゃないよね？　世間にはバイセクシュアルの人なんてたくさんいる。それにもしそうだったらきっと、いろんなことがもっと楽になる。きっとこんなに自分を隠さなくてもよくなるだろう。確かめようとしたところで、失うものはなにもないと自分に言い聞かせた。

「いいね」

ぼくの返事を聞いて、マルタは驚いたようだ。

「マジ？」

「マジ。なんでそんなに驚いてるの？」

マルタは肩をすくめた。

「わかんない……。ほんと言うと、内心では期待してなかったのかも」

ともかくぼくたちは、公園からほんの数分の距離にある、マルタの家に向かって歩き出した。犬が楽しそうに駆け足でついてくる。建物のなかに入ると、ぼくはかがみこんで犬をなでた。

「名前、なんていうの？」

「サクラ」

なでながら、ちょっと笑い声を上げた。女の子らしい名前だ。家に入ると、サクラはまっしぐらに居間らしき部屋へと走った。

「えーと……」

「ああ、そうだね。こっちへ来て」

マルタはバスルームにぼくを連れていくと、引き出しからビニールに入った使い捨て歯ブラシを取り出した。ガムのおかげで吐いた後味は消えていたが、絶対においが残らないようにと、しっかり歯を磨いた。磨きながら辺りを見回す。バスルームはきれいだが、鏡や洗面台の表面にうっすら埃がついていて、マルタの両親はあんまり掃除をする時間がないのかなと思った。仕事で遅いと言ってたのを思い出す。マルタは寂しいのかもしれない。でも少なくとも、サクラがそばにいてくれる。

　磨き終え、バスルームを出ようとして、ドアの前で立ち止まった。このあとどうするんだろう。

「こっちだよ！」声のする方を見ると、ドアの下から灯りが漏れている部屋がひとつだけある。そっちに向かって歩きながら見ると、廊下にかかった絵にも埃がたまっていた。マルタの両親があまり家にいないのはまちがいない。

　居間に入りながら、ちょっと気まずさを感じた。ここでなにをしようってんだ？　それも、女の子と一緒になにするんだ？

　でも、やってみなきゃ。確かめなきゃならない。

「楽にして」濃い青の布が張られたソファを指さし、マルタが言う。「なにか飲む？」

「水を少し、もらえるといいかな」走ったせいもあって、喉が乾いていた。

「すぐに持ってくるわ」

　ソファに座って待ちながら、部屋を見わたした。胸がドキドキしてきたので、気をそらそうと隅々まで眺める。居間はほかの場所よりずっと手入れが行き届いているように見える。きっと家族は、大半の時間をここで過ごすにちがいない。ほとんどの家具は暗い色で、クリーム色のカーテンと対照的だ。テレビが大きくて、その横に膨大な数の映画のディスクが並んでいるところを見ると、一家そろって映画好きなんだろう。どれかひとつを選ぼうとしても、マルタの両親が帰ってくるまでに決めるのは無理そうなほどの量がある。

「どうぞ」

マルタがコップを差し出したので、吐いたあとになにか飲めるのはありがたいと思いながら受け取る。そのとき、彼女の指がぼくの指をかすめた。わざとやったのかなという気がしたが、すごく喉が渇いていたので一気に飲んだ。その間にマルタがぼくのそばに座る。

「気分、どう？」ほほえみながらマルタが訊く。「よくなった？」

「すごく。ありがとう」

「どういたしまして」

少しの間、目が合った。それでぼくは、マルタもなにを言えばいいのかよくわからないでいると気づいた。少し顔が赤くなっているような気もしたが、ぼくがそう思っただけかもしれないし、たぶん灯りの加減でそう見えたのだろう。でも見まちがいようがないのは、下くちびるを噛んでいること。その仕草はなにかを、ぼくが今考えていることをしてほしいと誘っているように見えた。鼓動が激しくなってきた。それは今しようと思っていることで緊張しているせいなのか、それともほんとは、そんなことしたくないせいなのかわからない。

思い切って、彼女にキスした。

マルタは驚いたようだ。ほんとにするとは、あるいは少なくとも、そんなに早くキスするとは思っていなかったみたいだ。しばらくじっとしていたが、やがて進んでキスを返してきた。マルタのくちびるが、ぼくのくちびるの上で貪欲に動く。おそらく長い間、こうしたいと思ってたんだろうな。それにまだ知らなかっただけで、きっとぼくもこうしたかったんだ。体をなでると、くちびると同じくらい柔らかで心地よかった。

でも本当にぼくがキスしているのは、マルタじゃないとそのときわかった。マルタは知らないけど、本当は、ぼくはオスカルとキスしてるんだ。少なくとも、ぼくがキスしたいのはオスカルとだ。ぼくはぱっと顔を離した。

「どうしたの？」びっくりしたようにマルタがたずねる。ちらっとドアのほうを見たが、だれもいない。「驚いた……パパたちが帰ってきたのかと思ったわ」

「ごめん」マルタから少し遠ざかりながら言った。「ぼくはできない」

マルタはうなずく。その顔にあきらめが浮かんでいるように思えた。

「大丈夫よ。そうだと思ってた」

「どういう意味？」

マルタは肩をすくめ、悲しそうな笑顔をぼくに向けて言う。

「正直に言うと、うちに来てくれたのもすごく不思議だったの。おまけに、あたしにキスするなんて」

鼓動がどんどん激しくなっていく。あのことを言いたいのか……？　いや、ちがう。ありえない。気づいてたはずがない。

「どうして？」

「ほんとに理由を聞きたい？」

聞きたくない。

「うん」

マルタはため息をついた。

「ほんとはあたしのこと、好きじゃないよね……でしょ？」

彼女の気持ちを傷つけずにほんとのことを言うすべが見つからないから、はっきり、誠実に伝えることにした。それがいちばんいい。

「うん」

また悲しそうな笑みを浮かべたが、マルタはすぐに気持ちを切り替えた。少なくとも、切り替えたような印象を受けた。

「想像ついてた……。でも、最後まで希望は捨てたくなかったから。ダリオ、あなたゲイでしょ。そうだよね？」

不意をつかれたものだから、急に咳きこんで止まらなくなってしまった。ちょっと落ち着いたのでマルタを見ると、相変わらずほほえんでいる。

「なぜ……？　なぜそんなことを？」

「うん、これ言っちゃうと完全にストーカーみたいに思うだろうけど……かなり前から、ダリオ、あなたのこと見てたの。それで、いろんなことに気づいた」

なにを言っていいのかわからなくて、とりあえずうなずいてから、質問が浮かんだ。

「そのこと、ほかにもだれか知ってる？」

マルタは肩をすくめて言う。

「わかんない、でもあたしはだれにも言ってない」

ほっとしてため息が出た。

「ありがとう」

「お礼なんて言うことないよ」マルタはそこで言葉を切り、ためらいながら続けた。「でも隠す必要はないって、わかってるんだよね？」

ぼくは思わず荒い息をつく。

「ああ、もちろん。でも地獄のような人生を送りたくはないからね」

「オスカルの人生のような地獄ってことでしょ？」

ぴしゃっと言われて驚いた。なかでもいちばん驚いたのは、その言葉に辛辣さも非難も含まれていなかったことかもしれない。批判するとかでは全然なくて、彼女はただ否定できない現実を指摘しているだけだ。

「うん」あれこれ言っても意味がないから、素直にそう答えた。「まさにね」

「オスカルのことが始まったのはダリオのせいだよね？」

ぼくはつばを飲みこんだ。あんまりストレートに訊かれたものだから、ちょっと混乱している。

「うん、現実にはそうなっちゃってる。でもぼくは、あんなこと全然望んでいなかった」言い訳したかった。事実をはっきりさせておきたかった。「怖かったんだ、みんなにそのこと……ぼくもゲイだってことを知られて除け者にされるのが、だから……」

「ダリオ、やめて」マルタは両手を上げてさえぎった。「あたしはあなたのやったことを批判しようとしてるんじゃないよ。あなたがまちがったことをしたのは知ってるけど、でも後悔してることも知ってる」

「どうしてわかったの？」

マルタはヒステリックに笑った。

「言ったでしょ、ずっとあなたを見てたって。だれにも見られてないと思って、あなたがこっそりオスカルを見つめるときの様子だけで十分だった……。あなたの目つきには、憎しみじゃなくて罪の意識がこもってたもん。罪の意識と後悔が。それに、ほかの感情もあった」

このまま続けられたら、心臓が爆発しそうだ。

「なに？」

「あなたは彼に恋してる」マルタはきっぱり言い切った。「そうでしょ？」

つばを飲みこんだ。でも否定したって意味がないのはわかってる。もうゲイだって告白しちゃったんだし、それになにより、こんなに優しくしてくれる人にうそなんてつけない。ほかのだれかが相手だったら、あんなふうにキスを中断したとたんに罵倒されてただろう。

「うん」とうとう、そう返事した。

「そして彼もあなたに恋してた」それから、こう付け加えた。「だからすべてが始まった」

「でももう、なんの意味もないよ」悲しくなってきた。「もう別のやつがいるから、ぼくには全然可能性がない」

「そう……。じゃ、あたしたちには共通点があるってことね、そう思わない？」

それを聞いて思わずほほえんだ。びっくりするくらい、なんでもいいほうに考える子だ。マルタみたいな友だちが、今のぼくには必要なのかもしれないと気づいた。もちろんぼくにはもったいないけど。ぼくは相変わらず、エゴイストのままなんだな。

「どうしてそんなに優しくしてくれるの？」ちょっと沈黙が続いたあと、ぼくはたずねた。

マルタは肩をすくめる。

「ずっと見ていて、ほんとは、あなたはいい人なんだなって気づいたからだと思う。あなたは幸せになるべき人だよ」

「きみがそう言うんなら……」

「そうよ、言ってあげる。ダリオ、あなたはまちがいを犯したし、いろんなことを台無しにしたけど、でもみんなすることだよ。だれだって、後悔するようなことしちゃうもん。でも大事なのはそれ、後悔してるってこと。だって後悔してるでしょ？」

「すっごく」ぼくは消えそうな声で打ち明ける。

「じゃ、それでいいじゃん」

　マルタはいとも簡単なことのように言い切った。

「でも、後悔しても過去は変えられない。やったことをなかったことにはできないし、オスカルに起きたことすべてを変えることもできない」

「それじゃ、たぶん今あなたがやらなきゃいけないのは、オスカルを助ける方法を見つけることよ」マルタが提案してくれた。「きっとなにか、できることがあるはず」

「なにを？」

「わかんないよ」肩をすくめ、付け加える「でも、もしよかったら、一緒に探す手伝いをしてあげられるよ」

「ほんとに、どうしてそんなに優しくしてくれるのか、どうしてもわからない」

「マジであたしにそれを言わせようっていうの？」

　そんな場合じゃないけど、笑ってしまった。

「そうするしかないね」

「ねえ、こんなこと言うのはすごく変なんだけど」ちょっと間を置いてから続けた。「でも、あなたのこと大好きなんだよね……気づいてたと思うけど。だから幸せになってほしいの」

「怒ってないの？」

　マルタはまた肩をすくめた。

「吹っ切れるよ。世界であなたがただひとりの男ってわけじゃないし、でしょ？」

　ぼくは声を上げて笑い、マルタも一緒に笑った。

「きみはすごいよ」ほんとに、心からそう思った。

「知ってるよ」そう言って、少し間を置いてから訊いてきた。「今日、なにかあったんでしょ……オスカルと、なにか。ちがう？」

うなずいたが、今日のことを思い出したくはなかった。

「うん」

「話してくれる？」

いやだって言いたい。あの屈辱的な出来事を追体験したくない。また彼とのことを台無しにしたってマルタに知ってほしくない。でもマルタといると妙な安心感があって、気がついたときにはなにもかも話していた。だれかにこれほど心を開いたのは、ミリアム先生にそれまでのことを全部話して以来だ。話すとまた、すごく解放された気分になった。打ち明けるのはすごく骨が折れることだったけど、終わったときにはずっと気分がよくなっていて、そんなに大した問題じゃなかった、そんなにひどいことをしたわけじゃないという気がしたくらいだ。

「すぐかっとなるところ、直さなきゃいけないね」話し終えると、マルタが難しい顔をして言った。「わかってるんでしょ？」

「わかってる。よくはなってきてるんだよ、でも……」

「自制心を失った」ぼくの代わりにマルタが言った。「大丈夫、わかるよ……だれでも、ときどきそういうことある。でもこれから改善していかなきゃ、ね？」

「でもあんなこと言われたら……」

「ダリオ、オスカルが言ったことは、わざとあなたに反発させるためだったんだよ」マルタはきっぱり言った。「そう思わない？」

はっきり言って、そういう可能性は考えてなかったけど、一理あった。

「きみがそう言うなら……」

「そうだよ、もちろん。オスカルはあなたのことよく知ってる。心のなかでなにが起きてるかも完ぺきにわかるはずよ。ただ、元のように元気になってほしくて言っただけだと思う」

あまり納得いかず、ぼくは肩をすくめた。

「そろそろ行かなきゃ……もう遅いから」

「ほんとに、厄介な話を避けたがるね」マルタがほほえんで言った。その瞳には優しさがこもっているような気がした。

「これ以上話す気になれない。いい？」

「どうぞ、好きなように。でも直していってね、わかった？」

「うん」しぶしぶ返事した。

「まじめに言ってるんだよ」さっきより強い口調になった。「約束して」

「約束する」

マルタはほほえむ。

「それでいいわ。さ、玄関まで送るよ」

なにをすればいいのかわからないまま並んで歩いた。なにか言いたい、今日の会話がぼくにとってどれほど意味があったか伝えたい。だけどどこから始めればいいのかわからなくて、結局簡単なのを選んだ。

「えっと……どうもありがとう」

マルタはドアの前で立ち止まったが、開けない。

「どういたしまして」

「マジで言ってるんだよ。ほんとは……つまりほんとは、女の子の友だちがほしかったんだ」

マルタはほほえみながらドアを開け、ぼくはなんでもっと早く彼女のことを信用しなかったんだろうと自分を呪った。

「じゃあ、あたしがいるわ。おやすみ、ダリオ」

「おやすみ」寒い通りへと出ていきながらぼくも言う。そして手を振る前に、マルタは繰り返した。

「あなたは幸せになるべき人だよ」

ほんとにそうなのか自信はないけど、少なくとも幸せになろうと努力する価値はあると思う。《凍りたくないのなら燃やしつづけていかなければ》

（闇）

闇。見渡す限り、どこもかしこも真っ暗闇。

ぼくはひとり。そう。完全にひとりぼっち。ぼくがいるのは果てしなく深い井戸の底、どんなものも来られない場所。どんなものもぼくを救えない場所。ぼくを除いて。たぶんぼく自身がぼくを救える。

ずっと遠くからだけど、だれかほかの人の呼吸音が聞こえる。ぼくのではない心臓の鼓動、ぼくのではない目の輝きが、少しずつこちらに近づいてくる。

それはマルタだ。

「あなたのこと好きよ、ダリオ」優しい声で言う。マルタの声じゃないみたいだけど、同時にはっきりマルタとわかる声。

「し……知ってる」どうにか言葉を絞り出すが、心臓の高鳴りのせいで自分の声さえほとんど聞こえない。

「簡単なことよ、わかってるでしょ?」

心臓がひっくり返りそうになる。

「マルタ……」

「ただあたしにキスすればいいだけ。そうすれば、すべて終わるの」

マルタが少しずつ近づいてくるにつれ、呼吸が速くなってくる。

「マジで言ってるの？」

「もちろん。ただキスすればいいだけ」

マルタはどんどん近づいて、あと数センチで触れるところまできた。そしてそのとき、ぼくは彼女に近づいて、くちびるにキスをした。

これでいい。これですべて終わり、そうだろ？　彼女自身がそう言ったんだ。でも……、でも、ちがった。これはよくない。気分がよくない。キスすべきなのはマルタにじゃない、ほんとにキスしたいと思っているのはマルタにじゃない。

だからキスをやめた。

「ぼくがキスしてるのはきみじゃない」ぼくがそう言うと、マルタはほほえむ。

「そう」ぼくの言葉を肯定したが、それはもうマルタじゃなかった。それはオスカル、なんともいえない表情を目に浮かべてぼくを見ている。「きみはぼくにキスしてた」

「ぼくはきみにキスしてた……」口ごもりながら言う。

「でも体を離したのはきみだ」オスカルが指摘する。「キスをやめたのはきみで、ぼくじゃない。そのときはマルタが相手だと思ってたんだろうけど」

言葉ははっきり聞き取れるが、なにを言いたいのかはわからない。

するとそのとき、オスカルはまたマルタになった。

「もう一度キスしたい？」たぶらかすようにほほえむ。そのくちびるはもっと近づきなさいと誘っているみたいだ。でも近づけない。自分をごまかしつづけられない。

「いいや」

「ほんとにいいの？　決定権はあなたにあるのよ」

その通りだと思いながらうなずき、自分の手を見下ろす。そうだ。決定権はぼくの手にある。ぼくはマルタにキスしない。ほんとにキスしたい相手が彼女じゃないのなら、そんなことはしない。

「決定権はぼくたちにある」再び、マルタじゃない人が言った。

視線を上げると、そこにはぼくがいた。

「なにして……？」訊こうとしたが、最後まで言えなかった。ほんとはなにを訊きたかったのか、実際のところわからない。

「彼女にキスしたのは真剣じゃなかった。ぼくたちは彼女になにも感じない」

「なにも感じない」

「彼女にキスするのは、ただ自分をごまかしているだけ。わかってるんだろ？」

そう。その通りだ。

ほんとにしたい相手じゃない人にキスするのは意味がない。ほんとにキスしたい相手なのに、しちゃいけないって思うのは意味がない。

「わかってる」

「じゃあ、そのことを忘れるな」

第38章

ぼくは鏡のなかの男と向き合うことから始める
生き方を変えられるのかと彼に問いつづける
こんなにはっきりしたメッセージはない
世界をもっといい場所にしたいのなら
自分自身を見つめて、変化を起こすんだ

『マン・イン・ザ・ミラー』
マイケル・ジャクソン

風呂に入る前に見た、オスカルのツイートが目に焼きついて離れない。どの言葉もどの文字も、コンマひとつにいたるまで暗記している。

Lost Boy @LostBoy_99　20時間前
ときとして、いちばん必要な言葉はぼくたちが聞きたがってる言葉とは限らず、その反対なのかもしれない。

確かめるまでもなく、はっきりしていた。マルタが言った通りだったような気がしてきている。たぶんオスカルのきつい言葉はぼくに反発させるため、さっさとあんなばかな振る舞いをやめさせるためだったんだ。そう。それこそが、ぼくがこれからすることだ。

服を脱ぎながら、昨夜の夢を思い出す。前から見ている悪夢の系列ではあるけれど、ちょっと変化があった。もうそんなにひどくない。まだ少し混とんとはしていたけど、前ほど怖くなかった。まだ暗かったけど、ほかのなにかが、小さな光があった……希望の光が。《凍りたくないのなら燃やしつづけていかなければ》状況を変えるのはぼく次第。それこそぼくがやることだ。ミリアム先生、それから特にマルタと話して、前進するときが来たとわかった。ぼくが変えなきゃいけない。恐怖に支配されるがままなんてだめだ。幸せになりたいのなら、たとえどれほど難しくても、人生の手綱は自分でとるべきだ。

それに、ぼくが突き落とした地獄からオスカルが脱出する手助けもしなければ。どうすればいいのかわからないし、役に立つかどうかもわからないけど、とにかくやってみることだ。学校の先生たちに全部話す必要があるのなら、そうしよう。それでぼくが退学になったとしても、危険を冒す覚悟はできている。そのことで、これからの人生が困難になるかもしれないけど……もしそうなったら、困難を抱えながらも生きていくすべを覚えなければならないだろう。オスカルがひどい目にあうきっかけをつくったのはぼくなんだから、それ以外に道はない。

鏡に映った自分を見る。元々、自分自身をそんなに好きだと思ったことはなかったけれど、ここ数カ月でむしろ嫌いになった。毎朝鏡で自分の顔を見るのは拷問だ。ほかのときなら忘れようとすることもできるし、気をそらして自分をごまかそうとすることもできる。だけど鏡はうそをつかない。だから鏡の前に立つたびにありのままの自分を見てしまう。軽蔑すべき男、ほんとのことを言う勇気がないために、親友が地獄の日々を送っているのに見て見ぬふりをする男。

でも今なら変えられる。鏡のなかに見えている、この男を変えられる。さあ、やるぞ。

でも、難しいのはわかってる。一朝一夕で変わるには、びくびくしながら生きてきた時間があまりにも長かった。今さら全部話すには、自分を隠し、自分自身と闘ってきたこの数カ月は長すぎた。でも、もうこれ以上なにもしないでいることはできない。だって、オスカルにとっては毎日が地獄なんだから。この地獄の日々を止められるかどうかはぼくにかかっている。それなら期限を切ってみよう。二月だ。二月になる前に、きっと全部話す。二月になる前に、結果がどうあれ、全部終わらせてみせる。

＊＊＊

水曜日、オスカルが学校に来なかったので心配になった。

オスカルの欠席なんて記憶にない。たとえ具合が悪くても、一日も休まなかった。すごくまじめなんだ。だから休むのは、なにか重大なことが起こった証だ。少なくとも、かなりのことがあったはず。ツイッターのアカウントを見ると、ドキッとすることが書いてあった。

Lost Boy @LostBoy_99　8時間前
こんなことが起こるなんてありえない……。

次のツイートにブログへのリンクが張ってある。もっとひどいことが書いてあったらどうしようと、恐る恐るクリックして読みはじめた。

…

やっといろんなことがうまくいきはじめたところなのに、なぜ全部台無しにならなきゃいけないのかわからない。

ぼくのような人間には、これがお似合いということなのか？

1月12日 22：15 投稿 ｜ コメント：0

シェア Linked In facebook Twitter Google Tumblr

耳鳴りがするなと思ったら、ポンプでくみ上げるみたいに血が激しく上下しているせいだった。血管のなかを流れながら、まるで体のあちこちを激しく叩いていってるみたいだ。具体的なことはわからないけど、オスカルになにかあったのはまちがいない。書かれた言葉からして、かなりのことがあったはず。とうとうあの男を振ったのか？　いや、そんなはずない。オスカルはそんなに移り気だとは思わないし、そもそもこの前クラブであんなにいちゃついてたんだから、破局するには早すぎる。なにかほかの、もっと悪いことにちがいない……。もしかして、お母さんになにかあったのか？　ちがっていてほしい、だってオスカルにとって、とても大事な人だから。もしなにかあったら、オスカルがどうなるかわからない。たぶんお母さんのことじゃないだろう。たぶん……ああ。たぶん父親に関することだ。

　休み時間のチャイムが鳴ると、教室を出る前にフェルのところに行った。フェルはぼくを見てびっくりしたみたいだけど、すぐに普段の表情に戻り、オスカルとのことがあってからはぼくを見るとき専用になった、軽蔑の視線を向けてきた。だからって彼を責められないけど、毎回きっちり傷つく。

「話せるかな？」

「忙しいんだ」フェルはぴしゃっと言って出ていこうとする。でもその前に、ぼくはフェルの腕を押さえた。

「お願いだ。オスカルのことなんだ」

　フェルはちょっと眉をひそめながらも答えてくれた。

「なんの用だ？」

「あいつになにかあったんだろ？　だから学校に来なかった」フェルはうなずく。「あいつの父さんに関係してるの？」

フェルはさらに眉をひそめた。

「なんでわかる？」

「推測だよ、大丈夫なのか？」

フェルは肩をすくめて言った。

「それを言うなら……さらにまずくなってるかもな」

「あそこから救い出さなきゃ、フェル。あの父親はどうかしてるよ、もしあのことが……ゲイだってことがばれたら、殴り殺されちゃうよ」

フェルは歯を食いしばった。

「もう、ゲイだってばれちゃったよ。でも心配すんな、もうあそこにはいないから。何日かぼくのうちにいることになった」

ほっとしてため息が出た。

「どうして学校に来なかったんだ？　殴られたのか？」

「ああ、でも大丈夫だよ」フェルは断言したが、やっぱりそうだったのかとわかると、まるで自分が殴られたみたいに心が痛んだ。「大丈夫だけど、ひどく動揺してて……。今日一日、学校で過ごせるとは思えなかった」

「これからどうするんだ？」

「わかんない。とりあえず何日かはうちにいて……今日の午後、父親がいない間に荷物を取りに行くつもりだ」

「それから？」ぼくはしつこく訊いた。

「わかんないよ。これからどうなるかだな。たぶんこの学年が終わったら、街で姉さんと暮らすと思うけど、まだ決めてはいないみたいだ」

オスカルがこの村からいなくなる、ぼくのそばから離れていくと思うと胃がキリキリしたが、彼にとってはそれがいちばんいいんだと、心の底ではわかってる。あの家にいてもこの村でも、オスカルは幸せになれない。だからここから遠くに行けば行くほど、幸せになれるだろう。ぼくは心が痛むけど。

「なにか手伝えることあるかな？」

「ない」

「ほんとに？」

フェルが答えるまでしばらくかかったけど、硬かった表情は少し和らいできたような気がする。

「結局おまえは、それほどばかじゃないのかもな」ぽつりと言う。「まあ、今はわかんないけど、なにか思いついたら言うよ。それでいいか？」

「いいよ。でもさ、フェル……ちょっと頼みがある」

「なんだ」

「こうやって話したこと、オスカルには言わないでほしいんだ」

フェルはまた眉をひそめた。

「なんで？」

いい質問だ。

「うーん……。たぶん、あんなことがあったあとで、オスカルに対して点数稼ぎをしようとしてるとか、そんなふうに思われたくないんだと思う。これはおれたちだけのことにしておいてくれないか？」

「ダリオ、今話してわかったけど、おまえは思ってたほど陰険じゃないような気がしてきた。たぶん、ぼくが知ってたダリオなんだって。なんでそんなに隠そうとするんだ？」

これまた、むちゃくちゃいい質問だ。

「わかんないよ」消えそうな声になった。「でもあいつには言わないでくれよ、お願いだ」

「わかったよ」

「約束してくれるか？」

ぼくがしつこいので、フェルはいらだったようにため息をついた。

「約束する」

「それからもうひとつ……どんな様子かこれからも話してほしい。いいか？」

「わかった。なあ、ダリオ……」

なにか言うのかと思ったが、フェルはそこで言葉を切った。

「うん？」

「おまえがいなくて寂しかったよ」

「おれもだよ、フェル。すごくふたりに会いたかった」

「でもオスカルがそんなに簡単におまえを許すとは思うな」フェルは釘をさした。「あんなことがあったんだから……」

「わかってるよ。でも、もうそのことは心配しないで。ただあいつに元気でいてほしいだけなんだから」

「元気になるよ、絶対だ」

「そうだ、なあ、フェル……」

「なんだよ」

「ハグしていいか？」小さな声でたずねた。「ほんとに、会えなくて寂しかった」

返事はなかったが、フェルはほほえんだ。そして自分のほうからぼくに近づき、ハグをしてくれた。これまで何度も包まれてきたフェルの腕。そのなかにいると、ついにすべてが元に戻りはじめたような気がしてきた。いつか元通りの友情を回復できる日が来るとしても、それは簡単なことじゃない。でも少なくとも、ぼくはすべてを失ったわけじゃないとわかった。教室の向こう側で、マルタがこちらを見てほほえんでいる。フェルの言う通り、オスカルはそんなにたやすくぼくを許してくれないとしても、まだ希望はある。数日前なら、こんな希望を抱くことさえぼくは自分に許さなかっただろう。

＊　＊　＊

スマホが鳴ったので見るとフェルからのメッセージだったので、なにかあったのかと焦った。

フェル：よお。
フェル：また元の仲に戻ったな
ダリオ：で、どうだった？
ダリオ：全部うまくいってるか？
フェル：ああ、まあ……大体。
ダリオ：？？？？？？？？
フェル：落ち着け、落ち着けってば

フェル：オスカルは元気

ダリオ：なんだよ

ダリオ：おどかすなよ

フェル：ごめん

フェル：大体って言ったのはつまり、オスカルの父親がお母さんを殴ってたのがわかったからなんだ

ダリオ：……

ダリオ：クソだな

ダリオ：想像はついてたけど、でも……

フェル：だよな。

ダリオ：訴えるのか？

フェル：まさか😔

フェル：あいつは怖がってる……
ダリオ：でもやらなきゃ！
ダリオ：ありえないよ、そんな臆病な……
フェル：ダリオ、腹を立てるなよ……
フェル：でもおまえの場合、あんまり他人を臆病呼ばわりはできないと思うぞ

顔にパンチを食らったように、フェルの言葉が響いた。だってまさにその通りだとわかってたから。まだ高校も出てないけど、事実上ぼくは臆病の修士号を持ってるようなもんだ。ほとんど毎晩シーツを濡らすのは、その臆病さが原因。ミリアム先生の診察に通わなきゃいけないのも、オスカルのことがばれた日に黙っていたのもそのせいだ。オスカルが地獄の日々を送ることになったのも、ぼくの臆病さゆえだった。

ダリオ：ごめん。😔
ダリオ：でもやらなきゃ……わかってるだろ
フェル：わかってる。

フェル：でもオスカルは被害者なんだからそんなふうに決めつけちゃだめだよ
フェル：恐怖がどういうものか、知ってるだろ……

知ってる、と思う。恐怖は人を完全に麻痺させ、燃える氷のように内側を凍らせながらはらわたを焼き尽くすんだ。恐怖によって、人は恐ろしいことをしてしまう……あるいは、見て見ぬふりをする。認めるのはすごくつらいけど、それを経験で知っている。

ダリオ：あいつはクソだ
フェル：そうだな
ダリオ：でもなんとかしてオスカルたちを助けなきゃ
フェル：どうやって？
フェル：オスカルはおまえと話したがらないよ……
ダリオ：わかんないよ
ダリオ：でもきっと、なにか思いつくよ。

少なくとも、そうであってほしい。ぼくのせいでオスカルがあんなことになったんだから、少なくとも、助けるためになにかできたらと思う。

問題は、なにをすればいいのかってこと。

El Hielo De Mis Venas

第39章

飛ぼうとするたび落ちてしまう
翼がないわたしはとてもちっぽけ
きっとあなたが必要なのよ、ベイビー
あなたが夢に出てくるたびに
あなたの顔が焼きついて離れない

『エヴリタイム』
ブリトニー・スピアーズ

オスカルは二日に一度ほどしか学校に来なくなった。心配だ。

一方では、学校に来てみんなの視線にさらされなくてすむのを喜んでいるが、もう一方ではなにも助けてあげられない自分を憎んでいる。オスカルと話すこともできない自分を憎む。なにがあったか知ってるよ、強くならなきゃ、お母さんを説得して父親を訴えるんだ、そう言えない自分を憎む。おまけに、ブログの投稿を見ても気持ちは静まらない。読むと匿名でコメントを送りたくなり、考えてることを話してほしくなるけど、実際にはなにを言えばいいのかわからないんだ。

「あんまりオスカルのブログに深入りしないほうがいいよ」ぼくがオスカルの最近の投稿を読んだと言ったとき、フェルが眉をひそめて言った。

「じゃあ、どうすればいいと思う？」ぼくはたずねた。

「おれと話せばいい」

「でも、同じじゃない。オスカルがなにを考えてるのか知りたいんだ、フェル。こういうのをオスカルと話せないの、つらすぎるよ」

フェルはなにも言わなかったけど、話してもらえなくて当然だろと、その目が言っていた。ぼく自身が招いたことなんだからと。まったくその通り、でもフェルはそれを口には出さない。どういうわけか、フェルはもうぼくを許してくれている。というか少なくとも、そう思える。ぼくにはそんな資格ないのに、あんなことをやったのに、でも許してくれてると思うんだ。期待すらしていなかったのに、それ以上のことが起きている。

「でもさ、プライバシーだよ」

ぼくはくるっと目を回した。

「フェル、これはネットのブログだよ、日記じゃないんだ」

フェルは真面目な顔でぼくをじっと見つめたが、結局ほほえんで言った。

「じゃあ、好きにしな」

「訊いてもいい？」

「なにを？」

ぼくは荒い息をつく。

「メールかメッセージで、なんかあったのか？」

やれやれ、という感じでフェルは肩をすくめた。

「いつものことだよ。陰険なやつらがときどきオスカルにメールやメッセージを送ってくるんだ」

「マジで？」そう言ったものの、ほんとのところ、そんなに驚いてはいない。

「ああ」

「ばかなやつらだ」

「そうだな。ただ、ここのところそれが頻繁になってるんだ……。もちろん、こういう状況だからって、それが気にならなくなるわけじゃない」

「そうだろうね」

そのとき休み時間の終わりを告げるチャイムが鳴った。教室に入ると、マルタがぼくの行く手をふさいで挨拶した。

「よっ！」

「やあ」

フェルは手を振って自分の席に向かう。オスカルの椅子が空いているのを見て胸がうずいた。

「午後、大丈夫だよね？」

気持ちを切り替え、ぼくはほほえむ。今日は映画を見に行く約束をしてるんだ。もちろん、友だち同士としてね。そしてぼくは、そのことにとてもわくわくしている。いろんなことがあったのに、また友だちができたってのはすごいことだ。

「もちろん」

「やった！」マルタはほほえんで言う。「じゃ、あとで時間を決めよ、ね？」

「うん」

マルタは自分の席に向かった。フェルの三つ前だ。ぼくも自分の席に……カルロスの隣に座った。やつの隣に座るのは不快だ。同じ空気を吸うのさえいやだけど、このほうがいいんだ。ぼくがまだやつらの仲間だと思わせておいたら、オスカルになにかするとき、事前に知れる可能性が高い。そして知ったら、オスカルがそれを避けられるように手助けできる。

幸いカルロスはまだ戻っていなかったので、もうしばらくはむかむかしないで過ごせる。授業が始まるまでの気晴らしに、ほとんど暗記してるけど、またオスカルのブログを読むことにした。

ひとりで飛ぶ？

紙の翼をつくろって飛ぼうとするときが来たような気がする。

どうか落ちませんように。

1月13日 21：59 投稿 ｜ コメント：0

錨

彼がいなければ今週を切り抜けられなかっただろうとわかっている。

流されないための錨があるのはいいことだ。

1月17日 19：45 投稿 ｜ コメント：0

もううんざり

メールやつまらないメッセージにはちょっとうんざりしかけている。

どうしてこれほどまでに、そっとしておいてくれないのか？

それほど難しいことか？

ぼくはなにも、大それたことを望んでいるわけじゃないと思う。

1月20日 20：17 投稿 ｜ コメント：0

シェア Linked In facebook Twitter Google Tumblr

すぐそばでキーッという音がしたので驚き、ちらっと横を見るとカルロスが戻ってきて椅子を引いているところだった。やつを見ただけで軽蔑の気持ちが湧き起こるが、顔には出さないようにする。普段通りにふるまおうとして笑顔を向けると、やつの顔に奇妙な表情が浮かんだので驚いた。スマホを見られたのかもしれないと思ってちょっとパニックになる……。でも、そんなはずない。もし肩越しに見られていたら気づいたはずだ。

そうだよね？

＊＊＊

なにか起きたんだ。

映画館から戻ってすぐオスカルのブログに入ったが、見られない状態になっていた。もう一度ＵＲＬを入れてみるが、同じメッセージが現れただけ。

このブログは招待した読者だけに公開されています。
http://elfuegoenelqueardo.blogspot.com/
あなたはこのブログに招待されていないようです。エラーと思われる場合は、ブログ主に連絡して招待をリクエストすることができます。

くそっ、くそっ、くそっ、くそっ。やってしまった。カルロスはぼくのスマホの画面からオスカルのブログを見て、検索したに違いない。ちくしょう。またおんなじことをやっちゃうなんて、ぼくはどこまでばかなんだ？　あいつがなにをしたか知らないけど、なにかコメントを残したんだろう。あいつの性格なら、いいコメントのはずがない。ぼくは愚かだった。

ダリオ：オスカルがブログを閉じた
ダリオ：なにがあった？
フェル：やつらに見つかったんだ
フェル：メッセージを送ってきた。侮辱して、脅してる
ダリオ：やつら、ほんとのばかだな
ダリオ：オスカルはどうしてる？
フェル：まあ、そりゃね。
フェル：元気になるとは思うけど、これはきついよ。
ダリオ：家に行っていいかな？

ダリオ：オスカルと話したいんだ
フェル：今はいない
フェル：カレシと週末を過ごすんだってさ

最後の文を読んでドキッとした。今度のことで、オスカルの恋人の存在を忘れてた。うそついてるんじゃないかな、ぼくに会いたくないための口実じゃないかなと思ったけど、そんなんじゃないと心の底ではわかってる。オスカルの聖地だったブログにカルロスがコメントしてきたんだから、数日気晴らしが必要なんだろう。またオスカルの人生が台無しになったなんて、とても信じられない。

ほかに気晴らしのしようがなくて、部屋のなかに視線をさまよわせる。するとすぐ、隅に置きっぱなしのギターが目に留まった。そうだ……これがあった。ギターをカバーから取り出してフロアクッションに座る。今、気持ちをほぐすには、オスカルのことをいったん頭から切り離すには、ギターを弾くしかない。前に弾いたのと同じコードをいくつかつまびく。それから、このところ歌詞が頭に浮かぶたびに書き留めていってたノートを開いた。思っていたよりたくさんあったから、ひらめくままにメロディを奏で、歌いはじめた。

きみはなくした夢のなごり

眠るとき見るのが怖い
なくしたもの、決して手に入らなかったもののなかで、最高なのがきみ
ぼくがほしかったのはきみだけ、そしてもうなくしてしまった
ナイフのように突き刺さる
この鼓動はきみのせい

きみはぼくの炎だった、それを消したのはぼくだというのに？
また一緒にいられるなんて、どうして思えるだろう
きみは戻ってきてくれるだろうか

ぼくの血管のなかの氷はもう広がって
こんな暗い夜のなか、生き延びることはできない
きみの炎を消したのはぼくだというのに
どうすればきみを救えるというのか？
わからない……

この闇から逃げたい

力を奪っていく闇から
自分の心から逃げたい、でも出口がない

ぼくはまた失うのだろうか
自分を救えるなんて、どうして思えるだろう
ぼくが自分の破滅の原因で、自分自身の罰だというのに？

ぼくの血管のなかの氷はもう広がって
こんな暗い夜のなか、生き延びることはできない
自分の炎を消した自分を、どうすれば救えるというのか？
自分がなくした自分を、どうすれば見つけられるというのか？
わからない……

凍りたくないのなら燃やしつづけていかなければ
氷で消された炎を見つけなければ
手にしていたのに、恐れるあまりなくしてしまったすべてのものを
どこにある？

ぼくの血管のなかの氷はもう広がって
こんな暗い夜のなか、生き延びることはできない
自分の炎を消した自分を、どうすれば自分を救えるというのか？
自分がなくした自分を、どうすれば見つけられるというのか？
わからない、わからない、わからない……
自分がなくした自分を、見つけられるのはぼくだけ

歌い終わったとき、涙でほほが濡れていた。歌いながら泣いたのは初めてというわけじゃないけど、ずいぶん久しぶりで、解放されたような気分になった。そしてそうしようと思えば、自分自身を救うこともきっとできるとわかって、さらに解放された。

少なくとも、救えると思いたい。

（闇）

闇。見渡す限り、どこもかしこも真っ暗闇。

ぼくはひとり。そう。完全にひとりぼっち。ぼくがいるのは果てしなく深い井戸の底、どんなものも来られない場所。どんなものもぼくを救えない場所。ぼくを除いて。たぶんぼく自身がぼくを救える。

ずっと遠くからだけど、だれかほかの人の呼吸音が聞こえる。ぼくのではない心臓の鼓動、ぼくのではない目の輝きが、少しずつこちらに近づいてくる。

それはオスカルだ。

「ぼくはきみが好きだった、ダリオ」かすれた声で言う。オスカルの声とは思えないけど、同時に、明らかにオスカルとわかる声。

「し……知ってる」かろうじて言葉を絞り出すが、鼓動の音で、自分自身の声はどうにか聞こえる程度だ。

「でも、もう好きじゃない」

心臓が止まった気がした。

「オスカル……」

「でも、まだ元に戻せる」

今度は鼓動が速まった。

「本気で言ってるのか？」

「きみが考えてることじゃない。ぼくたちのことを言ってるんじゃない……きみのことだ。まだ、きみ自身をやり直せる」

「ぼく自身を？」

「そう」そう答えるのは、もうオスカルじゃない。今度はマルタだ。目になんとも言えない表情を浮かべてぼくを見ている。「まだ遅すぎはしない」

「まだ遅すぎはしない……」ぼくは繰り返す。

「決定権はあなたの手にあるのよ」

その通りだと思いながらうなずき、自分の手を見下ろす。そうだ。決定権はぼくの手にある。

「ぼくたちは自分を救える」重々しい声がした。もうマルタの声ではない。

視線を上げると、そこにぼくがいた。

もうひとりのぼくがぼくのほうへ両腕を伸ばしたそのとき、全体の皮膚がぱっくりと割れ、無数の傷となって蜘蛛の巣のように広がっていった。そこからゴボゴボと血が噴き出しはじめる。こんなに血を失ったら立っていられなくなるほどの血が。ぼくは驚き、数歩離れた。

「ぼくたちがこれをやった」もうひとりのぼくがささやく。

タールのように黒く濃い血がドクドクと腕を流れ、地面に落ちて黒い水たまりをつくる。Tシャツもズボンもぐっしょり濡れ、血を流しているのは腕だけではないとわかる。胸からも血が流れている。脚からも。首からも。口角からこめかみまで長い傷が顔を走り、容貌をすっかり変えている。

「ごめん……」ぞっとしながらも彼を見つめ、すすり泣きながらつぶやく。「ほんとに……ほんとにごめん」

激怒していると思ったが、もうひとりのぼくからはただ静けさが感じ取れるだけ。

「まだぼくたちは救える。まだぼくたちはこれを変えることができる」

「うん」ぼくは答える。「そうだ、もちろん。やってみよう」

「裏切るなよ」もうひとりのダリオが釘をさす。「きっとこれがぼくたちの、最後のチャンスだ」

裏切ったりしない。

だがそのとき、ぼくの言葉はなんの役にも立たないことに気づく。言葉で血を止めることはできない。言葉ではぼくがつけた傷を治すことができない。

それをできるのは行動だけ。

El Hielo De Mis Venas

第40章

わたしは多くの人生を生きた
何度も違う人になった
自分の人生は苦く
心を空虚で満たす

『フィアー・アンド・ロウジング』
マリーナ・アンド・ザ・ダイアモンズ

ミリアム先生の診察室から出てスマホを見ると、フェルのメッセージが目に飛びこんできた。ぼくを苦しめようと地獄から出てきた幽霊のように、言葉が画面の向こうからこっちを見ている気がした。

フェル：オスカルが自殺を図った
フェル：心配すんな、大丈夫だ

現実だとは思えなかった。そんなことありえない。オスカルは絶対、そんなことしない。まして生活が変わりはじめた今、こんなクソみたいなことからやっと解放されそうな今になって、そんなことするはずがない。でもフェルがこんなうそをつくはずもないから、本当のことなんだろう。そんなこと……自殺しようとしたのが本当なら、とんでもないことが起きたからにちがいない。

ダリオ：なにがあった？
ダリオ：ほんとのこと言ってくれ、頼む

フェル：おしっこかけられたんだ
フェル：体育のあと、更衣室で
ダリオ：……
ダリオ：ばか言うなよ
ダリオ：ほんとなのか？？？？？
フェル：ああ
フェル：ぼくが帰ったとき、バスタブのなかにいるのを見つけた
フェル：かみそりで切っていた

その光景を思い浮かべただけでむかむかする。しかも最悪なのは、さほど苦もなく想像できたことだ。やつらはオスカルを限界まで追いやった。実際、もっと前におかしなまねをしていなかったのが不思議なくらいだ。

ダリオ：ほんとに大丈夫なのか？？
ダリオ：出血がそんなに多くなかったってことか？？？

フェル：そうだよ、落ち着け
フェル：そこまで深く切ってなかった

最初から大丈夫だとは言ってたけど、状況を知って初めてほっとして、ため息が出た。もし深く切ってたら、致命傷になってたら、自死してたら……ぼくはどうしただろう。ぼくにも責任があるとわかってるから、決して自分を許すことはできなかっただろう。それは、抱えて生きるには重すぎる罪となったはずだ。

ダリオ：このままのはずはないよな
ダリオ：知ってるんだろ？
フェル：ああ
フェル：学校をやめるらしい

それを読んでドキッとした。避けられないことだとはわかってる、遅かれ早かれそうなってただろうとわかってるけど……もう会えなくなると思うと胸がうずく。もうつまらない連中とかかわらずにすむんだから、彼にとってはそれがいちばんいいとわかってるけど、結局ぼくは、エゴイストなんだ。彼を失いたくない。

だから心と裏腹なメッセージを送った。

ダリオ：それがいちばんいいね
フェル：そうだ
フェル：あいつが出ていかなきゃならないなんて、ふざけんなよって感じだけど、でも……
ダリオ：またやられるのが怖いんだ
ダリオ：そうだろ？
フェル：そうだよ
フェル：あいつを責められないよ、ほんとのところ
ダリオ：だね
ダリオ：だれがやったの？
フェル：おかしなことするんじゃないだろうな

フェル：おまえのことだから

フェルに見透かされてた。

ダリオ：しないよ、ばか

ダリオ：でも知りたい

フェル：いつものやつらだよ

フェル：カルロスと例のやつら

わかってた。もちろんわかってた。あのクソ野郎がやったに決まってる……ほかにだれがいる？　オスカルをひどい目にあわせるやつらの筆頭は、決まってカルロスなんだ。でももうたくさんだ。これからはあいつらに好き放題やらせるつもりはない。

あいつの連絡先を探してメッセージを送った。

ダリオ：よお！

ダリオ：今日、プレイステーションやらないか？😁

接続中の表示が出て、すぐに返信があった。

カルロス：またおれと話す気になったのか？
ダリオ：ハハハ
ダリオ：なんでそんなこと言うんだ？
カルロス：いや、ここんとこおれを無視してるみたいだったから
ダリオ：知らないよ、おまえの想像だろ
ダリオ：じゃ、会えるか？
カルロス：ああ、いいよ
カルロス：何時？
ダリオ：うん……
ダリオ：七時でどう？

カルロス：いいよ
カルロス：どこで会う？
ダリオ：空き地は？ おれの家の近くの

待ち合わせには変な場所だとは思うが、少なくとも、いつも人がいない。うまい具合に、やつはなにも気づいてないようだ。

カルロス：ＯＫ
カルロス：じゃ、そこで会おう
ダリオ：いいね！
ダリオ：早くやりたくてたまんないよ、へへっ
ダリオ：😁

こうやってなんでもないことのように、あいつが陰険なやつじゃないみたいに、オスカルの人生を台無しにしたやつではないかのように話してるといらいらする。でも、疑われないためにはこうするしかない。ただ、ひとつだけぼくは本当のことを言った。早くそのときが来てほ

しくてたまんないってことだ。

＊＊＊

約束の十分前に着いた。緊張で心臓がドキドキしている。そう、緊張と……興奮。ほんと言うと、このときが来るのを待ち望んでたんだ。いいことじゃない、やるべきじゃない、山ほどの問題に巻きこまれてしまうとわかってる……。でも、やる必要があるんだ。

カルロスが来たのは、七時を一、二分過ぎたころだった。いつも通りのしっかりした足取りで、いつものずるそうな笑みを浮かべながらこっちに向かってくる。見るだけでいやな気分だが、態度を変えないように気をつけた。

「やあ！」数メートルのところまで来て、ぼくに挨拶する。「行こうか？　なんでこんなところで待ち合わせたんだよ……」

「ちょっと一緒に来てくれるか？」声が上ずらないように気をつける。「話があるんだ……」

カルロスは肩をすくめたが、疑った様子はなく、ぼくのあとをついて空き地に入ってくる。いつもだれもいない場所で、幸い、今日も例外ではない。ぼくたちは空き地の奥の、薄暗い側道めがけてずんずん歩いていった。

「なにがあったんだ？　おまえ、なんか変だよ」

声に疑いがにじんできたが、特に問題なく目的の場所に着くと、カルロスのほうを振り返った。興奮で血が沸き立っている。

「おまえはクソ野郎だ」気持ちとは裏腹に、すごく落ち着いた声が出た。

カルロスは眉を寄せる。

「なに言ってんだ？」

「オスカルにやったこと、聞いたぞ」自分の声の冷静さに驚く。「どうやったらそんなに陰険なことができるんだ？」

カルロスは一歩下がったが、空き地の壁にぶつかったので、それ以上動けなくなる。

「おまえには関係ないだろ……」カルロスは口ごもり、初めて目に恐れを浮かべた。ほんとに怖そうだ。それを見て楽しんでいる自分がいた。

もう我慢できない。そこでぼくは全身の力をこめて、やつのあごをげんこつで殴った。やつはうめき声を上げながら、ぶたれたところに手を当てる。

「なにすんだよ！」怒ってわめく。「おまえ、頭がどうかしたのか?!」

答える代わりにもう一発、そして顔の反対側にも、もう一発。はっきり言ってけんかの経験などない。そういうのに巻きこまれたこともないから、自分がどれだけの衝撃を与えているのかわからない。でも、もちろん精一杯のことはやっている。

ところが三発目のあと、驚きから立ち直ったカルロスが反撃してきた。こぶしが左の目に入ったものだから、爆発的な痛みが頭蓋骨全体に広がっていき、めまいがしてふらふらと数歩後ずさる。一瞬、目が見えなくなったかと思った。そのあと少し視界が開けたものの、目の前にはちかちかと星が飛んでいる。

「クソ野郎……」口ごもりながら、それだけ言った。

ぼくはもう一度殴りつけたが、さっきほど力が入らなかったから、たいして効き目はなかったはずだ。カルロスの反撃は、今度はあごに来た。わめき声が出るほど痛くて、また二、三歩後ずさる。頭がぼうっとするが、それでも目に涙があふれてきたのには気づいた。激怒しながら袖でぐいっと涙をふくと、ちかちかする星の向こうに、カルロスがしっかりとした足取りで近づいてくるのが見える。

「これ、一体どういうことだよ？」カルロスの怒鳴り声には怒りがにじんでいた。

ぼくはもう一度殴ろうとしたが、めまいがひどくてふらふらしてしまう。カルロスはぼくの腕をたやすく払いのけてから、両手で胸を強く押してきた。ぼくはさらに後ずさったが、足がもつれてあおむけに倒れてしまった。地面が柔らかいので衝撃は少し和らいだものの、いずれにしたって痛い。

目をぱちぱちしてわずらわしい星を消そうとしてもうまくいかない。それから地面に両手をつき、弾みをつけて立ち上がろうとしたが、カルロスに右腕を蹴られてまたバタッと倒れた。カルロスがさらにもう一撃くわえようとしたところを、無事なほうの腕でさっとやつの脚をとらえたので、蹴られずにすんだ。その代わり、今度はやつがバランスを崩して地面に倒れた。そのすきにぼくはできる限り体勢を立て直し、やつに飛びかかった。脚を絡めて動きを封じ、やつの上になって、全身の力をこめ、あごにこぶしを振り下ろす。やつは血の混じったつばを吐いたが、気にせずもう一発殴った。さっきのお返しに、ストレートパンチを目にたたきこむ。

「おまえはクソ野郎だ」怒りをこめて繰り返した。

「なんなんだよ、これ！　頭がおかしくなったのか？」

「おまえがオスカルにしたことを思えば、これでもいちばん甘いくらいだ」

カルロスは狼狽した様子で、しばらくじっと見つめてくる。ところが次の瞬間、やつはさっと膝を立て、ぼくの股間を強く蹴った。さっきまでとは比べ物にならない、耐えられないほど強い痛みが爆発し、体じゅうに広がっていく。意識がもうろうとし、涙があふれてきた。横向きに倒れながら、思わずわめいた。

「クソ野郎！」打たれたところを押さえ、しりもちをついたまま後ずさりながらうなる。「タマがつぶれたぞ、ふざけんな！」

ぼくらは息を切らし、はあはあとあえぎながら見つめ合った。しばらく、どちらも無言だった。それからカルロスが飛びかかってきたので、ぼくは逃れようもなく、地面にぐっと押さえこまれた。土まみれの顔のカルロスがぼくをじっと見る。顔がつぶれるほど殴られるんじゃないか、殺されるんじゃないかと思うほどの怒りが、その目には満ちていた。もう一度殴られたら致命的だと思ったが、彼は手を出さなかった。

彼がしたのは、ぼくにキスすることだった。

ぼくの人生であっけにとられた瞬間があるとしたら、それはこのキスだ。くちびるの動きはぎこちないが素早く、怒りに満ちていながら情熱的で、ほんの一瞬、キスを返そうかと思ったくらいだ。でもそうする代わりに、ぼくは腕を上げてやつのほほを強く叩き、離れさせた。

「一体なにやってんだよ？」たずねる声に怒りをこめた。「オスカルがゲイだからって、あんなひどい目にあわせたくせに、結局おまえもゲイなのか？」

「おれはちがう……」

「この野郎！」最後まで言わせず、ぼくはもう一度やつを殴った。その目には恐怖が、真の恐怖が宿っていた。ばれたとわかったからだ。

「だれにも言わないでくれ」怯えてつぶやく。その様子を見るのが楽しかった。「お願いだ、だれにも言わないで……」

ぼくは顔をしかめながら苦労して立ち上がった。まだ股間がひどく痛み、少しめまいも残っている。

「おまえはクズだ。わかってんだろ？　彼にあんなことをしておいて……」

カルロスに向けて言ったけど、それは自分自身への言葉でもあった。結局、ぼくだって恐怖のせいでオスカルを邪険に扱ったのだから。ぼくもオスカルにひどいことを言い、むごいことをした。そう、カルロスほど極端ではなかったかもしれないが、いずれにせよオスカルを傷つけたにはちがいないんだ。きっとぼくの手では決して修復できない傷を。地面に寝そべるやつを見て、彼のなかの嫌いな部分は、自分自身の嫌いな部分でもあるとわかった。

「ごめん……」もごもごと言うやつの目に涙が光っているのに気づいた。

ぼくがどう思っていようと、基本的には、カルロスもまた犠牲者なんだということを今になって理解した。ぼくたちに自分を隠すことを強いて、自分たちは悪の存在なんだと教えこむ、このクソみたいな社会の犠牲者。他人とちがうと気づいたときから、自分を嫌うよう仕向ける社会。カルロスも自身の憎悪の、自己嫌悪の犠牲者だが、その憎悪はそうするよう頭にたたきこまれたものだ。ぼくが自分自身に感じる憎悪を今、カルロスに投影しているように、カルロスもまたオスカルに投影していた。結局、ぼくたちは大してちがわないんだと思う。

　でも、犠牲者だからってあいつがやったことを正当化はできないし、ぼく自身がやったことも恐怖を理由にして正当化はできない。

「もしまたオスカルに手を出したり、たった一言でもなにか言ったら、おまえが今したことを学校中に知らせるからな」ぼくは冷たい声で警告した。「わかってるな？」

　返事はなかったが、やつは怯えた表情でうなずき、それを見てぼくはまた楽しくなった。やつを殴ったことを誇らしく感じるとまではいえないにしても、満足しているし、後悔もしていない。暴力は解決にならない、そんなことをしても状況はよくならないとわかっている。でもやつはそうされても当然だし、やつになにをしたところで、ぼくがオスカルにしたことの比較にはならないとも思っている。もし、もっといい人間なら、たぶん後悔しただろう。まあ、もっといい人間だったら、殴ったりはしなかったと思うけど。

　でもぼくはそうじゃない。もしぼくがいい人だったら、そもそもなにも起きなかっただろう。いい人だったら、怖がらずに行動を起こし、カルロスに好き放題なことなんて決してやらせなかっただろう。いい人だったら、オスカルにつばなんて吐かなかった。いい人だったら、自分の気持ちを打ち明けてくれたときにあんな態度をとらなかっただろう。せっかく心を開いてくれたのに、その心をぼくはもぎ取ってしまった。

でもたぶん、悪い人間とも言い切れないかもしれない。やったことは絶対正当化できないにしても、ぼくたちみんな犠牲者じゃないのか？　要するに、たぶんぼくは単に壊れているだけ。内側が壊れて粉々になり、いつか元に戻るかどうかもわからない。そしてもちろん、それはぼくだけじゃない。実際、ぼくたちみんな壊れてるような気がする。オスカルも、ぼくと同じく壊れている。そしてカルロスもそうだって、今わかった。ここではみんな、それぞれに壊れてるみたいだ。

本当に難しいのは、欠けているピースを見つけられるようになること。

El Hielo De Mis Venas

第41章

だから自分自身に向き合ったけど
垣間見ることさえできなかった
ほかの人にはペテン師がどう見えてるのかが
このテストをするにはまだ早すぎるんだ

『チェンジズ』
デヴィッド・ボウイ

ドアを開けるとロッキーが出迎えてくれたが、いつも通りの優しさのこもった、うれしそうな歓迎にうまく応えることができない。ぼくはあまりに興奮していて、ぴりぴりしてた。家に帰る途中、スマホのカメラで自分の顔を見ると、目とあごが紫色にふくれ上がっている。祖母がこれを見逃すはずないし、見つけたらそのままにしておいてくれるはずがない。そうなったら全部、ちゃんと話さなきゃならなくなるだろう。それが怖かった。

　ロッキーをなでたあと、バスルームに行く。祖母と向き合う前に熱いシャワーを浴びて、ちょっとリラックスしたかった。まだ股間が痛むし、歩いても楽にはならないが、いやでもなんでも歩くしかない。空き地の土だけでなく、自分のとカルロスの血がそこらじゅうについていて、なによりもまず大急ぎで洗い流さないといけなかった。

　鏡に映った自分の目を見る。この数カ月、ぼくのいろんな表情を映し出してきた鏡。認めたくはないくらい、何度も見た表情が憎しみだ。自分自身に、オスカルに、そしてほとんどすべての存在に向けた憎しみ。自分の目に恐怖が宿っているのも見てきた。悪夢から目覚めるたびに感じる、激しく強烈な恐怖。でも今日は初めて、自分の目のなかに勇気を見つけた。

熱いお湯を肩に受けながら、満足のため息を漏らす。けんかのときの緊張のせいでこわばっていた筋肉が、熱と水圧で少しずつほぐれていくのがわかる。頭をそらし、殴られたところにお湯を当てると顔がゆがむほど痛いが、できる限り我慢する。こうしておけば、あとで気分がよくなるとわかってるからだ。どのくらい浴びてたかわからないが、お湯がぬるくなってきたのでようやくお風呂を出たときには、どんなことでもできるような気になっていた。

バスルームのドアを閉めると、祖母が台所で作業をしている音が聞こえてきた。今ごろの時間だと、夕飯の用意をしてるに違いない。つばを飲みこみ、きっと叱られるなと思いながら台所に入った。たちまちいつも使ってるオリーブオイルの強いにおいに包まれるが、今日はいい香りだと思うこともなければ、食欲がかきたてられることもない。ただ胃がむかむかしただけだった。

「ただいま」台所に入って大きな声で挨拶したが、祖母は振り向きもせず、調理台の上でジャガイモを切っている。

「ねえ、食卓を整えてよ」

ぼくは黙って従う。時間を引き延ばしても意味がない、やらなきゃいけないことを後回しにするだけとわかっていたが、手伝わないわけにもいかない。チェックのテーブルクロスの上にお皿とカトラリー、コップとナプキンをセットし、半分までしか入ってなかったピッチャーに水を注ぐ。それから、昼食で余ったパンをパン入れから出した。

「できたよ」

「じゃあ、卵を持ってきて」

冷蔵庫から卵のパックを出し、調理台に運ぼうとすると手が震えたが、祖母はぼくのほうを見もせずに、ジャガイモに集中している。それからぼくは食卓につき、祖母を見つめた。薄く切ったジャガイモを揚げ物用の鍋に入れ、卵をかき混ぜはじめている。すぐにトルティージャ【訳注：スパニッシュオムレツ】のにおいが台所に満ちてきたが、胃がぴったりふさがってるぼくは香りを楽しめない。

食事の支度が整って、トルティージャの皿を手に、ほほえみながらぼくのほうを振り返ったとき、祖母はようやくなにかおかしいことに気づいた。ぼくの顔を見ると、たちまち笑みが消える。

「なんてこと！」祖母は叫び、空いてるほうの手を胸に当てた。「一体なにがあったの？」

「心配しないで、おばあちゃん。大丈夫だよ」

「なにがあったか、今すぐ話しなさい、ダリオ」手を下げながら、厳しい口調で命令する。

ぼくはため息をつき、祖母は食卓に皿を置いた。

「けんかしたんだ」

「そりゃ、見ればわかるよ。いつもこんなけんかしてるの？」

祖母の顔に落胆が広がるのを見て、恥ずかしさの波が体じゅうを駆け巡った。祖母がたたきこもうとしていたことがあるとしたら、暴力はなにも解決しないということなのに、今日は頭からすっぽ抜けてた。そして最悪なのは、内心でぼくは、暴力を楽しんでいたことだ。どれほどそのことで自己嫌悪したとしても、事実は変えられない。

「これが初めてだよ」

「これで最後にしてほしいもんだね」真剣な声で言う。

「そうなるよ」

「期待してる。オスカルと？」

ぼくは緊張してつばを飲みこんだ。

「ちがうよ……カルロスとだ」弱々しい声で答える。

「カルロス？　クラスメートの？」ぼくはうなずいた。「どうして？」

もう一度ため息をついた。

「話すと長くなるよ、おばあちゃん……もう、こんなことないから」

「ああ、もう、あたしとあんたの間で言い訳は、なしだよ。長い話なら、最初から話しておくれ。わかってるね」

もちろん、言うのは簡単だけど実際にやるのは難しい。でも、最初から話すしかなかった。

「カルロスとその仲間が学校で、しばらくオスカルをひどい目にあわせてたんだ」

「しばらくってどのくらい？」

不意打ちの質問だ。

「えーと……その、数カ月かな。新学年になって何週間かしてから」

祖母は眉をひそめてぼくを見た。

「で、これまでオスカルを助けずにいたの？」

ぼくは居心地悪くなり、どう答えればいいのかわからなくて肩をすくめた。

「うん……オスカルとは仲たがいしてたから」ぼくは弱々しく弁明した。

「そんなの言い訳にならないよ」厳しい口調で言う。「友だちなら、もっと早く助けてあげなきゃいけなかったんだよ。だれかに言うべきだった」

恥ずかしくてほほが熱くなってきたのがわかった。

「わかってる」

「どうして仲たがいしてたの？」

うわっ。

「言いたくない」もごもごと言った。

「ダリオ……」

「ねえ、おばあちゃん。それ以上聞かないでよ」懇願するように言った。「これはぼくたちの間のことだ……ほんとに、話したくない」

祖母はふうっと息を吐いた。

「わかったよ、好きなようにしなさい。でもあんたがオスカルと仲たがいしてて、それでもっと早くあの子を助けてあげなかったのなら、どうして今ごろかかわり出したの？」

今度はぼくがため息をつく番だ。細かいことを省いて、起きたことを話すには、どうすればいいんだろう？

「今日、やつらが……あることをした」説明できない。あの言葉を発音できない。オスカルにとってどれほど屈辱的な出来事だったか、想像すらしたくない。「とんでもないことを。やつらがオスカルにひどいことをするのにうんざりしたんだ。だからカルロスと待ち合わせた」

「カルロスを殴るために」

それは質問ではなく断定だったけど、いずれにせよぼくはうなずいた。

「うん」

「そんなことしたって状況がよくなるわけじゃないよ、わかってるね？」

「わかってる」その通りだ。「でも、すごく腹が立ってたし、それにオスカルが自殺しようとして、それで……」

「待って、待って」ぼくの言葉をさえぎり、祖母は心配そうな顔をして、また胸に手を当てた。

「オスカルが自殺しようとしたってどういうこと？」

深呼吸して気持ちを落ち着け、考えと感情を整理しようとした。

「学校で、オスカルはひどい目にあわされていたんだ。でもそれだけじゃない。家でもひどいことになってた」

「ええ……そのことはちょっと聞いたよ」

「うん、数日前にオスカルは父親と大げんかして、家を出たんだ。それからフェルの家に住んでる。それで今日、ある……あることが起きたあとで、自殺しようとして、バスタブのなかで血まみれになってるのをフェルが発見した」

祖母はさっと十字を切ったが、それを見たぼくはむかむかしただけだった。

「なんてこと……大丈夫なの？」

ぼくは急いでうなずいた。

「うん、傷は大したことないらしい……そのことがなによりびっくりしたってフェルが言ってた」

「それなのに、その子を殴りにいかなきゃ気がすまなかった」祖母はとがめる口調で言う。「どうしてそんなことしたの？」

「ひどい目にあわされてたって言ってるだろ！　でも今日のは……」涙があふれてきたのに気づき、つばを飲みこむ。「今日のはとんでもなかったんだよ、おばあちゃん。全部ぼくのせいなのに、そのうえなにもしないなんて、かなりいやな気分だった……」

「あんたのせいってどういうこと？　なにをしたの？」

しまった。どんどん、自分からことを面倒にしていってて、もうどうやって抜け出たらいいのかわからない。

「なんでもない」

「ないことないでしょ。自分のせいだって言ったじゃないの」ちょっとの間、ぼくをじっと見る。「なにがあったの？　なにをしたの？」

「おばあちゃん、じゃないよ。あんたがしたことはなんなの、ダリオ？」

「そのことは話したくないんだってば」

だけど、自分のことはよくわかってる。このまま訊かれつづけたら、ぼくは全部ぶちまけてしまうだろう。心のどこかでそうしたいと思っているが、もう一方では、とてつもなく強い恐怖にしばられて、自分から言うことなんてできないとも思っている。

「でも、あんたたちの間になにがあったか聞かせてくれる？　小さなころから、切っても切れない仲だったのに……なにがあったの？　友だちって、そんなに簡単に離れないものよ」

「なんにも……」

「なにか大変なことがあったはずだよ」祖母はこだわり、ぼくはどんどん苦しくなってくる。

「そうじゃなければ、そんなふうに終わったりしないよ」

「なんでもないってば、ああ、もう！」

祖母が食卓を強く叩いたので、ぼくは驚いた。

「あたしに向かってそういう口の利き方をするのは、これで最後にしてもらいたいね。まして食卓では。わかった？」

「うん」

「さて、なにがあったか話してちょうだい。そうしないと、ここから出さないよ」まだほんのり湯気が立っているトルティージャをわきに除けて言う。「それに、話すまで夕食もおあずけ」

話したくはなかったが、あまりにプレッシャーがきつくて、ぼくはとうとうぶちまけた。

「ああもう、ぼくがゲイだからだよ」ついに告白した。「わかった？ ぼくはゲイなんだ。心配しないで、もう部屋に行くから。おばあちゃんがぼくみたいなやつを嫌いだってことは知ってる」

やった。言ってしまった。自分でも信じられないが、でも、言ったんだ。とうとう言った、長い間隠しつづけ、否定しつづけてきたことを、とうとう打ち明けた。心の片隅でほっとしていたが、頭ではその解放感をほとんど認識できていない。ぼくという存在の大部分が恐れおののいていて、あまりに強くて激しい恐怖に体のなかをむさぼられているような気がした。

これからどうなるんだろう。これから祖母との仲はどうなっていくんだろう。そう思うとパニックに襲われた。もしも愛してくれなくなったら？ ミリアム先生ほど優しくない、別の精神科医のところへ送りこまれるのだろうか？ いや、それどころか……家を追い出されるのだろうか？ そうなったらどうしよう？ たぶんフェルの家に行けるかもしれない、オスカルのように……。でも、オスカルがいる家に、どうして住める？ オスカルはすごく不快に思うだろう。特にこのところは、ろくでもないことが続いてるから。それに、ずっとフェルの家にいれるわけでもない。そのあとはどうしよう？ どこへ行こう？ 答えが出るのが怖い。だから祖母が口を開くのを見て、最悪の答えを予想し怯える。永遠に続けばいいのにと思う一瞬の沈黙のあと、祖母はこう言った。

「ねえ、なんの話をしてるんだい？」

ぼくはつばを飲みこむ。ついに打ち明けたときの苦しさを思えば、繰り返すのはまだましだ。

「ぼくがゲイだってこと」

ましと思ってたけど、ほんの少しだった。

「それはもう聞いたよ、ダリオ」厳しい口調で祖母が言う。「でも、もう部屋に行くとか、あんたみたいなやつとか、なにを言ってるの？　なんの話をしてるのか、教えてって言ってるんだよ」

その言葉を聞いて少しまごつく。

「えーと……ぼくみたいな……。それにおばあちゃんみたいな……」なにを言ったらいいのかほんとにわからなくて、とうとういちばん怖い質問をしてしまった。「ぼくのこと、怒ってる？」

「そりゃもちろん、怒ってるよ」

終わった。これで確定だ。

「ごめん……」

「あたしは、あんたがけんかしたから怒ってるんだ」なんで怒ってるのかを、祖母は一言ひとこと強調しながら言った。「それに友だちが、いちばんあんたを必要としてるときに放っておいたことにも怒ってる。ダリオ、あたしはあんたを、そんなことするような子に育てた覚えはないからね」さらに付け加える。「あんたがそんなことするなんて恥ずかしいよ」

希望が一筋見えてきたが、それが現実か想像の産物かわからない。ここまで来ると、混乱しすぎて判断できない。

「それで……もうひとつのほうは？」

「ダリオ、知っての通りあたしは年寄りだ。あたしの若いころは、そういうのはそんなになかった。でも物事が変わってきたのは知ってるよ。あんたは確信してるんだね？」

「ぼくがゲイだってこと？　うん……たぶん、そう」

「ねえ、知っての通り、あたしはその手のことはよくわからないけど、あんたはあたしの孫だからね。もしあんたがそういう……」

「そういう……？」

「いや、ダリオ。あたしは怒ってないよ、その……もうひとつのほうでは」

今聞こえた通りのことを、ほんとに祖母が言ったんだろうか。それともぼくの聞きちがいか？　ほっとした気持ちが広がって、風船のようにぼくの心をふくらませる。でも、気をゆるめすぎないようにぐっとこらえる。それに目の縁にせり上ってきて、いつこぼれてもおかしくない涙もぐっとこらえた。だけど、ちょっと質問をまちがえていた。まだ、もっと怖い質問をしていなかった。

「それじゃ……ぼくを愛さなくなったりしない？」

我ながら、子どものような声が出た。その言葉を聞いて祖母の目が和らいだ。

「どうして孫を愛さなくなるのさ？」

とうとう、涙が目からあふれてしまった。

「大好きだよ、おばあちゃん」消えそうな声で言うと同時に、机に突っ伏し泣きはじめた。

「ダリオ！ どうしたんだい、ダリオ！」すごく心配そうな声だ。

答えたかったが、できずに体を震わせて泣く。あまりにも長く自分のなかにしまいこみすぎて、解き放つ必要があることすら知らなかった涙だった。肩が激しく震えているのがわかる。もうこうなったら、止めることなどできないんじゃないかという気がしてきた。

「おばあちゃん……」しゃくりあげながら、どうにかそれだけ言う。

「ダリオ、おまえったら……」

椅子が動く音がした。それからすぐ、祖母がそばに来たのがわかった。ぴったり寄り添って座り、ぼくを抱きしめる。力強いが優しい腕に抱きしめられて、慣れ親しんだ甘い香りに五感が満たされた。まだ肩がぶるぶる震えていて、しゃくりあげ、すすり泣くのを抑えられないが、祖母がそばに来てくれて、涙は少しずつおさまってきた。

「どうしたんだい？」ぼくが少し落ち着いたのを見て、祖母がたずねる。

「すごく怖かった……」言いはじめたが、腕にのせた頭は上げられない。

「なにが？」

つばを飲みこみ、答える。

「おばあちゃんに愛されなくなるのが」

「だって、それはもう言っただろ。どうしておまえを愛さなくなるんだい？」

「だってぼくは……だってぼくは……」

あの言葉を、もう一度発することができない。

「それがどうしたっていうの。おまえはあたしの孫で、好きだってことは変わらないよ」

「ほんとに？」

「当り前じゃないの！　なんでそんなふうに言うの？」

「嫌われるだろうと思ってた」消えそうな声で言いながら頭を上げた。「もう愛してくれないんじゃないかと……それとも、家から追い出されるかと」

祖母は声を上げて笑った。

「なにばかなこと言ってんだ、ダリオ。いいかい？」そこで言葉を切り、ぼくの腕をぎゅっと握る。「なによりも、おまえを愛してるよ。このことは絶対忘れないで、いい？」

「うん、でも、あのテレビを見てた日……」

「テレビ？　いつの？」

あの言葉はいまだに忘れられない。《もしあんたがこんな男たちみたいになったとわかったら、家から追い出すからね》忘れるには、この言葉に苦しんだ期間が長すぎた。

「去年の夏……」とぎれとぎれに、ぼくは説明しはじめた。「おばあちゃんがよく見るワイドショーにゲイが出ていて……それで、絶対こんなふうになるなって言ったじゃないか……こんな男たちみたいになったら、家から追い出すって」

祖母はため息をつき、ぼくの腕を優しく叩いた。

「もう、ダリオったら。ああいう番組に出てくるのがどういう人たちか、あんたも知ってるでしょ。他人の秘密を暴露したり、ひどい罵り合いをしたり……。あたしはそういうことを言ったんだよ、あの人たちが、その……ガイだっていうことじゃなくて」

綴りの通りに《ガイ》と発音するのがおかしくて、涙が出てるにもかかわらず、ぼくはくすっと笑ってしまった。

「ほんとに？」

「ほんとだよ」

まだ涙は止まっていないが、ぼくはほほえみ、祖母を強く抱きしめた。

「ぼくがどれだけ幸せか、わかんないよね、おばあちゃん」しばらくして体を離してから、ぼくは真剣に言った。

「あたしも幸せだよ。話してくれてすごくうれしい」

「ぼくも、話せてよかった」

「それでなの、おまえが……」どう訊けばいいのかわからないというように、祖母はちょっと言葉を切った。「それでおまえはあんなに……具合が悪かったの？」

ぼくが毎晩シーツを濡らしてたことだとは、はっきり言わない。そんな祖母がもっと大好きになった。

「うん」

「ほんとに、そんなに怖かったの？」

うなずいて言う。

「すっごく」

「でもね、おまえはあたしにとって唯一残されたものなんだ。あたしがいちばん愛してるのはおまえだよ。どうしてそんなことで愛さなくなったりするの？　なにがあろうと、おまえはいつまでもあたしの孫だよ」

　ぼくはじっと祖母を見つめ、初めてその強さを理解した。ぼくは確かに両親を亡くしたが、祖母にとっても家族と呼べるのはうちの一家だけだった。だから祖母も大切な家族を失った。ずっと前にぼくの祖父、つまり自分の夫を亡くしたときのように。そのとき祖母は、女が家にいるのが当たり前の時代に、外で働いて前へ進まなければならなかった。そしてまた家族を亡くし、ぼくをたったひとりで育てなければならなくなっても、祖母にはまだその力強さが残っていた。

「大好きだよ、おばあちゃん」

「あたしもさ。でも、おまえは罰を受けなきゃいけないよ」

　ぼくは驚き、眉をひそめた。

「どうして？」

「けんかしたからだよ。だからスマホをよこしなさい、明日の朝まで預かっておく。それから、今週はお小遣いなしだよ」

「おばあちゃん！」

「おばあちゃんもおじいちゃんもないよ。今すぐスマホを渡しなさい」

しぶしぶスマホの電源を切り、祖母に渡す。オスカルがこんな状況のなか、スマホがなくなるのはあまりうれしくないけど、なにかあったらフェルが家に電話してくれるだろう。必要なら家に来てくれるかもしれない。

「ほら」

「さて、ご飯にしよう。冷め切ったらいやだからね」

料理を見ると、急に食欲がよみがえった。怖い思いをしたけど、話せて本当によかった。このことをお祝いするのに、祖母がつくったジャガイモ入りトルティージャ以上のメニューは思いつかない。

（闇）

闇。見渡す限り、どこもかしこも真っ暗闇。

でもそのとき、彼を見た。

ベッドの上のオスカル。座っているオスカル。裸のオスカル。ぼくを待っているオスカル、だからぼくは彼に近づいた。

彼の周りのすべてが黒かった。もしそこが部屋だとしたら、部屋も床と同じように黒かった。

ベッドも黒、そして枕も。シーツも黒、すべてが真っ黒。

オスカルのそばに座る。ぼくの目からほんの数センチしか離れていないところに彼の目がある。ほんの一瞬、キスされるのかなと思った。

そのときオスカルがほほえんだが、以前の笑みとは全然違っていた。ずる賢い笑み、いたずらっぽい笑み。それから彼は手を上げ、ぼくの太ももの上に置いた。

どうすればいいかわからなくてじっとしていた。脚に触れるオスカルの手のひらは燃えるように熱かった。オスカルの火が内からも外からもぼくを焼き尽くし、ゆっくりとぼくのなかの氷を溶かしていく。

　一瞬、すべてが完全に黒くなったが、それはただ目を閉じていただけだということに気づく。

ぼくたちは闇のなかで途方に暮れていた。

オスカルとぼく、ふたりだけで。

ぼくは目を開いて彼を見た。彼もぼくを見返すと、手は太ももに置いたまま、ぼくの体をゆっくりと、なめるように見る。それからそろそろと、手を脚から上へ這わせはじめた。指がさっきより熱くなっている。まるで奇妙な火で焼かれているみたいに。逃げたかったが、同時に彼と一緒に燃えてしまいたくもあった。

燃えるほうを選んだ。

オスカルと一緒なら、いつだって燃えるほうを選ぶ。

オスカルのくちびるがぼくのくちびるをかすめたとき、ドアが開いた。

「あんたたち、なにをしてるんだい？」

戸口に祖母のシルエットが浮かび、自分の部屋にいたのだと気づく。祖母は部屋の向こう側からぼくたちをじっと見ている。

くそっ。くそっ、くそっ、くそ。

「おばあちゃん、ちがうんだ……」

祖母はぶんぶんと首を横に振り、ぼくをぴたっと黙らせた。

「《おばあちゃん》もなにもないよ。あんたたちキスしてただろ。見たよ」

「おばあちゃん……ごめん」

「《ごめん》じゃない。食卓も整えずに、ここにこもるのはこれで最後にしてちょうだい」

心臓がひっくり返った。

「は？」

「聞こえただろ、すぐに食卓を整えて。あたしが全部やるなんて思わないでよ」

そしてそれ以上なにも言わずに、部屋から出ていった。まだ心臓がドキドキしていて、今起きたことが信じられない。ほほえみながらオスカルのほうを向いたが、そこでぼくは眉をひそめた。もういない。

オスカルが消えてしまった。

第42章

あなたなしではわたしの心は壊れてしまう
あなたなしでは目が覚めないかも
長い間贅沢に暮らしていて今底辺で苦しんでる
ごめんなさい、そして愛してる

『ドープ』
レディー・ガガ

数カ月ぶりに、目覚めたときほほえんでいることに気づいた。それだけじゃない。穏やかでくつろいだ目覚めだ。心配事もない。目覚めたとき……そう、目覚めたとき幸せだった。昨夜祖母と話したおかげで、かつてなかったほどの幸福に満たされている。悪夢も長く続いたけど、この幸せはずっと続くだろう。全部祖母に話せたことがまだ信じられない。心のどこかに、これが本当で、夢なんかじゃないということを信じようとしない自分がいるけど、その一方で、なにが本当かわかっている自分もいる。今感じている幸せは完全に現実のもので、そうとわかってますます幸せになった。

乾いてる。これもうれしい変化だ。最近では、前ほどシーツを濡らさなくなったけど、今度はちがう。もちろん確信しているわけじゃないけど、あれはもう終わったんだとなにかが告げていた。これからはいつも、乾いた状態で目覚めるんだと。

朝食のため台所に行くとき、記憶にある限り初めてというほどのくつろぎを感じた。もう怖いものはなにもない。このクソみたいな社会で男らしいと解釈されるものからかけ離れた態度をとったところで、なにも起こらないとわかってる。テレビＣＭに出てくる男の子をぼくが見つめていたところで、祖母は気にしないとわかってる。ありのままのぼくと、長い間ぼくが隠していたことをちゃんと知ったうえでぼくを見てくれるし、変わらず愛してくれるとわかってる。

でもまだ終わりじゃない。まだオスカルとのことをなんとかしなくちゃいけない、今度こそほんとに。今度は冷静さを保って、彼と話さなきゃいけない。

＊＊＊

公園に着くと、マルタはもう入り口でぼくを待っていた。サクラとロッキーは出会ったとたんに興奮して、すぐにぐるぐるとお互いのお尻を追っかけまわしたり、上に乗ったりしはじめた。幸い、ロッキーは子犬のころに去勢手術を済ませているから、少なくとも行儀の悪いことをして恥ずかしい場面を見る心配はないだろう。

「調子はどう？」少し沈黙があったあと、マルタがたずねた。ぼくは肩をすくめる。

「どうかな……たぶん、いつも通り」

マルタはほほえみ、ぼくたちは公園に入っていった。犬たちは興奮して走り回っている。

「でも元気そうね」

ほほえみを返しながら、ほんとにそうだなと気づいた。少なくとも、ある程度は。

「うん、うん」

「でも……？」

「なんでもないよ」だますつもりはないが、ごまかしてしまった。

「ねえ、ダリオ。うそついてるでしょ」マルタが強調する。「ほら、話して」

「ただ、相変わらず罪悪感があるってだけ」入り口からいちばん遠い、いつものベンチに歩いていきながら、結局認めた。「まだ終わっていないって知ってるからね。わかる？」

サクラのリードを外しながら、わかる、というようにマルタはうなずく。一緒に公園に来るようになって二週間ほど。この話題が出たのは初めてではなかった。

「あのこと、話すの？」

そう訊かれたのも初めてじゃない。

「そのつもりって知ってるだろ。でも、もちろん……」

「難しい」マルタが結論を言った。今度はぼくがうなずく番だ。

「すごくね」ロッキーを放しながら、消えそうな声で認めた。二匹はすぐに飛び跳ねたり駆け回ったりして遊びはじめた。昨日遊んでから二十四時間経っていないのに、まるで何年も会っていなかったみたいだ。

「でも、やらなきゃ」言葉ほどは、マルタの声はきつくない。「わかってるんでしょ」

「わかってる……でも難しいよ。たぶん踏ん切りをつけて、さっさと言ってしまわなきゃいけないと思う」

「オスカル、学校をやめると思う?」

「おい、ロッキー! 戻ってこい!」ロッキーが遠くに行きすぎたのを見て怒鳴ってから、急いでマルタに返事する。「たぶんね……少なくとも、フェルはそう言ってた。それにもう、ほとんど学校に来てないだろ」

「そうだね……。たぶん時間の問題ね」

「でも、いずれにしても言わなきゃ。そうしないと、オスカルが村を出ていったあとも、ぼくにはうしろめたい気持ちが残ると思う」

マルタは優しさがあふれる目でぼくを見た。

「あなたらしいね」

「そんなことないよ」

「そんなことあるって」そう言って、マルタは顔にかかった金色の髪を払いのける。「黙っていることもできるのに、オスカルが行くとわかってても言いたいんだね。そういうの、みんなできるわけじゃないよ」

「だってそれが正しいことだろ? 過ぎてしまったことを元通りにはできないけど、少なくとも、そうすればもっと公平な状況になる」

「あなたってすごいよ、ダリオ」

「きみがそう言うなら……」

そのとき、ロッキーが近くにいないのに気づいた。あたりを見回すと、数メートル先にサクラがいた。でもロッキーは……。

公園の入り口に向かってまっすぐに走っていくのが見えた。

「ロッキー！ すぐ戻ってこい！ ロッキー！」

ぼくの言うことを聞かない。もしかしたら遠すぎて聞こえないのかもしれない。だからさっと立ち上がり、ロッキーのいるほうへ走り出した。

「ロッキー！ こっちに来い、ロッキー！」

ところがロッキーは、公園から出てしまった。

左のほうから車が近づいてくるのにロッキーは気づいていないようだが、ぼくは気づいた。

急ブレーキ、続いてスリップの音。

ロッキーは驚いて左に顔を向けた。

走ってきたから、まだ舌が外に出ている。

「いやだー！」

ぶつかった。

ロッキーの吠える声に血管のなかの血が凍りつくが、ぼくは走りつづける。

ロッキーの体は空中を飛び、公園の入り口から数メートルのところに叩きつけられた。

動かない。

「ロッキー!!　**ロッキー!!**」

いや、待てよ。動いてる。そばに行くと、キューンと泣くような声を出しているのがわかった。痛そうだけど、でも少なくとも生きている。

「ロッキー……ロッキー、大丈夫か？」

運転手は四十歳くらいの、ひげをたくわえた男の人だ。運転席からこっちを見て、それからアクセルを強く踏みこみ、全速力で遠ざかっていった。

「戻りなさいよ、クソ野郎！」ぼくの隣に来たマルタが怒鳴っている。スマホを取り出して何度か画面を押さえた。「もう！ナンバーを撮ろうと思ったんだけど、ぼやけてる」

マルタの言葉がほとんど耳に入らない。まだ少し泣き声を上げているロッキーを胸に抱きかかえ、あやしてやることしかできなかった。

「ロッキー、なあ……大丈夫か？」

「傷はないように見えるけど……どう？」マルタが消えそうな声でたずねる。

「そうみたいだ」

脇腹に触り、ぶつかったところを押すとロッキーはちょっとキューンと鳴いたが、少なくともそんなに痛くはなさそうだ。どこからも血は出ていない。鼻血さえ出ていないので、頭を怪我したわけではないようだった。実際、見た目だけでは事故にあったとはほとんどわからない。

「ちょっとよくなったかい？」

少し体を離すと、ロッキーはすぐぼくの膝に飛び上がった。思わず笑みがこぼれてしまう。事故にあったのにこんなことができるのなら、ひどく具合が悪いわけではないのだろう。それでもまだ、心臓が胸から飛び出しそうに感じながらロッキーを抱きしめた。

「びっくりしただけみたいね」明らかにほっとした声でマルタが言う。

「獣医につれていかなきゃ。万が一……」

「閉まってるわ」とマルタ。「十時までだけど、もう十時十五分だもの」

「くそ……それじゃ、朝まで待たないと」

「深刻な怪我だと思う？」

そんなはずない。

「そうは思わない……でもそれでも、万が一のことがあるから連れていきたい」

「それがいいわ。家まで一緒に行ってもいい？」

「ほんとに？」

「もちろん。さ、行きましょ。サクラを連れてくるわ」

ロッキーを腕に抱えて歩きはじめたが、すぐに体をもぞもぞさせてもがき、下りようとする。仕方なく、リードをつけて地面に下ろした。歩きはじめたロッキーは、いつも通りに戻ったように見えた。ときどきこもったうめき声を上げるが、それを除けばなにもなかったように見える。ただびっくりしただけなんだと思えた。光の波に打たれたように、とてつもない安心感が広がっていく。

家に着くと、ロッキーはいつものように一目散に自分の寝床に走っていった。ぼくは事故で疲れ切っていたし、明日も学校があるしで、今日は早く寝ようと思った。まず夕食をとろうという元気さえない。胃がふさがっていた。

「おばあちゃん、ぼくはもう寝るよ」居間のドアから顔をのぞかせ、大声で言う。「すごく疲れた」

「寝る前にサンドイッチかトルティージャでも食べない？」祖母は心配そうにたずねた。「もしよかったら、目玉焼きでもつくるけど……」

「大丈夫だよ。外で食べてきたから」

「最近、少ししか食べないね……」

ぼくは思わずほほえんだ。

「大丈夫だって、おばあちゃん。もう寝るよ、ね？　おやすみ」

「せめてミルクでも飲んだら？　ビスケットもあるよ……」

今度は声を出して笑ってしまった。

「いいってば、おばあちゃん。おやすみ！」

「おやすみ」

部屋に入ると、ロッキーが自分用のボウルからすごい勢いで水を飲んでいるのが見えて、思わずほほえんでしまった。近づいていくと、いつものようになでてくれとあおむけになる。かがみこみ、お望みどおりにおなかをかいてやると、ロッキーは満足そうにため息を漏らした。それから、きつく押さえないように注意しながら脇腹をそっと触る。ロッキーは顔をしかめもしなければ、うめき声もたてなかった。用心しながら、もう少し強く押さえたが、ロッキーの様子は変わらない。信じられないほどの安心感に包まれて、今度はぼくがため息をついた。

「おまえのこと大好きだよ、わかってる？」

ロッキーはかしこそうな目でぼくをじっと見る。その目には愛情と親しみがあふれていた。実際には、愛情も親しみもぼくにふさわしいかどうかわからないけど、それでもロッキーは惜しみなく注いでくれている。

まだ眠る気にはなれない。安心したとはいっても、起きたこと……起こる寸前だったことのせいで、まだ神経がピリピリしていた。あのときのことは考えたくもない。でもこのままベッドに入ったら、くよくよ考えつづけるに決まってるから、ロッキーの寝床のそばに座りこんだ。するとロッキーは立ち上がり、ぼくが座るといつもそうするように、膝の上に飛びこんでくる。これは我が家の、一種の暗黙のルールだ。いつもお行儀よくすること、なにも壊さないこと。でも床に置いてあるものは、なんでもロッキーのもの。人間だって、床に座ればロッキーのものだ。

床の上でロッキーを抱きかかえ、しばらくそのままじっとしていた。時間がゆっくり過ぎていく。体の温かさを感じ、呼吸の音を聞き、脇腹が上下するのを見る。それから目を閉じ、壁に頭をあずけて、もっとひどいことにならなかった幸せを感じる。ロッキーを抱きかかえ、これからもずっとこうしていられるとわかった幸せを。

気づいたときには眠りこんでいたようで、急に目が覚めた。体じゅうが痛み、ロッキーをのせていた脚がしびれているので、かなり長い間こうしていたにちがいない。ポケットからスマホを取り出し、時間を見た。もうすぐ朝の五時。

「ロッキー、ぼくはベッドで眠らなきゃ。いい?」

そっと寝床に戻すと、ロッキーはすすり泣くような哀れっぽい声を立てた。なで終わると、いつも立てる声だ。恐る恐る立ち上がると、脚にぴりっと痛みが走る。ゆっくり歩いても一足ごとに体じゅうが震え、ほとんど倒れこむようにしてベッドに寝転んだ。耐えられないほど脚がじんじんするから、和らげるために少しこする。

「おやすみ」目を閉じる前に、ロッキーに言った。「大好きだよ」

El Hielo De Mis Venas

第43章

わたしの幽霊、どこに行ったの？
隣で寝ている体のなかにあなたを見つけられない
わたしの幽霊、どこに行ったの？
かつてあなただった魂になにが起こったの？

『ゴースト』
ホールジー

目覚めたとき、なにか変だと気づいた。

初めは、なにが変なのかわからなかった。光がまぶしくて何度か瞬きし、それで気づいた。光だ。朝のこんな時間にしてはまぶしすぎる。まだ早朝のはずなのに。

いや。

そうじゃない。

スマホを見て、もう十二時を過ぎているのを確かめた。

それなら、どうして今まで目覚めなかったんだ？

いつもなら、ロッキーが起こしてくれるはずなのに。

事故の映像が頭をよぎったが、全部はっきり覚えている。何事もなかったんだ。家に着いたときには完全に、いつもの甘ったれに戻っていた。ただびっくりしただけなんだ。

そうだよな？

みぞおちに変な感覚がある。重くて不快な感覚で、これはパニック症状だと気づいた。結局、なにかあったんだとしたら？

ようやく光に目が慣れてきて、部屋の隅を見る。ロッキーは寝床の上で穏やかに眠っている。ほっと息をついた。きっと休息が必要なんだ。あんなことがあって、深刻ではないとはいえ、かなり衝撃を受けたんだから。

「ロッキー！　寝坊だな、まだそんなとこにいるのか？」少し待ったが、返事がない。いつものように頭を動かさない。聞こえてますよというしるしに耳を動かすことさえない。「ロッキー？」

パニックの感覚がさらに強くなり、ベッドから下りたときには心臓が口から飛び出そうだった。ゆっくり寝床に近づく。そこでなにを見つけるかと思うと、すごく怖い。

「ねえ？」

なにも起きていないように見える。脚を投げ出して眠っている、それだけだ。ただそれだけ。ただぐっすり眠っているだけ。なにも起きていない。なにも起きるはずがない。そう思いながらもすぐにそばに行き、ロッキーをよく見た。

目が開いている。それを見て心臓がひっくり返った。

「ロッキー?!」

そばにひざまずき、開いているのは目だけじゃないことに気づいた。口も開いている。舌がだらんと垂れているが、いつもの濃いピンク色じゃない。ずっと青白くて、ずっとくすんでいて……生気のない色。恐る恐る近づけた手を脇腹に当て、呼吸を続けているか、心臓が動きつづけているかを確かめた。

生温かい……というよりむしろ、冷めつつあると言ったほうが近い。いつもに比べて冷たすぎる。このところ気温はあたたかくなりはじめたのに、それにしては冷たすぎる。

死の冷たさだ。

「いやだ……ロッキー、いやだ。頼むよ、ロッキー、いやだ、いやだ、いやだ」

ぼくはロッキーの脇腹に両手を当て、映画で見た場面をまねて、一定のリズムで押しはじめた。犬にも同じようにするのか、全然わからなかったけど。それから、どうすればいいのかよくわからないままロッキーの口に息を吹きこみ、そのあとまた、何度も脇腹を押した。こんなことをしてもなんにもならないこと、もうすっかり体が冷たくなっていること、きっと死んでから長い時間が経っていること、全部わかってはいるが、それでもやらなきゃいけない。恐怖の波に打ち倒されそうになっても、強くなろう、しっかりしていようと思った。

「頼むよ、ロッキー……」

するとそのとき、水が跳ねるような、奇妙な音がした。ロッキーの体のなかから聞こえたようだ。まだ希望があるかもしれない、まだ死んではいないかもしれないと思うと鼓動が速まる。

もう一度押すと、またバシャッという音が聞こえた。ちょっと強く押し、そのあとさらに力を加えると、茶色い液体が口から出て寝床の上にこぼれた。においをかいで、ロッキーのエサのにおいとわかった。さらに押すとまた液体が出て、寝床や床を濡らしていく。押しつづけてもう液体が出なくなったとき、少しだけ希望の灯がきらめくのが見えた。心のどこかで、これが問題だったんだ、これが喉に詰まっていたのにちがいない、きっとそれで息ができなかったんだと確信していた。

でも、ロッキーは目を覚まさない。

それにそもそも、目を開けて眠れるはずがない。

「なあ、ロッキー……」

それでもと、ぼくはまた口に息を吹きこみ、脇腹を押した。一回、二回、五回、二十回。でもなにも起こらない。なんの役にも立たない。

横を見ると、スマホが床の上に投げ出されていたので、グーグルを開いて素早く《犬を蘇生させる》と打つ。動画が出てきたので選択し、読み込みにかかるわずかな時間をいらいらしながら待った。ようやく画面が出てくると、失敗しないように、一つひとつの手順に忠実に従いながらやってみたが、結局、すでにやったこととそれほどちがわないことがわかっただけ。そしてどれだけがんばっても、なんの結果も得られなかった。

もう、受け入れるしかない。

ロッキーは死んだんだ。

（闇）

闇。見渡す限り、どこもかしこも真っ暗闇。

でもそのとき、彼を見た。

ロッキーだ。そして生きている。あれは夢に過ぎなかった！

いや、待てよ。この暗闇には覚えがある。夢……そう、夢なのはこっちだ。ということは……。

「ロッキー！」名前を呼んだ。「ロッキー、こっちに来い！」

ロッキーは鳴き声を上げたが、やってこない。もう一度呼ぶと走り出し、数メートル離れて立ち止まった。

「ロッキー、なにやってんだ？　戻ってこいよ！」

でも、ぼくが近づくとロッキーはまた遠ざかる。永遠と思えるほどの時間、それを繰り返し、やがてようやく、ロッキーはぼくが近づくのを許してくれた。

「どうしたんだい？　どうして逃げるの？」

ロッキーはうれしそうに一声鳴くと、ぼくに飛びかかって前足を胸に当てた。急だったので、ぼくはバランスを崩す。体勢を立て直そうとしたが、結局地面に倒れてしまった。その地面は黒く、どこまでも続いていた。

ロッキーはその一瞬を逃さず、いつものようにぼくの膝に飛び上がる。その姿勢のまま、かなり長い間おなかやあごの下、耳のうしろをかいてやり、ロッキーはうれしそうなため息を漏らした。

それからロッキーは、ぱっと立ち上がった。

「ロッキー？　どうした？」

ぼくの顔に鼻面を寄せ、キスをするようにほほにこすりつける。ときどき好んでやる仕草だ。

それからくるっと振り向くと、遠ざかりはじめた。

「ロッキー？　どこへ行くんだい？」

でも返事はせずに去っていく。あとを追いたかったが、体を動かすことができず、ロッキーが闇のなかへ、二度とは出会えないところへ消えていくのを見つめる。

もう二度と会うことはないと、ぼくにはわかっている。

第44章

El Hielo De Mis Venas

あなたが行ってしまって
粉々になったわたしの心があなたを恋しがってる
あなたが行ってしまって
知っていた顔も見当たらない

『ホウェン・ユーア・ゴーン』
アヴリル・ラヴィーン

玄関のドアが閉まる音で目が覚めたが、いつの間に眠ったのかさえ覚えていない。一瞬、ほんの一瞬幸せな気持ちになり、濃い闇を思い出して、すべて夢だった、悪夢に過ぎなかったんだ、体を動かせばすぐにロッキーがベッドに飛び上がると思った。

でもそのとき目を開けて、まだ自分が床の上にいるのを、そしてロッキーもぼくのそばで、死んでいるのを見た。

ロッキーのほうに手を伸ばし、ほんの一瞬ためらってから、その手を脇腹の上に置いた。冷たい、とても冷たい。そしてその体は今、奇妙に硬くなっているように思えた。うつろな目、だらんと垂れた舌、そのそばにたまった、消化しかけの食べ物を見る。すると急激にこみあげてきて、こらえる間もなく、ロッキーからほんの五十センチほど離れたところに自分も吐いてしまった。

でもどういうわけか、涙は出てこない。なにかしなきゃいけないとはわかっていたから、スマホを手にとりマルタにメッセージを送った。

——ダリオ：今、いいかな？

数分もしないうちに返信があった。

マルタ：いいよ！

ダリオ：ロッキーが死んだ

マルタ：？？？？？？？？？？？？？？？？

マルタ：ありえない

マルタ：ほんとに？？？？？

ダリオ：うん……

マルタ：ダリオ、なんてこと……

マルタ：なんてかわいそう

マルタ：会いに行っていい？

ダリオ：そんなことしなくていいよ
マルタ：あなたの家に行く
マルタ：着替えてすぐ出るから
ダリオ：いいってば……
マルタ：ばかなこと言わないの
マルタ：十五分で着くわ
ダリオ：わかった……ありがとう
マルタ：なんでもないって
マルタ：すぐに行くよ

マルタを待つ間、なにをしていいかわからない。祖母は出かけているが、そのほうがいいと思った。なんて言えばいいか、まだわからないからだ。自分の姿をちらっと見る。着ているパジャマが吐いたもので少し汚れているが、自分のなのかロッキーのなのかわからない。パジャ

マを脱いで部屋の隅に放り投げ、全部きれいにしようとモップを取りに行った。部屋に戻ってくると、さっきまでは気づかなかった甘ったるくて腐ったようなにおいに襲われ、むかつきを抑えようとTシャツの襟もとで鼻を覆った。窓を開け、また吐いたりしないようにできる限り注意しながら吐しゃ物をふきとる。

　マルタが来ると言ってからほんの五分で掃除が終わったので、乾いた狭いスペースに、ロッキーと一緒に座る。ロッキーを見たが、そのなかにぼくの犬の面影を探すのは難しかった。小さなころからずっと一緒で、兄弟でもあり、友だちでもあり……、そしてある意味、息子のような存在だったぼくの犬。

　ほんとにあんなことが起きたなんて、到底受け入れられない。

　ドアベルが鳴る。ぼくはため息をついて立ち上がり、玄関のほうへ向かった。涙がほほを濡らしていたが、気にならない。今はなにも気にならなかった。

「ダリオ……。かわいそうだったね」ドアを開けるなり、マルタが言った。「ハグしてほしい？」

　いや、必要ないよと最初は言いそうになった。でも本当は、今のぼくにはそれが必要だとわかっていた。

「頼む」

　マルタはぎゅっと抱きしめてくれた。そんなに力があるなんて知らなかったけど、ぼくの体の繊維の一本いっぽんが感謝していた。ハグでこの心の痛みが消えることも、ロッキーが戻ってくることもないけど、少なくともぼくが壊れてしまうのを防いでくれた。今抱きしめてもらわなかったら、きっと心は粉々に砕け散っていただろう。

どのくらいそうしていたのかわからないが、体を離したとき、マルタの肩はぼくの涙でぐっしょり濡れていた。

「ごめん……」消えそうな声で言う。

「ばか言わないの」マルタはそこで、なにを言えばいいのかわからないかのように、気まずそうに言葉を切った。「気分はどう、って聞くとこだけど……」

「さいっあく」

マルタは痛そうに顔をしかめた。

「なにがあったの？　あのせい……？　ぶつかったせいなの？」

「と思う。すごく元気そうだったんだけど……」

どうして昨日言ってくれなかったんだろう？　もし知ってたら、たとえ腕に抱えて隣村まで

「たぶん、内出血かなにかしてたんだろうね。そういうことが起こるって聞いたことある」

歩いてでも、ロッキーを当番の動物病院に連れていってたはずだ。ああでも、だめだ。これはマルタのせいじゃないんだから、ひどいことを言ったりしちゃいけない。マルタはそんな扱いを受けるべき人じゃないんだ。ぼくはこれまで、あまりにも多くの人にひどいことを言ったりしたりしてきたから、今さらマルタを大事にしたところで償いにはならないけど、今度のことがだれかのせいだとしたら、どう考えたってぼくのせいだ。

「そうかもしれないね。実際、すごく年をとってたから……この間、動物病院で検査したとき、

こんなに長生きしてるなんてびっくりだって言われたよ」

　あまりそのことを考えたくはなかったけど、これは本当のことだ。ぼくが小さなころから、ロッキーはそばにいてくれた……実際、よく持ちこたえたと思う。ばてることがないんじゃないかと思うほど元気だったからそう見えなかったけど、もうそんなに長く一緒にいられないのはわかっていた。いつも考えないようにはしてたけど、心のどこかでそのことを受け止めていた。

　でもだからって、それで楽になるわけじゃない。

「そんなに長く生きてたのは、幸せだったからよ。ダリオ、あなたがあの子をすごく幸せにしてあげてたんだよ。あの子を見ただけで、どれだけあなたのことを好きかわかったもの」

「そうだね」

「それなら、年のせいだったと思う？」マルタがたずねた。

　ぼくは肩をすくめる。

「どうかな……たぶん年をとってたことと、ぶつかったことの両方じゃないかな、わかんないけど。少なくとも、苦しまなかったならいいな……」

「きっとそうよ。いちばん好きなあなたのそばで、幸せに死んでいったと思う。きっとあの子、自分になにが起きたかも知らないままだったんじゃないかな」

「だといいね」ぼくはそこで言葉を切って、ちょっと考えた。「埋めてやらないと」

「ダリオ……」マルタは考えをどう伝えればいいのかわからないというように、言葉を選びながら話し出した。「あたしたち、それはできないのよ」

「え？」つい荒っぽい声を出してしまった。「なんでできないの？」

「だって、禁止されてるから」

「それがなに？　ごみ箱に捨てたりしないよ、まるで……」

「それも禁止されてるの。でもこういう場合の回収サービスがあるのよ、ダリオ。死んだペットを引き取って、焼却す……」

「ロッキーの体を焼かせるつもりはない」

「ダリオったら……」

「ないんだってば！　焼いてほしくない」

「でも、もし見つかったら面倒なことになるかもよ」マルタは説明を始めた。「たぶんマイクロチップが埋めてあるよね？」

「そうだけど、関係ないよ。焼かせたりはしない、それだけ」ぼくは頑固に言い張った。「これはぼくのロッキーだ、木の切れ端なんかじゃないんだ。それに、見つかったりしないよ」

「ダリオ……これはもうロッキーじゃないって、理解しなきゃいけないよ」

「なに言い出すんだ？　ロッキーに決まってるだろ」

何秒間か、マルタは目を閉じた。

「そんなふうに言わないで、お願い。ダリオ、ロッキーはもういないのよ」わからずやを相手にするように、マルタは気遣いながら話す。「そこに……そこにあるものは、ロッキーに似てるかもしれないけど、もうそうじゃない。わかってるんでしょ？」

ぼくはマルタに憎しみを感じた。そんなことを言うマルタが憎らしくなり、殴りたくなった。彼女を殴り、自分を殴り、泣き、走り出したい。そんな思いが一度に押し寄せた。でも、彼女の言う通りなのはわかってる。ロッキーはもういない……闇に向かって走っていって、もう戻ってこない。

「わかってる」言葉を絞り出した。「でも、それでも埋めてやりたい」

「わかった。それなら、あたしも手伝うわ。いい？　あなたひとりでは無理よ」

「ほんとに？」

「もちろん。どこにするか決めてる？」

ぼくは記憶を掘り起こした。

「村はずれに、ときどき遊びに行ってた原っぱがあるんだ……。二日前に雨が降ったから、きっと土は柔らかい。問題は、シャベルもなにも持ってないこと」

「うちにあるわ」とマルタ。「その空き地は村のどの入り口にあるの？」

「北」

「それじゃ、一時間ほどしたらそこで会いましょ。あたしはシャベル持っていく」

ぼくはうなずいた。

「どうもありがとう」

「どういたしまして。しっかりね、いい？」

「そうするよ」ぼくはかすれ声で答えた。

もう一度、さっきより短いハグをして、マルタは出ていった。まだだいぶ時間がある。北側の入り口はここからそう遠くないから、フェルにメッセージを送ることにした。これまでと同じようではないかもしれないけど、フェルは友だちに戻ってくれたはず、だよね？　だから今、フェルに一緒にいてほしかった。

ダリオ：ロッキーが死んだ

フェル：😱😱😱😱😱

フェル：冗談だろ……

フェル：ほんとに？

しまった、さっきとまたおんなじことを繰り返さなきゃならない。

ダリオ：うん……。

フェル：なんてこった、ダリオ……

フェル：かわいそうに

フェル：会いに行くよ、いいか？
ダリオ：うん。
ダリオ：マルタと一緒に、埋めにいくんだ……
ダリオ：一緒に来てくれる？
フェル：もちろん
フェル：十分で行くよ

実際には、八分もかからなかった。着くとすぐにフェルは、なにも言わず、ただぎゅっと抱きしめてくれた。ぼくはまた泣き出したが、さっきとはちがっていたと思う。さっきよりもっと激しくて、もっとやるせない泣き方だった。こんなふうに泣ける相手は彼と、そしてたぶんオスカルのふたりだけ。喉と目が痛くなったが、それでも泣きつづけているうちにようやく、涙が止まった。そのころには時間が迫り出していた。

「なあ……。運ぶのを手伝ってくれるか？」

「もちろん」

「ぼくの部屋にいるんだ……もし見たくなければ、先になにかで覆うけど」

「大丈夫だよ、ダリオ。行こう」

においがさっきよりずっときつくなっていた。フェルも苦労してこみあげるのをこらえているようだったけど、なにも言わなかった。ぼくはロッキーの体の下から古いパジャマのズボンを取り出した。ロッキーはいつも、その上で丸まって眠っていたんだ。そのパジャマを、お守り代わりにロッキーのおなかの周りに巻きつけて結んだ。それからぬいぐるみのクマを取り出し、パジャマとロッキーの体の間に入れる。ぬいぐるみの耳がとれているのを見てぼくはほほえんだ。ロッキーが耳を噛みちぎって食べようとするので、喉に詰まったら大変だと叱りつけたっけ。

もう二度と、ロッキーを叱ることはない。

「ごみ袋を持ってきてくれるか？」フェルはつらくなってきているにちがいないと思って頼んだ。「台所の……」

「流しの下だね」フェルがあとを引き取ったので、ぼくはうなずいた。

戻ってくるのを待つ間に、ロッキーの毛布を使って体を包む。そして、フェルが持ってきてくれた袋にそっと入れた。でも、ごみのようにぶら下げていくのは抵抗がある。だからそんなに長い道のりではないのを幸いに、ずっと腕に抱えて歩いた。

村の入り口に着いて、マルタとフェルが挨拶したが、ちょっと居心地悪そうだった。ふたりは何年も前から知り合いにはちがいないが、まともに話したことなどないと思う。でも今はふたりが必要だ。そして、ふたりはこうして、ぼくのためここにいてくれる。いろいろあってそれでもなお、ぼくにはまだ頼りにできる人がいるとわかるってすごいことだ。たぶん頼めば、オスカルも来てくれたかもしれない。でも今のオスカルをぼくの問題でわずらわせるわけにはいかない。自分の問題だけでも、十分すぎるほど抱えているのだから。

「ちょっとおれが持とうか」ぼくが疲れた顔をしているのを見て、フェルが言ってくれた。ロッキーから離れたくはなかったけど、土を掘る体力を残しておかなければならないから、フェルに渡した。

　道路沿いに歩きはじめてから、原っぱに着くまでそれほど時間はかからなかったけど、村から十分離れているからだれかに見られる心配はない。予想通り土は柔らかく、掘るのはそれほど難しくなかった。マルタが持ってきたシャベルは二本だけだったので、彼女とフェルが交代で一本を使う。ぼくも交代して負担を分散したほうがいいと言ってくれたけど、断った。これはぼくの責任だから、ふたりが働いているのを座って見ているわけにはいかない。

「ねえ、今度はあたしの番だよ」マルタがフェルに言っている。「さっきから、ほとんどあんたが掘ってるじゃない」

「かまわないよ」

「あんたひとりで掘るのは不公平だよ！　ダリオが掘りたがるのはわかるけど、あんたは……」

　フェルは肩をすくめて言った。

「おれのほうが強いから」

「どうして？　あたしが女だから？」フェルはまた、ちょっと肩をすくめたが、返事はしなかった。「あたし、あんたと同じくらい役に立つよ、マッチョさん。だから今すぐ、シャベルを渡してよ」

　言い返すかと思ったが、その代わりにフェルはおとなしくシャベルを渡した。ふたりの指が軽く触れ合い、あわてて視線を外したのをぼくは見逃さなかった。こんな状況だというのに、それを見て思わず笑みがこぼれた。

　それからはマルタが掘り、しばらくして溝が完成した。土が柔らかいとはいうものの、墓をひとつ掘るのは映画で見ていたよりずっと難しい。ましてロッキーの遺体を抱え、歩き通してきたあとでは。ぼくは疲れ果て、腕の感覚もないくらいで、今にも失神するんじゃないかと怖くなった。でも、もうひとがんばりしないと。

　遺体を袋から出すのをフェルが手伝ってくれた。ごみみたいに袋ごと埋めたくはなかったんだ。毛布にくるんだ遺体を溝に入れる。うまい具合に溝はかなり深く、ロッキーを入れるには十分広くできていた。

「ろうそく持ってきたの」マルタが小さな声で言う。

「なに？」

「ろうそく……」ポケットから数本のろうそくを取り出しながら繰り返す。「えーと、もしかしたら、これをともしてなにか言うんじゃないかと思って」

　ろうそくを見て、ぼくの目に涙があふれた。

「すごいよ、マルタ」

「お別れを言いたいんじゃないかと思ったの」

ぼくはうなずき、ろうそくに火をともした。風で消えないように溝に入れ、ロッキーの体の周りに置く。

「ちょっと離れてもらっててもいい？」

「もちろんいいよ」

「ロッキー……」ふたりが十分離れるとすぐ、ぼくは話しかけはじめた。「なんて言えばいいんだろ。ぼくが生まれてからずっと……一緒にいてくれたよね。なのにいなくなっちゃって、きみなしでぼくはどうしていったらいいかわかんない。でもやってみなきゃね。強くならなきゃ……きみがいなくても、前へ進まなきゃいけないんだ」その言葉の真実が、ぼくのなかに染み込んでいくのを待ってから続ける。「きみは生きている間ずっと、ぼくのそばにいてくれたかもしれないけど、ぼくにとってそれは……すごく短い間だった。短すぎた……もっとずっと長く生きていてくれたとしても、やっぱりぼくには短すぎただろうな」

そこで言葉を切り、体がぶるぶる震えるほどの激しい嗚咽を必死にこらえる。涙に濡れたまつ毛の先に、マルタとフェルが距離を置いて話しているのが見えた。ぼくがふたりを見ているのに気づくとすぐ、ふたりは視線を外す。

「ぼくにとってきみはただのい……犬じゃなかった」消えそうな声で言葉を続けた。「ペットでも、飼い犬でも全然なかった。兄弟で、友だちで、冒険仲間で、つらいときの慰めだった……き……きみはぼくの息子だったよ。きみはぼくが生きてきたなかで手にした、最高の存在のひとつだった。きみを忘れることはないって、知っていてほしい。し……知っておいてほしい、いつ……」いよいよ終わりだと思い、つばを飲みこむ。視界が黒い染みで覆われてくるのをどうにか抑える。「いつまでもきみを愛してると」

それからぼくは、掘り出した土にシャベルを突き刺してすくい、溝のなかへ戻す作業を始めた。強いめまいと闘いながら何度かその動きを繰り返すうちに、ろうそくは消えてロッキーの体はほとんど土に覆われた。マルタとフェルがこっちに向かってくるのを見てほっとするが、ふたりの姿は少しかすんでいる。

「ふたりで……」近づいてきたふたりに話しかけようとするが、頭がぐるぐる回って、バランスを保つのが難しい。「あとはふたりでやってもらえる？」

返事を聞くことも、ふたりがそばに来てくれるのを待つこともできなかった。シャベルが指の間から滑り落ち、世界が真っ暗になる前に見たのは、ぐんぐん近づいてくる地面だった。

暗闇のなかにいれば、少なくともロッキーのために泣かなくてすむ。

第45章

El Hielo De Mis Venas

犠牲にするわ
わたしが人生で持ってるものすべて
良心をすっきりさせるために

『サクリファイス』
t.A.T.u.

いつものように、フェルは遅れて来るらしい。そこでオスカルのブログを見てみることにした。最近はほとんど投稿がないが、ひょっとしたらなにかあるかもしれないと思ったんだ。ロッキーのことがあったから、もう何日も見ていなかったが、驚いたことに新しい投稿があった。わくわくして読んでみたが、実際はフェルから聞いていること以外、なにも書かれていない。でも、タイトルを見てほほえんだ。自分に宛てたブログを読むってすごいことだ。ロッキーがいなくなって数週間、ぼくはまだ先へ進んでいけると知ってほっとした。

親愛なる匿名さん

ずいぶん長いこと更新しなかったけど、実は最近、息をつく暇もないくらい忙しかったんだ。この数カ月でぼくの人生は、びっくりするくらい変わった。

母さんとマリア姉さんとぼくは、寝室が３つとリビングキッチンのある小さなアパートを見つけて、また一緒に暮らしている。ダニもぼくらと一緒に引っ越してきて、３人で家賃を払ってるから余裕なんだ。それにぼくも、学年が終わったらスポーツセンターの前のカフェでアルバイトすることになった。そうすればぼくも少しは貢献できるし、少なくとも自分の柔道教室代は払いつづけられる。もう自衛の必要はないけれど、今まで身につけてきたものを忘れたくないからね。

今こそ、ぼくの本当の人生が始まるときだ。

17年生きてきて、やっと家庭ができた。

3月1日 16：17 投稿 ｜ コメント：0

シェア Linked In facebook Twitter Google Tumblr

フェルはもう、いつ来てもおかしくない。だから素早くコメントを打った。

またこんなに長いこと更新しなかったら殺すよ。

3月4日 12：34、投稿者：匿名

シェア Linked In facebook Twitter Google Tumblr

それから一分ほどでドアベルが鳴った。ぎりぎりのタイミングだった。

「なにかあったね」ハグをするとすぐ、フェルが言った。

「なに？　なんでそんなこと言うんだ？」

「おまえの顔だよ。なにかあったって書いてある」

「うん……ほんと言うと、話したいことがある」

「だと思った」

「部屋に行こうか……おばあちゃんに知られたくない」

部屋に入るとすぐ、フェルはぼくのベッドに腰かけた。あっという間にぼくたちが、以前の親しさを取り戻していってるのを感じてうれしくなった。まだ多少の緊張や居心地悪さは残っているが、もうそれもなくなりつつある。たぶん少しずつ、以前の友情を回復できるだろう。

「言えよ」

「全部話そうと思う」前置きなしに言った。

「あのこと……？」フェルは言いかけたが、質問を途中でやめる。

「うん」

「ばか」

「わかってる」

「厄介なことになるよ」

フェルのその言葉は、質問じゃなく断言だ。

「わかってる。でも、それが正しいことなら、やらなきゃいけない」

「おまえらしいな」

ぼくは肩をすくめる。

「これでオスカルの身に起きたことが変わるわけじゃないけど」

「それでも、知ったら喜ぶよ」

「いや。オスカルにはなにも言ってほしくない」

フェルは眉をひそめた。

「は？ なんで？ 言ったほうがいいんじゃないのか？」

「いや。知ってほしくない」

「理解できないな。オスカルに知ってほしくないんなら、なんでそんなことするの？」

ぼくはまた肩をすくめた。

「だってこれが正しいことだから」

「でもそれは、自分を訴えることにもなるんだよ」フェルはずばりと言った。「退学になるかもしれないってわかってるのか？ それを望んでるのか？」

「おれがそうなるべきなのなら、かまわない。あいつらだって同じだ」ぼくはそこで一息つき、言葉を探した。「おれたちのせいで、オスカルがあんなに苦しんだことを思えば、無罪放免ってわけにはいかない」

「でもそれ以外になにかあるんだ、そうだろ？」

どんなときでも、フェルはぼくの心を見透かす。

「ロッキーのことがあって、おれはどれだけ人生が短いか気づいたんだ。たいてい、命なんてあって当然と思ってるけど、いつ終わっても不思議はない……。オスカルが自殺を図ったとき、おまえだって見ただろ。これまでのことすべてから抜け出せたんだから、もうおれがあいつの人生を台無しにするようなことはしたくない」

「どういうこと？」

「オスカルがこの村から出るのは大変だったって、おまえがだれよりもよく知ってるだろ」

フェルはうなずく。「もう前へ進まなきゃいけないんだ、うしろを振り返ってつらい思いをしてほしくない」

「村に帰りたくなるんじゃないかと思ってるの？」

ぼくは肩をすくめる。

「わかんないけど、その可能性もある。あいつらが退学になるか、なにか対策が講じられれば……たぶんそれを考えるだろう」

「そうは思わないな」

「ほんと言うと、おれだって」半笑いになって認めた。「でも悩んでほしくないんだ。たぶん自分が決めたことを後悔しないと思うけど、ほんとにそれでよかったのか考えはじめたら、あっちにいても幸せにはなれない。あいつから幸せを奪うのが自分でありたくはないんだ。あいつはそんな目にあうべき人間じゃない」

フェルはなにか言おうと口を開いたが、また閉じた。ぼくらはなにも言わず、じっと見つめ合う。毎秒が長く感じられる。ふたりともなにか言いたいのはわかっているのだが、どちらも口を開かなかった。

「なにか言えよ」結局ぼくが沈黙を破る。

「なにを言うんだ？」

なにを言われるのかと思うとほんとは怖かったが、フェルはそのときほほえんだ。

「おまえのこと、見誤ってはいないとわかってた」

「どういう意味だ？」

今度はフェルが肩をすくめる番だ。

「チャンスを与える価値はあると思ってたんだ……もう一度おまえを信じるっていうチャンスを、な」

ぼくも思わずほほえみ、言った。

「おまえは世界一の友だちだよ。わかってるよな？」

「よく言われる」ウィンクしながらそう言うので、ぼくは親しみをこめてフェルの腕を叩く。

「ほら、こっちに来いよ」

フェルはぼくを抱きしめてくれた。彼の腕のなかにいると、すっぽりと安らぎに包まれているような気がする。

「ずっとこうしたかった」ぼくは消えそうな声で打ち明けた。

「おれもだ」フェルも言い返し、さらにきつくぼくを抱きしめる。

「大好きだよ」こんなこと言うのは初めてだと思う。「わかってるよね？」

「わかってる。おれも……おれもおまえのこと好きだ」そう言ってから、少し体を離した。「でも興奮するなよ、いいか？　おれはおまえらとはちがうって知ってるよな……」

ぼくは思わず、くるっと目を回した。

「なんてヘテロだ」

フェルは大笑いし、ぼくも一緒に笑った。

「おい、これからはヘテロフォビアでいくなんて言わないでくれよ、な？」

「なあ、フェル……」

「ん？」

「訊いていいか？」

フェルは怪訝そうにぼくを見て言った。

「おまえと寝るつもりはないぞ」

「ばかか、おまえ」

「それにオスカルがなにを言ったか知らないが、キスするつもりもない」そう言ってから付け加えた。「一回で十分だ」

「フェル、真剣な話なんだよ！」

「ああ、言えよ」

言いづらかったが、どうしても言わなきゃいけない。

「おれたち、友だちか？」

「当たり前だろ」なんでもないことのように答える。「その質問、どっから出てきたの」

ぼくはつばを飲みこむ。

「それは……これまでいろんなことがあったから……。おまえはもう、おれのことなんか知りたくもないと思ってた」

「でも、おれはここにいるよ」

それはそうだ。

「うん、そうなんだけど……」

「なあ、ダリオ。だれだってまちがいは犯すよ。人間だもん……それは避けられない」

「ああ、でもみんなが自分のまちがいのせいでだれかの人生を台無しにするわけじゃない」

「まあ、おまえがひどいことをしたのはほんとだな」

「言ってくれるよな」

「は？　おまえ自身が言ったんだぞ」そこで言葉を切り、ぼくをじっと見る。「でもまちがうことのいいところは、そこから学べることだ。おまえもこれまで起きたいろんなことから学んだよな」

そうだと思う。

「うん、でも……」

「でもは、なし。おい、ダリオ、おれはおまえをよく知ってる。ひどいことをしてきたのも知ってるが、悪い人間じゃない。まちがいから学んだのなら、それでいいよ」

「ほんとに？」

「ああ。オスカルと同じくおまえはおれの親友で、まちがいを犯したからってそうじゃなくなることはない。後悔してるんなら、それでいい。おれは……おれはずっと、おまえを好きでいるよ」

そんな姿は見せたくなかったのに、気がついたときには目に涙があふれていた。

「おまえは世界一の親友だ」

フェルは大笑いした。

「もう聞いたよ」

少ししてから、フェルにはなにか言ってないことがあるんじゃないかと感じた。

「なにか言いたいんだろ、フェル」

フェルは視線を逸らす。

「なんにもないよ」

「ほら、言えって。ばかなまねやめろよ」

「うん、つまり、ここ何日か、ロッキーのこと言わなくなったなって……大丈夫なのか？」

そうだったっけ？ ショックだった。でもこれ以上フェルの心配事リストを増やしたくない。オスカルのこと、ぼくのこと、それに彼が最近カノジョに振られたこと、もうそれで十分すぎるほどだ。

「うん……、まあ、元気だと思う」ぼくはうそをついた。「ミリアム先生とおばあちゃんがすごく助けてくれるけど、でも結局……これってきついよね、わかるだろ」

「そうだろうな」

いちばんつらいのは、ロッキーの寝床があったところを見て、もういないことを改めて実感するときだ。もう二度と戻ってこないことを。

「この時間は、いつも散歩してたんだよな……寂しくならないなんて無理だよ」

「かわいそうに、ダリオ」

ぼくは肩をすくめた。これは受け入れなきゃいけないことなんだとわかってる。そしてロッキーがすごく甘えんぼになったり、ずっと世話を焼かせたりするのでぼやいてたときのことを思い出した……。またあんな日々が戻ってくるのなら、ぼくはなんでもするだろう。

ベッドに脚をかけて上ってくる音で目覚めることはもうない。ほとんど吠えなかったが、たまに吠えるのはきまって、ぼくを恋しがってるときだった。ぼくを呼んでいるのがわかると、いつもすごくうれしかった。吠える声を聞くことも、もう二度とないんだ。まだ一緒にやることが山ほどあったのに。実現していない計画がいくらでもあった。いつか原っぱへ連れていこうとずっと思ってた。食べ物と本をリュックにしまい、そこで一日過ごすんだ。でも実現しなかった。いくら自分に言い訳しても、結局ぼくが面倒くさがりだったせい。そしてもう、実現できるチャンスはない。

でも、受け入れなきゃいけない。だれかがいなくなったとしても、人生は続いていくんだ。それでも前へ進もうとするか、二度と戻らないものを待ちながら道の途中で立ち止まるか、決めるのは自分次第だ。

El Hielo De Mis Venas

第46章

あなたのためによかったと感じようとしていること
神様だけが知っている
それがわたしなの　たとえ理解はできなくても
痛みも引き受けるから、真実を教えて
わたしとわたしの心はきっと切り抜けて見せるから

『ストーン・コールド』
デミ・ロヴァート

彼と待ち合わせたことを、心のどこかで悔やんでいる。でもその一方で、これは必要なことなんだという声もする。だからその声だけを聞くことにしよう。

　彼がいた。いらいらした様子で行ったり来たりしている。少し経ってぼくがいるのに気づいたが、まるでなにか変なところがあるかのように、こっちをじっと見た。別に驚くことではない。最後に話したときから、ぼくらふたりを取り巻く状況はものすごく変わったんだから。ほんの数メートルの距離が果てしなく長く思えて、歩きながらぼくは、回れ右して遠ざかっていこうか、それとも走り去るほうがいいかと考えた。でもここまできたらそんなことはできないから、無理にでも脚を押し出して歩きつづけて、彼のほうへ進んでいった。

　とうとう彼の前まで来たが、ぼくらは挨拶さえしなかった。

「学校、やめるんだって？」ぼくはそれだけ言った。

　オスカルは肩をすくめる。

「きみには関係ないだろ」

その通りだ。

「それに、おれたちの名前をばらさなかったんだって？」

片方の脚からもう片方に重心を移しながら続ける。オスカルはもう一度肩をすくめ、そっけなく返事した。

「きみにあんなことされたのに、ぼくは優しいよな」

その言葉は刺さった。なにより、それが真実だとわかっているから。ぼくは彼の沈黙によって守ってもらえるような人間じゃない。それにもちろん、ぼくには、彼を苦しめる資格などなかった。ぼくはため息をつく。

「ほんとだ」

「で、なんの用？」

用意してきた言葉は単純なものだったけど、それを口に出すには、世界じゅうから勇気をかき集めてこなければならなかった。これまでぼくが彼にした、ひどいことで満ちた世界から。

「謝りたいんだ」ようやく言えた。

オスカルはあきれてくるっと目を回し、それを見たぼくは以前のように、かっときて体が震えた。でも今回は必死で怒りをこらえ、どうにか抑えこんだ。こんな態度をとられたからって、オスカルを責めることはできない。彼は傷ついた子犬のようなものなんだ。目を見ればそれがわかる。だからもう、そんなに簡単にぼくを信用してくれないだろう……あんなことがあったあとでは。

「ダリオ、もうこういう会話したと思うんだけど。またする気にはなれないよ」そう言うと思ってた。そのままきびすを返して行こうとするので、そうしないように腕をつかんだ。「放せ、今すぐ」

オスカルは厳しい目つきをしていた。以前にはなかった厳しさだ。その目には……その目には炎が燃えていた。彼だけの炎、オスカルだけが操れる炎。オスカルの目のなかにともった炎は彼を焼かないが、そうしようと思えばぼくを灰にしてしまえるだろう。ぼくのなかの氷をすべて溶かし、蒸発させて、ぼくの存在などなくしてしまうこともできるだろう。

でも、ぼくは彼と向き合わなければならない。

「待ってくれ、オスカル。頼む。話したいことがあるんだ」

オスカルの燃える瞳でにらみつけられて、肌が焼けてしまいそうな気がした。

「なんのためにこの間と同じことをしなくちゃいけないわけ？」

「もうあんなことしない。約束する」

難しいのはわかっていたが、今度こそは約束を守るつもりだ。守らなければならない。

オスカルはぼくの目をじっと見る。そらさずにいるには、意志の力を総動員しなければならなかった。あまりに激しい瞳だから、単なる想像ではなく、ほんとに火が燃えているような気がしてきた。たぶん混乱してるんだな。でも確かなのは、自分が後悔の念を覚えていること。ぼくの目のなかに、後悔の色がにじんでいるといいなと思う。

「わかった」

そのたった一言で、ぼくの世界が再構築されたような気がした。もしかしたら、まだ望みはあるということかもしれない。

「ほんとにごめん。ほんとだよ、オスカル」消えそうな声が出て、しかもオスカルの名を呼ぶときにはかすれてしまった。「ものすごく、申し訳ないと思ってる」

彼はまたあきれたようにくるりと目を回し、ぼくはまた不快感を覚えたが、どうにかして無視する。

「正確には、どういうことを？」嫌味っぽく訊いてきた。

いい質問だ。どこから始めたらいいのだろう？　だが結局、いちばん簡単な答えにした。

「全部。おれはくそったれだった」

オスカルはうなずく。

「そうだったね」

「そうだ。でも、おれが後悔してることを知ってほしい」オスカルはまた目を回したので、ここまで来るとむしろ、目玉が落ちてしまうんじゃないかと心配になってきた。「これは本気だよ。この間話してから、すごく考えた。それで、ほんとにすまないと思った」

ぼくの言葉を信じてくれるかどうかわからないけど、自分のなかでは、うそ偽りはない。問題は、彼がわかってくれるかどうかだ。

「なんであんなことしたの？」

彼自身でさえ気づいてないだろうけど、その声は痛々しく響いた。傷ついていた。あまりにひどい苦しみを経験し、そんなことされていい人がいるはずないほど痛い目にあってきた人の声。それでもなお、他者が炎を消すことを許さなかった人の声。なにがあろうと、自分自身の炎を燃やしつづける努力をしてきた人の声だった。

もちろん、〈あんなこと〉がなにを指すのか訊き返す必要などない。

「わからないよ、オスカル……」ぼくは正直に言った。「たぶん……たぶん、途方に暮れてたんだと思う」

まさにその通りだった。途方に暮れてた。オスカルがロストボーイというハンドルネームを使っているように、ぼくもまた行き場を失っていた。オスカルとちがうのは、怖くて、そのままでいいと思っていたこと。他人に見つかる心の準備ができていなかった。

でも今は、もうできている。

オスカルは驚いたような顔でうなずいた。もしかしたら自分のネット上の名前と似ていることに気づいたからかもしれない。オスカルにじっと見つめられて、自分の目が潤んできていることに気づいた。泣くのはいやだ、でも涙をこらえようとしたって意味はないとわかってる。

「ぼくもそうだった」オスカルが言った。

それを聞いて、そんな場合じゃないのに彼を抱きしめたくなった。ぼくが彼にしたこと、ぼくのせいで彼が耐えた苦しみ、ぼくを必要としてくれていたときに寄り添ってあげなかったことは、どんなことをしても償えない。そしてそれでも、ぼくは償いたいと思う。機会があったのに、してあげられなかったすべてのことの代わりに、今彼を抱きしめたい。でも同時に、釈明したい気持ちもあった。自分のやったことを正当化なんてできないけど、理解はしてほしかった。

「ああ、でも……」どう言えばいいんだろうと迷いながら口を開いた。「わからない。なにもかも、あまりにも大変だった。おまえも知ってるよな、村に住むっていうのがどういうことか」

　ほとんど間を置かずに、オスカルが答えた。

「知ってるとしたら、それはきみのおかげでもある」その言葉に、内臓が突き刺されたように痛んだが、ぼくはそうされて当然だから歯を食いしばり、殴りそうになるのをこらえる。

「ああもう、悪かったよ、ほんとに」その代わりにひたすら謝る。「ごめん。だけど、どういうものか知ってるだろ。怖くてたまらなかった」

　認めるのはすごく勇気がいったけど、ここまで来たら、うそをついたって意味はない。

　オスカルは眉をひそめた。

「ぼくがまだわからないのは、なぜがらっと変わったかということ。ぼくら、何カ月もやってたよね、ダリオ。何カ月も」言われなくても、あのころの一日いちにちを記憶してる。「ぼくの気持ちも、ちゃんと知ってた。それがどうして、ぼくがああ言っただけであんなに変わっちゃったの？」

　オスカルの視線を避けてつばを飲みこむ。どう言えばいいんだろう。ぼくが感じた恐怖について深掘りしようか。それとも、祖母の言葉を誤解したことを話そうかと思って口を開いたが、やめにした。村の生活が怖かったことについてもっと話そうかとも思ったが、それもやめた。

それだけが答えじゃないとわかっていた。

結局、すべてはたったひとつの答えに集約される。

「それはあのとき、おまえに対する気持ちに気づいたからだ」とうとうそのことを認めると、意志に反して涙があふれてきた。「そして今でも、同じ気持ちだ」

やった。言ってしまった。オスカルを見ると、ぼくの言葉を聞いてぽかんとしている。

「そんなにいい感情を抱いているようには見えなかったけど」少しためらったのち、オスカルが言った。

「それは、誇れるようなものじゃないから」

「それじゃ？」

「怖かった。なにかちがうこと、どれだけ否定しようとも、ずっとそうだったということに気づいた。そして、おまえを好きになること……」そこでちょっと言葉を切ったが、勇気を出して続けた。「おまえを好きになることは、抑えようとしてきたものすべてと向き合うことだった。おれはそんなことできなかった」

少しの間、ぴんと張りつめた沈黙が訪れた。このあとどうなるんだろう、なんて言われるんだろう。でもとにかく、しまいこんでいた言葉を表に出すことはできた。

「ダリオ、ぼく……。なんて言えばいいのかわからないよ、ほんとに」

ひとつ、訊かなければならないことがあった。その答えを聞くのがどれほど怖くても。

「あんなことがあったあとで、おれを許すのはすごく難しいと思うけど……でも、許せると思うか？」

「心から？　わかんないよ、ダリオ。ほんとにわかんない」

　許してもらえないかもしれない。その思いと向き合うことができなくて、話題を変えることにした。

「おまえ、あの男とつきあってるんだよな？　クラブにいた」オスカルがうなずくのを見て、たぶん話題の選択をまちがったことに気づいた。「だと思ってた」

　哀れみに似た表情がオスカルの顔に浮かぶ。

「悪いな、ダリオ。もう遅すぎるんだ」

　今度はぼくがうなずき、つばを飲みこんだ。もちろんもう遅すぎる、それは前からわかっていた。でも少なくとも、これまでより状況はよくなっていくだろう。そう思って、彼を見て無理に笑顔をつくった。涙が一滴、ほほを熱くしながら流れていった。

「そいつはおまえを幸せにしてくれるんだろ？」

「すごくね」

　その幸せが別のところからもたらされてほしかった、少なくとも、あの苦しみを思い出して余計にぼくを悪く思ったりしないでほしいとは思ったが、それでもぼくはうれしくなった。もう一度うなずき、無理やりにっこりしてみせる。手を上げて忌々しい涙をふき、言葉を押し出した。

「そうだな、それが大事だ」

「そう思う」

「ひとつ、約束してくれるか？」

オスカルは怪訝そうにぼくを見た。

「内容次第だ」

「もしそいつに傷つけられたら、知らせてくれるか？」

オスカルはまたもやくるりと目を回したので、眼球は大丈夫かと真剣に心配になる。

「ダリオ、もしぼくがきみに泣いてすがると思ってるんなら……」

「そんなんじゃない！」ぼくはあわてて言った。

「それじゃ？」

「おまえを傷つけたら、そいつの脚をへし折ってやる」

オスカルは笑い出し、ぼくも一緒に笑った。一瞬、一年前に戻ったような気がした。それともたぶんもう少し前、ことがややこしくなる以前のころに。でもすぐに、彼の表情は硬くなる。

「ダリオ、怒らないでほしいんだけど、だれの助けもいらないよ。ぼくは強くなったから、わかる？」

「うん」

「だれかに守ってもらう必要はない」そう言い切ったとき、さっきの厳しい目つきが戻ってきた。「きみにも、セルヒオにも母さんにも守ってもらわなくていい。自分で自分を守れるよ」

オスカルを見ていると、その通りだという気がしてきた。

「ハグしていいか？」

オスカルを驚かせてしまったようだ。彼はうなずきかけて動きを止めた。

「わかんないよ、ダリオ。ハグしたい気持ちはあるけど……」

それ以上なにも言わなかったので、ぼくは彼を抱きしめた。キスをした日のように、突き放されるんじゃないかと一瞬怖くなる。だけどオスカルも腕を回して、ぼくをぎゅっと抱きしめてくれた。ぼくたちの間にはもうなにもないし、これからも絶対にないだろう。だけど彼の腕に包まれて、その香りに浸っていると、それは大したことじゃないという気がしてきた。ぼくを愛してくれたオスカルはもう取り戻せないけど、別のオスカルならきっと取り戻せる。ぼくもそうだけど、成長し、大人になったオスカルを。もうぼくを愛してはくれないけど、少なくとも幸せなオスカルを。きっとそんなオスカルを取り戻せる。

きっと親友を取り戻せる。

体を離したとき、オスカルはほほえみながらも、まだちょっと疑う目をしていた。まだぼくを許してはいないし、いつか許してくれるとしても、たやすいことじゃないとわかっている。まだ心のどこかでぼくを憎んでいて、おそらくその憎しみが失われることはないだろう。でも、決然としたその目を見て、オスカルとの友情を取り戻そうとするだけの価値はあると思った。

ぼくはまちがっていた。オスカルが燃やしているのは目だけじゃない。全身が燃えていて、焼けつくような熱い炎に内も外も包まれている。炎は彼を焼くことはないが、赤く輝く光で包んでいる。もし彼の行く道に足を踏み入れたら、ぼくはきっと燃え尽き灰になってしまう。でも少なくとも、近くにいて温まることはできる。
そうすればきっと、まだ心のなかに残っている氷はすっかり溶けてしまうだろう。

（闇）

闇。見渡す限り、どこもかしこも真っ暗闇。

ぼくはひとり。そう。完全にひとりぼっち。ぼくがいるのは果てしなく深い井戸の底、どんなものも来られない場所。どんなものもぼくを救えない場所。ぼく以外は。たぶん自分自身がぼくを救える。

それともたぶん、もう救われてるのか？

ずっと遠くからだけど、だれか別の人の呼吸音が聞こえる。ぼくのではない心臓の鼓動、ぼくのではない目の輝きが、少しずつこちらへ近づいてくる。

だけどそう、それはぼくだ。

もうひとりのぼくがぼくのほうに両腕を伸ばす。全体の皮膚が割れ、無数の傷となって蜘蛛の巣のように広がっているのが見える。ところがそのとき、傷口がふさがりはじめた。完全に消えたわけではない、傷あとはまだそこにある。薄いピンクだが目に見えるその傷あとは、決して消えない痛手を思い出させる。

「おまえはやり遂げた」声がささやく。

涙で目がひりひりする。

「ほんとに？」

もうひとりのダリオがうなずく。

「おれたちはおまえに救われた」

もうひとりのぼくに近づき手を伸ばす。ぼくのものであるその体に、傷あとに触り、見えている通り現実なのか確かめたい。もうひとりのぼくの腕にある傷あとに指を伸ばすが、触れようとしても空気をかすめるだけ。

不思議に思って眉をひそめ、そして気づく。もうひとりのダリオの肌を指が通り抜けたんだと。するとそのとき、ぼくの指の周りにある彼の腕がぼやけはじめる。驚いて後ずさると、彼の体全体が少しずつかすんでいくのが見えた。煙が消えるように、その姿がどんどんぼやけていく。

「おまえにはもう、おれは必要ない」ささやく声が聞こえた。

そしてすっかり消えてしまった。

それと同時に、ぼくはひとりで闇のなかにいるのではないことに気づく。いや、ひとりにはちがいないが、もうひとりのダリオと同じように、少しずつ闇が消えていっている。黒が徐々にまばゆい光となり、暗い場所も影もなくしていく。

やがて光は、目を開けていられないほど強くなったが、それでもかまわない。

とうとう、あの暗闇を抜け出たのだから。

El Hielo De Mis Venas

第47章

あなたが泣けば、わたしが涙をぬぐってあげた
あなたが叫べば、わたしが恐怖を追い払ってあげた
もう何年もの間、ずっとあなたの手を握ってきた
だけどあなたはまだわたしのすべてを握っているのね

『マイ・イモータル』
エヴァネッセンス

オスカルに関することで緊張しているときはいつもそうだが、ぼくは彼のブログをひたすら読み漁っていた。ほほは緩みっぱなしだ。最近の投稿を読んでると、この数カ月で起きたことのまとめを読んでるような気分になるんだ。こんなふうになるのは難しいんじゃないかと思っていたけど……ついにぼくらはここまで来た。

信用する？

自分を傷つけた人を信用するのは難しい。だって、また傷つけられるかもしれないだろ？

でもそうしなければ、信用しなければ、そうする価値があったのかどうかもわからないだろ？

たぶん信用すべきなのだろう。

たぶんセカンドチャンスを与えるべきなのだろう。

3月6日 00：05 投稿 ｜ コメント：0

シェア Linked In facebook Twitter Google Tumblr

信用してみなければ、なにが起きるか、絶対知ることはできないよ。

3月6日 01：23 投稿者：匿名

その通りだね。◡̈

3月6日 12：01 投稿者：ロストボーイ

三犬士

今日はすごく久しぶりに三人そろう……さて、どうなるかな

3月29日 16：19 投稿　|　コメント：0

セカンドチャンス

これではっきりした。セカンドチャンスが必要になるときはあるんだ。

4月15日 23：11 投稿　|　コメント：0

ぼくにそれをくれてどうもありがとう ◡̈

4月16日 19：51　投稿者：匿名

？？？？？？？？？？？？？？？？？？？？

ダリオ？

4月16日 20：03　投稿者：ロストボーイ

◡̈

4月16日 20：11　投稿者：匿名

　このコメントのあとのチャットを思い出して笑ってしまった。あれから二カ月以上経つけど、また見たくて履歴のなかから探す。画面をさかのぼりすぎて指がとれるんじゃないかという気がしてきたころ、探していた日が見つかったので読みはじめた。つい口がほころんでしまう。

オスカル：ということは、きみが謎の匿名さんだったんだね

ダリオ：うーん……

ダリオ：驚いた？

オスカル：ハハハハ。

オスカル：たぶん、もっと早く気づいてなきゃいけなかった。

ダリオ：それってなんで？

オスカル：だってきみ、頭おかしいもん。

オスカル：こんなストーカー、きっときみだけだよ。

ダリオ：ハハハハ

ダリオ：ばーか

オスカル：なんだよ、でもほんとに
オスカル：ありがとう。😘

ダリオ：なんで？

オスカル：ばかだと思うだろうけど、もしあのコメントがなかったら
オスカル：なにをしてたかわからない日があったんだ

ダリオ：マジで？

オスカル：うん。
オスカル：匿名さんがだれかはわからなかったけど、見つけた日はうれしかった。
ダリオ：へえ、だったらうれしいよ☺️
ダリオ：気に留めてくれてありがとうな😍

オスカル：ということは、やっぱりあれは罠だったんだね。
オスカル：ぼくが気にとめるように仕向けてたんだ。
ダリオ：ハハハ
ダリオ：後悔してる？
オスカル：全然。
ダリオ：☺️
オスカル：😁

我ながら、間抜けっぽい笑みがずっと顔に張りついてる。それでぼくはブラウザに戻り、ほとんどすべての投稿を暗記してるとはいうものの、またブログを読み漁ることにした。

すてき

かつて大切だった人がまた戻ってくるのはすてきなことだ。そんなことありえないと思う日もあるけど、実際にそうなるのは素晴らしい。

5月2日 20：41 投稿 ｜ コメント：0

5月3日 13：50　投稿者：匿名

5月13日 16：03　投稿者：ロストボーイ

シェア　Linked In　facebook　Twitter　Google　Tumblr

また夏……

信じられないけど、また夏が来ようとしている。去年の夏を思うと、こんなに変わったなんて、これがおんなじ人生だなんて、ほとんど現実のこととは思えないけど、でもそうなんだ。
去年の夏は感情のジェットコースターだったけど、今年はある感情がほかのどんな気持ちより勝るってわかってる。それは幸福だ。

6月5日 20：11 投稿 | コメント：0

感動

今夜と明日の昼のことを考えたらどんなにわくわくするか、だれも知らない……

7月1日 15：19 投稿 | コメント：0

ひとり、知ってるのがいるよ……

7月1日 16：50　投稿者：匿名

シェア　Linked In　facebook　Twitter　Google　Tumblr

第48章

あなたを縛りつけた人たちにさよなら
それは自由への道のり
もう一度あなたの心を感じて、新しい空気を吸って
それは自由への道のり
自由の身になって、ドアを叩きつけて
もうとらわれびとじゃない

『リバティ・ウォーク』

マイリー・サイラス

臆病なぼくは、ドアベルが鳴ると浴室に行った。

でも顔をふきながら、ニヤニヤしてしまう。今夜がやってくるのを長い間待ってはいたけど、ほんとにこんな日が来るなんて考えてなかった。でも、実際に来たんだ。

浴室のドアを開けると、廊下を歩いてくるオスカルの声が聞こえた。たちまち鼓動が速くなり、どんなに抑えようとしてもうまくいかない。おなかのなかで蛇みたいに神経がよじれ、このままでいくとオスカルに会う前に吐いてしまいそうだ。このあと、すごく久しぶりに長い時間を一緒に過ごすが、心の準備ができているのかどうか自分でもわからない。

とりあえず、胃のむかつきはどうにか抑えた。

「やあ」はにかんだ笑顔でオスカルがぼくに言う。

「よお」内心びくびくしながら応える。

「大丈夫？」

具体的に言わなくても、ロッキーのことだとわかる。ちょっとつらかったが、結局答えた。ぼくへの信頼を取り戻したければ、まず正直にならなければ。

「うん……まあなんとか。ちょっとずつ」

少しためらう表情を浮かべてから、オスカルはぼくに近づいてきた。キスされるのかと思って、一瞬、完全に心臓が止まったが、ただ腕を伸ばしてぼくを抱きしめただけだった。

「かわいそうに、ダリオ」

答えたかった、なにか返事をしたかったが、なにを言えばいいのか、どんな言葉を発すればいいのかわからない。わかるのはただ、オスカルにキスしてほしくないということだけだ。彼には恋人がいて幸せにやっている、だからぼくが邪魔する権利はない……ましてあんなにオスカルを苦しめたあとでは。そしてもうひとつ、わかってることがある。自分自身が幸せじゃなければ、だれといたって幸せになんてなれない。ぼくは向上している。自分を愛せるようになってきたが、まだ道のりは長い。でも少なくとも、倒れたら祖母やぼくの三犬士、ミリアム先生に話して助けてもらい、また前に進むことができるんだ。

「ありがとう」結局、ぼくはそれだけ言った。

「おい、おれもここにいるんだけどな」フェルが割って入る。

オスカルとぼくは同時に笑い出し、一瞬、笑い声が響き合うのが不思議に思えた。また聞けるとは思わなかった。

「やきもち焼くなよ、なあ」ふたりとまた冗談を言い合えるのが、一緒に笑えるのが幸せで仕方ない。

「なに言ってんだか……」

「どうした？」オスカルが笑いながら訊く。「きみもハグしてほしい？」

「まあ、そんなに言うのなら……おれだっていやとは言わないよ」

オスカルとぼくはまた笑い、ふたりでフェルを抱きしめた。こうして三人で一緒にいる、もうそれだけで完ぺきだ。フェル。オスカル。ぼくの親友たち。これまで知り合った人のなかで最高のふたり。一度は失い、そして絶対不可能だと思ってたけど、また取り戻せた人たちだ。ふたりがそばにいてくれると、すべてうまくいくとわかってる。

「さて」フェルが体を離しながら言った。「ピザを頼むぞ、いいな？　注文しても、着くまで一生かかるからな」

　家で映画を見てピザを食べるだけのシンプル極まりない計画で、こんなに完ぺきな夜が過ごせるなんて信じられないけど、でもそうだった。選んだのは『パレードへようこそ』。一九八四年にイギリスで起きた炭鉱ストライキのために、資金集めを手伝った同性愛者の活動家たちを描いた映画だ。明日、三人でプライドパレードに行く。マルタ、セルヒオも一緒だ。だから今日はこれを見るべきだと、オスカルが言い張ったんだ。パレードに行こうとフェルとオスカルに誘われたとき、実はあまり気が進まなかったが、映画を見終えると、これは必要なことなんだと納得した。闘うため、権利を主張するため、声を上げるために行く必要がある。そして連携することも必要だ。だからフェルが一緒に来てくれるのはとてもうれしい。そもそも彼がこの計画を立てたのかもしれないが、そうであっても、フェルなら不思議はない。

「そろそろ寝ないとな」ソファから立ち上がりながらフェルが言う。「明日は長い一日になりそうだぞ……特に、オスカルにとってはな」皮肉っぽく付け加えた。

オスカルは急に赤くなり、ぼくは視線をそらした。明日の夜、オスカルはセルヒオと過ごすんだ。それがなにを意味するのか、ぼくにはわかっていた。

「ばかじゃないの」パジャマを着ながらオスカルが言う。水色をした半袖のパジャマだ。それを見て、いつも冬に着ていた子羊模様のパジャマがなつかしくなった。

「そうだよ、でも明日はきっと眠れないよ」フェルは笑いながらさらにからかい、オスカルはもっと赤くなった。

「そうだな、だったら今日は寝ておいたほうがいい」ぼくも冗談に加わるつもりで言う。オスカルは一瞬、驚いたように眉をひそめてぼくを見たが、ぼくが笑顔を向けると、ためらわずに言い返してきた。

「ふたりとも、ほんとにばかだな」

「それにしても、明日プライドに行くなんて信じられないよ」リュックからパジャマを取り出しながら、ぼくは話題を変えた。

「それはおれの台詞だ」わざと体を震わせてフェルが言う。「どんなことになるんだろうと思うと、怖いよ……」

オスカルが眉をひそめる。

「なあ、もし行きたくないんなら、ぼくはセルヒオとふたりで行くよ」

「行きたい」フェルとぼくは同時に言った。

「ほんとに？」

「ほんとだ」とフェル。

「じゃあ、行こう。この一年、いろんなことがあったから、これからはきっといいことがあるよ」

　オスカルがそう言って満面の笑みを見せたので、ぼくはちょっとぼうっとした。オスカルがそんなふうに笑うのを見ると、いまだに胸がドキドキしてしまうが、いずれそんなこともなくなると思う。

「ふたりとも、最高だ」

〈ふたり〉にぼくも含まれていることに驚いて、オスカルの目を見た。ぼくが物問いたげな顔をしていたからにちがいない、オスカルはさっとうなずいた。ちょっと鼓動が速くなり、仲直りできたことを、ぼくはまだ実感しきれていないんだなと気づく。ベッドに入りながら、ぼくは幸せを感じていた。一年前のような日々が戻ってきた。ぼくらの友情はそのころのまま続いていて、決して変わらないとわかったんだ。

　いや、ちがうな。実際にはちがう。あのころと同じじゃなくて、今のほうがずっといいんだと、しばらく考えてから思った。この一年間いろんなことがあった。特にオスカルにとっては、すごくつらいこともあった。でも大変な思いをして耐え、ぼくらの友情は生き残り、灰のなかからよみがえった。だからこそ、これまでになかったほど強くなるとわかってる。いろんなことを経験し、ぼくは彼を傷つけ、彼が許してくれた今、この友情が壊れることはないだろう。だって、ぼくらはこれまでと同じ人間にはちがいないが、すごい変化を遂げたのだから。

相変わらずオスカルとダリオではあるけど、それまでとは全然ちがうオスカルとダリオだ。

これから状況はどんどん変わっていくだろう。オスカルと一緒に過ごした去年の夏、オスカルとの初めてのとき、ほかのいろんな初めてのときをなつかしく思うことはあるだろう。ほしいと思っていた通りに、オスカルを手に入れられたことをなつかしく思うこともあるだろう。自分がどれだけ自分を憎んでいても、オスカルがぼくを愛しつづけていてくれたと知ったときのことをなつかしく思うこともあるだろう。そう、もちろん、あのころと今では全然ちがう。でも、ちがっていてなぜ悪い？　物事はたいてい、よくしようと思って変えるものだ。ほんとにそうなるかどうかなんてわかりようもないけど、もちろんぼくは、やってみるつもりでいる。

ロッキーのことを思うと胸が痛むが、その死が教えてくれたことは今も忘れていない。いつ終わるかわからないから、今自分が手にしているものを大事にして、生きていることを享受しなければならないんだ。

＊　＊　＊

電車を降りながら、心臓が大きくなりすぎてあばら骨を打ったような気がした。いつ心臓が爆発してもおかしくない、それどころか、胸が破裂して『キル・ビル』の一シーンみたいに血まみれになるかもしれないと怖くなる。実はいっそ、そうなったほうがいいという気がするくらいだが、どれだけ夢想しても、そんなことは起こるはずがない。

　怖いというのは遠回しな言い方で、実際には恐れおののいていた。セルヒオが全部知ってること、ぼくは彼にとっていわゆる、好ましからざる人物だということはわかってる。オスカルがすべて話したはずだから、きっと憎まれてるだろう。それなのにみんなで会うというのはつまり、いろいろあったけど、一度チャンスを与えてやろうということなんだと思うが、それでも怖いのは変わらない。彼が柔道をやっていて強いことも思い出した。どうかぼくを殴る気になったりしませんように。

　ふたりがキスを始めたので、ちょっと気後れして目をそらす。ふたりのキスシーンを見るのは初めてじゃないが、彼らはそのことを知らないし、これからも知らないでいてくれるほうがいい。マルタと目が合った。彼女はわかるよ、と言うように、あいまいな笑みを浮かべた。

「やあ、フェル」オスカルと体を離したセルヒオが、ニヤッとして言った。その話し方で、ふたりはすでに知り合いなんだとわかる。

「来たよ……」フェルが言い、セルヒオに近づいてハグをした。「どういうものか見ようと思って」

「すごいことになるよ、すぐわかるさ」

「この子がマルタ」オスカルがセルヒオに紹介した。実を言うと、ほとんど口をきいたことのないはずのマルタをオスカルが紹介するのは変なんだけど、かといってぼくがするわけにはいかない。

「よろしく」

「こちらこそ、マルタ」セルヒオはマルタに近づき、ほほにキスした。

「で、あの……」オスカルは急におずおずとした口調になる。「こちらがダリオ。ダリオ……セルヒオだよ」

　言われなくても知っている。

　近くで見るセルヒオは威圧感があった。明るい色のタンクトップ姿だから、ぼくのよりずっと太くて、よく鍛えられた腕がむき出しだ。こんなにたくましかった記憶はないから、最近のトレーニングの成果なのかなと思った。セルヒオの前にいると自分がちっぽけに感じられたが、オスカルがぼくより彼を選んだのは体格のちがいのせいじゃないぞと自分に言い聞かせる。単にぼくは愚かな振る舞いをしてチャンスを逃し、一方セルヒオは、ぼくが与えてあげられなかった優しさでオスカルを包んだからだ。

　セルヒオと目を合わせたとき、ぼくらの間に飛び交う火花が見えたような気がした。オスカルの目のなかに炎があるとしたら、セルヒオのそれには電気が走っている。もしまたぼくがオスカルを傷つけたら、感電死させられても文句は言えないなと思った。その瞳を見れば、なにを考えているかはっきりわかる。オスカルは、少なくとも部分的にはぼくを許したかもしれないが、彼に許してもらうのはずっと大変だということが。だからって彼を責められない。ふたりが知り合ったとき、オスカルは内も外も壊れてしまった、傷だらけの少年だった。その傷は、ぼくが手を貸して負わせたようなものだ。そのことをたやすく忘れはしないだろうが、それでいいんだと思う。

「やあ」セルヒオはぼくに挨拶したが、その声は、フェルに挨拶したときの快活な声とはかけ離れていた。

握手すべきかどうかわからない。もちろんハグなんてできる気はしないし、セルヒオもそれ以上近づくそぶりは見せなかったので、ぼくはその場から離れず言った。

「やあ」おずおずとした声になる。それから、がんばって言葉を押し出した。「調子はどう？」

「すごくいいよ。きみは？」

「ぼくも」

「それはよかった」セルヒオが答えた。

でも、ほんとにいいと思ってるのか？　ぼくがあいつだったら、そんなこと言わないだろうな。まあ、明らかにあいつのほうが、ぼくよりずっといい人間だけど。

「会えてうれしいよ」ぼくは消えそうな声で付け加えた。自分がどんどんばかみたいに思えてくる。

「こちらこそ」

それ以上なにを言えばいいのかわからなくて、しばらくぼくらはじっと見つめ合った。

「うーん、なんか気まずくなってきたから、早く行ったほうがよさそうだな。急ごう、じゃないとぼくは後悔して家に帰っちゃうよ」フェルが言った。

みんなひきつった笑い声を上げたが、少なくとも、ちょっと緊張を和らげるというフェルの目論見は成功した。ヘテロなのにここに来たのは、ぼくたちを応援してくれてるからだと思っていたが、セルヒオとぼくの間にいさかいが生じるのを防ぐためという意味合いもあるのかと思いはじめた。あとでお礼を言うのを忘れないようにしよう。

　駅を出ると、人と色の大波に迎えられた。ここに来たことは何度もあるが、クリスマスでさえこんなに人はいなかった。ほとんど身動きとれなさそうな場所がいくつもあり、どこもかしこも虹色で埋めつくされている。これほどの人ごみを前にびくびくしてしまう。見えるのは虹色だけじゃなく、あらわな肌、たくさんの肌……。ぼくが慣れてる範囲をかなり超えている。

「うわあ」セルヒオとぼくの間で、フェルが言った。「なんだか怖くなってきたよ。帰ろうかな……」

　きびすを返して行ってしまおうとするので、セルヒオとぼくはあわてて腕をつかんで引き留めた。

「ばかなまねすんなよ」ぼくが言う。「もう来ちゃったんだから、ここにいようよ」

　フェルの腕を放すと、セルヒオがぼくを見てちょっとほほえんだ。もしかしたら、フェルはこれが狙いだったんじゃないだろうか。フェルはもちろん素晴らしい友だちだが、策略家でもあるからね。

　人ごみのなかを歩くうち、こんなに肌を露出した人たちをこんなにたくさん見るのにも少しずつ慣れてきた。一年前ここにいたら、ぼくは不愉快になっていただろう。気分が悪くなっていたかもしれない。でも今日は、どうしてみんながあんなふうにしているのか、どうしてこの日が必要なのか、どうしてぼくらが権利を主張していかなきゃならないのか理解できた。

それはオスカルのような人のため、ぼくたちが幸せになるのを許してくれない社会によって、苦しんできたすべての人たちのため。そしてカルロスのような人のため、モンスターとなり果てて、自分自身を憎む気持ちをほかの人間で解消しようとする人たちのため。少なくともぼくはそう思う。そしてぼくのような人のため、自分を怯えさせる現実と向き合わなくてすむように、沈黙のなかで、うそにまみれて生きるのに慣れた人たちのため。

今を生きるすべての人たちのため。ぼくたち皆のために、声を上げ、叫び、音を立て、決して沈黙させられたりしないでいることが必要なんだ。いつかオスカルのような人たちを、カルロスのような人を、ぼくのような人をなくすには、そうするしかない。

「あの辺に来るの？」マルタが遠くを指してたずねた。

「そうだよ」セルヒオが答える。

ぼくらはマルタが指したほうに向かって歩いた。そうすれば、フロートが来るまでそんなに長く待たないですむからだ。人々の興奮と燃えるような熱気は、手で触れるほどだった。上半身裸の人が大勢いるのも不思議ではなくなった。ぼくも焼けつきそうに暑かったからだ。Tシャツを脱ぐ人もたくさんいたが、ぼくは勇気がない。結局、ぼくにはまだ解決しなければならない課題がたくさんあるってことだ。

時間とともに興奮が高まっていくなかで、遠くから音楽が聞こえてきた。つま先立ちして、人々の頭越しに首を伸ばすと、最初のフロートが来るのが見えた。ほかのみんなもぼくのように背伸びする。

「ちぇっ、なんにも見えないよ」五人のなかでいちばん小さいオスカルがぼやく。

「ほら、背中に乗れよ」とセルヒオ。

「は？」

「聞こえただろ」セルヒオは背中を向けて少しかがみこむ。「ほら、乗れって」

「え、でも……」

「ぶつぶつ言ってないで、ほら」

「うん……きみがいいのなら。でも、重くても文句言うなよ」

ちょっと苦労したが、オスカルは木の枝に登るサルみたいにセルヒオの背中に上った。ぼくは心のどこかで、いつか枝が折れたらどうなるんだろうなんて思ったが、今はそんなこと考えたくない。オスカルは幸せで、それが大事なことなんだ。うれしそうな顔を見て、ぼくも思わずほほえんだ。大変だったけど、すべてうまくいった。ぼくは友だちを取り戻し、そしてたぶんもうひとり、新しい友だちができた。ほんとにそうなるかなんて、まだ気が早すぎてだれにもわからないけど、ときとともに答えが出るだろう。いずれにしたって、期待してたよりずっとすごいことが起こってる。

おそらく、ぼくにはもったいないくらいのことが。

それからのこと

できるだけ早くそこに行くよ
でも以前の暮らしの壊れたかけらを
修復するのに忙しいんだ

『アンインテンディド』
ミューズ

スズメバチの群れがぼくの胃に穴を開けているような感じがする。少しの間、出かけるのはやめようか、なにもなかったかのように家にいようかと思ったけど、そういうわけにもいかない。前へ進まなければ。

「行ってくるよ、おばあちゃん!」ハンガーからコートを外しながら挨拶する。

「楽しんでおいで」居間から返事が聞こえてきた。

出かけようとすると、小さな足で駆けてくる音が聞こえたので下を向く。シンバを引き取ったのはほんの二週間前だが、すっかりなついて、ぼくが家にいるときはほとんどそばを離れないくらいになっていた。

「大丈夫だよ」栗色のおなかをかいてやろうと、かがみこみながら言う。「数時間で帰ってくるよ、約束する」

子犬が哀れっぽい目でぼくを見るので、思わずほほえんでしまう。この子はロッキーの代わりにはなれないし、ロッキーとの日々がこの子で上書きされるはずもない。どれだけときが経っても、ロッキーを忘れることはできないだろう。でもシンバもぼくも、ともに新しい段階に入った。以前いた犬舎ではコンテナに入れられ、きょうだい犬の死体のそばで泣いていたというシンバ。今はもうその犬舎を離れ、かわいがって世話してくれる家庭に出会った。つまりぼくの家のことだけど、ひどい目にあったあとはそうやって気にかけてもらうことが必要なんだ。一方ぼくは、新しい段階のなかで物事を見定めるようになった。自分が幸せになれるかどうかは自分次第ということをようやく意識するようになり、する価値のあることとそうでないことを見極めはじめたんだ。

電車に乗ってる時間はそれほど長くはないんだけど、ぼくには永遠にも思えて、それでオスカルやフェルと話すことにした。

三犬士🐶🐶🐶
フェル😊、オスカル😊、あなた

ダリオ：よお
話せるか？

ついてる。すぐに返事があった。

フェル：うん！

オスカル：どうしたの？

ダリオ：おれはびびってる😱

フェル：ハハハ

オスカル：あー、かわいそうに……。

フェル：ばかなこと言うなよ
すごくうまくいくさ

ダリオ：ほんとに？

フェル：もちろん

オスカル：それにうまくいかなくても、どうってことないさダリオ：元気づけてくれてありがと、な……

フェル：オスカルってそうなんだよな……いつも楽観的😆

オスカル：そんなんじゃないよ、でも現実的にならなきゃね
この数カ月で学んだことがあるとすれば、人生はパートナーに依存すべきじゃないってこと

フェル：それはおれの台詞だ……

オスカル：でもまあ、きっとうまくいくよ。
ただぼくが言いたいのは、がっかりするといけないから、あんまり期待してほしくないってこと

ダリオ：で、彼とだめになったら？
おれ的には全然珍しいことじゃないからな……

フェル：それは気をつけなきゃな、うん

オスカル：だめになんてならないよ
ただきみ自身でいればいい、それだけ
あのころ、ぼくはそういうきみが好きになったんだから

このアドバイスは悪くないと思った。結局、もしだめになるとしたらまさに、自分自身であるのをやめて、ちがう人間のようになろうとするからなんだ。

ようやく目的の駅に着いたときは吐きそうだった。だけどそのとき、彼を見た。ベンチに座り、スマホをじっと見つめて、目印のセーターを着ている。話をするようになってからひと月以上経つが、実際に会うのは今日が初めてだ。おなかのなかをスズメバチがぶんぶん飛び回って胃に穴を開けまくっている。どうして駅のなかが血まみれになっていないのか理解できないくらいだ。

今日のことに期待したくなかったし、どんな種類の予想もしたくなかった。まずは実際に知り合って、スマホで話していたときと同じ印象かどうか確かめたいんだ。そうすれば、これからどうなるかわかるだろう。少なくとも今のぼくには、新しい関係を始められる気がしない。だからこのあとどうなるかなんて考えずに、ただ彼を知りたいだけ。それで付き合うことになったらそれでいいし、ならなくてもかまわない。衝動を抑えることを学ぶのがすごく大変だったから、今はそういうことに全身で飛びこむ気にはなれない。まずは自分を愛せるようにならなきゃ。

将来になにが待ち受けてるかなんてわからない。正直言うと、あんなことがあったあとではいちばん考えたくないことだ。でも今のぼくには、以前は考えたことすらなかったような可能性が山ほどあって、それが自分の前に広がっていると思うとわくわくする。これからの人生になにが起きるか知ることはできない、その単純な事実にうっとりしてしまう。

今日の結果がどうなろうと、少なくともぼくは前進できたことを知っている。多くのまちがいを犯し、たくさんの人を傷つけて、いろんなことを後悔している。でも、ぼくはそこから学んだ。前よりいい人間になった。もちろんそれで、これまでやったことが帳消しになるわけじゃないけど。オスカルのように、外にいる悪魔と対峙している人たちがいる。でもぼくの場合、悪魔は自分の内側にいて、それを打ち負かせるとは考えてもいなかった。そしてそれでも、ぼくは打ち負かした。

ぼくの血管のなかの氷はついに溶け、今流れているのはわくわくする気持ち。自分が前にしているのはまちがいなく、過去に置いてきたのよりいいものだとわかっているから。

それを見つけるのはきっとすてきなことだ。

凍りたくないのなら燃やしつづけていかなければ
氷で消された炎を見つけなければ

ぼくの血管のなかの氷、ダニエル・グレイとマイク・ライトウッド

訳者あとがき

前作『ぼくを燃やす炎』の出版から五年。ようやく、姉妹作『ぼくに流れる氷』をお届けすることができました。

『ぼくを燃やす炎』（通称「ボクモヤ」）は、親友ダリオを好きになり、自分の恋愛対象が男性だと気づいた少年・オスカルを主人公とする物語です。思いがかなって、ダリオと〝友だち以上の関係〟を結ぶに至ったものの、ダリオはあくまで「友だち同士の遊びだ」とうそぶき、オスカルの想いを拒否します。そのうえ、ゲイであることをクラスメートに知られたオスカルは、壮絶ないじめを経験することになってしまいました。オスカルの秘密を知っているのはダリオだけ。アウティングに加担したことは明白なのに、彼は見て見ぬふりです。いきなり突き落とされた地獄でひとりもがきながら、オスカルはどうやって再生に向かうのか……というのが「ボクモヤ」の大まかなストーリーでした。

このなかでダリオは完全に悪役です。ところが「ボクモヤ」刊行直後から、「ダリオの今後が気になる」「ダリオ編を読みたい」という声をいくつもいただいていました。ダリオが、表面に見えている通りの冷たくて陰険なだけの少年ではないということに、「ボクモヤ」を熱心に読んでくださった読者の方々は気づいておられたのでしょう。

すでに読んでいただいた方はおわかりの通り、本書『ぼくに流れる氷』（通称「ボクナガ」）は「ボクモヤ」とほぼ同じ時系列で物語が展開していきます。つまりオスカルがいじめに遭って苦しんでいる日々を、今度はダリオの視点から描いていくわけです。表面上、ダリオは平気そうな顔をしていますが、実はオスカルに対する罪悪感に押しつぶされそうになっていることが、本書の早い段階からわかってきます。だれにも本心を見せず、仮面をつけて過ごす時間が長くなるにつれ、自責の念は内へ内へと向かい、やがて夜ごと悪夢にうなされるように。オスカルの地獄が外側にあるとしたら、ダリオの地獄は自分の内側にあると言えるかもしれません。

心に深い闇を抱えることになった原因をだれにも、たったひとりの家族である祖母にさえ打ち明けようとしないのはひとえに、ゲイだということを知られたくないから。もっと言えば、ゲイであることを自分自身にさえ認めたくないから。他者に知られまいとするのは同じでも、オスカルが性的指向を比較的すんなりと自覚しているのに対して、ダリオは自分の心にさえ嘘をつき、絶対に同性への恋心を認めようとしません。欲望を隠したいがために、ホモフォビアに見えるような態度をとりさえします。もし本心を知られたら、これまでの平穏な生活が瓦解してしまうと思っているからです。

ダリオがそこまでかたくなになったのは、家庭環境をはじめとするさまざまな要因が重なり合ってのことでした。カトリックの影響で、同性愛に対する偏見が根強く残るスペインの田舎暮らしであることも、強迫観念に追い打ちをかけたのかもしれません。もちろん、だからといって窮地に陥った親友を助けようともしないことの言い訳にはなりませんが、ダリオの持つ弱さは、性的マイノリティであるかどうかにかかわらず、だれもが持っているものではないでしょうか。いじめられている者をかばったら、今度は自分が標的になる。だから見て見ぬふりをするというのは、悲しいかな、最もポピュラーなサバイバル術です。自分の気持ちに蓋をして、マジョリティの側につく選択肢しか目に入らないこともあるかもしれません。そういう意味でこの物語は、どの国のどんな社会にでも存在する、普遍的なテーマを扱っているといえるでしょう。

作者のマイク・ライトウッドさんは、前作に引き続き、自分のもとに寄せられた少年少女たちの声に耳を傾けながらこの物語を紡ぎました。ですからダリオやオスカルをはじめとする登場人物のそれぞれに、マイクさんだけでなく多くの人たちのリアルな姿が投影されています。それだけでなく、本書では人物の描き方が前作より重層的になり、深みを帯びたような印象を受けます。ダリオも、オスカルも、フェルもセルヒオも、いじめっ子のカルロスでさえ、外側から見えている通りの人物はだれひとりとしておらず、皆が他人に見せない悩みや苦しみ、心の闇を抱えています。最初はオスカルの視点だけだった物語が、ダリオの視点を得て多角的になったように、人が持つ多面性が描き出されたことで、人物像が立体的に浮かび上がってきたといえるのではないでしょうか。

前作を刊行してからの五年間、いろんなことがありました。まずは「ボクモヤ」を第一弾としてスタートしたプライド叢書の刊行点数が、ちょうど十点になりました。小説、ノンフィクション、絵本、コミックとジャンルは違っても、ＬＧＢＴＱ＋というキーワードでつながったこれらの書籍が、多くの方々の支援を得て次々と刊行されたこと、「ボクモヤ」がその嚆矢となり、さらに「ボクナガ」が十一冊目としてそこに加われたことを、まさに誇りに感じています。

一方ＬＧＢＴＱ＋を取り巻く社会情勢も、少しずつですが変わってきたように思います。早くから同性婚が合法化されたスペインと比べれば、周回どころではない後れを取る日本ですが、少なくともここ数年で、性的マイノリティやトランスジェンダーといった言葉を公に聞く機会が増えてきたような気がします。各地でＬＧＢＴＱ＋の人たちの（当たり前の）権利を保護しようとする取り組みが広がり、明るいニュースを聞くことも多くなりました。その半面、これは日本だけではありませんが、いまだにびっくりするほどの無理解や不寛容がはびこっていることも確かです。自分と違う人間を認めず、攻撃さえしてくるような人が多い社会は、性的マイノリティの人に限らず、そこに暮らすほぼ全員にとって生きづらい場所です。まったく同質の人間など存在しないのですから、そこでは絶えずだれかがだれかを攻撃し、お互いに傷つけあっていることになります。

ダリオやオスカルのような人たちが、そしてわたしたちみんなが、心にかけた虹を消さずに生きていける社会。それは理想に過ぎないのでしょうが、その理想に近づくためには、少なくとも今よりいい方に向かうためにはどうすればいいのかを、「ボクモヤ」「ボクナガ」に携わって以来、よく考えるようになりました。

本書はクラウドファンディングによって出版が実現しました。サウザンブックス史上まれにみる驚異的な追い上げで、クラファン期限当日（というより当夜）になって駆け込み達成したという逸話を持つ企画です。期間中、終盤までなかなか支援が伸びず、このまま達成しなければこれまで応援してくださった人たちに申し訳ない……と落ち込んでいただけに、ギリギリになって成立したときはしばし呆然とし、次いで身が引き締まる思いがしたのを覚えています。

制作に時間をいただいてしまいましたが、出版にこぎつけられたのは、これまでにお力を貸してくださった皆さんのおかげです。翻訳出版プロジェクトを実現に導いてくださった支援者の方々のなかには、ＳＮＳで何度も何度も拡散したり、熱いメッセージを投稿したりしてくださった人たちもいました。だれが欠けても出版は実現しなかったという気がして、心から感謝しています。本当にありがとうございました。

二〇二三年六月

村岡直子

著者

マイク・ライトウッド（Mike Lightwood）

ブロガー、翻訳家。ネットを通して知り合った若者たちの体験を下敷きに『ぼくを燃やす炎』（原題：El fuego en el que ardo）を書き上げて以来、続々と小説を発表。Lo que nunca fuimos（ぼくたちが決してならなかったもの）で第1回LGTBI電子文学賞を受賞した。近年ではSF、ユーモア小説を手掛けるなどジャンルを広げている。

翻訳

村岡直子（むらおか なおこ）

兵庫県出身、同志社大学文学部卒業。スペイン語翻訳者、講師、校正者。訳書に『雌犬』（ピラール・キンタナ著、国書刊行会）、『ガラスの虎たち』（トニ・ヒル著、小学館）、『ラスト・ウェイ・アウト』（フェデリコ・アシャット著、早川書房）、共訳書に『地政学の思考法』（ペドロ・バーニョス著、講談社）などがある。

Special thanks

藤川渚、鳩山元茂、オーバーマガジン社

- 本書はインターネットを通じて制作費の協力を募るクラウドファンディングによって出版することができました。応援してくださったみなさまに厚く御礼申し上げます。
- サウザンブックスのPRIDE叢書（そうしょ）は、セクシュアル・マイノリティが誇り高く生きて行くための本を出版していきます。
- 本書はスペイン文化・スポーツ省からの翻訳助成を受けて刊行されました。

MINISTERIO DE CULTURA Y DEPORTE　DIRECCIÓN GENERAL DEL LIBRO, DEL CÓMIC Y DE LA LECTURA

ぼくに流れる氷

2023年10月6日　第1版第1刷発行

著者	マイク・ライトウッド
訳者	村岡直子
発行者	古賀一孝
発行所	株式会社サウザンブックス社 〒151-0053 東京都渋谷区代々木2丁目23-1 http://thousandsofbooks.jp
装丁イラストレーション	カナイフユキ
装丁・本文デザイン	TYPEFACE（渡邊民人／中川由紀子／谷関笑子）
校正	山縣真矢（ぐぴ企画）
編集協力	有限会社イスパニカ
版権コーディネート	関本あやか
印刷・製本	シナノ印刷株式会社

ISBN978-4-909125-45-3